百年乡愁

中国乡土小说经典大系 ⑩

张丽军 主编

不能走那条路

——"十七年"乡土小说（1949—1966）

山东城市出版传媒集团·济南出版社

图书在版编目（CIP）数据

不能走那条路："十七年"乡土小说：1949—1966/张丽军主编. -- 济南：济南出版社，2023.6
（百年乡愁：中国乡土小说经典大系）
ISBN 978-7-5488-5722-8

Ⅰ.①不… Ⅱ.①张… Ⅲ.①中篇小说–小说集–中国–当代②短篇小说–小说集–中国–当代 Ⅳ.①I247.7

中国国家版本馆CIP数据核字（2023）第111225号

不能走那条路——"十七年"乡土小说（1949—1966）
BUNENG ZOU NATIAO LU

张丽军 / 主编

出 版 人	田俊林
责任编辑	贾英敏　苗静娴
装帧设计	郝雨笙　张 倩
出版发行	济南出版社
地　　址	山东省济南市二环南路1号（250002）
编辑热线	0531-86131722
发行热线	0531-86116641　87036959　67817923
印　　刷	济南龙玺印刷有限公司
版　　次	2023年6月第1版
印　　次	2023年7月第1次印刷
成品尺寸	145毫米×210毫米　32开
印　　张	12.75
字　　数	251千
定　　价	68.00元

（济南版图书，如有印装质量问题，请与出版社出版部联系调换。电话：0531-86131736）

编委会

主　编　张丽军

副主编　李君君

编　委（以姓氏笔画为序）

丁　帆　马　兵　王方晨　王光东　王延辉　田振华
付秀莹　丛新强　刘玉栋　刘醒龙　李　勇　李云雷
李君君　李掖平　吴义勤　何　平　张　炜　张丽军
陈文东　陈继会　赵月斌　赵德发　贺仲明　徐　勇
徐则臣　蒋述卓

本书部分文字作品稿酬已向中国文字著作权协会提存，敬请相关著作权人联系领取
电话：010-65978917，传真：010-65978926，E-mail：wenzhuxie@126.com

| 总　序 |

记录百年中国乡愁　传承千年根性文化

面对急剧迅猛的乡土中国城市化、现代化、高科技化浪潮，我们惊讶地发现，曾被认为千年不变、"帝力于我何有哉"的中国乡村根性文化正面临着从根源深处的整体性危机。"谁人故乡不沦陷？"千百年来，孕育和滋养乡土中国文化、文明的乡村及其根性文化正以某种加速度的方式消逝，甚至被连根拔起。这不仅是乡土中国城市化、现代化的问题，而且是一个全球化、人类性的整体危机。早在20世纪60年代，法国社会学家孟德拉斯就提出，在工业文明入口处，数十亿农民向何处去的问题。而在1948年，中国学者费孝通就在《乡土重建》中提出传统的乡土社会所面临的现代性失血危机，进而提出了"乡土重建"的深邃思考。显然，在21世纪的今天，思考乡村、乡土、农业、农民乃至整体性人类向何处去的问题,显得无比重要而迫切。

作为一个从事乡土文学研究二十多年的研究者,我在苦苦思考:中国乡土文学向何处去?乡土中国社会向何处去?乡土中国农民向何处去?新时代乡村如何振兴?……苦苦思考之后,我突然意识到,既然看不清去处,何不回顾自己的来路?未来的道路,并不是冥思苦想来的,而是从过去的来路而来。历史的来路,决定了我们未来的去处,即未来的去处正蕴藏在历史来路之中。这让我重新思考百年中国乡土文学,重新回顾晚清以来中国仁人志士的文化选择和文学审美思考,乃至从更远的历史、文学中寻找智慧和启示。正是在这样一种文化思考中,我与济南出版社不谋而合,立志从众多乡土中国文学中选编一套"中国乡土小说经典大系",来为21世纪的新一代中国青年提供一个关于百年乡土中国心灵史的文学路线图,慰藉那些因完整意义的乡土中国乡村消逝而无从获得纯粹乡土中国体验的21世纪中国读者。此外,从中汲取智慧和灵感推进新时代中国乡村振兴,也是本套丛书的应有之义。简单归纳之,《百年乡愁:中国乡土小说经典大系》(以下简称"大系")具有以下特点:

一是强烈的经典意识。文学、文化的传承与经典的建构是由一个个经典化的环节与步骤完成的。从古代文学的"选本",到20世纪中国新文学大系,在中国文学经典化中,"选本"文化起到了某种极为重要的,乃至核心的作用,为经典化提供了不同时代不断接续的核心动力源。本套"大系"选编了现当代文学史中具有重要影响的作家作品,力图使"大系"具有乡土中国现代化思想史的重要功能，展现中华民族的百年心灵史。

二是浓郁的地方气息。乡土文学是最接地气的文学，是"土气息、泥滋味"的文学，是由不同地域文化包孕、滋养的文学，又是最能显现和表达乡土中国各个地方独特文化的审美形态的文学。本套"大系"就是百年中国各地民俗文化最大、最美、最迷人的表达。齐鲁、燕赵、三秦、三晋、江南、东北、西北、岭南等不同地域的文化，在本套"大系"中得到了较完整的展现。从这个意义上而言，本套"大系"既是一部百年中国民俗文化史，也是一部最精彩的地方文化志。

三是典雅的审美意识。文学是审美的艺术。言之无文，行而不远。文学性、审美性是文学的自然属性。文学应该是美的，是诗，是生命舒展的自由吟唱。正是在这个审美维度上，我们来选编百年乡土中国小说，让读者、研究者在美的文字诗意流动中获得对千年中国乡村根性文化之美的感悟，从而思考人与自然、人与大地、人与世界的精神建构问题。因此，本套"大系"是"乡土中国最后的抒情诗"，是千年乡土中国根性文化的当代吟唱，是具有深厚乡土生命体验的文化乡愁。

乡愁是感伤的，是一种甜蜜优美的感伤。不是每个人都有乡愁的。乡愁是一种深厚的文化情怀，是对大地、故乡、世界的一种深刻的生命眷恋。而《百年乡愁：中国乡土小说经典大系》就是让我们这些具有乡土中国完整经验的最后一代人，以文化传承的方式，把这种纯粹、完整、具有审美意义的文化乡愁，传递给21世纪中国青年，乃至未来的中国青年。我们曾有过这样一种乡土生活，这样一种乡土中国乡村根性文化——这就是我们的文化根基、我们的精神基因，它蕴含未来的路径和种种可能性。

我们常言，越是民族的，就越是世界的。而我想说的是，越是地方的，越是中国的，也越是世界的。中华文化是一个整体，是由一个个具有地方文化特性的地域文化组成的，是千百年来文化交融凝聚而成的。地方性文化的丰富和多样，恰恰是中华文化的活力与魅力所在。《百年乡愁：中国乡土小说经典大系》就具有鲜明的、浓郁的地方性文化特征，不同地域的读者不仅可以从中读到自己家乡的影子，而且可以由一个个乡土文化而建立起丰富、感性、美美与共的中华文化世界。

本套"大系"适合研究乡土文学文化的学者、学生阅读，也适合对中华文化、地域文化感兴趣的读者阅读。事实上，这套"大系"对于世界各国读者而言，是理解和思考千年中国根性文化、百年中国社会变迁的最佳读本，是具有世界性意义、最接中国地气、最具中国民俗文化气息的文学读本。

是为序。

张丽军
2023年7月1日凌晨于暨南园

导 读

"十七年"乡土小说是指新中国成立初期到"文革"前夕（1949—1966）这段时期的作品。这个时期的乡土小说大多是作家们扎根乡村的创作，同时政治气息和本土文化气息十分浓厚。这段时期，无论是短篇还是长篇小说，基本上都是以五六十年代开展的农业生产合作社为背景，展现这一时间段农村的变化，大胆地揭示在合作化过程中出现的一些状况，但更多的是表现合作社对于农民思想上的改造，结局大多是唱赞歌。

李准是我国杰出的现实主义作家，他的处女作《不能走那条路》是我国最早反映土改后出现两极分化现象的文学作品，真实、生动地描写了几个不同的农民形象，表现了农村中社会主义思想的胜利，表达了只有互助合作才能使广大农民共同富裕。他的代表作《李双双小传》是解读此时期女性情况的范本，其中的李双双是新中国成立后女性解放的典型，寄予着那个年代人们对女性的审美理想。

柳青是当代现实主义文学的杰出代表，他的小说大都以农村生活为题材，生活气息浓厚，真实地反映了近几十年历次重大历史时期农民的现实生活和精神面貌。《狠透铁》发表于我国热火朝天的"大跃进"岁月里，但它没有把生活理想化和简单化，没有像一些作品单纯歌唱劳动、爱情和技术革新。柳青尖锐地描写了农村合作化以后的各种矛盾与斗争，其作品具有其他作品所没有的时代精神。

王汶石以描写新时代、新人物、新事物为文学理想，创作出"十七年"时期具有代表性的"戏剧化"倾向的小说。其第一部短篇小说《风雪之夜》既符合"十七年"主流意识形态对文学的规范性要求，又将时代性与艺术性巧妙融合在一起。

郭澄清是20世纪50—70年代主流文学的典型性高端作家。他的创作成果形成了自己的"新人物"谱系。在《公社书记》中，他塑造了一个新社会乡村基层党员干部的新形象，体现了干部群众一家亲的理念。主人公不仅踏踏实实为群众办实事，而且还具有反对特权专权和渴望民主平等的现代思想。这都是"新人物"的重要标志。

刘澍德是当代著名作家，其中篇小说《桥》描写了农村合作化运动中农民的心理波澜和性格变化，人物形象生动，语言朴素风趣，在当时是颇有影响力的作品。

谷峪是当代优秀作家，其代表作《新事新办》表现出一种轻松欢快的农村新生活的情调，给读者留下深刻印象。

周立波是我国现代著名作家，开创了"茶子花派"乡土文学。《山那面人家》选取了一个普通人家的婚礼作为场景，在充满乡村生活气息的描述中，展示了新生活为农村带来的新的精神面貌。

欧阳山是"岭南派"的代表人物。在一系列粉饰与颂扬农村合作化运动的作品中，《前途似锦》独树一帜地形成了一套独特的"落后"农民人物形象图谱，这一系列人物形象具有典型的意义。

康濯的《春种秋收》描写了一对普通农村青年在"春种秋收"的劳动过程中建立的纯真爱情，展现了社会主义时期农村青年崭新的生活道路和精神风貌。作者以朴素、清新的艺术笔触，将这个平凡的劳动与恋爱的故事写得委婉动人、诗意浓郁。

目录

百年乡愁：中国乡土小说经典大系

不能走那条路 / 李准　001

李双双小传 / 李准　005

狠透铁 / 柳青　044

风雪之夜 / 王汶石　111

公社书记 / 郭澄清　127

桥 / 刘澍德　142

新事新办 / 谷峪　253

山那面人家 / 周立波　261

前途似锦/欧阳山　270

春种秋收/康濯　359

长篇存目　392

后记　393

不能走那条路

/// 李准

这几天,人人都在谈论着张拴卖地的事情了。张拴本来日子倒也能过,土改后分了十几亩地,要不是胡倒腾牲口,地种好,粮食也足够吃。可是他不好好种地,偏想做牲口买卖,买卖没做好,倒欠下他妻妹夫几十万元的账。债主还见天来要账。张拴是个小农户,经不起这波折,无论怎样打算也过不去这一关。他心一横:卖地!卖"一杆旗"。

这"一杆旗"是村子里头一份好地,人见人爱。张拴咬牙卖这块地,想一是好卖,二是这二亩地能卖一百多万,剩下的钱还能再出去捞一把。村里人都猜测着谁能买地,最后猜到宋老定身上。都知道他这两年翻过来了,二儿子东林又是个木匠,每月汇来几十万。老定又早就吵着要置几亩业。

可是有人不相信,因为他大儿子东山是个共产党员。宋老定今年一连接到东林8封挂号信,一封一封里都有钱。这可把他愁住了,他一辈子没穿过一双洋袜子,可是也舍不得买;给地里上肥料,豆饼也舍不得买;互助组打井他不肯出钱;他老婆为了女儿有孕,问他要了几百回钱也不给。他只是把钱攒着又攒,预备将来能买地。

一听说张拴要卖"一杆旗"地,就像他先前娶媳妇时花轿到门口那一会儿一样,心里又急又高兴,东跑西跑地打听着。东山得知父亲的心思后表示反对,还告诉老定说张拴的地不卖了,他已经答应借给张拴50万块钱。

他不能眼看着人家破产。宋老定一听,气得火冒三丈,他不明白儿子竟不能理解做爹的心思,庄稼人看重的就是土地,他买地还不是为了子孙后代!父子俩一闹气,急坏了东山媳妇秀兰,她劝导东山要和父亲多接近,从思想上慢慢开导他,不能太生硬。东山听了挺服气。

第二天,宋老定就去找王老三,想让他帮着撺掇撺掇张拴。王老三解放前给地主当过账房,是个溜奸耍滑的人物,过去理都不理宋老定,现在看见村里群众挺拥护东山,见了老定就格外亲热、格外巴结。他诱劝老定买下地,再雇个长工,晚年享享清福。老定经他一说有些心动,但又一想自己过去当长工的时候,王老三给地主买地也是这股子劲,心头就泛上一股恶气。

幻觉中似乎看见了张拴的那一群孩子,一个个都瘦得皮包骨头,向他跑来。他急忙踮着脚走到家里,听见秀兰正对婆婆说,现在有了合作社，不用公公为他们打算。宋老定气得饭也不吃，谎称要到集上吃肉去。跑到集上，他却只吃了一碗豆腐汤煮馍。傍晚，东山开完党支部会议回来，主动找爹爹和解，见他还固执着，便调转话头，从庄稼引到解放前宋家的贫困史，使宋老定自己明白了新旧的对比。东山语重心长地说："咱不能走地主走的那一条路。"宋老定脑子里乱得很。他想着千说万说还是多几亩土地算事。以后东林们分家时，一个人能分一二十亩地多好。孙子们早晚提起来说："经我爷手买了多少地！"他们也知道他爷爷是"置业手"。他又想起王老三说的："过年一季麦就把一多半本捞回来了！"谁嫌地多！况且这是买"一杆旗"这块地，全村头一份好地，不能错过这机会。他想着想着，便一直走到"一杆旗"地里。他被这黑油油的土地吸引着，看四下没人，就沿着地边走起来，想步步看这块地究竟还有二亩四分没有。

他猛地看见了张拴他爹的坟。张拴的爹是解放前一年死的，耍了一辈子扁担，临死时还没有一份地能埋葬自己。张拴把他爹的棺材在破窑里放了两年，一直到土改后才算把他埋到这块地里。老定想起张拴他爹的悲惨结局，又想起自己解放前受的苦，眼泪直想往外涌，没量完地就赶快回村子去了。在村头碰见长山老头正挑着两半布袋麦要给张拴送去，借给他去供销社卖了买苇子织席还账。长山说这麦子放在家里也不急用，他又不预备买地。老定听了，脸唰地一下红了。

晚饭后，张拴来找东山，听说他不在，就慌里慌张地走了。

宋老定很是纳闷。不一会儿，东山和张拴一同来了，两人径去东山屋里说话。老定悄悄地赤着脚立在院里窗子下听他们谈话。张拴说他决定照东山说的办，不卖地，打几个月席，以后好好种地。还说长山伯已经借给他五斗麦，信贷社答应借给他20万，现在就看东山这里能不能再借给他二三十万。东山说他爹总是打不通思想，他也不想让爹爹生气，老人家受了一辈子苦，弄几个钱自然金贵。他预备把互助组的人召集起来说说，发动大家一起来帮助张拴。张拴十分感动，又宽慰东山说："谁也知道你有个糊涂爹，不会怪你。"东山说他爹这二年其实也有转变，经他劝导，他爹已经不再要买地了，就只是怕借钱这事张风。

张拴也说他知道老定叔是直心人，过去也给地主划过十字，知道卖地的苦滋味。一席话，听得外边的宋老定热泪盈眶。第二天，宋老定大清早就起来去地里找东山，他准备和东山商量一下，决定先在下凹地头打一眼井，秋后再装一部水车。他恰巧碰见张拴由对面走来。他正想上去打招呼，张拴好像故意回避似的急忙拐到高粱地里。"张拴！张拴！我有话要和你说！"他大声喊着，张拴只得从地里走出来。老定说："后晌到我家给你30万块钱！""借给我的？"张拴瞪着眼睛吃惊地问。"不借给你难道我还想买地！你记住：以后要好好地下劲种地，要不，连谁你都对不住！"他说罢，就一直朝东一步一步迎着太阳走去。

李双双小传

/// 李准

一

李双双是我们人民公社孙庄大队孙喜旺的爱人,今年二十七岁年纪。在人民公社化和"大跃进"以前,村里很少有人知道她叫"双双",因为她年纪轻轻的就拉巴了两三个孩子,在高级社的时候,很少能上地做几回活,逢上麦秋忙天,就是做上几十个劳动日,也都上在喜旺的工折上。村里街坊邻居,老一辈人提起她,都管她叫"喜旺家",或者"喜旺媳妇";年轻人只管她叫"喜旺嫂子"。至于喜旺本人,前些年在人前提起她,就只说"俺那个屋里人",近几年双双有了小孩子,他改叫作"俺小菊她妈"。另外,他还有个不大好听的叫法,那就是"俺做饭的"。

双双这个名字既然被这么多的名称代替着,自然很难有露面的时候。可是什么事情都有变的时候,一九五八年春天"大跃进",却把双双给"跃"出来了。她这个名字,不单是跃到全公社,又跃到县报上、省报上。李双双这个名字被人响亮亮地叫起来了。不过话还得说回来,她这个名字头一次出现在人们面前,还是在一九五八年春节后,孙庄群众鸣放会上的一张大字报上。故事也还得从那个时候说起。

一九五八年开春,全乡群众打破常规过春节,发动起来一个轰轰烈烈向水利化进军的高潮。孙庄的男女青年们,都扛着大旗、敲着锣鼓上黑山头修水库去了,村子里剩下的劳力,也都忙着积肥送粪,耙春地,下红薯秧苗,可是终因劳力缺少,麦田管理怎么也顾不过来。

这时候,社里党支部发动群众鸣放讨论这个事,要大家想办法解决。社里开了个动员会,第一天,大字报就在街上贴满了。这天,乡里党委书记罗书林同志正来孙庄,他和社里老支书老进叔,看着一街两行房山墙上贴的红红绿绿的大字报。就在这时候,他们被一张大字报吸引住了。

这张大字报的字写得很大,字迹写得有点歪歪扭扭,可是上边的事却写得格外新鲜。

上边写的是:

家务事,
真心焦,

有干劲,
鼓不了!
整天围着锅台转,
跃进计划咋实现?
只要能把食堂办,
敢和他们男人来挑战。

下边写的名字是"李双双"。

这一张大字报贴出来不要紧,可把罗书记喜欢透了。他念了一遍又一遍,拍着老进叔的肩膀头说:"嗨,老伙计,这可有了办法了。这一张大字报重要得很!要是能把家庭妇女解放出来,咱们这个'大跃进'可就长上翅膀了!"他接着就打听这个李双双是谁家的。

老进叔想了想说:"如今这些年轻媳妇们,我都还安不清位,这都是不常开会那一号。"

罗书记说:"你打听打听,这个人可要好好访访培养。能想出来这一条就不简单,有股子冲劲!"

提到"冲劲",老进叔说:"这么说来,兴许是喜旺媳妇。"

罗书记说:"怎见得是她?"老进叔说:"那个小媳妇可能拿得出来了!去年大辩论时候,上到台子上发言的就是她。就是平常开会少一点。前两天,我见她跟喜旺还干仗哩!"

两个人正谈论着,树影儿已经正了,地里的人也都回来了,围着过来看大字报。老支书就问他们:"这个李双双是不是喜旺媳妇?"有人说"是",也有人说"不是"。

有人说:"这就是喜旺家写的,去年冬天扫盲上民校时候,她报的名字就叫李双双。"

还有人说:"那个媳妇利利洒洒的,读书心眼可灵了,她能写出这几个字。"

大伙正在议论,恰巧喜旺推着小车从地里回来了,喜旺有三十四岁年纪,比双双大着七八岁。他原来也是个贫苦出身,解放前在镇上饭馆里当过二年小学徒,后来因为端菜打破了两个八寸瓷盘,怕挨掌柜的打,就偷跑到外边在吹鼓手班子里混了二年,一直到解放后,才回到村里。

大伙看见喜旺,就叫着他问:"喜旺,你看这是谁写的大字报,是不是您小菊她妈?"

喜旺听说双双贴了大字报,先吓了一跳。他忖着:"这个'出马一条线'的货,该不是把前天和我吵嘴的事儿掀出来了吧!"他又见乡里罗书记和老支书都在这里看着那张大字报,更是不能承应。他哼着哈着走到那张大字报跟前念了念,心里一块石头才算落了地,又听见罗书记说:"写得好!这张大字报写得真好!"他才慢慢吞吞地说:"就是俺做饭的写的。"

喜旺话音一落地,大家轰的一声笑起来。喜旺听着别人笑,还只当是别人笑他吹牛,急忙证实着说:"你们不信哪!真是俺小菊她妈写的。她就叫李双双,她会写字啊!她不光在这里贴大字报,平常写的小字条,把我们那个屋子都贴满了。"他这么一说,大家笑得更厉害,罗书记笑着问他:"平常她写的小字条上都写些什么?"

喜旺红着脸说:"女人家,她懂得什么。写的都和这张大字报上差不离,什么:'我真想学习呀,就是没时间。''啥时候我也能不做饭,去参加"大跃进"!'还有什么:'裤子的裤字,去掉一边的衣字,就是水库的库。''人谁精,谁憨,工作多了见人多了就聪明,整天闷在家里就笨。'……可多啦!床头上,窗户纸下贴的都是,我都记不清。反正我那个做饭的,是个有嘴没心'没星秤'的人,你们不用和她一般见识。"喜旺说着就去撕山墙上双双写的那张大字报,老支书拦住他说:"你这是干啥?人家写的大字报,你怎么就能随便撕。人家这是鸣放啊!"

喜旺听说这是"鸣放",吓了一跳,又忙吐了唾沫往墙上粘。罗书记打量着他笑着说:"喜旺啊!你爱人李双双这张大字报写得好得很,这个建议对咱们全乡'大跃进'要起很大作用。人家不是不懂什么,是懂得很多。我要把这张大字报拿走了,乡党委要专门开会研究这个建议。"

接着又拍着他的肩膀说:"哎,以后要改改旧习惯了,怎么老叫'俺做饭的''俺做饭的',人家大字报都贴到你的床头了,还不民主点儿。"

罗书记说罢,把那张大字报取下折起来装在口袋里,和老支书上社里去了。喜旺这时却弄得像个丈二金刚———一时摸不着头脑。

二

喜旺推着空车子往家一路走,一路想着。

他想,别看我那个傻女人,她编两句顺口溜,却连乡里罗书记都看得那样金贵。不过也好险哪!好在她还没有把我们打架那个事儿给亮出来,她要真写我一张大字报贴在街上,说不定大伙还要和我"辩论"一下。哎,这个直性子女人,以后可真得小心点儿哩。

说起来喜旺和双双前两天打架,还有一段缘由。双双娘家在解放前是个赤贫农户,她在十七岁那年,就嫁给了喜旺。

才过门那几年,双双是个小丫头,什么事也不懂,可没断挨喜旺的打。到土改时候,政府又贯彻婚姻法,喜旺才不敢老打了。一则是日子也像样了,害怕双双和他离婚;二则是双双也有了小孩,脾气也大起来。有时候喜旺打她,她就拼着还手打喜旺。喜旺认真地惹了她两次,可是到底也没惹下,村里干部又评他个没理,后来也干脆就把拳头收了起来。可是家里里里外外的事情,还是他一个人当着家。合作化以后,男女实行同工同酬,双双虽然做活儿少,可也有人家一份。喜旺这时候办个什么事,也得和她商量商量。

不过双双孩子多,很少开会,也很少下地。喜旺也乐意自己多做一点儿。照他自己的看法是,这也少找许多麻烦,少生闲气。

喜旺也确实喜欢双双。他喜欢双双那个火辣辣的性子,喜欢她这些年变化得敢说敢笑的爽快劲儿。双双人长得漂亮,又做得一手好针线,干起活儿来快当利落。前几年纺棉花,粗拉拉的线一天能纺半斤,织起布来一天能织一丈三四。就是这几年孩子多了,喜旺也没断过新鞋穿。秋风凉的时候,孩子们总是能换上干干净净的棉衣服。可是喜旺也有不喜欢她的地方,那就是在他看来,双双嘴太快,爱在街上管闲事,说闲话。因为多管闲事,就断不了要跟一些人吵嘴,有时候还得喜旺出面给人家赔不是。逢到这种时候,喜旺总是恨恨地说着:"哎,这女人心眼太聪明了,她少个心眼倒安分了!"

从前年冬天起,村子里扩大民校,双双上民校了。她这时一心一意学文化,和人家吵嘴事情少了,喜旺也乐得安心起来。他想着:"这样也好,每天能画两个字,倒把她心给占住了。反正水总得有个渠渠。"

村里各家在前年安有线广播时,喜旺家里也安了一个小喇叭碗。喜旺喜欢听梆子戏,听吹唢呐;双双喜欢听新闻,听报告。两口子一人一段,也不矛盾。可是喜旺却没有料到双双自从学了文化以后,又听广播,又看报纸,倒是越发要闹起"事儿"来,她不但在屋子里贴满小字报,前天还和他干了一架。

打架是在正月初七那天。双双看着青年们都上黑山头水库去了,又听说还要把红石河的水引到村里来,在村东边挖一条大渠,这时她就要求着也要去修渠。

喜旺说:"你算了吧,队里又没派你的工。"

双双说:"没派我我也要去。我在家憋闷得慌。人家都'大跃进'哩,我就不能走出这个家!"

喜旺说:"什么'大跃进'呀,还不是挖土。"双双撇着嘴看了他一眼说:"就你的落后话多,我非去不行。"

喜旺拗不过她,只得由她把小孩子寄给邻居四婶,去村东参加修渠了。

双双修了两天渠,脸吹得红扑扑的,话也稠了,笑声也响了,可是也更忙了。特别是做三顿饭。每天人家不下工她就得跑回来,忙着烟熏火燎地烧火做饭,可是还没等吃到嘴里,队里就又打上工钟了。

初七那天晌午,双双回来得稍晚了点,一到家里,就看见几个孩子哭着要吃饭。她累得浑身没一点劲儿,孩子们又闹着吃饭,急得一心火。她掀开帘子到屋子里一看,喜旺却早回来了,直杠杠地躺在床上吸烟。

双双看了很生气,她说:"孩子们哭成这样子,你也不哄哄,你倒清闲!"

喜旺却在床上只是吧嗒吧嗒抽烟,也不吭声。

双双一面从笼里取出两块馍,塞给孩子们,一面洗着手和着面说:"你又不是不会做饭,你要回来先把面和好,我回来擀,也省点时间。就会躺在床上吸烟。"

喜旺这时却伸着两个指头说:"哎!我就不能给你起这头。做饭就是屋里人的事。我现在给你做饭,将来还得叫我给你洗尿布哩!"

双双一听这话,心里就窝着火。她说:"那你也得看忙闲,我忙成这样子,你就没长眼!"

喜旺说:"那是你自找,我可养活不起你啦!谁叫你去劳动?"

双双正在切面,她把刀往案板上一拍说:"将来社里旱田变水田,打的粮食你不用吃!"喜旺说:"你说不叫我吃就行了?将来还得你给我做着吃。"

双双听他这样说,气得眼里直冒火星。她把切面刀哗地一撂说:"吃!你吃不成!"说罢气得坐在门槛上哭起来。

双双在一边哭着,喜旺却装得像个没事人一样。他躺了一会儿,腆着个脸爬起来到案板前看了看切好的那些面条说:"这就够我吃了,我自己也会下。"说着就往锅里下起面条来。面条下到锅里,他又找了两瓣蒜捣了捣,还加了点醋,打算吃捞面条。

双双在屋里越哭得痛,喜旺把蒜臼越捣得咣咣当当直响。

双双看他准备得那样自在,气得直咬牙。她想着:"我在这里哭,你在那里吃。你吃不成!"想到这里,就猛地跑过去狠狠地朝着喜旺脊梁捣了两拳。

喜旺挨了两拳,嘴里喊着说:"好!你反天了!"他拿着蒜锤扭过身来正要还手,却被双双一把抢了过来,又猛地推了他一掌子,把他一下子推到院子里蹲在地上。

双双把喜旺推蹲在地上,自己却忍不住咯咯地大笑起来。

她笑得那样响，把满脸泪花都笑得抖落在地上。

喜旺从地上爬起来正要出气，却被双双上去扭住他说：

"走！咱们去找老支书说理去！就是兴你这样，我参加'大跃进'你不愿意，你嫌不舒坦，不美气，故意找我岔子，你这是啥思想！走！"

喜旺本来想狠狠地揍她两下子，可是听双双这么说，自己知道理短。何况今天这个事，又是他故意给双双穿小鞋。因此他也不敢再打她了，更不敢和她同去见老支书。他急忙挣脱两只手，站在大门跟前故意气昂昂地说：

"你去吧！你前边去，我后边跟着！"

他话虽是这么说，自己却先溜了。出去把门反扣上。

三

两口子闹了这一场，双双又是生气，又是好笑。不过她心里却有了心事，她想着：

"光是这样闹，也不是常法，得想个法子。"

这天夜里，双双把孩子都哄睡，又把灯拨了拨，一个人坐在窗户前在纳鞋底。她一面纳着鞋底，一面想着心事。正在这时，忽然村东一片火光把她家的窗户纸都映红了。

一阵人声喧闹和欢笑，紧跟着是雨点子般的镢头铁锨挖着石头块的响声，一阵阵地传送过来。

双双从窗户洞里往村东看了看，知道这是引红石河的人们在搞夜战上工了。灯笼吊了一长行，像一条火龙。在灯笼下边，是一条黑黝黝的人群，镢头和铁锨挥舞着，起落着。石夯重重落下的声音有节奏地响起来，小伙子和姑娘们的清脆夯歌声，像一股潮水一样，一股脑儿向着双双家的窗子里涌进来。

"外边'大跃进'干红了天，我还能叫这个家缠我一辈子！"双双想着，只觉得心里扑棱棱的，脸上热乎乎的，再也无心做活。

正在这时，忽然吱呀一声门开了，走进个人来。双双还只当是喜旺，故意赌气不看他。

"哟！好大的抬神哪！你是瞌睡了吧！"

双双急忙抬头一看，原来进来的是南院长水媳妇桂英，先笑了。她说："我还只当是俺那个主回来了，原来是你呀！"

桂英说："怎么，你还不想理他呀？"

双双说："我十辈子不理他也不想他！"

桂英说："算了吧！你没听人家常言说：'天上下雨地下流，小两口打架不记仇，白天吃的一个锅里饭，晚上枕的一个枕头！'"双双说："我们就是这一个锅里的饭吃不到一块呀！"

两个人说着都咯咯地笑起来，由于笑得太响，把床上的小孩子也震得翻了个身，她们忙止住了笑。

双双小声问桂英："你孩子们呢？"

"也是才哄睡。"桂英说。

"你怎么不睡？"

"睡不着。你呢？"

双双说:"我也睡不着。听说再过几天水就要从咱这大门口流过来了。"

桂英说:"喜旺嫂子,你说咱这一号可咋办!人家都'大跃进'哩,咱们怎么'大跃进'?前天我们长水上黑山头水库了。我也要去,人家说咱这孩子多的一号不行。我说我去水库上做饭,人家说没人带小孩!"

双双猛地站起来问:"水库上成立食堂了?"

桂英说:"是啊,前天把大锅大笼都拉去了!"

双双把鞋底一摆说:"嘿!他们水库上能成立食堂,咱们村里怎么不能成立食堂!"

桂英也拍着手说:"是啊!这倒是个办法。"

两个年轻媳妇一高兴,劲头也大了,办法也多了。她们商量着如何办食堂,如何安置小孩,越说越有劲,一直说到半夜,还是说不完,双双就拉着桂英,连夜去找老支书。

到了老支书家里,老支书在工地上还没回来,只有进大娘在家里。她们把要求办食堂的事和进大娘说了说。进大娘说:"你们想这个办法正是碴儿,今天夜里正开会研究挖劳力办法。你们这个办法好,去鸣放鸣放,管保行!"

双双说:"怎么'鸣放'呀?"

进大娘说:"糊大字报!你们会写字,把你们想的,字写得大大的,尽往街上糊了……"

进大娘说着,双双就拉着桂英说:

"走！管它三七二十一，咱先写一张糊上再说。"两个人兴致勃勃地走了。

双双回到家里，看见喜旺已睡下了。她又点着了灯，找了张纸，写起大字报来。正写着，喜旺醒了，他看见双双在聚精会神地写着字，就叫着说："喂！睡吧，别熬油了，凭你再画字也考不了秀才！"

双双却不理他，只管写着，她一直写到东方发白，才编成快板，拿出去贴在大街上。

喜旺再也没想到双双写的大字报这么中用。

他推着空小车回到家里后，坐在院子里看着双双只管嘻嘻嘻、嘻嘻嘻地傻笑。笑得双双不耐烦，就冲着他问："你笑什么呀？只管笑，像吃了呱呱鸡的肉了！"

喜旺眯着两只眼说："小菊她妈，你不简单呀！"

"什么简单不简单的，有话你就直说呗，吐半截，咽半截！"

喜旺说："你写的那张大字报，给乡里罗书记看见了。罗书记说你那个顺口溜重要得很，乡党委会要专门开会研究。"

"真的吗？"双双听说后高兴得几乎跳起来。喜旺却接着说："我说你呀，以后可别乱给我捅娄子了！这大字报可不是随便糊的。你懂得什么政策！这食堂是怎么个办法子，社里还能开饭馆子？"

双双说："你就记着开饭馆，我们说是办公共食堂。全村各户凡乐意的就把粮食兑到一块，选几个好炊事员做饭。像水库上那样，又省人，又省些煤，还能节约粮食。我的好大哥，以后呀，你也别想拿捏我了，我呢，这个煤渣坑也跳到头了！"

喜旺听她这么说，先"嘀"了两声说："我还不知道你是要插翅膀飞呀！那行不行？七家八户放到一块吃饭。净想鲜点子！乡里要能准了你这张大字报，哼！……"

双双说："那也说不定，真要准了怎么说？"

喜旺说："我头朝下走三圈！"

喜旺话音还没落地，忽然房檐下挂的有线广播小喇叭响起来了。

广播说："告诉各社员们一个好消息，为了组织更大跃进，乡党委根据群众要求，要在孙庄办一个公共食堂。……"

双双听了这几句话，高兴得撒开腿就往街上跑，她跑到大门口，进大娘、四婶、桂英等一群妇女正在向她家涌来。她们都吵着喊着：

"双双！咱们那张大字报顶事了，乡里要咱办食堂了！"

"走，现在咱就去找地方盘炉子！"

"谁会盘炉子呀？"

"现成的人，喜旺嘛！喜旺会盘大吸灶火！"

"借大锅，东头二毛家过去杀牛有一口大锅！"

"俺家有个大水缸！"

"我兑一个大风箱！"

"我家还有一把大火钳呢！"

霎时间，喜旺家院子里像赶春会似的挤满了人，这一群妇女吵吵嚷嚷，又是笑，又是闹，把喜旺推推拥拥，找地方盘炉子去了。

四

食堂地址是借在村十字路口南边，富裕中农孙有家的旧东院里。三间北房粉刷得雪白粉亮。屋子靠南墙窗户下，盘了两个八面通大吸灶煤火。煤火上放着两口大白印锅，煤火两厢放着两个牛腰粗大双缸，在房子东头，架起来一块一丈二长八尺宽的大柿木案板。

大件家具都借全了，孙庄农业社的公共食堂就要冒烟了。

在院子里，村里一百多户人家集合在这个新食堂院里，在选食堂的炊事员和管理员。

开会的时候，老支书说了说乡党委支持大家办食堂的要求，并且说干就干。最后轮到选炊事员时，大家轰的一声吵开了。

双双头一个发言。她涨红着脸提高嗓门喊着说："喂！我提议叫四婶当个炊事员。四婶是个贫农，人也干净，做活儿也牢靠。再说，都知道四婶心事也好！"

双双刚说完，大伙就赞成着说："四婶算一个！四婶能行。"

"人家决不会抛撒米面。"

"可是咱现在都是大锅大笼，还得要个棒实点的人哪。"

"再选个男人！"

喜旺这天也参加会了。他本来只是蹲在一边抽着烟来看热闹，可没想到这时候却有人提他的名字，那是桂英。

桂英站起来说："哎，我提个人：喜旺哥，咱们都知道喜旺哥是做菜的高手。人家干过馆子，什么炒菜熘菜都行。可咱们连见都没有见过！大家说行不行？"

"行。"大家应和着。还有人说："添上喜旺这个棒劳力连挑水都有了！"

"有了喜旺，想吃鸡想吃鱼都不挡把！"

"喜旺行，喜旺为人和气。"富裕中农孙有本来不愿意办食堂，可是看大家都这么说，他也在一边应付着。

又有人接着说："要是咱这食堂有喜旺这炊事员，就是吃根萝卜菜也会有味。"

大家你一句我一句说着，可把双双喜欢坏了。她自从和喜旺结婚以来，还没见过这么多人夸奖喜旺。"这'大跃进'真是把有什么本事的人都用起来了，看他多受大家欢迎啊。"双双想着。可是就在这时候，喜旺站起来发言了。他发言时特别神气。旱烟袋不抽了，从耳朵缝里取出来一根纸烟吸着，先咳嗽了两声才说："刚才大伙都选举我，叫我进食堂，这是看得起我。可是这食堂活儿我干不了。有人会说你从前在北山白木店大镇上馆子里都干了，还差农村这个食堂！这里边有个原因，这叫不读哪家书，不识哪家字。从前在馆子学徒是分着面案、菜案、流水案。我学的是菜案。你要说弄个鸡子，弄个鱼，不管清蒸红烧咱不外行，可是蒸馍、做面条，这是面案……"喜旺这一派话还没说完，群众就嚷着说："就是选你这号做菜手嘛！"

"会推磨就会推碾！将来咱们这食堂也要吃鱼吃鸡子，你得往前看哪！"

"水库里鱼都长得一斤多重了！"

双双这时也笑着指着喜旺说："他会蒸馍，也会擀面条。平常在家他自己做嘴吃可会做了。"

喜旺见双双揭他的底，就愣着眼说："就你长着一张嘴！你什么时候见我做嘴吃？"

双双也不让他，说："前天你还做哩！怎么你就是不会擀面条，不会蒸馍？放着排场不排场，放着光荣不光荣！我就见不得'牵着不走，打着倒退''狗肉不上桌'这号人！"

双双这几句话说得像刀子裁一样，把全场群众都说得哈哈大笑。喜旺挽着袖子还要说什么，老支书说话了。老支书说："办食堂是咱们全体社员的福利，是为咱们生产能更好'大跃进'。大伙既然选住咱，那就是看咱能给大伙服务，也就不用推辞了。"老支书这话虽然说得不多，却句句都是叫喜旺听的。喜旺这人平常虽说有点流气，对老支书却是非常尊敬。他红着脸说："要是这样，那我刚才说的不算，'俺做饭的'说那个算就是了！"

他这一句话刚出口，大家又轰的一声笑了，连老支书也笑了。喜旺这时脸涨得鲜红，他搔着头皮想着，忽然感到这个称呼是多么背时啊！

五

　　食堂头一顿饭吃的是小米绿豆面条，群众叫作"鲤鱼穿沙"。因为是做头一顿饭，老支书、队长玉顺都亲自下厨房了。

　　炊事员除了喜旺和四婶外，又选了桂英。管理员暂时找不到人，就由孙有家的老大孩子金樵担任。这金樵原是个小学毕业生，后来因为年龄大了，也没考上中学，就在社里劳动。老支书这天一早就到了食堂，一到就先烧了一阵火，然后抓住一副扁担水桶，咕通咕通地往水缸担起水来。喜旺看着老支书年纪这样大，还来干得这样泼，自己有点过意不去。他把几块面擀开以后，交给桂英她们切着，自己夺过老支书的扁担和水桶就去挑水。他一口气挑了三十来担，把两个大水缸挑得弥棱满沿才算不挑。

　　吃饭的时候，全村的男女老少都来了。双双也带着小菊、小笛、小笙三个小孩子来了。她看着喜旺穿着雪白的工作衣，戴着白帽子，衣服上边还绣着大红字儿。她又看着他忙着给大家打饭收饭票，大家也叫着他找着他，好像他也会说了，会笑了，猛地年轻了十几岁一样。

　　吃饭时候，双双远远瞟着他只是笑。她故意把面条在碗里挑得大高往嘴里吃着，吃得很香的样子叫喜旺看，意思说：我也吃上你做的饭，好气气他。喜旺看见了只装没看见，把脸埋在一边。

　　老支书还没吃饭，他挨桌子问着群众，了解对食堂的意见。他去到双双跟前问："双双，这食堂饭好吃不好？"双双笑着说：

"太好吃了。这多省工夫呀,吃罢饭嘴一抹尽走了,只说赶跃进,什么心都不操了!"她说着看了喜旺一眼,喜旺心里说:"好,你现在算是熬成人了。"

吃罢饭,喜旺在食堂里洗刷一毕,回到家里,看见双双正在给小笛子、小笙子两个小家伙洗脸、擦粉抹胭脂,换新衣裳往幼儿园里送。他进到屋里也不顾这些,先长长地唉了一声说:"他娘的!真把我使坏了,浑身上下都零散了!"说着往床上咕通地一放。

双双知道他这个爱表功的脾气,却先不理他,任他在那儿哼呀咳呀漫天地扯。孩子们收拾好了,进大娘来了。她是幼儿园的园长,来领小笛和小笙子。进大娘把两个小孩领去后,双双这才回来从暖水壶里倒了一杯水,抿着嘴微笑着双手端着放在喜旺跟前。

"光累得慌?"双双轻声问。

"我身上像抽了楔子啦。"喜旺故意装得愁眉苦脸地说。双双又打了一盆洗脸水端过来说:"看你那个脸,涂得像个张飞。就这你还吹着你是大馆子出来哩。头一条卫生你就不讲究。现在是'除四害',要是兴'除五害'呀,连你也除了!"

喜旺翻身坐起来说:"我挑了四十担水,你去试试!"

双双说:"我不用去试。我知道那活儿有多深多浅。我要是做饭回来,决不会像你这样哼呀咳呀……"

喜旺洗着脸说:"说大话使不着人!你如今算是站到高枝上了。"双双说:"哎,那我也没闲着。都是工作嘛!老赵说这炊事员还是重要工作。"喜旺接着高兴地问："小菊她妈，你只说面条擀得咋样？"

"好。又细又长！"双双称赞着说。

经这么一夸，喜旺高兴起来了。他说："嗨！你是没吃过我做的好饭。就这面条，配上点鸡汤，再加上点鸡丝、海米、紫菜，那你吃吃看。现在食堂东西不全，从前……"

他正要往下讲，双双说："我不听我不听。"喜旺说："我没说完，你知道我说什么？"

双双说："又说你那当年'北山白木店'，你当我不知道！"

喜旺咽了口唾沫说："那可不是。"

双双看他扫了兴，就劝他说："你怎么老摆你那个'北山白木店'，我就不想听。那是旧社会，那时候你在那里是挨打受气，你做的东西再好吃，是给那些地主恶霸坏蛋们做的，咱自己家里吃的什么！端起碗来照得见人影，糠窝窝捏都捏不起来，过个年也没见过一个白馍。如今这食堂虽是家常饭，可都是为咱自己劳动人民干的。你也不要吹你那个，我想着咱要能这样跃进，将来粮食大丰收了，猪喂得多了，鱼养得多了，总有一天，非超过你们那馆子饭不行。另外你知道你这两只手进到食堂，能腾出来多少双手啊！今天我调到猪场，就喂了十八头猪。可是过去我在家里就只能侍候你。"

喜旺点着头想着："说得也在理。"他想了一会儿，漫不经心地问双双："小菊她妈，我今天听人家说马克思过去就说过叫办食堂,你读过这本书没有?"双双说:"我还没读过。可我听说是恩格斯说的!"喜旺说:"不,是姓马!……"

六

麦收后,全乡成立了人民公社,孙庄划作了一个生产队。

这时黑山头水库修成了,红石河渠也修成了。一条清凌凌的渠水从孙庄村中流过去,庄子周围,都改成了水稻田。

公社化以后,群众干劲更大了,公社的力量也雄厚了。黑山头库下边盖了一片红瓦厂房,榨油厂、面粉厂、机械厂、洋灰厂都办起来了。在山里,公社还办了几个大牧场、林场和育苗场。在孙庄的西边鲁班庙周围,队里还盖了个繁殖猪场。

双双就在猪场喂猪。

孙庄生产队夏季小麦获得了丰收,食堂又办得较早,所以不断有人来参观。可是每逢人家来参观一次,老支书总得批评喜旺一次,因为他们食堂里总是弄得不够卫生,发现过苍蝇,还碰到个老鼠。

喜旺每天清早和双双一块出来上班,到天黑两个人又一块下班回家。两个人见面,双双总要说他们猪场的新鲜事。比如一个猪下了十个猪娃呀,人工授精的新技术呀,特别是近来双双研究出来"肥猪肥吃,瘦猪慢吃,按类分槽"的办法,还得了一次模范。

不过喜旺每听到她说猪场的新事,就唉声叹气地说:"我这活儿不能干,比不得你那个活儿,光得罪人!"

双双说:"那有什么得罪人,你不偏这家不向那家,有什么怕。"

喜旺说:"你哪里知道,是人都长有嘴,特别是打饭时候,你净听二话了。"双双说:"我就不信,你只要公公道道,他们说也不行。就怕你是个'软面筋',人家谁夸奖你几句,给你戴个三尺半高帽子,你就对人家不一样!"

喜旺听了,却不吭声。

这天后晌,喜旺正在蒸馍,对门孙有过来了。这孙有有五十多岁年纪,因为他儿子金樵在食堂当管理员,食堂院又是租他家的房子,所以经常到食堂走动,看看这,摸摸那,唯恐人家把他的房子弄坏似的。

喜旺在揭着笼,孙有蹲在一边凳子上看着和他排话。

孙有说:"咦,喜旺,今天你这个馍蒸得好!这面和成了,揭开泛白不泛青!"喜旺说:"你这算是懂得,就这是新麦面。"

他说着拿起来一个热蒸馍说:"给!尝尝!"孙有拿着蒸馍吃着,话稠起来了。他说:"喜旺,如今咱们食堂是一天吃两顿馍,前几年就我那个家里,你是知道,像这麦罢天里,一天三顿干的,有时半晌还外加一顿贴膳!"喜旺听孙有这么说着,心里说:"你从前一天吃三顿干的,我可没吃上三顿干的,我觉着我那一群小家伙能吃上这食堂饭就不错了。"可是他这个人就有这个毛病,心里这么想,嘴里不能这么拿出来。他却也故意装着叹着气说:"咳!现在这事儿吧,难说!"

这孙有看他随和老实可欺，就又向他提出了要求。他说："喜旺，我有个事想央央你：明天是我老大周年哩，想做几碗供菜。家里不方便，想放到食堂做，趁趁你这高手。"喜旺平常在食堂里只做家常饭，正想"露一手"。又听孙有左夸奖右夸奖，脑子就有点晕晕忽忽了。他说："你把东西只管拿来了吧，这还央着我啥能处！还能叫你作难？"

夜里，孙有过来了。他说的是做五碗大菜，却只掂了一个小鸡。喜旺看他只拿来一只鸡，心里说："你这倒是叫作难哩！"可是既然答应了人家，少不得只得拿食堂东西往里填。

搭了油盐酱醋还不算，青菜粉条的浪费了一大筐。那金樵看着却只装没看见。

喜旺给人家忙了大半夜，自己反没吃一点东西。最后剩了半碗菜汤，孙有说："剩这些你吃了吧！"

喜旺说："你不知道，做啥不吃啥！光气都闻够了。"

"端回你家里。"孙有撺掇着说。喜旺说："我家里那几口人都不吃腥荤。"其实倒不是他家里人不吃腥荤，他是怕双双。

他知道双双平常是见不得这种事情的人，进食堂时，就不断和他叮咛这些事情，要一清一白，别见小。

喜旺虽然这么小心，可是没有不透风的墙。没过上两天，这个事就在群众中吵开了。

初上来人们还在风言风语地估猜，后来就有人干脆在食堂贴出了大字报。

喜旺是个胆小的人，一见大字报，先吓了一跳。他寻思着："这事情将来要是弄得水落石出，少不得要扯住我一批嘛。干脆，趁台阶下驴，不干这个炊事员算了，也省得得罪人生闲气。"

回到家里，他看见双双，先长出了口气。

双双在猪场的食堂吃饭，还不知道这个事情，她问："又怎么了？"喜旺摇摇头说："这食堂我干不了啦。"双双说："干得好好的，怎么就干不了啦，光怕麻烦得罪人还行？"喜旺本来是正想这么说，可是反被双双先堵住了。他这时一想，只得又想出个办法来。他哼了两声说："小菊她妈，你不知道我有个恶心病，我从小学馆子时得的病根，一闻见热蒸馍气就恶心。这些年我只说好了，谁知道天一热它又犯了？我不是怕出力呀，现在到地里不管推粪、锄地我都能干，就怕闻这热馍气！一闻到它连一口饭也吃不进去。"

双双看他说得那样可怜，信以为真。她说："那你不用发愁，和老支书说说，找个人替你就是了，反正都是'大跃进'嘛！"

喜旺拿着工作服说："你把这给老支书送去吧，叫人家赶快安排个人，我明天得看病去。"

双双不识是假，就拿着工作服上大队部去，恰巧碰见老支书在和四婶、桂英等几个人说话。双双不知道他们在说什么，就过去把喜旺犯了怕闻热蒸馍气的病说了一遍，她还没说完，桂英和四婶却忍不住咯咯地笑起来。

双双说："你们不信，他真的有这个病啊！"老支书说："双双,他不是这个病,他是害的政治没挂帅的病!你看,这是人家贴的大字报!"

说罢把一张大字报递给了双双。双双接住那张大字报一看,只见上边写着:

> 炊事员孙喜旺:前天夜里孙有去食堂里,编着说给他大哥做周年,你用食堂的东西给他做了五个大菜,浪费了食堂的东西。都像你这样,咱们食堂还怎么能办好?

双双看完这张大字报,气得眼睛都发黑了。她想着:"我早叮咛,晚叮咛,只说他'大跃进'以来思想变好了,谁知道他还是这样一盆浆糊!"想到这里,她眼里憋着泪,嘴唇都气白了。

老支书好像看透了她的心事。他给了她个凳子让她坐下,然后微笑着说:"双双,这也不奇怪。这就是人的旧习惯哪!如今就得和这些旧习惯作斗争。要是认不清有些人的资本主义思想,他何止光想沾食堂光呢!叫他想着走回头路才好。所以现在不管干什么活儿,非得政治挂帅不行。"

双双问:"什么是'政治挂帅'?"

老支书说:"政治挂帅就是要听党的话。不管干什么活,都要想到这是革命工作,都是为咱们'大跃进'干,为咱们人民公社大办农业、大办粮食干,也是为咱们群众能早日过幸福日子干。思想能通到这个线上,就辟邪了!就不会推推动动,也不会上那些落后人的当了。"

老支书这一派话，对双双影响极深。她平常只想着喜旺在食堂只要不偷不摸，公公道道当个正派人就行了，没有想到还必须"政治挂帅"！

这时老支书又对她说："喜旺他不能在里边领导，他这个人要别人领着他干才行。可就是下边找不到这个强实人。食堂可重要得很呀，今年夏天咱们干这几千亩水稻，一月几遍水，要争取丰收，食堂办不好可不行！"

双双听老支书这么说，反倒干劲来了。她说："老支书，我去食堂当炊事员怎么样？本来办食堂时我就想去，那时候大伙都说喜旺他有技术。现在我愿意干！我保证，'政治挂帅'！"

双双话还没落地，桂英就嚷着说："大伙早就看到你身上了，我们拍手欢迎你！"

四婶也高兴地说："双双行！不会像喜旺那个'面筋'样！"

老支书说："行，我也想着你去好。猪场我和他们说说，他们新近还要拨来一批团员。"接着他又指着双双拿的工作服问，"这是什么？"

双双红着脸说："工作服哪！人家叫我给你交差来了！"

桂英抢着说："走吧！理他呢！到食堂里再拿一套回去。这一回呀，你们两口子是双双进食堂了。"说罢和四婶挽着双双的胳膊往食堂里去了。

喜旺在家里，正在拿着个唢呐跟着有线广播上的唢呐吹着学着。双双走进屋子,他正吹得有劲。

喜旺见双双回来,急忙放下唢呐。双双把两身工作服往床上生气地一撂。他忙问:"你怎么又拿回来啦?"双双问:"我问你,你害的什么病?"喜旺说:"怕闻热蒸馍气呀!"双双把眼一瞪说:"胡说,你怎么给富裕中农孙有捣的鬼,你说说!"喜旺看她揭了底,马上愣住了。双双接着就数落着他说:"平常我和你怎么说,结果你还是弄个这!你没有想想,咱们过去过的啥日子。现在党领导咱们'大跃进',办人民公社,还不是为了咱们赶快过好日子。咱们不光是要听党的话,听毛主席的话,还得热爱党,保护党提出来办的一切事情,谁破坏,就和他斗争!可你办这个事算什么?"接着她又把老支书说的话和人家揭发的那大字报事情对喜旺说了说,喜旺惭愧地耷拉着头不吭声了。临末了他说:"小菊她妈,反正都怨我糊涂,你说怎么办?"

双双说:"写张大字报检讨去!"

喜旺说:"这个不是多光彩的事,还到人前张扬个啥。"

双双说:"就是因为不光彩,才叫你检讨。以后只要咱立得正,行得正,群众还会拥护咱。"

喜旺抱住头想了半天,只得写了。他写着,双双坐在对面看着,把他使得一头汗。

大字报写完后,喜旺到床头上一翻,见是两身工作服,忙问:"怎么你一身没送出去,又拿回来一身哪?"

双双说:"是啊!我也到食堂里当炊事员啦,以后咱们两个在一块工作了。"

喜旺一听这个消息，又怪了！他说："啊，原来是这样，那你去我不去。两口子都弄这个事，像个啥，我不和你挤在一块！"

双双笑着说："我又没有穷气扑着你，夫妻两口当炊事员，只怕太好啦！咱们为的是工作嘛，这有什么不好。"双双接着又劝了他一阵子，喜旺慢慢想通了。他说："调来调去，你又来领导我了。不过你呀，到食堂后，说话可软和点，别把人都得罪完了。"

七

双双头一天进到食堂当了炊事员组长，来头就不一样。吃早饭时候，孙有因为做菜的事，被喜旺揭发，受了批评，心里不愿意。打饭时候，在一边故意拍着胸膛口说："哎！当炊事员可都得把心放到这里！"双双说："我不用放，就在这里长着！谁想来占便宜，不行！"双双回答得利落干脆。社员们都高兴地说："这一回行了，食堂里有公道人了。"到了上午，双双就把炊事员召集起来说："咱们这个食堂呀，得大搞一下卫生。把这院子里的几堆砖头瓦块都清理清理，墙也刷刷，大家说行不行？"几个炊事员都拥护这个意见，金樵却说："队里忙成这个样子，哪里有人呢！"双双说："咱不要队里的人，咱们做罢饭，突击干它一下就行了。"金樵说："我还得结账。"双双忙说："你忙，我们几个干。"喜旺也说："这点活儿，不算啥。咱们自己干。"金樵看大家都很坚决，也只得同意了。

到了下午，双双和大家刷罢碗，收拾完毕，就趁着空儿抬着箩筐干起来了。头一天，把几堆砖头抬得干干净净。第二天，双双从公社石灰厂里挑来了两担石灰，又扛了两个半截缸，绑了几个大麻刷子，和喜旺、桂英几个通前彻后粉刷起墙壁来。连着粉刷了两天，就把个食堂院漂刷得像粉妆玉砌一般。

院子里收拾好后，他们又把厨房里的炊具来了个大搬家，大洗刷。案板、木笼、锅碗瓢勺都洗刷得起明发亮，不见一个灰星。老支书来看了看，非常高兴。他说："这真是活儿怕人做。你们苦战这几天，食堂马上就变样了。"双双说："这一次食堂评比，我们要争取做'四无'食堂。保险没有一只苍蝇、一个老鼠。就是得要点纱布，我们把案板、锅、水缸都要加盖。"老支书说："这个能办到。就是说的是'四无'，可要认真做到。别像上一次人家正来参观，偏偏从那个坑下边就跑出个大老鼠来。"他说着看了看喜旺，喜旺装着没听见，把脸扭到墙上。

"就是墙角那个坑？"双双指着一个放着一排瓦罐的旧土坑说。老支书说："就是那个坑里。"双双说："不怕，今天再苦战它黄昏，挖它！"

到了夜里，双双和桂英、喜旺等几个人又挖起坑来了。前几天搞卫生，金樵只管在小屋子里拨算盘，并不来帮助；今天夜里，金樵听见有人在挖坑，却吓得什么似的慌慌张张跑来了。

他一进厨房就问："你们挖什么？"

"挖老鼠洞，这里边有大老鼠！"喜旺一边掏着一边说。金樵说:"这里边不会有老鼠!别挖了。"双双和桂英这几个哪里听他,只顾往里边挖。金樵看他们挖得紧,就夺过来桂英的镢头说:"你们过去,叫我挖!妇女家,没一点劲。"

金樵拿着镢头,净在边起磨蹭,却不往里边掏,好像这个旧坑里藏着什么东西。双双说:"金樵,你怎么像搔痒似的,怕吓着老鼠?"金樵说:"里边哪里会有老鼠?"

双双说:"你过来!"她说罢就往里边挖。可是她往外边扒着,金樵往里边扒着,惹得双双兴起,一镢头狠狠地刨下去,只听见坑里咣当一声,把双双手都震木了。原来镢头碰着了一块硬邦邦的东西!

"什么东西!"双双和桂英齐声喊起来。

金樵这时额头滚着汗珠子,他说:"不会有什么,可能是瓦片。"双双这时看出了里面有鬼,就喊着说:"管它是妖是怪,咱们除'四害',非把它除了不行!"说罢,忽里忽通扒起坑来。他们把坑顶一揭,却扒出来一部解放式水车。喜旺喊着:"水车!水车!好啊,这里边藏着这个东西!"

这部水车扒出来后,金樵脸都变成白的了。原来这部水车是他家在入社时藏起来的,已经埋了几年了。食堂借用他这地方时,因为搞得太快,他家还没来得及搬。双双说:"金樵你家这坑里,怎么会有水车?"金樵说:"我也不知道,我爹他熟人多,可能是亲戚家放到这里的。"

双双看问他不出长短来,又看了看桌子上的钟,已经十点了,就说:"咱不管是谁家的吧!先放到这里,天明汇报给大队。现在天也不早了,大家回去睡一会儿吧!"说罢大家都回家去了。

双双回到屋子里,想到孙有藏着水车,和社里不一心,越想越气,就是睡不着。喜旺这时呼噜呼噜睡得正甜。她怕惊醒他,只悄悄地翻了个身。这时候却听见有人在窗户外小声叫着:"喜旺!喜旺!"

双双仔细听了听,是老孙有的声音。她故意不吭声听着。

听了一会儿,喜旺醒了。喜旺问:"那谁?"外边孙有说着:"我,喜旺,跟你说个关紧事!"

喜旺哼着嘟哝起来了。到了院子里,开开大门,双双就听见孙有小声咕哝哝、咕哝哝说了好半天,也听不清说的什么,可是却听见喜旺说:"不行,我以后得'政治挂帅'了!我不能包庇你这个事!"

接着,孙有又低声下气地说:"喜旺,你看咱都是一个孙字掰不开,这事情一弄出去,我就丢人大了。是这样……"下边他咕咕哝哝不知道说了些什么,只听见喜旺说:"什么'将来用得着的时候,咱两家一块用'!你还是留点私有尾巴呀!我看你这思想赶紧得拆洗拆洗了。我对你说,咱们两个根本不是一条道,你赶快给我走!往后你姓你的孙,我姓我的孙,你别在这儿穷嘀咕了!"喜旺说罢,孙有忙着说:"你别说了,你别说了,我自动交出来就是。"说着起来跑了。

双双在屋子里听着喜旺说的话,她差点儿笑出来。可是她没有听清孙有的话。喜旺回到屋里后，她睁开眼问："刚才那谁？"喜旺说："老孙有。"双双说："他找你什么事？"喜旺磨磨蹭蹭地说："反正我把他赶跑了，你睡吧！"照喜旺想来，他走了算了，咱只要不跟着他走邪路。可是双双却坐起来说："他究竟说些什么？"喜旺本待不说，搁不住双双三问两问，他只得说："刚才孙有来，他说咱们挖出来那部水车，只要咱们两口子不张扬出去，别人都好说。将来水车能用着的时候，和咱合用！……"他还没有说完，双双把被子一掀跳下床来说："原来这老家伙还想走老路啊！"说罢就往外走。喜旺忙问："你上哪儿呀？"双双说："找他去！"她说着把布衫大襟一裹就冲出去了。

喜旺见双双出去后，自己在屋子里感叹着说："哎！真是火见不得水！比点炮捻还疾！"

双双到孙有家没找着孙有，就直接跑到大队部找老支书。

这时天还没亮，老支书和几个支委刚从水稻地里检查回来。听双双汇报后，大家都非常生气。玉顺说："前年他入初级社时，说他的水车卖了，原来藏起来了！"老支书说："这一次咱们可找到个好反面教员，平常咱们说这些人想走老路，有的群众还不相信，这一回可得叫群众好好讨论讨论，叫大家看看这些富裕中农存的什么心。另外，金樵啊，别看他是个青年，满脑子自私思想，赶快换他下来算了。"

八

春节前，全县举行了一次食堂大评比大检查，孙庄食堂因为粮食节约和粮食调剂搞得好，被评为全县一等红旗食堂。

双双这时已经接替了金樵的食堂管理员，由于工作积极负责，办事又公道，群众很满意，在冬天整社建党时，她被吸收加入了党。

这时正是正月开春，公社里布置要大浇小麦返青水。队里因为去年红薯收得多，每天要吃三分之一红薯。红薯这东西才吃新鲜，吃得久了容易吃絮。双双看着每天中午的馒头、晚上的汤面条，社员们都吃得很快活，就是早上的红薯稀饭，三大锅饭总是要剩半锅。小孩子们吃饭时，有的只把米粥吃了，把红薯剩在碗里，摆得满屋都是。

双双每顿收拾碗筷时，眼里看着剩的这些红薯，又心痛，又可惜。她想着这都是隔年下种辛辛苦苦收回来的粮食，就这样浪费掉多可惜！这天夜里，她就把喜旺、桂英、四婶等等集起来开了个会，研究看怎么办。

双双说："每顿饭红薯剩得那样多，咱们都看见了。社员们吃絮了，咱们得改改样子。只要饭做得好，花样变得多，社员们一定喜欢吃。"

喜旺平时对这个事也挺烦气，有时候还睖着眼和小孩子们吵几句。这时他说："叫我看是吃得太饱了！饿不上两顿你看他吃不吃。"

双双说:"我就不同意你这个意见,咱们办公共食堂是既要群众吃饱,还要群众吃好,这和过一家子日子一样,你不能叫人家不提意见。"喜旺说:"要没意见也容易,把细粮搁住尽吃啦!细粮吃完,只剩下红薯,他们不吃也没办法。"

双双听他这么说,就生气地说:"你这个人就是一头碰到南墙上,别的就没有法子啦?这每个月细粮决不能超支,亲老子说也不行!担子在我们肩上,不能没个计划,现在吃完了,将来锅吊起来!"

桂英这时也说:"有些社员这两天也说:'哎,正浇地哩,少吃点红薯吧。'咱可不能开这个例子,将来都剩下红薯,做饭才作难呢。"

双双说:"那么好的红薯,糟蹋了也真可惜。只要想办法,还能做不好?"

喜旺这时不敢大声说了,却在一边嘟哝着说:"红薯总是红薯,还能把它变成一朵花!"

四婶这时候却说:"要是不怕费工夫,也能改变个花样呀。俺家里以前穷,孩子们就是吃红薯长大的。这东西我做过,把红薯磨成粉浆烙煎饼,又省面又好吃。另外红薯面多少掺点白面,擀出来的面条可好啦!"

双双听到四婶有这方面的老经验,高兴得鼻子眼都会笑了。这天吃罢晚饭,也顾不得回去睡觉了,几个人点上灯就在食堂里试验起来。一直试验到半夜,煎饼和面条试验成功了,煎饼摊出来又香又软，面条也擀得又细又长。这一回喜旺服气了，他想着："真没料到，这红薯里边也还有这么大学问。"

吃清早饭时，老支书来食堂正找双双他们研究如何改进生活，双双说："你来看看我们做的这两宗东西。"老支书看了煎饼和擀的面条后，高兴地说："报喜！赶快报给公社！上级正大抓'粗粮细吃'，这一回咱们又走在前边了。"双双说："就是有个问题，煎饼摊着太慢，一百多口人吃饭，做不出来。"老支书说："那再想办法，反正咱们是找着门道了。"

上午，老支书到公社党委开会时，把这事情汇报了一下，下午党委会的福利委员也来孙庄了。他看了做的这几种东西，还亲自在这里试验做了做，觉得是个很大的创造，马上从机械厂拨来了一部轧面条机，当天晚上，还在全公社的广播大会上，表扬了李双双和四婶，又推广了这个经验。

喜旺和双双都在听广播。喜旺听着对双双的表扬，心里却老大不痛快。双双这时早看透了他的心事，就问："怎么你那个脸上，就像阴了天？"

喜旺没吭声，只叹了口气。双双又问，喜旺说："我跟着你呀，反正是一辈子也是个老鼠尾巴，发不粗长不大。"

双双说："你是炊事员，我也是炊事员，我怎么就妨碍了你哪！"

喜旺说："你看你如今县里也去开过会了，报上也登过了，广播里三天两头表扬你，我只能拉马缒蹬，永没有出出头那一天！"

双双听他这样说，扑哧笑了。原来喜旺也想跃进跃进呢，可是他这个看法却不对。

双双就对他说："我去开会，是代表咱们孙庄食堂去的，这里边也有你一份。再说去开会是为了交流经验，改进工作，怎么能算出出头？你真是要想去'出出头'，这个会还不敢叫你去开呢！"她这么一说，喜旺脸红了，双双急忙又说："什么事情，不能从个人想起，要为大家。你只要好好劳动，想办法把群众食堂办好，不要说县里省里，北京你也能去！可是你心里就没有把食堂办好这一格，还想着要出出头，那当然不会有那一天。"接着双双又向他讲了几段劳动英雄故事。

喜旺仔细听着想着，觉得双双的话有道理。照他原来想着，如今人不为钱了，还要为个名。可是照双双讲的，这图个名也是不光彩。只能是为工作，为大伙，为社会主义。

喜旺想到这里，觉得和自己结婚十多年的这个老婆，忽然比自己高大起来，他不由得嘴里溜出来一句话："劳动这个事，就是能提高人！"

双双没有听清他说的是什么，就问他："你说的是什么呀，像在肚子里说的一样？"

喜旺说："我说我知道，你别问了。我说今后啊，我一定要赶赶你，也要争个上游！"

双双感动地说："这太好了！我听见你说这个话，比人家表扬我还高兴。眼前这炊具改革就是个大事情，你在这上边想点办法嘛！"

　　喜旺这时也兴奋地说："十七还能常十七，十八也不能常十八，浪子回头还金不换呢！我孙喜旺就不跃进跃进了？"

　　喜旺这次谈话以后，就像换了个人。第二天就在这煎饼灶上打主意。他一心想要创造个快速摊煎饼的方法。他一个人抱住头想了半夜，猛地想起来从前在饭馆学徒弟时烧茶炉子的炉灶来，茶炉灶是好几个煤火眼，所以一次能烧开几把壶，他就根据着这个道理，连夜创造了一种"多孔台阶式煎饼灶"。这种灶一次可以摊六个，一个人摊两个钟头，就可供上一百多口人吃煎饼。

　　煎饼灶创造成功了，老支书又亲自领着他们把食堂的吃水用水改成自流化。双双和桂英又制成了一种洗碗机和保暖饭车。这事情轰动了全村社员，大家都来看，看着喜旺做的煎饼灶，都最感兴趣。

　　这个说："这一下把红薯算找着出路了！"

　　那个说："有了这东西，大家都要增加体重了。"

　　老支书也表扬喜旺说："喜旺，就得这样干！这个创造好得很，我今天夜里去公社开会，再去报个喜！"

　　喜旺说："进叔，你去报喜时再捎上一条，就说李双双那个爱人，如今也有点变化了！"他这么一说，大家都乐得轰轰地笑起来。

　　第二天清早，队里人在地里突击抗旱浇小麦拔节水，青年们也在往地里上草木灰等磷钾肥料。

双双和桂英、四婶把面条做好后，喜旺又摊了几百张煎饼，一齐放在保暖饭车里，由双双推着，向着村西的小麦田里来送饭了。

　　这时正是春天二月来天气，村外大队栽的桃树园，正开得粉红灿烂，远远看去像一片云霞。马路两旁的小柳树，也摇曳着软溜溜的像金线似的枝条，把一朵朵飞絮，弄得满天飞舞。

　　在小麦丰产田里，脚下到处都响着淙淙的流水声音，从水面上，又飘送过来人们的欢笑声音。双双只有两天没到这边来，可是她发现那油绿绿的麦苗，就像手提着长一样，已经密密实实地扑住膝盖了。

　　她把饭车推到一个水车井台上的大柳树下，扬着手巾喊了两声，人们都说着笑着围过来了。

　　这时有个小伙子问着："双双嫂子，今天给我们做的啥饭？听说你们有了新花样了？"

　　双双笑着说："你们打开看看就知道了，多提意见啊！"

　　一个老汉接着说："吃李双双做这个饭，别的不说，真干净，挤着眼吃都不要紧。"

　　双双把大家招呼来后，自己就去推着水车，不让水断了。

　　一个小姑娘叫着她说："双双嫂子，咱们来一块吃吧，你也休息一会儿。"双双说："我回去吃。"旁边一个妇女说："哎，别叫她了，她这已经习惯了，早晚来送饭，非干一会儿活儿不行。"

　　双双在推着水车，大家在吃饭。她只听见大家打开保暖饭车以后，都高兴得吵起来了。

这个说:"这是什么面条啊,像细粉丝一样?"

"你们尝尝,你们尝尝,筋丝丝的,比白面还好。"

"这就找不到红薯面嘛!"

又一个小伙子喊着说:"你们看,还有热煎饼哩!"

"来吧!外焦里软,这煎饼就叫,'老头美'!"

"双双嫂子!食堂饭做得好!我们要贴你们的大字报了!"

大家你一句我一句,说着吃着,双双在井台上听着,只是在抿着嘴笑。

她一面推着水车,看着清清的泉水,顺着渠道往地里奔腾地流着,一面听着大家呼噜呼噜的吃饭声音,吃得那样香,那样甜,那样有味。就在这时候,她忽然感到他们在食堂里滴下的汗珠,好像也随着清清的泉水,流到这茁壮茂盛的丰产田里,变成了米粮。

狠透铁

/// 柳青

一

狠透铁越来越觉得他不能继续担任生产队长了。在合作化的几年里头,他的头发上落了一层霜,白了将近一半。他才53岁,还不到白头发的年纪啊。一贯没担过事的人嘛,一下子料理50来户人家的庄稼事务,再加上社员们复杂的思想状况,劳神劳得他颠三倒四,说东忘西,常常到处寻找手里拿的东西,惹得大伙好笑。唉!身体也不行了,风湿性腰腿疼大大限制着他的活动,整得他每天早晨拱着腰圈着腿走路,晴天直到半前晌才能逐渐恢复正常,阴雨天就更遭罪了。

他细想起来,实实难受。自己从1949年一解放在水渠村头一个和六十二军的地方工作队接头起,组织起农会,自己当着农会小组长，取消了农会实行普选，自己又当人民代表。人们不是说跟共产党走的话吗？不！从小熬长工一直熬到1950年土改的我们这位老队长说："咱不能跟共产党走，咱要跟共产党跑。要愣跑愣跑！"的确，只要是党的号召，他使着狠透铁的劲儿响应；这股劲儿不是从肉体上使出来的，而是从心灵上使出来的。1954年春天，水渠村以他为首成立起11户穷鬼的合作社，没有饲养室，借也借不来，盖又盖不起。牲口不能集中，会给管理上造成多少困难！全水渠村的上中农，都拿眼睛盯着，看狠透铁怎办；狠透铁拧住眉毛，使劲地想呀想呀，也想不出个办法。最后他忽然想起来了，鄙视自己的愚笨，回到家里向老伴下命令："搬！"老伴不明白搬什么。他说："搬家！"他把家搬到同一条巷子一个刚刚死去的孤老婆儿空出的破草房里，腾出他土改分的地主的高瓦房做了饲养室。以后他只要一回家蹲在那破草房脚地吃饭，老伴总咄呐得他抬不起头来；因为他后来的行为表明，所谓搬家，只不过是把她和小儿子娘俩撵出去罢了，他自己则一直和饲养员一块挤在原来的小炕上，下炕就是新盘的牲口槽。而在收割的季节，提防失盗和防止不满咱政府的人破坏，老汉自己又睡在打粮食的场上用田禾秸子搭的临时窝棚里。那风湿症就是从那时在他不知不觉中侵入他的腰腿的。

　　老汉难受的是：自己吃了许多苦头，为的是合作化运动大发展，而当全水渠村高级合作化了的时候，自己却给人民办不好事情。他羡慕那些头脑灵动的人，羡慕拿起报纸念出声音的人，羡慕在大社开会的时候虽然困难却也低头在本本上写着什么的人。他恨自己脑筋迟钝，没有能耐。要是拿起铁锹和镢头，唾两唾手干起活儿来，水渠村没有一个小伙子比得过他；但是在会上讲话，眼白眨白眨盯着旁人如流水般滔滔不绝，轮到自己没话说。为什么？脑子里空空的，旁人说的记不住，自己要说啥想不起来。有一回，他召集起队委会，要传达大社管理委员会布置的几样事情，最后觉得还有一样，他却连一点也想不起来了，只好用他那粗大的巴掌狠狠地咬着牙打击自己头发霜白的脑袋，愤恨地骂自己："你呀！你！龟子孙！对不住党，对不住人民！"他说得那样凄婉、伤心，弄得大伙哭笑不得。

　　有几样事忘得简直使人寒心。春天，大社布置各队种洋芋。那次布置了好几样工作：关于进终南山背木料、关于养猪和防止猪瘟、关于牲畜配种、关于种菜老汉们的工分和关于种洋芋种子的准备，等等。他就把种洋芋的事忘得光光。直到队里有人看见其他队整洋芋地，问他，他才想起这层事。副队长王以信明知道，也不提醒他。他从大社带回来"三包"合同，顺手放在屋墙上吊的一个放瓶瓶罐罐的木板上，听说老黄牛有病，就往饲养室跑。以后忙于别的数不清的许多事情，就忘记给队里交代了。副队长王以信和他一块儿从大社开会回来，也不提醒他向会计交代。直到夏收快到分配的时候，会计问到"三包"的底底，他才想起来了。他慌忙跑回家去一看，呀呀，幸亏纸片片被灰尘埋得几乎看不出来，要不然给老伴捞去剪了鞋样子，才糟糕呢。他一边打自己的脑袋一边走，回到有许多拿着杈、耙、木锨、扫帚的男女社员的打麦场上。

上中农副队长王以信高兴地笑着说：

"老队长，你甭打。脑筋越打越昏。……"

他听得出来王以信是讥笑他的意思。他早知道副队长总给他穿小鞋，故意看他的笑话，从来也没提醒过他一件事情。有什么办法呢？自己脑筋不管用嘛，又怪不得人家。而且他心里明白：王以信面面光、嘴巴紧、不说闲言，心底并不喜欢这合作化。是被合作化的高潮推进来的人，谈不到什么社会主义思想！老队长并不生副队长的气，他对所有他认为是必然的事都不生气。他只生自己的气，因为自己是党所依靠的人，理应给社员办好事情而办不好，真急得他抓心啊。

他经常担心他会给社员造成大损失，这样能把他的心急成粉碎。他是实心实意想给社员办好事啊。要是大伙把劲使在一块儿，他有信心把事情办好。可惜水渠村以王以信为首的上中农集团，总给他捣乱。他们给他起了各种外号——跑烂鞋、烂牛车、狠透铁——损害他在群众中的威信。"你们爱说什么呢？我承认我狠透铁！你们骂我，就是称赞我哩！我得更加劲给社员办事。"他这样想。不过他不得不被逼一边使正心眼，一边使拐心眼，防止上中农集团使坏。这就使他的心和脑子更忙了。

二

终于发生了"红马事件"。

有一天,老队长在饲养室铡过草的地方扫院。啊呀,老队长!你扫院做啥?你扫院,却让那些挣工分铡草的年轻社员拍打了身上的灰尘,噙着烟锅回家去。你不会噙着烟锅在地上蹲一蹲,想一想队里的事情吗?不!不行!手里不做什么对他仿佛是一种处罚,他受不了。他已经习惯了一边做活一边思索,停住手,也就停住了思索。他扫着院子,一边想着如何调配第三生产组的劳力。

"老队长,"饲养员说,"先前富农的那匹红马不吃草,蛮退槽,许是病了。"

他丢下扫帚,进饲养室去看看。果然,红马两眼无神,脑袋扎地。

他赶紧拉到离水渠村三里的邻村去找兽医。

傍午时光,他回来把红马拴在拴马桩上,对饲养员说:

"不要紧的。有火。兽医说一服药就行了。"

"谁去买药呢?"

"我去。吃过晌午饭就去。"

他回到家里吃晌午饭。老伴愣咄呐他,又咄呐得他抬不起头。说他既然"以社为家",根本就不应该回家吃饭。又说他是睁眼瞎子,迟早要给队委会那几个中农装在口袋里卖了,等等,等等,咄呐得他心烦,好像有72个号筒同时对准他耳朵吹。

"人家叫你狠透铁,一点没叫错的。只要社不要家,忍住心不管俺娘俩。真正是,唉,家里不要家里,亲戚不要亲戚,咱算什么人家!我说:他大姐今日娃满月,你是去也不去?你听见了没?聋子!"

"我今日有事,改日我补去。"他说。这时他已经被老伴咶呐得脑筋错乱了,腰里装着红马的药方子,脑子里只知道"有事",到底有啥事,开始模糊起来了。

老婆继续进攻:

"你今日有事!你哪日没事?"

他笑了。"话是实话,"他心里想,"农业社没有没事的时光。不管哪日,队里大小总能有点事儿。"但他留胡子的嘴里却凶:

"你吵吵做啥?愣吵愣吵!"

老婆不怕他。一点也不怕。她更加猛烈地进攻:

"你是去也不去?啊?说一句响话!你要是不去,俺娘俩去啦。既去啦,就要在那里住它几天,看你上哪里吃饭!让你'以社为家'去!狠透铁!"

他一想,不好!她娘俩走了,他回家冷锅冷灶,怎么行呢?

"算了算了!我去!看把你凶得那样吃人呀?"

他花了半后晌的宝贵时间,走了20里路,到了窟陀村他大女儿家里。他一路难受,带着一种勉强的心情,恨他老伴的思想跟不上社会的前进,扯他的肘。在路上走着,在亲戚家喝水、吃饭和老亲家谈话,他都表现得心不在焉。他总是在难受,总觉得队里离不开他。他摆下人民的大事不管,却走亲戚,感到自惭。至于队里到底有什么事情,他忘得一干二净,甚至走的时候给队里的任何人没打个招呼。真该倒霉!

他急得很。日头快落的时候,他起身回家。我的天,他哪里还能在外头过夜呢?队里的马房、副业、各生产组白天的进度,在他的脑子里不是单独地、一样一样地出现,而是像搅成令人心烦的一团乱麻,堵在他脑门上。老实说,他不放心队委会那几个中农成员,他们是应付差事,并不把农业社当作事业搞。他为了私事离开水渠村,又在外头过夜,良心要责备他。他坚决要摸黑回家……

亲戚全家总动员挽留他。拉拉扯扯。

"黑夜没月儿……"

"叫全窟陀村的人笑话俺,说天黑了还让亲戚走了。"

"你是和俺有意见了吗?"

"啊呀呀!"老队长心烦地想,"这些人怎么会全是旧脑筋,没一点社会主义的思想儿!"

他的大女儿在没有公公、婆婆和女婿的场合下,偷声说:

"爸爸,你甭那么别扭。人家不高兴你,说你狠透铁。"

"算了算了,啊呀呀!"他住下来了。

夜里,他睡在亲家的炕上,晃晃悠悠。不知怎么样,交感神经一错乱,他从什么高处跌了下来,跌坏了腰腿。他被人们用门扇抬着。上哪里去呢?上县人民卫生院去吗?完了!完了!他这回算完了！能活着也参加不成农业社的活动了。亲爱的农业社呀！他是从三户的互助组搞起来的呀！他为农业社费尽了心思，饿肚子，熬眼，磨牙，嚼舌头。他怎么能离开农业社呢？

他被惊醒来了，浑身冷汗。啊呀，多么高兴呀，原来是梦。是梦！是梦！他还能在队里工作。万幸！万幸！他用被头揩了脸上的冷汗。

他在枕头上仰头看看窗户，还黑。他简直等不得天亮。什么时候天才亮呢？他急着要回水渠村。

鸡啼了。天亮了。他醒来穿衣裳。

从他的衣裳里掉下来一个纸片片。什么东西？好像那纸片是个动物一般，他猛一把抓住了它。

他的脑子麻木了。这是红马的药方子啊！我的天哪！

他没有等吃饭，连口冷水也没喝，赶紧往回跑。这回，主人说什么也留不住他了。什么风湿性腰腿疼！他路过张良镇买了药，继续跑。他跑得满头是汗，满身是汗。走几步歇歇气，再跑。

庄稼人吃饭的时光，他回到水渠村。饲养室大门外的土场上围着一簇人。他听说："老队长回来了。看，那不是老队长吗？"他心里捣鼓：一定出了什么事儿！

他跑到跟前伸长脖子一看，红马四个蹄子蹬展，死在地上了，上下嘴唇软囊囊地翻着，露出两排大板牙。人们告诉他：兽医没断清病，不光有火，是黄症，夜里死在槽底下。

老队长好像被一根肉眼看不见的棍子当头抡了一棒，栽倒地下。他呜呜咽咽地哭了，哭声凄惨。

就在这红马事件以后，狠透铁不能担任水渠村的生产队长了。副队长王以信升任了队长，第二生产组的组长、王以信的户族叔叔王学礼，也是个上中农，担任了副队长。社员们希望从此搞好生产，看来，他们似乎比狠透铁有管理庄稼事务的经验。

新的队委会分配狠透铁担任饲养员，他咬牙切齿不服从。他要担任大社监察委员，监督队委会。真正狠透铁！大社主任和支部书记支持他，社员们同意了。……

三

人家有各种特长，譬如会计划、会办事、会写字、会算盘、会讲话等等。狠透铁缺少这种一个人可以为许多人服务的特长。他在给地主熬长工的时候，学会了操持农具，还有正直这一样品质。而这品质并不是一般人每时每刻都重视的，有时甚至因为正直更被一部分人深恶痛绝，好像结了不解之仇似的。王以信一伙子人就是这样。

1954年秋后，水渠村西头八户贫农和三户下中农成立起初级社以后，社主任狠透铁心下有个底底。他根据全县和全乡合作化的进度，计划三年到五年的时间，把水渠村中间和东头的农户吸收完。他预备尽先吸收贫农和下中农，其次再吸收比较进步的上中农。至于王以信那样的富裕中农，他预备到最后，譬如说五年以后，才考虑他入社的问题。狠透铁总觉得王以信成分虽是富裕中农，心地是富农的思想。这人说话做事都挺强，他一入社，一部分上中农，很可能以他为中心，扭成一颗疙瘩，和主任为难。狠透铁认为：五年以后，他的管理能力锻炼起来了，他在水渠村群众中的威信也高了，党员也增多了，他就不怕哪一个富裕中农或者他们的集团捣乱了。但革命形势发展的迅速出乎一切人的预计，当然也出乎狠透铁的预计了。一年以后，1955年秋天，平地一声雷，全水渠村除过地主、富农，一股脑儿涌进了11户的小小农业社。那是一种真正的群众浪潮，任何人拿任何理由也阻挡不住他们。到这时，原来11户的初级社的基础，比起七八十户的新社来，算得了什么呢？按照水渠村中间和东头的那些未经过很好教育的新社员的意思，要选王以信担任队长哩，狠透铁当副队长哩。因为乡上党支部委员会坚决反对这种违反阶级路线的做法，王以信的企图没有得逞。但他却可以在以后整个的巩固阶段，给正队长增加麻烦。唉唉！有什么办法呢？人家是人家活动的村中间和村东头部分群众提出的候选人嘛！

　　狠透铁担任生产队长的时候，觉得社员们对他还罢了。一旦离开了这个职位，水渠村的许多人对他似乎冷淡起来了，好像连他在初级合作化的那两年的奋斗，也是许多年以前的上一个时代的事了。他到饲养室、到豆腐坊，截然感觉到一种对他不那么热乎、不那么自然的气氛。监察委员和过去当队长的时候一样，拿起扫帚就扫院，蹲下就往豆腐锅底下填柴，但是人家和他没有什么话说了。王以信他们对群众说：前任队长是损害了人民利益的人。

"不怕低，单怕比"，低个子和高个子一比，才显出低来。新队长王以信比他脑筋灵动，会安排，打得开场子，相形之下，更显得他不行。他当生产队长的时候，千方百计，竭力团结副队长王以信，想一块把水渠村办成先进生产队；但是他们中间始终隔一道鸿沟，他的一片火热的心总是碰到王以信的冰脸。为了联络感情，他曾到上中农副队长家里去串门。王以信的女人甚至刚刚和他打过冷淡的招呼，就指着孩子骂："看你那怂样子！也不尿泡尿照照自己能成啥事，把人家害得哟！……"老汉的心同斧头剁碎了似的，走出副队长的院子。他心里想："这是不满意合作化啊，这不是光骂我。傻婆娘呀，你不明白嘛，全中国都合作化了，水渠村就是没我老汉办初级社，一样要合作化哎。"那时候，他和副队长商量事情，得到的回答永远是一样的："你看嘛，你是队长！"分配给副队长的工作，永远是应付差事。开会的时候，王以信总是躲在不显眼的地方，叫也叫不到领导人应站的中心地点："你说嘛，你是队长！"事事处处，故意给他难堪。但是现在，王以信自己当了队长，几乎一下子变了另一个人：起早贪黑地奔波，饲养上、副业上、保管上，样样项项料理得井井有序。只要有下爪处，总要做出一点比老队长管理得显然强的地方，给他难看。难看就难看吧！只要他们把队里的事情办好，正合监察委员的心思。他拿眼睛监察他们！

对他不满意的上中农社员，在村里散布一些很刻薄的话。

"让狠透铁折腾下去，咱水渠村都得喝西北风！"

"看他祖宗三代熬长工，哪来的本事领咱这大庄稼哩嘛！"

"他光会朝支部里黑告人，这是他的拿手戏！……"

富农乘机挑拨、煽风，假惺惺地叹气。

"唉！可怜我那大红马了，总也不出岔子，愣曳愣曳。想不到死到狠透铁手里！"

当村里谁都不提王以信的奸滑，贫雇农因为老队长的过失张不开口的时候，连地主也大胆起来了，公然咬文嚼字地嘲笑他从前的长工：

"坐井观天之人，焉能成大事！"

一股黑风笼罩了小小的水渠村，从1949年解放起一直奔波到高级合作化的共产党员，因为死了一匹红马，在村里没威信。

"家有贤妻，丈夫不遭横事！"话虽这么说，为了走亲戚忘了红马有病的事，他可不曾抱怨过老伴。他想：娃他妈懂啥呢？给她盘费，叫她到北京去听上一回毛主席讲话，也不能把她的脑筋一下子改换过来。只怪自己脑筋不行了，做下对不起社员的事情了。但是现在，糊涂的老婆呀，她却对他气愤和抱怨起来了。

"好！好！这阵好！你真是背上儿媳妇逛华山，受了千辛万苦，也落不下好名。你再'以社为家'去嘛！"

每一句话好像一把尖刀子，直向老汉心窝戳去。老汉红着脸，感觉到难受，感觉到惭愧。并不是因为老伴羞辱他，而是因为他羞辱了水渠村的贫雇农。

他粗大的手掌摸着小儿子的脑袋，沉痛地说：

"娃呀！你哥土改那年参军，为的是保咱人民的江山。你爸在村里当个生产队长当不好，毛主席在水渠村靠咱，这阵靠不住，让人家上中农作弄了。你在学堂里好好把书往肚里吞，日后好补爸的亏空……"说着，老泪扑簌簌地掉了下来。

不管村里人说什么，老汉照旧出席队委会。他怕什么？他是堂堂正正的共产党员，毛主席的忠实人手！不管王以信他们爱听不爱听，他照旧发表意见。遇到他觉得不公道的决定，譬如改变他从前的决定，抬高猪粪价格对中农有利，压低人粪价格对贫农不利，他毫不客气地"监察"他们，要他们重新商议。王以信他们用很不高兴的眼睛盯他，他满不在乎。他想："咱抱一个大公无私，心里没一点见不得人的东西，怕啥？"

渐渐地，他看出队委会有几个人有点烦他，好像他是队委会的累赘，怎样能摆脱他才好。

有一回的队委会，竟然没有通知他。他想："这是试探咱，要是咱不声不响，以后开会就不再叫咱啰。"

他用笑脸向生产队长提出抗议。王以信支支吾吾承认疏忽。果然，以后再没有不通知他的时候。

但是有一天，他脸上盖着一层尘土从地里刚回家，老伴就咄咄呐呐：

"你真正狠透铁！你不管人家队里的事情，就过不了日子吗？"

"人家队里？谁家队里？"

"王以信他们嘛……"

"哼，你尽胡说白道！"老监察瞪着眼说，"王以信他们根本是面面上应付哩，心里恨死了合作化。人家队里！我不管，不知他们会搞什么鬼！"

"你管！你管！叫人家说得你好听！"

"他们说什么呢？我一步一个脚印，不做坏事情。"

"人家说你是'搜事委员'，老傻瓜！"

老监察不禁一怔。怪不得他近来觉得许多人对他更冷淡了，在上地的路上走着和在地里干活儿，都有点不愿和他说话。他一打听水渠村另一个党员吴有银和一个团员王以鸾，才知道底细。吴有银说："搜事委员"的名词最先是从王以信口里出来的，由对监察委员有成见的几个人的嘴巴广为播传，才弄得家喻户晓了。只有他一个人不知道。一般人不参加队委会，每日从家里到地里，又从地里到家里，除过对自己的工分特别关心以外，也不去细究与自己没有直接关系的事情。他们听说老监察是"搜事委员"，大约就是那样吧，因为照一般人的分析，以为前任队长可能对新队长有些报复思想。……这样从人情上一分析，人们就更加鄙弃他，认为他自己办不好事，就不该眼红别人。这使他在村里更没威信了。

老监察很重视这个发展。这是有意破坏他的威信，在群众中孤立他哩。后半晌他没上地去，提了烟锅到大社去找主任，要求解决六队（水渠村）的不团结问题。

忙忙碌碌的社主任正在给各队分配第二批化学肥料，没工夫细听他的谈叙。而且，王以信上任以后六队的工作局面，显然使社主任忘记了王以信担任副队长的时候不协助正队长的那一段事实。社主任急急忙忙说：

"好同志哩，咱一个共产党员，何必和一个非党人士纠缠不清呢？有了问题，应当先从自己方面检查，疙瘩就好解，自己没故意搜事，叫他们说去！不怕说坏，单怕做坏。何必弄到队委会上，大伙眼瞪眼地辩嘴，越弄越不团结！年纪大了，省点气算了。我忙着哩，你和咱支书细谈去。实在对不起，老哥！"

他又去找支部书记。支书很同情他，说：

"你是不是有些神经作用呢？同志，眼下社员们看见王以信把六队的工作搞前去了，自己应该肚量大点，甭弄得自己在前头走，人家在后头指啊。红马的事情，社员们还没忘记。当然，王以信他们夸大事实，乘机打击你哩。可是咱本身的确有缺点，眼时怎能和群众说清楚呢？只好忍住点，看看情况的发展。同时，让红马的事情在群众脑子里淡了，冷静下来，咱再想法子恢复你的威信。再说，监察工作就是在是非里头钻哩，免不了闲言的。他说他的，你做你的。党支部了解你、信任你，你慌啥？嘿嘿，甭把你狠透铁的劲儿使在人事关系上啊！"

老监察回到水渠村，白日黑夜使劲地想，狠狠地想，想他有没有个人的成分混杂在公事里头。如果是那样，当支书和主任忙得不可开交的时候，他为个人的事情麻缠他们，他该是一个多么可鄙的小人啊。他想：他眼红王以信吗？他留恋生产队长的职位吗？生产队长的职务轻松吗？当队长是为了给自己占便宜吗？他把土改分的高瓦房腾出来做饲养室，有什么交换条件吗？他贪图权力、喜欢指使人吗？他爱听人奉承他吗？

他想了三天三夜，从各方面检查了他自己，最后他有皱纹的眼皮包着泪水，望着泥墙上的毛主席像，用颤动的声音说：

"我在你像前明心，我肚里没草屎渣渣！我要和王以信斗争到底！"

他不相信王以信真正对合作化热心了。如果真热心，就应该和另一个更热心的人心碰心。"我没能耐吗？你可以帮助我。你嫌我扶不起来吗？这阵我不当队长了，你当队长，还为什么要打击我呢？难道我不愿意把社办好吗？"他不相信王以信的心地纯洁。他认定王以信打击他，就是打击共产党。社主任和支书不经常在水渠村住，所以感觉不到像他这个当事人一样深切。而且，他们忠心耿耿地希望把全社各队的生产搞好，他却老使他们失望。王以信眼时的现象，显然迷惑了他们，并且看样子，要尽量地继续迷惑他们。想一想吧：水渠村还有多少共产党的事情呢？如果把狠透铁从生产队的事务里排挤出去的话，破坏了他的威信，把他孤立在一边，弄得他说不成话，这是什么意思呢？死了一匹红马，就应该这样对待他吗？老监察无论如何想不通这一点。

"王以信，我不能向你低头！向你低了头，顺了你，我就叛了毛主席。你小子迷惑了我们那些年轻的领导人，迷惑不了我老汉！"

终于老监察和生产队长爆发了正面的冲突——在夏收中给社员们分配够数以后，竟然接连两次有六场麦子，在场里过斗入库的时候，没有把监察委员叫到场。

"为什么不把我叫到场？"从前为了照看公共粮食得了风湿症的老监察，怒不可遏地质问。

"没请到你嘛，"王以信并不示弱，笑着说，"谁知道你哪里去了？"

"为什么不早通知我什么时光入库？"

"当你自己会来嘛。"

"这不合章程，以信！粮食入库，应当把监察叫到场。"

"你甭搜事！狠透铁！俺们有舞弊，你好监察。俺们没舞弊，你少惹！俺们不是党员，可不比你低好几辈啊！"

当下把老汉气得说不出话来。这小子竟敢当面叫叔叔的外号！他咬着留胡子的嘴唇，肺快要炸了。拳头捏得骨节喀巴喀巴响，真想一拳戳得王以信鼻孔里淌血。但他使劲咽下去这口气——打人算什么厉害呢？有理变成了没理，还损害了党的影响。……

四

老监察独自一个人纳闷："一、二、三生产组两次打了六场麦子，几十石粮食入库哩呀。要是王以信他们正大光明，就要把监察叫到场入库。就算是找不到我，为什么不把各生产组的监察组长找到场呢？难道全队三个监察组长，连一个也找不到吗？胡说！"

他恨自己。他用粗大的巴掌无情地打击他霜白头发的脑袋。在他和王以信辩嘴的时候，愤怒迷惑了他的心窍，说话如同用橡子戳一样，却忘记讲这条最有力的道理。

"王以信，你不是说你们找不到我吗？"现在他才想起来，"你既然愿意叫我监察粮食入库，为什么不告诉生产组长把我留在场里做活？我上地去了，你们在村里怎么能找见我呢？"

这完全是有意作弄。这里头一定有舞弊。新的库房在副队长王学礼的院里，更加深老监察的怀疑。

他跑去问会计灵娃。

"两回都没把你叫到场里去吗？"

"没。他们说不像分配的时候，当场要留各户社员的分配数字。这是入库，只记总数，何必耽误劳动。"

"那么给你报的是总数，不是一场一笔、分生产组登的账？"

"嗯。三场一笔账，一共报了两回。"

"啧啧啧，"老监察惋惜地咂舌头，说，"啊呀呀！你呀！你也是青年团员嘛，就那么相信他们？咱这是上中农领导，靠不住啊！"

"我寻思过斗的时光有各生产组长在场哩……"

"按队包产，组里不包产，他们管呢！再说，又不是按地亩分场打的麦子，他们为记产量也记住数目了。"

"那怎么办呢?"灵娃着了急,由于自己的过失红了脸。

"怎么办?"老监察灰溜溜地说,"慢慢调查吧!……"他陷入了沉思。过了一刻儿,他咬着牙说:

"是有私弊,他总要现形!"

他把胡子嘴巴对准灵娃通红的耳朵:

"你看韩老六怎样?"

"他跟他们跑……"

"对!就是这!要不,库房钥匙在他腰里,也不会有啥问题的!"

接着的一个张良镇集日,老监察早饭后蹲在村口的路边吸旱烟。等到韩老六提着竹篮篮走过来的时候,他站起来和他走在一块。

"怎么篮篮里放两个瓶子?"他问。

韩老六说:"一个打豆油,一个打石油嘛!"

于是两个人就谈起张良镇供销社豆油的供应和质量问题。有时候成半月一月地脱销,空瓶子带回家;有时候油稠,并且带有苦涩味。韩老六用骂人的话批评供销社的工作人员,说他们全是"吃饱蹲",什么"为人民服务"!只是好听。

"啊呀!"老监察不禁惊讶地说,"你怎么打发出这号话?人不应该忘本啊!良心到什么时候都是要的。我记得你解放前连粗米淡饭也吃不饱,年三十也不见其有豆油吃。这阵有办法了,怎么说话和富裕中农一个调调儿?你是贫农,也对新社会不满意?"

韩老六有点不好意思，但随即又嘴硬起来：

"怎？这阵都共产了，谁还置田买地啦？谁还给后人们积攒啦？挣得好了嘴算哩。"

"大伙都讲究吃，生产跟不上全国人的嘴巴，怎办哩？"

"算哩算哩！我说不过你。你能狠透铁！"韩老六用玩笑岔着话头。

老监察不放松："你不该骂人家'吃饱蹲'。人民政府是咱的政府，供销社是咱的供销社嘛。"就在这个当儿，他突然问："哎，老六，咱队在副队长院里存多少麦子？"

"嗯……嗯……嗯……"韩老六"嗯"了三声，才不肯定地说，"不是34石就是35石。"

"看看看！你这保管委员，还说人家吃饱蹲！"

韩老六红了脸，支支吾吾说："反正钥匙在咱腰里，数字在会计账上，除过老鼠、麻雀吃，短不了一颗。"

但是嘴里虽然这样说着，韩老六的眼睛还是研究地盯着老监察若有所思的皱纹脸。这一点就证明他心底不正。

"你怎么单问副队长院里的库房呢？"韩老六问。

老监察心里想：有鬼就在王学礼院里。他也研究地盯着韩老六的瘦长脸。两个人的眼睛互相捉摸着对方脑子里的活动，观察着对方表情上的变化。韩老六不稳定的表情更增加了老监察的怀疑。

当他继续又问其他仓库的粮数时，保管委员威胁地顶他：

"好我的老监察！你是水渠村人，应该和水渠村人往一块活嘛。人家叫你狠透铁,你也就是狠。你和队委会的关系弄不畅和,全村都怨你哩。你一点也不为自个打算吗?以信对我说来:他和你高言传了几句,放开你的马跑,叫你到大社报告去。你想想,人家几辈辈都是从土疙瘩里刨金子的人,又没和地主、富农一样苛苦过穷汉,村里威信高,你何苦跟人家下不去?……"

老监察笑了笑,心里想:"知道你韩老六的腿伸进富裕中农的裤腿里去了。"

到张良镇上集的这晚上,队委会没通知开会,生产组里也没会。监察委员闩了街门,早早和老伴、娃子一块睡了。

唉唉!怎么能睡得着呢?习惯了半夜以后睡觉的人嘛!不要说老年人没那么多瞌睡,就是有那么多瞌睡,也睡不着啊!为人民的事奔波惯了的人,一旦清闲下来,精神上的空洞、寂寞、苦痛,是够老汉受了。要是你一定要把这叫作"失意",就算是"失意"吧!党和人民交到他手里的领导权,现在被他所戒备的人夺去了。这并不是失个人之意。王以信一干子人处理粮食上的嫌疑,现在熬煎着老监察的心!

半夜前后,有人来敲门。长夜不眠的监察委员在炕上问:

"谁?"

"我!"是第一生产组的组长、共产党员吴有银。

老监察摸黑蹬上裤子,披了布衫,出去开了街门。

进门的不是吴有银一个人,而是六个人。青年团员灵娃和王以鸾、第二生产组的组长、第一和第二生产组的监察组长。

"你们半夜三更寻我做啥?"老监察疑惑地问。

吴有银代表大伙气呼呼地说:

"我们和你来商量个事情!"

七个人在土院子里蹲成一堆。刚上来的下弦月照着他们。

吴有银把要商量的事情从头至尾说了出来。村西头的大部分社员和村中间的一部分社员,想分队。为什么呢?村东头上中农占多数,村西头贫农占多数。人们认为东西头的不团结,是很难调和的。西头的人上台,东头的人为难;现在东头的人上台了,西头的人也学他们的样儿为难的话,怎样能搞好生产呢?所以,大伙觉着干脆把水渠村分成两队:东头一队、西头另一队;中间的,愿归东头,愿归西头,各由己便。西头的人仍然拥护狠心大叔当队长,看谁家搞得好?……

"就是这!……"六个人异口同声地说。

但狠心大叔听完以后,长长地吁了口气。

"唉——"他叹息说,"你们就给咱截弄这号事情吗?我当队长的时光,东头的人闹分队哩。大社来处理了三回,才算不分了。这阵王以信当了队长,咱西头的人又闹分队吗?合作化以后,村和村往一块合哩,咱一个村里头闹分裂,对吗?快快快!快不敢再咄咄这层事!赶紧压下去!甭咄咄得东头人知道哩!"

然后,老监察很惋惜地说吴有银:

"有银,咱一个共产党员,要站稳党的立场,不应该闹分裂!有人想分裂,咱应该说服社员。"

吴有银很生气，很不高兴狠心大叔的指责，说：

"你这个人呀，就是这一样不好！你怎样心思，谁把你也拧不过来！你想想嘛！人家粮食入库，偷偷摸摸入哩！既不叫监察委员，又不叫监察组长，连队会计也不叫到跟前。把公共的粮食当他们几个人的粮食办理哩！狠心大叔！你站的什么立场？你不知道？"

狠透铁在这些人面前，故意做出不重视这件事的神气，说：

"我知道，粮食入库不合规程，我已经对以信提了意见。下回他再不合规程，就成了大事实了。旁的问题，咱没根没据，快不敢瞎说！快不敢瞎说！"

于是，狠透铁大叔要求他们几个人：第一，不要咄咄分队，要是有人咄咄，只能解劝，不能添言；第二，在生产计划的执行上和活路安排上，王以信队长弄得对的，绝对要服从，弄得不对，还有群众和上级嘛，不可以把问题弄得更复杂，自己把自己拿乱麻缠住……

吴有银等六个人，走的时候很失望很失望。他们答应听狠心大叔的话，但声明：弄坏了事，就怪不得他们了。

老监察送走了他们，闩了街门，到后边茅房去小解的时候，用粗硬的手指，抹掉外眼角挂着的泪珠。情况是够复杂了，处境是够难为人了。他祈祷党和毛主席给他力量，使他在水渠村作为一个正直的和正确的共产党员，克服掉一切困难，替党和人民争得胜利。至于他自己的名誉、地位，什么也不值！

五

　　谢天谢地！事情终于从副队长王学礼的儿子王凤鸣打媳妇露了点头。根据狠透铁的了解，并不是打得重。我们这个社会，即使从前当过土匪的人，在拷打人这方面，现在也不得不约制自己残忍的心性了，何况王学礼家是"温良敦厚"的庄户人家呢？问题是打得太突兀了，几乎完全没来由，引起四邻的怀疑。加上无论谁问讯他们，又是讳莫如深。为什么呢？难道像王学礼那样一脸孔夫子派的严肃，还会和儿媳妇眉来眼去吗？至于外人，一般无事不进上中农的独家院，而且那媳妇又腼腆厚诚，也不是什么风流女子呀。那么除过男女关系，还有什么不可告人的秘密呢？

　　啊啊！终于找到了线索！原来，那天前晌，来娃他妈在王学礼家街门外的磨棚里磨面。半前晌时光，男女社员全上了地，水渠村里一片雅静。王以信和韩老六从巷子里过来，大模大样走进王学礼院子。随即关了街门。关的时间很长很长。后来，将近小晌午的时光，王学礼那倒霉鬼小儿子在巷子里耍得肚里饥了，要吃馍，却进不了院子。娃在街门外面愣哭，里头却不答应，也不开门，更增加了神秘的气氛。来娃他妈动了同情心，帮助娃叫门。街门开了，娃进去，王以信、韩老六和王学礼统统神神气气走了。来娃他妈注意到他们的眉毛上、头巾上、袖子上和肩膀上落着刚刚播弄过粮食的尘土，她更在意了。解了牲口，收拾了磨子的时候，来娃他妈又动了好奇心，决心进院里去借簸箕，实际上她带来了足够的磨具。

下面是来娃他妈和凤鸣媳妇有趣的谈话。

"凤鸣家,把你家的簸箕借我用一用。"

"哎呀,在楼上。等等,我给你取。"

"我自个取。甭麻烦你了……"

"不不,我给你……"

来娃他妈说时迟,那时快,三跷两跷,撅着屁股爬上了楼梯。

"哟哟,你家分得这么多粮食?"

"不,那是社里的粮食。"

"社里的仓库不是在前头的厢房里吗?"

"不,那,还有人家的。"

"还有谁家的?"

"不,那,我不晓得。……你死老婆子跑到俺楼上做啥?"

凤鸣媳妇的挨打,就是对她容许来娃他妈上楼的惩罚。可怜的腼腆厚诚的小媳妇在挨打以后,哭得眼和红枣一般去找来娃他妈的时候,老婆婆已经告诉过两个人了。至于那两个人告诉过几个人,那几个人又告诉过多少人,连来娃他妈自己也茫然了。

"好我的婶子哩,"凤鸣媳妇越哭得厉害了,手里甩出去几尺长的鼻涕丝子,"他们播弄粮食哩,我哪晓得他们做啥哩,嘴里给你胡交代哩。他们说那是准备下交公粮的嘛……"

"什么交公粮的!"来娃他妈心里想,"骗鬼去!准备下交公粮的,挪到楼上做啥?既是交公粮的,怕人做啥?再说,全队交公粮才那点粮吗？"

但是她嘴里却宽慰凤鸣媳妇说：

"好娃哩，甭哭啦！怪婶子多事。你回去告凤鸣和你阿公说，我再不给旁人说就对了。"

"只要你再不告诉人，我给你老扯身衣裳料子。"

"嘿嘿！看你说的啥话！能把人的牙笑掉！"

……没有费很多工夫就调查清楚：全水渠村肯定有九个人知道。机密话说出去，比决了口的洪水泛滥起来还要神速和无法阻拦。王学礼和韩老六慌得脸上失了色，开始抱怨王以信。但是王以信不那么慌。看他的脑筋多么灵动，他的心眼多么稠吧，十个忠厚老诚的老监察同时使劲地动脑筋，也没王以信一个人的脑筋来得快。他叫副队长和保管委员连忙分头去堵那九个人的口。他带着表情教给他们说：

"快不敢乱说了！我们往公粮里掺了些生芽麦子，顶得把好麦子分给社员了。给来娃他妈那个死老婆子瞅见，就乱说开了。说得给狠透铁知道，快倒霉了！"

话不需多，只要有力。他们是为了水渠村的社员们的"利益"啊！这和王以信在大社开会总为六队（水渠村）的"利益"尽嗓门愣吵愣吵正相符合。这和他们企图瞒产、非法提高六队的劳动日报酬，也相符合。而老监察的确狠透铁地对公家和大社忠实，他那份虔诚，老天主教徒对上帝也比不上的。让他知道，那还得了！

从前的农会小组长、人民代表、互助组长、初级农业合作社主任和高级农业合作社生产队长、现任大社监察委员狠透铁,他的全部活动的精神目标都是提高群众的觉悟,努力克服群众落后的因素。但他的敌手王以信却把群众落后的因素当作资本,尽量迷惑、利用农民的自私、本位、不顾大局的一面。他到大社去,又把自己装作群众的代表。

王以信的诡计这回又投合了落后群众自私的那一面。水渠村东头的人都说王以信真好,而来娃他妈"真傻,乱吵吵什么!"于是这刚露头的事,还没传到村中间,就被深深地埋藏在最底层去了。水渠村照旧鸡啼、犬吠、牛哞、驴叫、人说话、娃娃哭、小伙子们唱、年轻妇女们笑,好像什么事情也没有发生过。夜里,王凤鸣仍然搂着他媳妇睡觉。

可怜了来娃他妈!老婆婆为了她的好奇和多嘴,可吃了点苦头。如果盘古开天辟地时流传下来儿子打母亲的恶习,她这回可不得了,来娃不把她打死,她也得躺在炕上哼哼一些日子。

这来娃是个蛮性子人。老婆婆自己也不知道她怎么会生出这样的人,外号叫"逆鬼"。只要他生了一张锄头的气,牙一咬,膝盖一曲,就把锄柄扳成两截,丢在一旁了。30来岁,还是光棍汉,和他妈一块过着他是暴君、老婆婆是顺民的无冲突的日子。新社会给了他一切好处,只因婚姻法一样,他就不满这个社会。他爹生前给他订的媳妇没过门就解除婚约了,人家不愿意嫁给水渠村著名的逆鬼来娃。来娃在吃饭的时候、干活的时候以及和旁人在一块说笑的时候,倒也罢了;只要他一渴望起有个媳妇,陷入了单身汉的苦闷,他就不满社会,有时简直和动物一般简单没有理智。"要不是政府出了新婚姻法,你的媳妇就跟了人家?"王以信的这句同情话,深深地刻在简单的来娃心上了。王以信当然不放松团结这样的"耿直人",经常表现得和来娃很要好;因为来娃的贫农成分很好,说些不满新社会的话,政府也不计较。当来娃知道生产队长往公粮里掺坏麦子的时候,他很赞赏王以信对本村人的关心;而当王以信对他说他妈嘴巴不好的时候,他眼瞪了灯大,气得鼻孔出气像吹哨儿一样。

"你狗逮老鼠多管那闲事做啥?"他用骂人的话问他妈,"你告给狠透铁,还给你奖赏吗?"

他妈好歹没张声,只是愧悔地笑着。其实老妇人心中非常不平,因为她仿佛朦胧觉得王以信他们私吞的粮食里头,有她和她儿子的份儿。但她想到她会闯下大的乱子,吓得她浑身抖索,再也不敢拿重大的事体随便乱说了。宁肯少活十年,也不愿词讼牵连。

不管王以信他们怎样封口,总不能封得像混凝土罐子似的那么没有缝隙。终于,风声传进了参加队委会的队会计灵娃耳朵里了,他把嘴对准老监察的耳朵告诉了他。

老监察找来娃他妈去的时候,老婆婆根本否认她在王学礼街门外套磨子这回事。老监察和她磨了半天牙,发现他即使把胳膊从她的喉咙伸进肚里去,也掏不出一点真情实话。她说道:

"你狠透铁?你狠透钢,我也没在凤鸣家街门外套磨子嘛!咱不能没窟窿生蛆,诬害好人嘛。"

六

群众的眼睛是雪亮的！但有时也有盲目性，这就全看指导了。当不正直的人以伪装的面目做了领导，用假恩假惠蒙蔽群众，以自私的目的利用他们落后的因素或看事情的局限性，造成一种是非不明的局势的时候，从他们中间会产生盲目信任、盲目听从……总之是为满足自己一时不正当的要求，任性地损害自己的长远利益和根本利益。我们已经有无数次经验，当盲目性变成主导的时候，大多数好的群众沉默了。他们谨小慎微地保持观望的态度："少说话，多通过，愣做活，早睡觉。"水渠村那些既不能达到分队的目的，又不得不接受王以信领导的社员，现在也归入这一类人里头去了。只有忠诚——对党和人民的事业的无限忠诚，牺牲过自己的健康还准备着牺牲生命的忠诚，被误解或被冤屈而不放弃努力的忠诚——只有这样的忠诚，才能在任何是非不明的时候看透底层，挺立在歪风逆流中一分一寸地前进。

老监察两眼不断地流泪，眼球通红，眼角里堆起眼屎。他到张良卫生所去看眼，大夫问病历。

"落进去什么灰尘没有？"

"没。"

"吃过什么热性的东西没有？"

"没。"

"熬夜来没有？"

"就是黑间睡不着觉嘛。"

"有多少夜了？"

"七八夜了。"

"为什么睡不着觉呢？"

"唉！心里有事哩。"

"有什么事呢？"大夫问出医学范围了，好像他是巴甫洛夫学派，"农村合作化以后，已经消灭了私有制了。什么搁不下的心事，让你这样熬煎呢？"

老监察摇摇霜白头，只是挤眼睛。

"什么不可告人的事呢？"

老监察摇摇头，挤眼睛加叹气。

"一言难尽……"

大夫一下子变了态度，很不喜欢，甚至可以说敌视他这个奇怪的病人，给他一筒锡皮眼药膏，打发他走了。

"你看，"大夫用下巴指着出了门的老监察，对他的助手护士说，"这个人保险不是富农，就是富裕中农。舍命不舍财的家伙！他还留恋他的土地和牲畜，夏收分配了，看见他的收入减少，大伙的收入增加了，他咽不下这口气，把眼都熬烂了！"

老监察带着眼药膏，在白焰般的烈日之下挤着红眼，摸索到镇南头新修的粮食购销站里头。

我的天！在土围墙的宽敞的院子里挤满了骡子拉的胶轮车和牛拉的铁轮车。装粮食的麻袋堆积如山。有一台扇车如风般呼吼，弄得院子里灰尘冲天，呛得人喘不过气来。各农业社交公粮的和交购粮的社干，满头大汗地忙碌着。磅秤周围有人大声呐喊着数目字，房檐的阴影底下写水牌的人回答着同一个数目字，表示已经记上去了。那边的办公室里，从纱窗口传出的算盘声山响，如同爆豆一般。

老监察用手掌齐眉毛做着遮眼，在院子里拐拐弯弯寻找着道路，来到办公室里。

啊！屋里多么凉爽啊！他从腰带里抽出汗巾，揩了汗水。

"老汉做啥？"

"站长。哪一位是站长？我寻站长。"

一个穿衬衫的中年男子，从压着玻璃板的办公桌后面站起。

"来。你出来，我问你句话。"老监察一边说，一边翘腿出门限。

"什么神秘的事情？"站长跟出去的时候笑笑说。

老监察把站长引到一个远离人群的墙影底下。他的姿态和表情告诉站长，他是一个告密者。

"好麦子和生芽麦子，你们分别得出来吗？"

"当然。那最简单了。"站长内行地说，"首先颜色就不一样。好麦子发亮，芽麦子发暗。其次，分量也不同，芽麦子轻得多。最后，发过芽的麦子，一眼就看出来了。"

"这些我明白。我是说你们，"老监察的胳膊一伸，指着堆积如山的粮食麻袋，"过手多了，怕顾不过来吧？"

"好玄！哪能呢？验收员的眼睛比针还尖。"

"蒙哄不了吗？"

"好玄！还能让芽麦子混进去入库吗？发热、发霉，一个老鼠害一锅汤。你哪个村哪个社的？"

"同志，你是……"

"什么？"

"党里头的吗？"

"当然！你告诉我吧！"

老监察把社名、村名和王以信所说什么，告诉了粮食站站长。

"鬼话！"站长半袖衬衫的赤胳膊一挥，说，"烟幕！其中必定有问题！"

对！是烟幕，这个估计完全和老监察心里所思量的一模一样。问题是怎样才能把底细搞清楚。灵娃是拐弯抹角听来的，只听说来娃他妈见他们播弄粮食来，备细情由却一抹黑。来娃他妈又好像被魔鬼禁住了口，死不吐露，怎么办？

他从张良镇没有回家，直端到大社找监察主任。

"啊呀？"他的直接上级一见他狼狈的形状，大大惊叹，"怎么把你弄成这个样子？"

"害眼嘛。"

"有火？"

"心火。这件事弄不清楚，我这两只眼保不住要瞎。"

"什么事？你说得好凶险！"

他把发现的怀疑从头至尾说出来，监察主任一怔。

"咦！这集体偷盗。要有就是个大案件！"

"可不是呢。看是我说得凶险吗？"

"你估摸有多少人参加？"

"主谋是王以信，少不了副队长和保管委员！这号事，也不能人多。"

"你估摸能偷盗多少粮食？"

"唉，难估摸。我和灵娃算了一下，按那六场麦子的亩数看，他们入库的时候，至少朝灵娃能少报十石以上。少了他们图啥？"老监察焦躁地叙述着，主张单刀直入，召集监察委员会，质问王以信他们为什么在没有监察委员在场的情况下粮食入库，号召他们坦白。"坦白从宽，抗拒从严！"如果他们拿掺混芽麦搪塞，问他们多少公粮里头掺混了多少芽麦，他们一定说不上来，或者说不一致，这样大伙分析批判，要他们彻底坦白，使他们低头认罪。他们底虚！……

"好我的你哩！"监察主任笑说，"你太心急了。几千年的单干社会嘛，合作化这才二年，一下就弄好了吗？心急了有时害事哩。头一样，农忙时节不能开长会；二一样，他们死不认账，咱们又没有证人、证据，光是分析，开成顶牛会怎收场？"

"那么你说怎整？"

"你慢慢调查，有证人也好，有证据也好，咱报告上级，等运动来了，再往烂扯！"

老监察带着对他的直接上级十分钦佩的心情起身回家。

黄昏中，乌鸦归巢，麻雀乱吵，庄稼人从地里回家了。老监察在水渠村口碰上王以信，一副胜利者趾高气扬的神气。双方都装没看见，他们没有打招呼，岔过去了。

在第三生产组的饲养室街门外的土场上，一群人围看两个人吵嘴。吵嘴和人们围看吵嘴，是落后生产队的特征之一。而第三生产组又是水渠村的落后生产组。老监察看见这个现象心痛，他没有把水渠村领导好，对不起党和毛主席。他注意盯着，看生产队长到吵架的地方去教育社员不；王以信连头也没回，直端回他院里去了，好像他是一个单干的普通庄稼人。老监察自己向吵架的地方走去，站着听了几句：原来只为二厘工分，骂娘骂老子。

"你们真没意思，"他难受地裁夺双方，"为二厘工分，不怕人家笑话？一个劳动日值两块钱的话，二厘工分是四分钱，半个饼子！"

他说得看的人哈哈大笑。

"多少要公平合理！"争执的一方说。

"谁不公道驴日他妈！"另一方吼叫。

"啊呀呀！"老监察挤挤红眼睛，惊叹说，"这么愚鲁？要是没粮食的话，一工分算啥？甭光争工分哩，应当争粮食！"

社员们显然没有听懂他这隐隐糊糊的话。

在回家的路上，他霜白头发的头脑里愤怒地想道：

"社员们累得汗水从头上流到脚后跟，日头晒得胳膊上脱了一层又一层的皮,为了啥?可怜的社员们三伏天翻地,后来种麦、上粪、锄草、收割、打场,好不容易啊!麦子打好,叫你们私吞哩?任你们胡捣乱搞,还算什么合作化?只要我老汉有一口气,绝不容情你们!看吧!"

七

水渠村风言风语:似乎狠透铁在调查王以信的材料,要"整"他了。一部分相信队委会往公粮里掺芽麦的人,很不满意老监察,说他:"怀里揣牛角,总是朝里顶哩。"往外村调地,他坚持;队委会瞒下30石稻子,他却不让。他们是"水渠主义",过去传统的想法就是副村吃主村的亏,联村办社以后,土地、牲畜和大农具统一调配以后,他们把怕吃亏的警觉性提得比终南山高,有时甚至高到这种程度:没有吃亏也怀疑吃了亏,占了便宜也怀疑吃了亏,弄得滑稽可笑。王以信能在大社为水渠村的"利益"争吵,他们认为是好样的,"硬干部";而老监察则是"窝囊废",自己弄不好事情,还想"整"别人。

过了几天,又风言风语:似乎狠透铁怀疑队委会集体贪污了,正在找寻根据告他们哩。这一回不光少数人,而是更多的人摇头了。他们说王以信多"精灵"的人,怎么会干出那号傻事体,难道他不知道自己是上中农当队长吗?成分不好,还敢胡拧扯吗?有狠透铁在队里当监察委员,王以信会忘记这一点吗?再说,几十亩一等一级地、骡子、胶轮车都入了社,贪污那点点算啥?至于副队长王学礼更是温、良、恭、俭、让五德俱备，学礼他妈七十高寿，吃斋念佛，只图死后升天成神，怎能和那种缺德事拉扯到一块呢？只有保管委员韩老六，旧社会在国民党军队里当过兵；但那是被拴去的，水渠村的人见过他出村的时候嚎得哇哇。即使韩老六见财黑了心，正副队长为了自己的清白，也绝不容胡来的，云云。

虽然这样，王以信、王学礼和韩老六脑袋叠脑袋商议过一回后，还是决定不能放任老监察活动。

有一天，王以信找到老监察，亲热地叫道：

"大叔哎。眼好些了？"

"嗯，"老监察表面也不显露什么，说，"眼药膏见了效。"

"哎！"王以信开始惋惜地说，"年年一到这夏天，上河里水就小了。咱队的稻地上了二次肥料，劲并不足，稻子有些泛黄了，不知你注意到了没？"

"唔。好像是……"

"看水的人有麻搭。为啥哩？上河里水越小，看水的人越要细心、谨慎。稍微粗心大意，水口的地灌得多，远处的地没水了。稻子这庄稼娇气！上了肥料水不足，能烧死哩。"

"自然。"老监察同意，"应当召集灌溉小组开上个会。"

"唉！好大叔哩！娘肚子里怀下的粗鲁人，开会就开细心了？你看来娃那号逆鬼，开会能教育得他不抬杠吗？好你哩，这阵人全抱的工分主义，像你这号以社为家的人有几个？"

老监察没做声,他不知道为什么给他灌这迷魂汤。

"我们队委会几个人商议,想叫你领导着看一晌水,等入了秋水大了,就不要你管了。"王以信终于说了出来,眼盯着老监察的表情。

老监察没做声,用眼睛回答他:"知道你要对付我哩!"

老监察明白,这是调虎离山计。这个计是很恶毒的。他们是为了农业社的利益,看你答应不?答应吧,看水的工作白日黑夜轮班,你只能沿水渠走,回家睡觉,在地里吃饭,哪有空闲去调查他们的私弊?不答应吧,"好!什么共产党员!挑轻松活儿干!长着嘴是说旁人用的!"王以信凭着韩老六那片嘴会在水渠村把他说得比狗屎还臭。"当初办社积极还不是为了指使人?什么社会主义思想,说得好听!"

王以信很得计地看着老监察作难的样子。

老监察想说他是大社的监察委员,要队里向大社打个招呼;但忠厚成性的老汉又觉得这样不好,何必和他们斗气呢?忍着气搞吧,看水的时间能调查调查,不能调查等看毕水再调查。……

他答应了。

看水三天以后,老监察才知道把他拴在看水的活路上的真正原因:大社来了工作组了,对农民进行社会主义教育哩;一个姓曹的同志住在水渠村,就在王以信家里食宿哩。

介绍六队干部情况的时候,王以信提到监察委员,又摇头又摆手,脸上做出痛苦万状的表情,表示简直不能说了。

"到底怎样呢？"曹同志更加想知道情由，王以信只笑不说话。

韩老六明白王以信的意思，把老监察当队长时怎样把大社布置种洋芋的事情"贪污"了，把"三包"合同也"贪污"了，把原来属于富农的大红马"害"死了，等等，非常形象地叙述了一遍，总之是威信不高。王以信微笑点头证实。他们闭口不提老队长为社用尽心血，损害了健康，抛开家庭，以社为家的高贵品质；更不说王以信当副队长怎样不帮助老汉，给老汉穿小鞋，故意看老汉的笑话，等等。

"我们说的不算，"韩老六笑说，"你在水渠村调查这三件事情是实是虚？他在水渠村臭着哩，全仗共产党员四个字撑门面哩……"

当他们在曹同志面前诽谤老监察的时候，我们这位老同志似乎变得年轻了20岁。他把裤子卷到膝盖以上，赤裸着突起青筋的小腿，捅着铁锨在稻地堎坎的三菱草上赤脚片跑来跑去。他在和灌溉小组的其他成员共同实行一种叫作"勤灌浅灌"的操作制度，保证合理用水。对于忠实于党和人民事业的人，只要工作一落到肩膀上来，他就燃起了热情之火，尽自己所有的能力，做到对得起党和人民。这样的人常常分不出神注意人家背后怎样议论他、诽谤他；因为他的全部精神都被他所面对的工作吸引住了，看起来倒像傻子一样。有人事后告诉他，他也许会大吃一惊；没有人告诉他，他永远也不知道旁人怎样议论过他……

在王以信家里开队委会，曹同志说：

"是不是要叫监察委员也参加？……"

"算哩算哩，"贫农韩老六总是代替上中农王以信说话，"这几天水紧，他在那里看水哩，离不开的。我的天，成百亩稻地，敢叫减产吗？"

"按规程……"

"哎哈！规程是死的，人是活的嘛。再说他是监察干部，可以参加队委会，也不是回回非参加不可嘛。"韩老六狂妄地说。

王以信是只需要笑一笑，表示同意就行了。

这个从商业局抽调出来交给中共县委会统一分配下乡临时参加农村工作的曹同志，脑子里只计算着工作期满回县的日子，他什么也不坚持，什么也不争执，队干部说怎么就怎么。他每天拿出爱人的信看一两遍，像温习功课一样。这个钟情的人在机关里，也还没有写过入党申请书，到水渠村，他才不管你党小组不党小组哩。他完全按王以信他们说的向大社的工作组汇报。他早有一个埋在心中的概念：不一定是党员都好，是上中农都不赞成合作化；到水渠村"证实"了这一点，算是他的收获。他还没见过老监察的面就断定那是一个啰唆、自私和别扭的老汉，狠透铁！王以信给他的印象极佳，正派、老练、有计划、有魄力，脸上永远是正人君子表情，眼睛永远在侦察别人的脸色，说话是经过精选的词句，如果非说话不可的话。曹同志赏识这个有涵养的农民，他每天注意观察他的一言一行，两个人成了意气相投的朋友。而水渠村大多数好群众，见工作人员住在队长家里，经常不到村西头来一回，也不把他当工作人员，好像他是王以信家里来的亲戚。

就是这个穿着府绸短袖衬衫和红皮鞋、手腕上防水手表闪光、说话用手摸摸偏分头的样子高贵的人，害得老监察天天在稻地里等待着叫他参加队委会，天天失望……

实在闷不住了啊！老监察一天在回家吃饭的时候，抽空到王以信院里去找工作人员。曹同志在葡萄架底下的矮凳上坐着，两膝上铺开了一本很大的书（实际是杂志，对不识字的老监察，都是书），眼睛望着窗口敞开的东厢房里，王以信的上县中的妹子王以兰在那里裸着白嫩的胳膊洗脸哩。

老监察笑嘻嘻地通名报姓以后，曹同志竟用看嫌疑犯的冰凉的眼光看他。那眼光使老汉骨头都发冷。

"想和曹同志谈几句话……"老监察勉强地说。

"好嘛。什么话？说吧。"

"我这阵还忙着，"老监察实际嫌王以信院里说话不便，他说，"你得空请到我家里来，或者到稻地里咱谈。"

"好嘛，以后……"

但是，这位曹同志一直到20天期满离开水渠村，也没有找老监察谈过一句话。

八

老监察离开看水的工作了。是队长叫他离开的。

"大叔哎,"王以信十分有礼地说,"这阵稻地里不用你操心了,你还回生产组里吧。"

老监察心里想:"对着哩!工作人员走了嘛!你们以为混过这股风就没事了吗?不行啊!娃子们!除非我死了拉倒,死不了总要和你们见个高低。真金不怕火炼!雪地埋不住死人!"

他有信心。他相信真理,相信党。他去找乡党委书记。他不去找社主任和支部书记了;他们对他的看法,他不服气。他们说:"老汉在民主改革和初级社的时候已经光荣地完成了他的历史任务,在全部高级合作化的大局面里头,他已经无能为力了,再也不能起领导作用,只能在一般劳动中起点模范作用了。"这是什么话?老监察明白这个意思,这是对他客气的说法,不客气地直说,他就是和王以信争职争权哩。被同志误解真令人心疼!把忠实于人民的事业说成争名夺利真令人寒心!让别人在老监察的处境里试一试吧!但是老监察并不记恨社主任和支部书记。他知道他们怎样忙,被各种事务和数字弄得眼花缭乱,常常看不透事情的底上。老监察自己当队长的时候,有过一个活活的人被肥料、农药、农具、贷款、生产投资、粮食、牲畜、田间管理等等的实物和数字弄得蒙头转向的体验,所以他能体谅他们。好心眼的人和好心眼的人之间,有时也有矛盾啊,并不是只有坏心眼的人才和好心眼的人矛盾哩。他不同意的是他们只看见王以信能完成生产管理上的表面任务，而看不见他心里头包藏着什么。他非常惋惜他们被几个真正争职争权的奸人蒙蔽了，那班人做一个麻钱对群众有利的事，都要向上级汇报和在社员会上宣布；为了扩大他们的影响和巩固他们的地位，不惜把一个麻钱的事情渲染大一百倍的作用，并且说要不是老队长弄得基础很差，成绩还要大哩。

老监察把他的霜白脑袋伸进乡党委书记屋子的门框，问：

"高书记，想和你说几句话，你有空空没？"

"进来，快进来！"高书记放下正写字的笔，满面笑容欢迎，"怎么搞的，苍老得这样快？"

老监察在党委书记面前孩子般娇气地笑笑，摸摸他的霜白头。

"怎么？腰腿都伸不直啦吗？"高书记奇怪地又问。

老监察说："以前那风湿症，近时在稻地里看了个把月水，着重了。"

"怎么叫有风湿症的人干稻地活儿呢？"

"不怎地！"老汉平淡地说，"咱党员不干水湿活儿，人家说闲话哩！"

"哎哎！像你们水渠村八九十户的大生产队，劳力完全可以调配得开嘛！对有病的老年人和有生理限制的妇女，完全应当照顾嘛。社会主义最讲究合理……"

"我们那里暂时不是社会主义。"

"啊！你说的什么？不是社会主义是什么主义？"

"水渠主义。"

高书记哈哈大笑,问他到底有什么意见,应当直截了当地说。

老监察借装一锅烟的时光,思索一阵,问:

"高书记,张良镇卫生所的大夫看病拿的那个玻璃棍棍叫啥来哩?"

"什么玻璃棍棍?"

"往这里一挟!"老汉做出往胳膊窝一挟的姿势。

"啊噢!温度表嘛。我说什么玻璃棍棍!那是看病人身上发烧不发烧,烧到多少度的。"

"我知道。我就是不知那东西甭往肉中间夹,比方说,放在肉皮皮上,行不行哩?"

"你真有意思!放在肉皮上就是空气的温度,不是身体的温度了。我看,你问这,话里有话!"

"就是。我捉摸了好久,咱们有些同志做工作就是这样。"

"说具体一点。"

"比方我们水渠村吧,和大社只隔一条小河,刮风的时候,做饭冒起的柴烟就在空中混到一块了。鸡叫、狗咬、驴嚎、打锣,都能听见,就是大社干部不去,光靠听汇报哩。去了也在那里不待,会开完就走了,看表面哩。这,这,这……"

"大胆地讲。我不会打击报复你。"

"这不是眼时的病,这病,根深了。"老监察受了乡党委书记发亮的眼睛和兴奋的情绪的鼓励,更加大胆地说,"你们乡上的眼睛只看见大村，看不见俺小村。跷腿就到大村里，分配人也先尽大村里，轮到俺小村，说：'算哩，他们那里没问题。'没问题，没问题，日后揭出来是个大大的问题！"

于是老监察坐得挨高书记更近一些，把来娃他妈发现的秘密，尽他所听到的有头有尾讲述了一遍，然后谈到王以信他们怎么分配他去看水，不叫他参加队委会。说到曹同志听信王以信他们根本没理睬他的时候，他气得眼睛发直，脸色也铁青了。一听高书记说那个所谓曹"同志"，在县上大鸣大放的时候是个右派，他牙咬得嘣嘣响，恨不得追到县城去咬他几口，才解恨哩。老监察弄不清"右派"这个名词的全部含义，他只知道大城市的右派说："统购统销搞糟了""合作化不好"和"不要共产党领导"，这就是直接和他老汉作对哩，怪不得姓曹的和他没见过面就是仇人。

"你好！你他妈的在俺水渠村办的好事！王以信婆娘见天倒脏土有一堆鸡蛋壳，说是你保养身体哩！你他妈的保养好身体做啥？反对俺共产党吗？龟子孙！"老监察在高书记屋子里朝着县城的方向臭骂姓曹的。

这个天真的老共产党员惹得党委书记好喜欢啊。

当高书记取出笔记本，要把王以信他们的不法行为的要点记下的时候，老汉恨不得马上变成乡党委书记手中的笔，把主要处一下子全写在笔记本上；因为他知道高书记是多么忙，脑子里的事情是多么杂……

送老监察出大门的时候，高书记的一只手放在他拱着腰的肩膀上，说：

"你最近该在家里睡觉了吧？"

"唔，他们把我挤回家了。"

"你前两年太过分了。人嘛，完全没个正常的家庭生活了。那么现在你老伴该满意你了吧？"

"说良心话，俺老伴几时也没啥。我们一块几十年了，我知道她，她嘴坏心好，不像王以信那号人，嘴好心坏。"

"你真能狠透铁，现在又抓王以信了。好，下回一定解决水渠村的问题。"

九

农历十月里，地净场光。终南山穿上了雪衣，水渠村外的小河也结冰了。每年，当雁群嗷嗷地从陕北长城以外的内蒙草原回到水渠村外的麦田上的时候，农村的冬季工作也开始了。今年是全民整风，大鸣大放大辩论，来势汹涌，在各种人的心理上都引起了强烈的反应。

乡上到水渠村来了两个人。老监察无论如何也没想到乡党委高书记会亲自参加水渠村的整风。真带劲！

老监察的眼睛发亮了，皱纹脸有了光气。走路感到脚轻了，好像鞋底上安了弹簧。他注意到王学礼和韩老六的面部表情开始呈现不稳定，他们的脸色发暗，说话时舌根僵硬了。只有王以信装得镇静，面不改色，还对高书记说：早应当整整社员里头的歪风邪气了，要不，他王以信就和老监察一样，要退坡了。嘿，装得真像！他甚至于还对高书记说：他是多么同情老监察受村内一些落后群众的打击，弄得党小组很难在生产队里发挥作用，造成他当队长的工作不利等等。另一方面，他在担粪、挖渠的时候，对挨近他的社员嘱咐："看见了没？阵势摆下了，说话留点神，防顾自己的身子着。好汉不吃现亏！"在刚刚低低说完这些话以后，他会突然提高嗓子，大声呐喊："同志们加油干呐！咱六队要实行灌溉化啦！"

啊！水渠村啊！水渠村啊！你是一个小小的幽静的村庄。在本县的油印地图上，你只占小米粒大小的位置啊！生人从村巷里走过，看见瓦房、草棚、晒太阳的老人、玩耍的孩子、洗衣服的女人，看见饲养室前高大的草垛、泥墙上挂着成行的犁杖、黑板报上兴修水利的号召……哪知道你竟会这样复杂？整风开头的鸣放阶段，有三晚上的社员大会沉闷。男人们嘴里喷出旱烟，呛得女人们咳嗽。头天晚上有五个人提出些鸡毛蒜皮的意见，譬如拉牲口套磨子，饲养员没给；分配活路时，生产组长态度成问题。有一个老婆婆听说可以给公家人提意见，就提出夏天到水渠村工作过的曹"同志"买鸡蛋，没按张良镇的市价给钱。第二天晚上，发言的人集中在老监察身上，还是种洋芋的事，"三包"合同的事和大红马的事。难道就立了案了吗？一有工作人员到村里就说这些事情吗？还没到整改阶段，有人就分析：狠透铁对合作化积极只是为了自己，坦白地说，为了当队长，而不是为了社员……

老汉红了脸,出气有点不匀称了;高书记给他递眼色,摆头,要他沉住点气。第三天晚上,只有几个老婆婆"鸣放",好像有人暗地里组织来一样,她们一致诉粮食的苦,诉烧柴的苦,唉声叹气,愁光景难过。主席王以信直惋惜她们的发言:"唉,你们……唉,你们才是……唉,你们尽说些什么……唉,公家……政策……你们不懂政策!"散会的时候,他对高书记说,看起来似乎"鸣放"完了。

高书记和老监察站在打粮食的土场上,月亮把他们一高一低的影子扯长投在地下。散了会的人都纷纷回家去了,光他俩在这里低声说话。老监察问:

"你看见了没?高书记。全是王以信他们在背地里捏撮。"

"我看见了。"高书记说,"这个家伙是毒!不出声的狗才咬人哩。"

"你看他多'精'吧?尽弄些老婆婆来诉咱政府的苦,他自己还装不赞成她们哩。你批判那些老婆婆们去吧,'鸣放'完了,到辩论的时光,叫也叫不到会场上来了。"

"是的,"高书记同意,"三晚上发言的,不过十来个人。每天晚上,总是那几个人说话。大多数群众一个劲儿抽烟,拿眼睛观风……"

狠透铁说:"一部分好群众要看咱的决心大小,才肯往出抬大问题儿哩!咱的决心不像要解疙瘩的神气,人家何必空惹人呢?还有一部分社员们,吃了他水渠主义的迷药。好高书记哩,你不知道。大社调整土地的时光，他和人家愣吵愣吵。俺水渠村小，有两户富农，合作化以后，按劳力均拉，地多一点，要往地少的外村生产队调几十亩。他吵得脸红脖子粗，说俺村地近，得做、种过来哩。我坚决答应调出去了，他回来就对村里人说：'狠透铁是卖国的奸贼！'……"

"简直岂有此理！"高书记恨得咬牙说。

老监察冤情地咽了口唾沫，然后更加冤情地诉述：

"去年秋里，有一天，我不在村里，大社管理委员会到俺水渠村来查库，准备秋收分配的决算。他们，王以信领头，瞒下一个库，有30石稻谷，意思想给社员们暗地里私分。他们说：'咱先瞒下，他狠透铁回来，生米已经做成熟饭，不赞成也没办法了。'我回来听咱那个党员吴有银和团员灵娃一说，不行！我把王以信从家里叫到队委会办公室，说：'咱水渠村只能实行社会主义，不能实行旁的主义！你这是害咱全水渠村的群众，我不容情！'他当下没二句话说。我到大社补报了那30石稻谷。从那以后，唉！连当初11户初级社的老人手，也嫌我太过分了。好高书记，我能迁就他们吗？农民嘛，合作化才二年，就能把私心去净哩？咱领导人只能往正路上领他们，不能帮助他们发展私心嘛，可是王以信他们，千方百计，帮助社员发展私心！你说他们是拥护合作化，还是破坏合作化？你说！"

高书记感慨地说：

"农民啊！农民啊！他们是一大河水，有推山倒海的力量，全看你怎样引导他们哩。主要怪王以信，不怪群众啊！"

高书记感慨着，又问：

"大社和支部怎样处理这件事来呢？"

"他们在队长联席会上批评了王以信，表扬了我！支书和主任亲热地拍我的肩膀，那个喜欢啊！他们恨不得抱住亲我，说我是大公无私的好同志！"

"他们没到水渠村来召集群众会表扬你？"

"他们没。你说，我能要求大社到水渠村召集群众会表扬我吗？或者我能自己召集会表扬自己吗？把一个很好教育大伙的机会，白白放过去了。"老监察说着，深深叹了一口气，"我不受表扬，一样过日子。表扬了我，也多长不出几斤肉。要紧的是弄清是非，教育群众嘛。"

高书记说："不要紧，既然你撑住了，现在还不算太晚。这回，一定要把水渠村这大包脓挤掉！乡党委有决心！"

他们研究怎样才能发动群众。有两个办法。一个是正面教育，打破群众的顾虑和消除群众的怀疑，继续鸣放。这个办法是比较费时的。高书记认为：工作进度会远远地落在其他队的后面。另一个办法是把粮食舞弊揭出来，撕掉他们的假面具，但是又怎样揭发呢？除了把来娃他妈肚里的话掏出来。老婆婆的工作也许并不那么难做，只是"逆鬼"来娃这个盖子难揭，他沉重地死压着他妈。

老监察重新想起他对大社监察主任建议的办法，就是把王以信拿到大社监察委员会上去挤。高书记笑，说这是最没出息的办法；而且挤出来的东西，常常不容易肯定它的准确性。他说不管怎样困难，也要坚持群众路线。他说群众有落后的一面，被坏分子利用了；他们利用群众看问题的局限性，蒙蔽了大伙，产生了盲目信任。正是因为这样，所以更不能绕开水渠村的群众。一切事情当着群众的面办，就任何人也蒙蔽不了他们了。必须打通来娃他妈这一关，然后把事情摊开……

老监察从心里敬佩高书记。同样的道理，高书记比大社监察主任说得既明了又透彻。监察主任只说怕开成顶牛会，没说通过群众办事的道理。但是老汉沉思默想了一阵，还是灰心地摇头。

"难，"他说，"你能把一块石头说得走路，也不能把'逆鬼'说顺，能说顺的话，人家就不叫来娃'逆鬼'了。"

高书记不相信地笑。他问来娃的详细情形。有什么困难？可不可以帮助他呢？应该表现出关心群众，不应该经常摆出教育人家的样子，给人家上课。

"他只短个媳妇，咱能帮助他吗？"

"可以嘛。可以说将来能帮助他解决这个问题。"

"啊呀呀！我的高书记呀！"老监察惊讶地说，"这个困难咱可帮助他解决不了呀！要是我炕上坐个闺女或小寡妇，罢罢罢，为了社会主义，我说服得叫她跟'逆鬼'过去。……"

"你总是一碰到困难，就想起自我牺牲。难道不可以灵活一些吗？"

"咱诚实人，能撒谎吗？"

"你说咱们对农民讲，将来要用机器种地，这是撒谎吗？"

"这不是撒谎。"

"那么将来能帮助来娃解决婚姻问题，怎么能算撒谎呢？对落后的人，光用大道理是教育不过来的，一定要用事实来教育。我们揭发了王以信他们的粮食舞弊，群众大吃一惊，村子里出现了热火朝天的局面，就是对来娃这类落后分子很好的教育。'逆鬼'的态度能不起变化吗？他不是光因为定好亲的媳妇不跟他，才不满意新社会吗？"

"也许会变……"

"同志，一定会变！没有不起变化的人！不满意婚姻法使他变坏了，明白了王以信是坏人，信不得，又能把他变好一点。要叫来娃懂得：在我们这个社会，谁越逆，越没有女人愿意跟他。'逆鬼'不逆了，还没女人愿意跟他过吗？他的劳力不是挺强吗？"

"呀呀！老天特别关照他，又高又壮，一个担两个的。"

"现在大多数农村妇女，不挑劳动美挑什么呢？何必一定要你炕上坐个闺女或小寡妇呢？"

老监察在他霜白头上拍一掌，说：

"哎！咱的死脑筋就是拐不过这个弯儿。愚忠！"

于是高书记教给老监察应该怎样和来娃他妈谈话……

十

第二天，一个阳烫烫的初冬的上午，老监察笑嘻嘻地走进来娃的稻草棚土院子。来娃他妈在院子地上打稻帘子。看见老监察走进来，怕惹是非的善老婆婆不胜其烦地说：

"你又来哩！你真狠透铁！你再说，咱没在学礼家街门外套磨子嘛！套是套来，在王以厚家磨子上套来。"

老监察带听不听地走在跟前，笑说：

"那事没了算哩！共产党实事求是哩，不屈情人。我今儿来闲串，没事。"

老婆婆手打帘子，翻眼盯老监察。老监察在她跟前蹲了下来，伸手帮她整稻草。

"来娃哪里去了？"

"饲养上铡草去了。铡了三天了。"

"好彪小伙子！就是短个媳妇。眼下有人给他瞅对象哩没？"

"唉唉！好监察哩！咱茅庵草舍，哪个女人愿进咱的门哩？"

"不，大嫂子，不尽然。你说有一般十八九的姑娘，想进城，想对干部、学生和工人的象，那我信哩。你说年纪大些的那号二婚女人，我坚决地不信。为啥哩？她们专意爱的好劳动人嘛。"

老婆婆皱纹脸上堆起笑纹。老监察往日来千方百计动员她揭发王以信，给她上课，说来说去，尽说些关于大公无私、集体主义的话。他今天说的话和说话的神气，使她解除了戒备。她倒并不是对王以信有好感，她只是不愿把自己卷在是非里去。现在她问：

"那么，监察，你看俺来娃还能对下象吗？"

"怎么对不下象？"老监察说，"来娃就是一样缺点。"

"啥缺点？"

"别扭！人家叫我狠透铁，我不避讳。为啥哩？咱是做啥都狠嘛！人家叫他'逆鬼'，他不高兴。叫他把逆字去了，就好哩。"

"好监察哩！你不知情！'有婆娘的摸不着没婆娘的心'，这话实实的！"

"怎么？"

"俺来娃硬是打光棍把人打成那样的。你没听说吗？十个光棍九个偏。古怪，独来独往，爱抬杠，你说东来他偏西……哼，有个媳妇你看吧，可顺乎哩！我心里常说，谁跟俺来娃过了，享一辈子福。俺来娃可不能叫她受一点点症……"

"是吗？"

"可不呢？我肚里怀了十个月的人，我还不知情吗？"

"咹！"老监察深深地被来娃妈的这几句真情实话感动了，明白她希望人家给她说媳妇，老汉情不自禁，畅快地说，"是这，有办法了。俺女儿说窟陀村有个女人，29哩。男人是中学教授，把这女人苟苟扎哩，才离下婚。这女人立志要寻个好劳动人哩。等运动完了，我去看一下子。"

老监察刚刚露了点口气，就觉得不对劲了，就站起来要走了。但是来娃他妈，现在她已经变得和老监察十分要好，强拉硬扯，要他多蹲一阵,多说一阵话。她爱和他说话。

"你喝不喝?暖瓶里有水。"

"不。"老监察坚决要走,因为高书记嘱咐他:不可第一次谈话就扯得太深,不要给群众一种套弄的印象。老监察托词要到乡上去开会,走脱了。

老汉高兴得要跳起来了。一口气跑八里路,到乡上找高书记汇报。急什么呢?高书记不是说隔过一天就回水渠村来吗?不,老监察心里烫热,按捺不住干劲;在这一点上,他永远是年轻人。

高书记正在主持工作汇报会,老汉求乡上的炊事员把他叫出来。

"啊呀!高书记!"他说,"你眼睛亮堂堂的,算卦比瞎子还灵。"

老汉把他和来娃他妈谈话的经过备细叙述了一遍。

"灵!你这个方法灵!"他不断地赞赏,"我这回可朝你学得点本事了。我从前总是给人家上课,教育人家,恨铁不成钢,恨人家不像自己一样大公无私。这回我明白了,应该注意每个人落后的原因。我从前看见来娃,就转过脸去不喜理他,心里想:'政府给你多少好处?光光一个新婚姻法,你的媳妇不跟你了,你就和政府结下冤仇?你还算人?'没想咱越不理他,他越离咱远。"

"对,你很有自我批评精神。"高书记笑说,"不过你是不是说溜嘴了?我看你说得太具体了。窟陀村真有那样一个女人吗?"

"真有。这是我临时想起来的,只是不知这阵对下象了没?"

"你真有意思!是这样,来娃不会等你运动完了的。"

"等粮食舞弊揭破了,我就到窟陀村跑一趟。只要咱懂得这个道理,咱喜愿帮助群众克服困难……"

"啊!多么好的心肠啊!"高书记的眼睛表现出他心里是这样想,然后他吩咐老监察先回家去,等着来娃母子进一步的表示,"如果没有什么表示,那就是来娃听他妈说了,认为是圈套,那就是吃了说得太具体的亏。你明日再去,一看老婆儿对你的态度,就知道了。"

老监察在回水渠村的路上,一边走一边想:

"对着哩!还是高书记稳。我只往一面想,也许'逆鬼'听他妈一说,叫不要理我哩。这样,又用什么方法破这案呢?"

他很后悔,自己50多岁的人,还像年轻人一样拿不稳,说到劲头上就不能控制自己的急性子了。他的确不应该说得太具体:"窟陀村有个女人,29岁,离婚下的……"等等。他应该严格遵守高书记的指示,一回比一回具体,从社会问题上说明婚姻之事的意义。但他为了早日破案,迫不及待,头一回就答应帮助来娃找对象。要是他从前不曾多次动员过来娃他妈揭露王以信,来娃也不会怀疑这是圈套。

"嗯!"老监察用手掌打击他的霜白脑袋,恨自己,"你什么时候才学会完全按上级党的指示办事呢?朽才!"

他很难受地回到水渠村,走进街门,听见一个男人和他老伴说话的声音。听见老汉的脚步声,一个出门要低头的彪形大汉,从房门出来了。好！来娃已经在这里等他了。

来娃30来岁的脸上堆着高兴的笑容，迎接高低只达到他胸脯的老监察。

"俺妈说，你说窟陀村有个女人……"

"唔，"老监察承认，眯着笑眼看来娃，"有个女人。把你急成这个样儿？"

来娃不好意思地笑。

"离婚下的，有啥毛病吗？"

老监察使劲忍住他心里往上涌的快乐，沉住气说：

"有。不识字、个儿大腰粗、脸上有些粉刺疙瘩……"

"好大叔哩！你甭和我说笑，那算啥毛病？"

"这是对中学教授说的，你当然……"

"咱就取个劳动美……"

韩老六又进了街门，他已经来过三回了。这回来娃和老监察正说到好处，忍不住冒了火：

"你怎么这么不识好歹？"

"队长叫你去哩！"

"队长的老子叫，也不能等一下吗？"

韩老六非常害怕老监察针刺一般的眼睛，怯生生地退出去了，脸色很灰，好像丢了魂灵。老监察故装疑惑地问来娃：

"韩老六寻你做啥？"

来娃脸上换了一副凶狠相。他咬了咬牙，坚决地说：

"他妈的！说了吧！省得那龟子孙见天在屁股上盯我了。他们做下犯法的事，你不知道吗？你常寻俺妈做啥？你不是寻把柄吗？咱进屋里谈，省得人家隔墙听。"

当老监察领来娃一块走进屋里去的时候，他是多么畅快啊！贫农到底和党挨得近。贫农的落后是暂时的，就像一个家庭的人闹别扭一样。来娃在上张良镇集的路上，放大声骂新婚姻法，但他对土改、对合作化、对农业新技术等等，没有意见。他比王以信暗地里恨共产党强得多。

十一

生产队办公室里的桌上点一盏玻璃罩煤油灯。高书记、老监察、乡上的那个工作同志，还有吴有银，在屋里等待着。

队会计灵娃把韩老六叫来了。

韩老六一进门，把头上的包头巾抓在手里，表示对高书记的尊敬。所有的眼睛都集中在他有十来颗麻子的脸上，他却不敢看任何一个人的脸。他的脸一阵红、一阵白，好像西安东大街的霓虹灯。他的心里咚咚捣鼓，灵娃在他身边可以听见他心跳的声音，好像隔墙院子敲什么东西。人在这种时候，就像被捏在手里的鸟一样惊慌。

"韩老六，"高书记开言，"你说说你今年夏天做过什么对不起你自己的事情没有？"

"今年夏天？……"韩老六仰着脸看房顶想着。

"甭装蒜哩!"老监察忍耐不住,喜欢单刀直入解决问题,说,"拿自家一个贫农,不坦白等啥?人吃五谷生百病,还能没错吗?"

"坦白也可以,不坦白也可以,两条路由你走。"吴有银威吓地说。

不知经过一种什么变化,突然间哇的一声,韩老六栽倒在脚地上就哭。大伙一惊,以为他发了什么羊疯;镇静一看,原来他趴在脚地向高书记磕头。他一边啜泣一边说:

"咦咦咦,咱没站稳贫农的立场。……咦咦咦,高书记恩宽咱。咱受了人家的愚弄。……人家是队长,人家不提咱敢吗?咦咦咦……"

高书记叫他站起,跟乡上的那个工作同志到另一个屋里详细谈去。如果说韩老六有点假哭,现在灵娃叫来一个真哭的人了。大伙在办公室等着,就听见王学礼在街门外巷子里的哭声。他这哭声把水渠村的许多惊愕的人召集起来了,跟着他涌进街门的人塞满了院子。

这是一个标准的上中农,树叶掉下来怕打破头。他妈七十高寿,吃斋念佛,他多少也受些影响,赶集在路上拾得块手巾,也要沿路打听是谁的。他不知道自己吃了什么疯狗肉,竟然听信了王以信的迷惑,闯下这大的乱子。他依稀觉得仿佛是吃了对合作化心怀不满的亏……

王学礼一进办公室的门限,就倒到脚地下了,好像谁把他浑身的骨头抽光了,变成了软体人。你瞧他那份咽咽呜呜的啼泣吧,真正如丧考妣。高书记叫大伙把他扶起来,他又倒下去了。再扶起来,又倒下去了。最后,高书记叫把他扶得背靠墙蹲着,他那满涂着鼻涕和眼泪的脸孔不敢面对人,脑袋倒吊下去。门窗外面,院里拥挤的人在窃窃私语,说做梦也梦不见王学礼会做下这荒唐事。

过了一阵,王学礼突然神经病人一样,大吼大叫地说:"以信呀!以信呀!你的心太毒辣了呀!你这下可把叔叔给扎了呀。你刀插我,也不该给我搭这张贼皮呀!我在水渠村怎么活人呀?我怎么上张良镇赶集呀?"他说着,好像想钻到床底下去的样子,有点神经失常。

高书记说:"你安静点!王以信到底给你怎么说的?"

"他说:'咱给自家弄些粮食。'我说:'那不是偷盗吗?'他说:'这是咱地里长的粮食,穷鬼借合作化的名儿分哩。'……"

"啊呀呀!"老监察对高书记说,"你看王以信说这话可憎不可憎?"

高书记问王学礼:"难道你自己一点错误也没吗?全怪王以信吗?"

"有错!咱有错!好我的高书记,怎么能说没错呢?咱看见劳动好的贫农分粮食比咱多,眼红啊。要是王以信不那么说,咱光心里难受一下也就算了。……"

"啊啊,"老监察感叹说,"学礼,你走路怕踩死蚂蚁嘛,光光为了放不下私有制的老心思,怎敢做下这狰的事?"

"以信说有他,他保险……"

"他吃了饭饱（保）！"老监察痛恨地说，"你平素心善，为啥王以信和韩老六在队委会上一唱一和打击我，你悄悄的呢？"

"……"王学礼低下头，逃脱老监察的目光。过了一忽儿，他抬起头，用求饶的泪眼望着老监察，"老哥！饶了兄弟这一回。现时，我才明白王以信的毒辣了，他也不在乎几石粮食。他是把老六和我的脸抹黑，俺俩就得死心塌地向着他，他的队长就能当稳。现时我才明白这是王以信的心情儿……"

高书记、老监察、吴有银、工作人员和其他在屋子里的人，都被王学礼的揭发惊得面对面互相看着。

树叶掉下来怕打破头的人，一旦卷进严重的事件里头，有时候也会变成很厉害的人。谁也没估计到，院里的人也没防备，王学礼走时在院里跑起来。人们以为他去跳井，谁知他看见王以信从街门被叫进来，叔叔扑去打侄儿的耳光。

"吧！吧！……"两下子。

"你狗日的！"愤恨已极的王学礼骂道，"你为你自己，把叔叔往黑洞填？你算人吗？"

现在轮到王以信了。这是个硬家伙。他初进屋的时候，挨过耳光的脸比猪肝红；但是过了一阵，那充血的脸变成只是比平时略微灰暗一些而已。他有一个人的形状，胸中却配着一副野兽心肠，就好像生下来的怪胎那样。在他来以前，老监察说："那人？你把他屁股上的肉剜一块去，他也不服软！"现在，王以信承认王学礼和韩老六所说的一切。他因他的败露仅仅在心里惋惜以下几点：第一，挪动粮食的时候，不该粗心大意，以为来娃他妈不在意；第二，王学礼太紧张，竟忘了娃子在村巷里耍，到时候要馍；第三，凤鸣媳妇该死，为什么让老婆子上楼；第四，不该瞧不起来娃，应该早给他从什么地方说个媳妇；等等。总之，他并不认识他的下场的必然性，还以为这是偶然的疏忽哩。该死的家伙，直挺挺地站在脚地，低垂着上眼皮。老监察气愤地问他，他连一句话也没有，只是个眨眼皮。

"谁是卖国的奸贼？嗯？你说！曹工作人员来，你把我支使到稻地里看水！为了掩盖你犯罪，不管我老汉死活！嗯？"

老监察气得浑身哆嗦，眼睛发直，似乎要昏过去。不行，把王以信弄走吧！看见他那样子，想起受过的打击，老汉要气死过去的。等他最激动的刹那过去以后再说吧。

全水渠村的人惊呆了。大社主任和支部书记，也惊呆了。最后弄清楚：王以信勾结副队长王学礼和保管委员韩老六，盗窃了12石麦子。方式是在粮食入库的时候甩开监察委员，在向队会计报账的时候，捏下这个数目，然后又把麦子从队仓库转移到王学礼的正屋楼上的。

水渠村沸腾了。几天几夜地连续开会，被欺骗的人们急了眼，不等敲锣就到齐了。找不到一个大屋子来容纳所有的人，在门窗外面、院里挤满了人。人们从别人肩膀上往屋子里看。只有土改那年冬天，有过这个热潮。这才是真正的大鸣大放哩，韩老六和王学礼在一次又一次的坦白和检讨以后，也加入了揭露王以信的

"鸣放"洪流。人们把狠心叔叔当队长的时候，王以信怎样活动分队，怎样反对调整土地，怎样准备瞒库私分，老底子都揭出来了，记录有一厚本。所有那些因为不明真相，长时间抱着怀疑和观望态度的人，现在都站出来朝狠透铁这边说话了。什么狠透铁无能！现在，全水渠村的每个人都明白过来了，完全是王以信故意把老汉搞昏的。没明没夜为社员劳神，再加上防顾王以信捣鬼，老队长怎么能不精神紧张，颠三倒四呢？全村人都说老汉冤情，许多人批判自己脑子里的被王以信利用的本位主义和落后思想。"鸣放"会发展到后来，竟然有许多人更大胆揭露王以信在合作化以前向他们讨过土改以前放的账。原来在土改的时候，他为了隐瞒他的成分，曾经向欠他债的人一个一个都封了嘴，声明不要了，只要替他守秘密就行了；可是查田定产以后一宣布成分不变了，他就重新开始讨债了。他承认他说过不要利息的话，不承认他说过连本金都不要的话。这是什么上中农？高书记和乡上那个工作同志一算他的高利贷剥削，超过土改时他每年总收入的25%了。他是富农！啊，漏了网的是狡猾的鱼！高书记立刻写了封报告，派人送到县委去。

三天以后，县委批准了这个成分的改变。在县检察院派来人的第二天，县公安局逮捕破坏合作化的不法富农、主谋盗窃犯王以信。

全社八个行政村，十二个生产队的社员，男男女女，老老少少，从几条路上涌到水渠村。小小的水渠村从来也没有过这样多的人。

要知道，这不是来参观先进事物的啊。不是密植的粳稻生长得出类拔萃啊；不是饲养室工作搞得干净利落啊；不是各户社员的家庭积肥值得全社效仿啊；不是兴修水利有移山倒海的气魄啊……不，不是这些露脸的事儿！人们是来参加捕人的群众大会的。

六队（水渠村）觉悟了的社员，许多人脸上有一种羞愧之色。那些为了向外队调配土地的事，曾经积极拥护王以信愣吵的人，更有些灰。尽管有"知错改错不算错"的好俗话可以供人们利用，人总是有羞耻心的。

只有老监察特别！真正狠透铁！他把这当光荣事。他拖着一条风湿腿，满村拐来拐去两头跑——从灵娃和来娃监视王以信的地方跑到正在布置的大会场。他总是怕临时有什么事情弄出差错来，节外生枝。

他一边颠跛，一边给六队那些面带羞愧之色的好社员鼓励："甭灰！灰啥？去了肚里的病，咱好好选个团结一致的队委会，咱争先进！"

给老汉这么一说，那些曾经随声附和冤枉过老汉的人更加羞愧。而老汉把他们从前在会上"批判"他的那些气人的话，早丢到宇宙空间去了，仿佛那已经是上一个时代的事了。对他来说，一切为了未来，一切属于未来，这"未来"在这个53岁的老者，主要地还指他死后的社会发展哩。至于"现在"这个概念，对于他永远是奋斗的同义语。在地主马房里睡了多半辈子的他，奋斗是他的本能；如果世界上有享受和奋斗的分工，他分工负责奋斗！而"过去"对他，充满了贫困、落后、愚蠢和不幸，他有一种忘怀"过去"的内在要求。这就是那旧棉袄里裹着的一颗朴素的心。被地主无情奴役的重劳动，使他身体的外形不好看，这并不妨碍他心灵的美。

满村乱逛的人群集合在第二生产组的大场上了。县公安局来的人宣读了逮捕证以后，绑了王以信。

当王以信的婆娘指着娃子骂老监察的时候，老汉生这个无知妇道的气；现在，当他看见王以信的婆娘因男人很快要离开她母子而流泪的时候，老汉心软了。王以信不仅陷害了韩老六和王学礼，也陷害了他的妻子和娃子。老汉用烟锅指着土台上被绑起来的王以信教训说："你到县里好好守法，守毕法，回来当老实社员！实在话！"

然后请高书记讲话。

一阵掌声以后，全场男女老少的眼睛都盯着乡党委书记。老监察的眼睛也盯着高书记，看他能讲些什么高深的道理。

乡党委书记咳嗽了一声，清了清喉咙，然后高声地演说："水渠村是个民主改革不彻底的村子，有漏网的富农。用土改时大家最熟口的一句话说，就是羊群里有狼，但已经不是狼的面目了，而是诡计多端地换了羊的面目，混过关隐藏下来了。换一句话说，就是人民里头保存了敌人。敌人总是要兴风作浪的。他不是以敌人的姿态，而是以人民的姿态兴风作浪哩。通常人们把它看成人民内部矛盾，看不成敌我矛盾。常说'不团结问题'，工作中是有许多不团结问题嘛,因为人们平素各项任务繁忙,或者领导水平低,怀疑不到老根本上去。所以这敌我矛盾,就以人民内部矛盾的名义,长期在水渠村纠缠着,弄得这里的党员、团员很苦。"

成千听众的脸上,表现出钦佩党委书记的表情。狠透铁钦佩得连老皱脸也歪起来了。

老汉无论如何也没想到:乡党委书记在讲了一些分析漏网富农破坏的话以后,用大部分时间在成千人面前表扬他。高书记提到往外队调剂土地的事情,瞒产准备私分的事情,称赞他的光荣孤立。高书记说:有些人看见形势对个人不利的时候,就放弃了对党对人民的忠诚,而老监察则是真正的无限忠诚。这样的同志在被迷惑了的群众中孤立,是暂时的。即使在群众中孤立的时候,他也代表着群众的真正利益。

老监察听了这些投心的话,心里那个舒服呀,过去受过多大的冤情,都是不值得放在心里的。

会后,高书记在队委会办公室教育大社主任和支部书记:"看你们弄这事悬不悬?光看表面,不管实际;光听汇报,不深入检查——悬不悬?我们乡党委不注意小村的工作,不分析落后村的具体原因,当然也有责任。我们长期地误以为水渠村问题,根子在东西头不团结。从表面看问题真害死人哩!不过你们以前总汇报六队落后,换了队长以后,你们又汇报说不那么落后了。这可太成问题了吧?"

大社主任和支部书记脸通红,满头大汗。他们除了接受这个惨痛教训，还对狠透铁表示深深的抱歉和敬佩，说他们也要学习得能狠透铁才好；他们说老汉精神上有一种先天的素质，使他嗅出异己阶级的味道……

老监察很亲切地对支书和社主任说：

"全怪王以信小子，不怪你们。你们多忙？我忙的时候，不是也把种洋芋的事、三包合同的事和红马的药方子忘了吗？我不出这些岔子，他王以信小子也不好迷惑社员呀。"

十二

水渠村的群众运动，很快地转变成为生产高潮。社员们鸡一叫就起来了，往稻地里担粪，给复种的小麦盖被窝。天亮的时候，人们互相看见，出了汗水的头上，都冒热气。早饭以后，温暖的太阳照着平原的时候，全部劳动力又拉到打井的地方去了。因为狠心叔叔提出：要把水渠村剩余的旱地，全部变成稻地。要这样，全仗河水是不行的，必须寻地下水！

狠透铁的威信空前地高，他重新当选了生产队长。虚假的都是张狂的，也是一时的；真实的都是朴素的，也是永久的。所有这一切变化，都不是老汉预先想这样做的。客观现实规律分配他担任什么角色，他就担任什么角色。他只有一点：老老实实工作，结结实实活人！任何歪风也吹不动他的！

老伴一听到他重新当选的消息，满脸泛滥了泪水，到处寻高书记，如同发生了巨大的不幸。她引起水渠村人的惊愕：为什么呢？

"好高书记哩！饶了他吧！"老伴找到了党委书记，哭得板着嘴说。

"什么？"

"叫他多活几年吧！俺娘俩……"

"不明白什么意思……"

"他才歇了一年，风湿疼还没好利落，叫他多歇上一年……"

高书记抱着水渠村变成先进队的强烈希望，看老队长。老队长气得皱纹脸发胀了。

"回去！回去！啥话？我倒霉的时候，你和我可好；我运气刚翻过来，你又咄呐开了！回去！甭咄呐了！1958年，你看咱水渠村是什么样子吧！好娃他妈哩，等咱村的党员人数够上成立一个支部的时候，我再到饲养上喂牲口，歇养风湿疼呀！"对老汉没一点办法的老伴，只好亲切地恨他说：

"你狠透铁，你不要命！"

老队长嘻嘻笑着，和高书记一块走了。

风雪之夜

/// 王汶石

一九五五年的最后一天,我跟乡支部书记杨明远同志,到靠近河岸的一个小村庄去。

天气阴沉,满天是厚厚的、低低的、灰黄色的浊云。巍峨挺秀的秦岭消没在浊雾里;田堰层叠的南塬,模糊了;美丽如锦的渭河平原也骤然变得丑陋而苍老。

东北风呜呜地叫着。枯草落叶满天飞扬,黄尘蒙蒙,混沌一片,简直分辨不出何处是天,何处是地了。就是骄傲的大鹰,也不敢在这样的天气里,试试它的翅膀。

风里还夹着潮湿的海洋上的气息,这是大雪的预兆。

我们是早饭后到村的。社员们正忙着装配高温沤肥坑。拉大车的,推小车的,挑水桶的,扎草把的,来来往往,紧张而热闹。天虽冷,却有不少人只穿着单褂子。生产委员王振家,甚至敞着衣襟,露着胸膛,就这样,头上还冒着滚滚的汗珠。

人们热情地跟我们打招呼。王振家喊:"支书,看我们的劲头怎样,热火不热火呀?"

支书喜得合不拢嘴:"好哇,穿上衣服吧,小心着凉!"

振家答道:"不这么干不行啊,天阴得很重,下雪前,得把这些沤肥坑全部装好呢!"

支书小声对我说:"看!社员的行动,就是对社的最好检验哪!"

支书的任务,是来验收这个新建社的。验收新社,原是区委会的事;由于今冬农业社发展得出乎意料地迅速,只月余时间全区就基本合作化了;而许多老社,又追着支部,催着区委,要求转高级社。区委会实在忙不过来。那么多新社,别说详细验收,就是到各社去巡视一趟,也需要许多时间;而时间,又是多么不够用啊!就像区委书记严克勤同志说的:"搞不好,'时间'就要'脱销'了。"因此,区委会做了决定,由严区书亲自主持,召集各乡党支书参加,做了一次验收示范工作;然后,拟出一个详尽的验收提纲,委托给乡支部去做。

严克勤同志那种对事严格的作风,在全县的干部中是很有名的,对验收工作自然也不例外。各乡支书离区返乡前,他又花了多半夜的工夫,和支书们举行了一次谈话会,研究了各乡的突出问题,并且警告在座的支书们说:"年关难过,咱们还欠群众几笔账哪,要在年前付清,就还得多加油。你们验收过的社,区委会要抽查的。"他问大家对区上有什么要求。有几个支书开玩笑地说："别的倒没有什么。就看区上能不能多发一点时间给我们！"严克勤同志摇着头说："不行，这不能供给，连我们自己还不够分配啊！只好靠你们自己了，有什么办法呢？跑步吧，加油赶吧！"

乡支书杨明远今天就是从铁道旁赶到河岸来的。

验收的工作，进行得很细致，召开了贫农会、中农会，又进行了个别访问。中间一直没有停歇，直到天黑，才吃午饭。饭后立刻召开建社委员会。在会上，支书提出几十个问题，盘来问去，仿佛他是专门跑来找岔子似的。这使我想起，在三级干部会上，杨明远发言时，县委组织部长给我说过的："杨明远这几年进步很快，他完全学着他们区委书记的样子，认真、顽强、钻劲儿大。"

验收结束时，夜已很深，满村喔喔的鸡叫声。雪，从黄昏的时候下起，现在越下越大了。

杨明远打算回去，社主任王槐旺挡住他说："不行，夜深了，风雪也太大！"

我知道，明远昨晚上在铁道北时差不多一夜没睡。我看见他站起来时就像喝多了酒似的，有些站不稳当，"明天走吧！"我劝他。他沉吟了一会儿说："区书明后天就从县上回来了，有新任务——咱们去看看路吧！"

屋外简直是另一个世界。树木折裂着，狂号着；那滚滚的狂风，卷着滔滔的雪浪，在街巷里急驶猛冲，仿佛要在瞬息之间把整个村庄毁掉似的。道路全被雪盖住了。风雪打得人睁不开眼。杨明远犹豫了一下，对我说他决定留下来。

这时，旷野里，远远地闪着一条手电灯的光带，时北时南，仿佛是有人在旷野里寻觅什么东西。更使我诧异的是，风雪压迫得人口也张不开，而那个旷野里的人，却悠然自得地唱呀唱的。那歌声时时被风雪打断，那人似乎不愿向风雪屈服，被打断的歌声，又一再高扬起来。

明远又犹豫起来了："路上还是有人哪，可见还是能走！"

社主任老王说："那是吆喝雁的人，不过在村边麦地里赶一赶雁罢了，他连河滩也不敢去哩。"

回到屋里，房东收拾好了炕，泥炉里的炭火正熊熊地烧着，杨明远坐在炉边，神情还有些不安地说："会不会是区书呢？"

社主任老王哈哈大笑道："支书，你这人真太心小。一味地胡思乱想，区书这会儿怎么会来呢！"

我也以为区书现在不会来，因为县上的会至少得两天，就是元旦不休息，他也得明天下午才能回到区上。

社主任又笑着说："区书爱人在县卫生院工作，他要回来，也在早晨。"

明远点点头说："有根据，今天是除夕，又是星期六，县上各机关都放假了。"

社主任给我们放好门帘，回家去了。

我们又谈起严区书来。杨明远的兴致特别高，疲乏和睡意从他的眼睛里消失了。他讲区书小时候的困苦的孤儿生活；讲区书怎样从一家皮坊偷跑出来，到洛川去参加革命；讲区书在工作中的顽强精神。他讲得那样详细、恳切，仿佛是讲他自己的身世似的。他说："区书一九四九年缝的一条被子，现在还崭新哩。他用被子的时候不多，常常工作到深夜，伏在办公桌上就睡着了。"

这话也许有些夸张，但是，我听见许多干部都这么说过。

我知道杨明远是严区书最赏识的支部书记之一，可是区书对杨明远却特别严格，赞扬的时候很少，批评起来却毫无保留。像在这次三级干部会上，他指定杨明远做典型发言，讲题是建社过程中各项工作的安排。他要明远先写出发言稿给他看。他明知明远从小给人揽工，识字不多，只是最近几年，在革命工作中才学会了读书和写报告。可是他看了明远的文稿以后，却用了一个下午的时间，从内容到分段，以至于文法和标点，没一样不批评的，说他是"思想懒汉"，不肯下功夫钻研；然后，他才和他一起研究，逐句修改。那一个下午，杨明远出了好几身汗，当他从房里走出来时，棉衣也湿透了。

我问杨明远："你们这个乡的工作很不坏呀，在全县都很突出，为什么严区书还那么不满意呢？"

杨明远说："区书怕我们垮台，怕我们自满，所以，在你还来不及自满的时候，他就敲打起你来了。"他意味深长地接着说，"区书剋我剋得真狠。从他当支书，我当村农会主席时，他就常剋了。剋得好，如果他这几年剋得不紧呀，今天这样的工作局面，我就没法应付下来。"

风暂时平息了,雪却下得更大。我们谈得高了兴,忘记了时间。鸡叫二遍了,我们才离开火炉,走向炕边。我突然觉得身后袭来一股冷风,大概风又刮掉了门帘吧?回头一望,帘子下凛凛然屹立着一个雪人。他的脸庞瘦削而黑青,宽额头,宽鼻梁,眉毛拧成一条绳,眼睛眯成一条细线,仿佛害怕灯光把它溶化了似的。他望着我,嘴角慢慢泛出一缕细细的笑纹,声音柔和地说道:"你也在这里!"

"哦嘀!是你呀!"我惊讶地说着,急忙握着他的手(那手,简直是一块正在消解的雪团)。

他在门外脱掉了大衣,抖落了雪花。

杨明远悄悄在我耳边咕哝着说:"嘿,我估计得不错吧?"我点点头。

严区书听见了,在门外问道:"你们说什么?"

我说:"我们正在谈论你,你就到了。"

"谈我什么呢?对我保密不保密?"

我笑着说:"幸亏没说什么坏话。"

"多谈坏话比戴二尺五的高帽子强,只要能让本人知道!"他那慢条斯理的样子,和款款浅笑的神态,简直像个老诚敦厚的大姑娘。

杨明远帮区书把大衣挂在火炉边的墙上,对他说:"把鞋袜脱下,你上炕去暖一暖,炕是烧过的。鞋袜给我,我一会儿就给你烤干。"

"不，我来！"他拉着凳子靠近火炉坐下了。

杨明远一边给炉里添炭，一边说："你没到卫生院去？我们还估计你晚上不会回来呢！"

区书说："谁像你哟，半个月不回家就害病了！"

明远哈哈地笑着，争辩道："这真冤枉死我了！老王，你说句公道话吧！"

我对区书说："你大概事先没到卫生院去挂号吧？"

区书笑着说："不，我去请了个假期的假！"

我们一同大笑着。区书又一本正经地说："不要笑，这是家庭纪律！"他脱下鞋袜，那鞋像个泥浆罐子似的，看样儿至少有一二十斤重，鞋子一接近炉火，鞋底就发出嗷哦的怪叫声来，喷出一缕缕的蒸气。他像是欣赏着那些泥浆，很愉快地说：

"雪真美呀！走在路上，密密层层的大雪包着你，团团急转。你简直觉得是掉在风雪的漩涡里了，永远泅不出去了。"

明远准备让区书抽查这个社。他翻开笔记本，等待区书发问。

区书并没有直截了当地提出问题，却说道："这儿的牲口饲养室修补得不错，不透风，暖和；再冷的天，也过得去！"

明远听到区书少有的夸奖，便谨慎地问道："你看了？饲养员还没睡吗？"

区书说："那儿人还不少，你们这里散了会，有些人又跑到那里去了。"

我说："原来你先去摸了一下'底'，才上这儿来的呀！"

他笑着说:"习惯了,听见那里有人,就进去和他们随便谈了谈。"接着,他转向明远说:"新建社验收得怎样?"

明远说:"快验完了。今冬建的社,一般的质量要比去年建的社好些。区书,你看还要注意哪些问题?"

区书没正面回答杨明远的问题,却沉思地说:"问题是下一步和下几步怎么做,要早些考虑好。社会主义来得这么快,咱们的感觉动作也得快也得灵敏,稍一迟钝,就要落后。"停了停,他声调固执地说,"要思考在前,动作在前,要走在前面!"

一句很平常的话,立刻在杨明远身上产生了影响,他意味深长地看了我一眼。

严区书用拳头托着下颌,眯着眼睛,火炉里的火光映红了他的沉静自若的面孔,又说:"群众情绪很高,合作化的步子很快,大家都兴奋得不得了;可是,其中有个把人,只顾见人就道喜,忘记走路了,像喝醉酒似的,绕着桌子转呀笑呀的。"他又抬起头来望着明远说,"咱们万不能坐下来喝酒,咱要赶路!"

这时,大门响了,区书侧耳听了一听,急忙提起湿气腾腾的鞋袜穿在脚上。

进屋来的是社主任王槐旺和生产委员王振家。槐旺披件棉袍,一只手里拿着一个烤焦了的黑馍吃着,大模大样地说:"看见你的手电光,我却把你当作吆雁的了。哈哈……来吧,区书,吃馍!"区书说:"不。"振家嚷道:"哈哈,你这家伙,只拿一个馍,自己倒咬了一半,还让区书吃呢!"槐旺说:"谁像你,客出了村,才说饭做好了。"说着,他从棉袍下伸出另一只手,手里端着一碟油辣子,几双筷子,又从怀里掏出四五个烤馒头放在桌上,对振家说:"嗳,伙计,把你的也拿出来吧。"振家瞪着眼说道:"你不问我老婆愿意不愿意,就死乞白赖地把我从被窝里拖出来,我衣服都没扣就跟你来了。不信你们看——"他拉着衣襟,挺着胸脯,果然,满胸膛上的疙瘩肉都露在外面。明远揭穿他道:"一年四季,啥时候见你扣过胸前的扣子啊?"全屋人都笑起来。振家天真地笑道:"这也是一种习惯哪!"

区书拉槐旺和振家他们坐下后,从自己的大衣里拿出笔记本来。明远以为区书要开始抽查了,便准备汇报。区书说:"你已经验收过就行了,按照你的意见去做就是。我来,是要和你们研究生产问题的。"

后来我才知道,县委会也在追赶时间,原定要开两天的县委会,一天就开完了,一直开到晚上九点钟。散会后,严区书满可以住在县上不回来,可是他在那里不安心;合作社的许多事情吸引着他,县委会的决议燃烧着他,许多同志除夕之夜仍在农村里继续工作的情景召唤着他,他便给自己的妻子做了点"说服"工作,冒着大雪回到乡村来了。未离县以前,他就给副区书打电话,商量好召开全区干部会议的事情。他自己则直接到乡,先找了个老社,然后又跑到这个新社来。他来的目的,是要掌握新社和老社生产计划的情况,特别是干部思想,给明天的会议做一点准备工作。

社主任王槐旺报告完了以后,明远又做了补充。区书一直靠着墙，一只脚蹬着炉台，不时地记录一点什么要紧的东西。他的注意力始终集中在生产指标上，每项农作物的产量指标和具体措施，报告者都得重复报告好几遍。

明远合起笔记本，等候区书发表意见。好大一阵儿功夫，区书都没哼声，他弯腰伏在膝上，无目的地将炉里的一块炭火拨过来拨过去。什么思想正在他的脑海深处打转儿呢？最后，他直起身来，袖着手，背靠着墙，仿佛怕惊吓了什么人似的，声音低沉地说："咱们常喊'积极办社，大搞生产'，合作化大大解放了生产力，农民群众中迸发出一股巨大的生产热情，我们要抓住它。"

明远点点头。

区书接着问道："你们乡已经合作化了，对这么多的社，支部今后怎样去领导呢？"

明远想了想，答道："要抓生产。"区书摇摇头。明远眼瞪得多大，望着区书。严区书说道："首先还是要抓好农业社的政治工作。"他详细地分析了农业合作社内外的阶级斗争形势，和今后可能出现的种种情况，和做好政治工作的重要性，然后，才又转到生产上，讲党支部要认真领导好生产。

区书望着明远问道："可是怎样抓呢？"明远没回答。

"抓就要抓计划，抓指标。哪个社计划定得不好，支部就不批准；定好了，就严格检查执行的情况。"

振家插言说："这话对，乡上确实要多来检查，哪个社完不成，他得说出个道理来才行。"

"那也不行。"区书说,"完不成计划,说啥也不行!"他望着振家抿着嘴笑着,那笑容表示说:"完不成任务的人,往往会造出一大堆'道理'来的。"

振家会意地憨笑着。槐旺附在振家的耳朵上偷偷地说:"咱们的计划定低啦。"振家不以为然地摇摇头。

区书说:"把你们的计划研究研究。加点夜工行不行?"

振家意气昂扬地说:"行么,怎不行!走社会(主义)去呀,不熬几十个透夜还能走到么?"这里的农民,把走向社会主义叫做"走社会",词句虽不完整,他们那态度那声调却表示了一种坚强的英雄气概。

大风继续呼啸着,雪花不时偷偷地从门缝里钻了进来。

桌子中间摆一份生产计划书,三个人围着桌子。王槐旺跟王振家对面坐着,杨明远半依着桌子角儿坐在炕边。槐旺识几个字,手里拿着笔,满手都沾上了墨水。他们在掐指头,拨算盘,商量一阵儿,争辩一阵儿,那份计划书被涂改得墨迹斑斑。

区书一直是靠炉边坐着,听着他们的争论,沉思着。他有个习惯,爱听干部争论。他不时走在争辩者的背后,欣赏着争辩者的紧张热烈的面孔,有时简直入了迷,不自觉地眉飞色舞,张着嘴,痴呆呆地望着,像戏台下入迷的观众似的。只在紧要的时候才插话,画龙点睛地,使争论者从争执的热雾中清亮起来。他很巧妙地使用他的精力。他只在头一个项目上用了极大的力量,头一个项目解决了以后,他就撒开手了。他悄悄地对我说:"你只要打个头通鼓,后边的戏怎样唱,他们全是好把式。群众里,能人多,生、旦、净、末,哪一门也有很多专家。"

头一个项目是小麦产量。槐旺和振家争执得煞搁不下。槐旺的意见是平均亩产三百六十斤;振家说槐旺是"胡抡"哩,他肯定地说:"二百九就算到顶了。"他的理由有两条:一来,咱这儿土质差,靠河滩,沙地多;二来,难免群众通不过,定也是白定。振家半辈子做的都是小庄稼,他家地少人多,种一亩就要顶一亩,拿不稳的事,他是从来不干的。他朴实厚道,很固执,他心里有个老主意:"说出来不算,做出来再看。"因此,他虽然觉得别人说得也在理,他却一口咬定"二百九"不放。

槐旺生气地说:"这家伙,一口咬住个屎橛子,你拿上个油饼去换也换不下来。"振家很诚恳地说:"咱对党对社员都要负责任,说一句要顶一句,不能落个'空空脑壳'的绰号。"

槐旺说:"谁向党说空空话啦?"

振家急忙辩解说:"我不是那意思。我是说咱要定得合适。哪怕,嗳,咱把三百六搁在肚里,咱加油干嘛。嗳,或许咱还能奔到三百九哩,这不更好?"

明远说:"你这样想,就错得深了,实际上是不要计划的思想。"槐旺也说:"你计划一天到西安,你就会赶到西安;你要是说走着再看,嗳,不到临潼你就下了店了。"振家承认支书和槐旺批评得对,可是对三百六的指标嘛,总觉得有点那个。——他笑着,抓抓脑袋,转过头来说:"严区书,你看呢?"

区书一直不发言的目的,是要从他们的争论中摸清干部的思想底细。现在,要他出面解决问题了。他挤到桌前说:"有的说高,有的说低,到底你们各人的依据是什么呢?这方面虽也谈了,但谈得不够。特别是谈眼前条件谈得多,谈今后条件谈得少。"接着他问振家道:"就谈肥料吧,振家,你先说说,今冬明春你们给麦田能上多少浮肥?"

振家说了个大概的数字。区书让他仔细说说:全社今冬能换的旧墙有多少?有几个"凤屎堆"能筛出多少车炭灰?水壕、涝池能挖出多少肥土?明春准备施用多少化肥?……振家经这一问,眼瞪起来了。他急忙抓耳朵,扳指头,嘴里咕咕哝哝地说:"南院老汉九堵旧墙,我九叔十堵……"

明远对着我的耳朵说:"许多脱产干部,就怕区书的这个问法。"

区书向振家说:"你别扳指头了,你的指头不够用。你听我说,看说对说不对?"于是他一宗一项地说了个具体而详细的数字。

振家半信半疑地说:"不会吧,区书!我在这个村住了四十几年啦。你来的回数总有限。再怎么说……"

槐旺笑着说道:"怪你今晚睡得太早。区书一来,就在饲养室和一些人算了一个细账,咱村的情况,全都在区书肚里装着啦。"振家如梦初醒地把身子向后一仰,敬佩而抱歉地说:"嗨!区书,我的工作没你细!"

区书接着又讲了这个社其他方面的增产条件,他特别强调了使用新农具和新技术的问题。最后,他满有把握地以商量的口气问道:"你们看,定四百二十斤低不低?"

振家急忙问道:"丰产田?"

"不,平均亩产。"

大家都有些惊讶,振家更是不住地把头摇得像个拨浪鼓似的。他说:"刚解决了个三百六,又出来个四百二。啊呀,我的天!"

区书望着振家,笑着告诉他:"不要着急,再根据刚才所说的增产条件算个细账看看吧!"

于是,三个人又围着桌子,从各方面一点一滴地算起增产细账来。振家挽起袖子,他的算盘确实不高明,手慢慢拨着算珠,别人都替他着急,他却不慌不忙。

区书又在炉边烤火,听他们算完了,便问道:"振家,多少了?报一下!"

大家一齐说:"四百一!"

区书问振家:"对不对?"

振家瞪着眼说:"大概对!"

区书看振家还有怀疑,便说:"再算一遍!"

三个人又从头算了一遍,振家累得鼻子上渗出细细的汗珠。区书又问道:"多少?"

振家傻笑着说:"还是四百一。我亲手算的,没错!"接着他把脑袋一拍大声说,"区书,我通了,四百二没问题!"他把"没问题"三个字说得又坚决又干脆。

严区书却反而说道:"还差十斤哩!"

振家不以为然地说:"没问题。咱是啥人么,咱是'走社会'的人,只要狠一下心,把脑筋多发动一下,方方窍窍多寻些,十斤粮食不算啥!"

区书说:"对对对,我赞成这说法。"他望着明远说:"人不同了,今后,做计划,做工作,时刻要记着这一点。"

头一个项目定完以后,区书轻松地说:"后边的戏完全要你们自己来唱了。"他便和我谈起了今天县委会开会的情形。

其他几个人越研究兴趣越大。棉花,谷子,油料……一项一项都修改过了。最后槐旺和振家向支书说:"我们明天要在社员大会上通过一条:向全乡合作社挑战。"

雄鸡唱起第三支歌曲,振家站在门口,高兴地喊道:"好美的雪呀!下吧,下吧,下够三天才好!"

区书坐在灯下,写完了摘记,又一条条校阅了一遍。他的白眼珠红了,眼圈儿黑了,眼皮沉重了。我们劝他早点休息,他抱歉地说:"对对对,我把你们的瞌睡全打搅了。"说罢,伸伸懒腰,预备上炕,可是他坐在炕边儿上迟迟没有脱掉鞋子,又合着眼想着什么了。几分钟后,他又走到门口,望了望天空,默默地站了一会儿说:"我得走!我得早走一步,留下来会误事的。"我们怎么留他也留不住,振家向他高声吵闹也不济事。最后,振家提出一个条件,要伴送他回去,他也只好接受了。

大风依然未减它的威风,仿佛要扫掉一切村落,把大地永远变成一个雪的世界似的。我们送区书到村外,茫茫的大雪立刻把他们吞没了。风里传来振家的粗哑的声音:"嘈,回区呢,还是回县?"

"回区!"区书的声音。

"你爱人在区上么?"

"在县上!"

"过年不放假吗?怎么不接来呀?"

"明天去……"区书的声音湮没在大风里了。

四下里,风声一片;划破风声的,是陇海铁路上远远传来的火车汽笛的长鸣。

我们回到屋子里,王槐旺抱着一卷花布被子跑来问道:"严区书呢?"

明远告诉他说:"在路上。"

门又开了,进来两个壮实的农民,像两株雪山上的青桐树似的。他们是邻村的农民通讯员,连夜传送一封信,信是由区委会发出的,信上写着:"元旦日上午九时,在区委会召开乡支书、各社生产委员和青年突击队长的联席会议。"明远看完通知,匆匆披上大衣说:"我也走了,得要找文书,立刻给各社传达这个通知。"我看看表,时针已近五点。黎明临近了,一九五六年的第一个黎明临近了。风雪继续吼着,这时候,多少人冒着风雪,在乡村的道路上,迎接这个伟大的黎明啊!

一九五六年一月二十日夜

公社书记

/// 郭澄清

我从城市下放到农村,分配在公社里做宣传干事。今天上任。

公社办公室里冷清清的,只有秘书一个人,正在洗衣裳。他待人很热情,一面给我倒水,一面向我介绍书记是谁,社长是谁,谁管组织,谁管民政……

我问他:"他们都干什么去啦?"

"全下队啦。"秘书指着电话机说,"算叫它把我的后腿扯住啦!"

我一见秘书很风趣,便指着盆中的衣裳半开玩笑地说:

"它可感激你哩;要不,哪有时间……"

"感激?唉,你把衣裳洗了,还得顶着挨顿批评!"

"挨批评?谁批评?"

"项书记呗!"

"呀！洗个衣裳也批评？"

他已察觉我们说到两下去，笑了两声，解释说："这衣裳是老项的，忙得他半个夏天也没顾上洗一回！不，老天爷给他洗过几次！"秘书说着，嘎嘎地笑起来。

"项书记什么时候下去的？"

"今天早上，"秘书一边洗着衣裳，一边回答说，"昨天晚上赶回来，向县委作了个电话汇报，今天起早学了一阵《实践论》，又下去了。"

"他到哪儿去啦？"

"那我得看看，"秘书走到屋门口，往东南墙角一望，回头说，"上南部去啦。"

东南墙角上只有一间破草棚子，他望望那儿，怎么就能知道书记的去向？精明的秘书大概看出我正为此纳闷，主动解释道：

"老项有个习惯，南去准扛猎枪，北去准背粪筐。现在猎枪不在粪筐在，没问题是往南去了！"

"这是为什么？"

"你听我说呵，北部有条公路，车马多，粪多，背上筐，走一趟，准能闹个满载；南部有片黄土岗，草多，洞多，野物多，扛上枪，走一趟，保险不空手。"

"那咱们可以经常吃上肉了？"

"哪里！都送到敬老院里去了。"

我是个打猎迷，又乘兴问道："书记的枪法怎么样？"

"百发百中,全社第一。"

"他什么时候练的这一套?"

"那我也说不清,"秘书从盆中抄起衣裳,一边拧着一边说,"我来这社,才刚出满月儿天;再说,总是他在下,我在上,见面的机会不多。"

这时,我恨不能一下子见到项书记,一来让他布置工作任务,二来也赏识一下他打猎的本领。可是,秘书说:"项书记什么时候回来说不定。"又向我建议说:"他不来,你也没事干;我看,你干脆去找他吧!"

"到哪儿去找呀?"

"南部村子不多,大小只有六个……"

"我不认识项书记呀!"

秘书指指自己的嘴:"不有它吗?只要你一问,庄庄村村,不论大人孩子,没有不认识他的!"

我离开公社,走出村子,顺着杨柳成荫的机耕道,一直向南走去。大道两旁的庄稼,高高低低,墨绿一片;高粱没了人,谷子正齐腰,花生罩住地,棉花搭着梢……天晴地湿,风吹禾摇,一洼一洼都是丰收景象。我听见一伙干活的社员们,好像是在议论项书记,就势问道:"喂!借光,你们见到项书记没有?"

"见到啦!刚过去,到方庄去啦,"一位快嘴姑娘指手画脚地说,"你顺着机耕道,一直往前走;过了扬水站,向右拐;到菜园西头,再向左拐;登上黄土岗,就望见方庄的果树园子了。"

你要走快点，也许半路能撵上他……"

在姑娘说话的同时，还有几位老汉插言插语，热情地向我介绍书记的长相和衣着。不过，我都没有用心听，一个公社书记的模样，我是可以想象出来的！

于是，我谢过众位，按照姑娘指点的路线，加快了步伐。

又走了一里多路，见路边蹲着一个人。这人三十多岁，农村干部打扮；鞋帮上、裤腿上沾了些泥土，显然是刚刚干完了活；他怀里竖着一支长筒猎枪，蹲在那儿正对着一棵棉花出神，像是在研究棉花的生长情况。看样子，这人就是项书记了。我暗自赞叹："项书记可真朴素呵，不愧为劳动农民出身的干部！"

"项，项……同志，你是项书记吧？"

那人见我打招呼，歪过头来，打量我一眼，眯笑着说："对了一半儿！"

"这是什么意思？"

"我姓项，可不是书记！"

接着，他问我是哪里的，为啥找项书记。我告诉他以后，他热情地握住我的手，并自我介绍说："我是这社的副社长。"他又告诉我：方才，项书记在那边和社员们锄了一阵地，又来这边和他研究了一番棉花生长情况，对棉花的中期管理提出一些指导意见，然后才往方庄去。副社长说到这儿，向南一指："现在他过不去黄土岗，你赶快追吧，他……"副社长还想说些什么，我顾不得再听下去了。

来到黄土岗,并不见项书记的影儿。前面只有一位推车的老汉。这老汉,标准的老农打扮,头上戴着一顶破草帽,露在帽圈外边的头发已经斑白了。肩上搭着一件灰不灰黄不黄的褂子,整个脊背一个色,又黑又亮,闪闪发光,好像涂上了一层油。下边的裤脚卷过膝盖,毛茸茸的小腿上,布满大大小小无数个筋疙瘩,被一条条高高鼓起的血管串连着。脚上没有穿鞋,脚板上的老皮怕有一指厚,有时扎上点什么,只见他稍一停,脚板在地上搓一下,又走开了。后腰上插着旱烟袋,烟荷包耷拉在屁股上,像钟摆似的两边摆动着。我想向他打听一下项书记,便紧走几步赶到他的侧面去。正想开口,可对他的称呼使我为了难:他那四四方方的大脸尽管又黑又粗糙,他那络腮胡子尽管已经很长了,但我分明可以看出他并不是一位什么老汉,岁数至大也不过四十七八,叫他什么呢?叫大爷吧,凭我这年龄他还不大够资格;叫大哥吧,据说这一带的乡俗不喜欢这个称道!于是,我只好这样决定了:

"老乡,到哪儿去呀?"

"上方庄。"他把满脸的汗水擦了一把,又问我,"小伙子,你上哪里?"

"也到方庄去。"

"那好,我抓你个差吧。"说着,他放下车子,在车子上拴了一条绳子,向我一举,笑哈哈地说,"来,小伙子,帮帮忙吧,前边这段路不大好走!"

我有什么办法,只好接过绳子,拉起车子来。车子一走开,他就问上了：多大年纪了？家在哪儿？念过几年书？……我气喘吁吁地跟他说了。他除了问，便是"哼"，啥也没说。

他问过了我，我便问他："老乡，这口袋里装的是粮食吧？"

"粮食的粮食。"

"大粪？"

"洋大粪。"

"从哪儿推来的？"

"从那边十字道口上。"

"是买的？"

"反正不是偷的！"

"给人家推的？还是给自己推的？"

"也算给人家，也算给自己。"

这人怎么一句正话没有？我正惊奇，使我更惊奇的事又发生了，他抓了我这个义务差，不感激我也罢，还一股劲地挑三挑四：

"小伙子，你缺'基本功'呵——不带劲！……不懂？我告诉你——塌下腰，挺起胸来，再挺挺。把头抬起来，眼向前看。瞅脚尖干啥呀？没人偷你的！……还不行，再把膀子晃开，把胳臂甩开，甩上点劲儿……练'基本功'嘛，姿势不对头就练不到好处！"

走进方庄，天已傍晌，社员们刚刚收工。一进村，几个男社员从各个角落凑过来，热情地打招呼。一位抢先跑到近前的小伙子，向推车人说：

"老项，来，让我推，你替我扛着它！"

老项没有推辞，接过大锄，瞅了瞅锄板说：

"铁蛋儿看你使的这锄，除了锈就是泥，哪像个正经八道干活儿的样子。要是你爹活着呀，又该骂你'四不像'了！"

铁蛋儿憨笑着，没说什么。老项说："笑啥？你要记着：你是劳动人民的儿子，要是学不会劳动这套本领，就是忘本！"这时，铁蛋儿收敛了笑容，脸红了，说："老项，我记住了！"过一阵儿，铁蛋儿又问道："哎！老项，又给我们推来的啥呀？"他说着，把车绳往肩上一搭，哈腰架起了车子。

"你们现在正需要啥，这就是啥！"老项在背后向铁蛋儿望了一眼，又喊，"铁蛋儿，站住！"

"干啥？"

"你站住啊！"

车子站住了。老项凑过去说："又露馅子啦！这手活儿你也没'基本功'，不要抓住把当腰；越抓着把头越稳当，越轻松……"他说罢，拍一下小伙子的黑光脊梁，"怪不得你总是对不上象，就凭你这一手，叫我是个女的也不嫁给你！"这一句，逗得人们哄笑起来。

这时，一位老奶奶凑过来，对老项说："看你这孩子，又热得像个水鸡，走吧，跟大娘吃饭去！"

东边远处，一个大嫂也嚷起来："老项呵，到我家去吃饭吧！"

西边，一位大娘大概是听到了喊声，急急忙忙走出门，手扶门框开了腔：

"老项！谁家也不能去，到我家来，我还有活儿叫你干哩！"

老项摘下草帽扇着风，向那位站在门口的大娘一招手，笑哈哈地说：

"好吧，王大娘，我今天中午就吃你的啦，你多做一个人的饭，我先到队部里。"

"不行，得上俺家去！"

"得上我家去！"

"老大娘，我吃一顿饭能饱一辈子？你急个啥！"老项说着，笑哈哈地向前走去。

一会儿，又一伙"光棍猴子"围上来，这个扯住腰带，那个抱住大腿，七嘴八舌地吵嚷着："项伯伯，你给我们讲故事呀！""不讲不叫伯伯走！"

老项眯笑着，摸着小家伙的头说："讲，到晚上讲……"

"不行，这就得讲！"

"行，咱这就讲。"老项说着蹲在孩子群中，大手一摆晃，讲开了：

"有个小孩，名叫小三，馋得出奇，懒得冒尖。有一天，他做了个梦，身上的泥呀都变成红糖啦。变成红糖就吃哩，一搓一把，一搓一把……"

他一边说着，一边用手掌在小家伙们的身上搓。他那只大手跟木锉一样，谁受得住呀！三搓两搓把小家伙们全搓跑了。趁这机会,他嘎嘎地笑着钻进胡同去。

方才我被这情景迷住了。现在老项一走,我倒忽地想起一件事来,便向身边的一位中年人问道:"同志,项书记在哪里?"

"项书记?"那人沉静一下,"哦,你找我呵?"

"你是项书记?"

"有啥事说吧!"

我就自我介绍起来。我说着说着,他嘎嘎地笑了:"同志,你弄错了。我们这一带姓项的多,你是找公社书记吧?我是支部书记!"

"公社书记呐?"

"方才你给谁拉的车子?他就是公社书记呀!你俩不认识?"

"他就是公社书记?"

"啊,走,我领你去找他。"

这时,我好像不相信支书的话似的,我们一边走着,我又一次问他:"那位推车的,就是咱公社的项书记吗?"

"对,就是他。"支书大概猜出了我的心思,又补充说,"你别看我们老项这个样儿,论本事可不简单啦,是锄杆,是枪杆,是笔杆……"

"他全能行?"

"敢是!"支书说,"他从十四岁就扛小活儿,二十多点就成了种地的能手;可有一件:就是不好好地干,后来被地主撵跑了……打鬼子的时候,他在这一带打游击,外号'金刚钻',枪法特别好,百发百中,可有名啦。解放后,笔杆子用处多了,他就拼命学文化。如今,他不光能写会算,还经常给报纸写稿哩……"

他一说到"给报纸写稿",我忽然想起一件事来:前几天的省报上,曾发表过他的一篇稿子。他在这篇稿子里,用自己的工作实践,论证了研究党的政策的重要性。这篇稿子发表后,影响很大,广受好评。当时,我曾这样想:"项书记一定是个知识分子干部,也一定是整天埋头书案……"谁知,今天我亲眼见到的项书记,却与我原来想象的完全相反,于是,我便情不自禁地说:"真不简单!"

"敢是!人家笔杆子练好了,锄杆子、枪杆子还都没撂下!"支书越说越有劲,他干咳了一声,又接着说,"老项常跟俺们讲,建设社会主义,'三个杆子'缺一不可。对于咱们这些领导农业生产的人来说,尤其是不要跟锄杆子闹不团结!"

到了队部,屋里没有人。"一眨眼的工夫,他又到哪里去了呢?"支书正瞪着眼自言自语,突然隔壁传来嘎嘎的笑声。支书向笑声一指,说:"你看,又拜望他老师去了!"

"老师?什么老师?"

"种庄稼的老师呀!"支书说,"这位许老爷子,过去家贫如洗,如今爱社如家,庄稼地里的活儿,人家是样样精通……喂!老项,有人找你呀!"

支书隔墙一喊,笑声打住了,接着响起咚咚的脚步声。听这脚步声，谁敢说他竟是一个年近半百的人呢！

转眼间，项书记出现在我们的眼前。这时，他的打扮和在路上一样；不过，我觉得他似乎比那时高了许多。我走上前去，恭而敬之地喊了一声"项书记"，接着就自我介绍。可是，我刚说了两句，他截住我的话说：

"这些事，在路上你不都和我讲了吗？"

"哦！对啦，我忘啦，项书记。"

"没关系，请坐吧，崔干事。"

"项书记，我也不累，你坐吧！"

"崔干事，我也不累，还是你坐吧！"

他一口一个"崔干事"，闹得我怪不好受，便说："项书记，你叫我老崔吧！"

"崔干事，兴你叫我的'官衔'，为啥不兴我称你的'官衔'呢？"项书记扑哧笑了，"不行，我是暴利不取，赔本不干！"

"我叫你什么呢？"

"你在路上叫我什么？"

"老乡。"我涨红着脸，低下头。

项书记赶前一步，拍我一下肩头，笑哈哈地说：

"你就把'老乡'的尾音加重，'老乡'改成'老项'，这多省劲！不行吗？老崔！"

我高兴地笑了。

这时，街上传来老大娘的喊声："老项哟！吃饭了！"

于是，我随在老项的身后，向王大娘家走去。

我们在王大娘家吃着饭，饭没吃完，屋子里就满了人，男女老少一大群，有干部，也有社员；有的谈工作，有的叙家常。你一言，他一语，七嘴八舌头，说得快要把屋子顶起来。直到王大娘说："你们还让老项歇歇晌不？都快走吧！"人们这才散去。

人们走后，老项拍一下靠山墙的一扇门板，向我说："老崔呀，你就在这里休息！"说着，他拿起一个木墩，向我一递又说："这就是枕头，不高不矮正合适。"临走时，他又回手从荆囤上拿下一把大蒲扇递给我，就像这家的主人一样。

"你干什么去？"我问。

"我到外边，你先睡吧！咱们另外抽时间谈谈你的工作……"

这时，王大娘一面往袖子里伸着胳臂，一面急急忙忙地从里屋走出来："老项！你又串门子去呀？不行，今儿天这么热，不歇歇晌，找死呀。"老项像没听见，嘿嘿地笑着向外走，老大娘嘟噜着就在背后赶，一直赶到门口，这才嘟嘟噜噜地回到屋。"这孩子，活像个兔子，一出门就不见影了！"她走进屋，见我躺在光滑滑的门板上，头下枕着小木墩，就一拍巴掌笑哈哈地说："同志呀同志呀，你活是老项的个徒弟！"她说着回屋抱来了褥子、枕头、凉席子。老大娘一边铺着席，一边自言自语地说："老项这孩子，可真是共产党、毛主席的好干部，他只要来一趟，那些穷苦人家他非得挨门挨户串一遍不行……"

我实在跑累了，身子一躺就入了梦乡。一觉醒来时，天已半过响。我一骨碌爬起来就去找老项,社员们说他早就下地了。我赶到地里时,人们大概已经干了一阵子活儿,老项正坐在柳树下和社员们聊天。他们的话头是怎样引起的我不知道,只是听到老项指着一位学生模样的青年说:

"你这病呀,我有个偏方,一治一个准!"

"啥偏方?"

"嘿!这偏方不光能治你这病,还能治食欲不振,夜晚失眠,内心空虚,四肢酸软……"

"老项,给我开下来。"那青年说着把钢笔和纸递过去。

"不用这么讲究,很简单!"老项说着用烟袋在地上写了两个大字:"劳动。"大家都哈哈地笑起来。随着这笑声的低落,人群分成好几伙,七嘴八舌议论起来:

"真是实话,你要有些日子不干活儿,身子底下有根草刺也扎得慌;要是一干起活儿来,休息时往棒子秸上一躺,觉得再舒服没有了……"

"这就是俗话说的:干上一身汗,柳树下一站,亚赛金銮殿!"

"不还有这么个古语吗:睡觉起来肉面不觉香,干活儿回来白水比蜜甜!"

"要说这个老项有经验。有一回,他到县里开了半个月的会。回社后,又忙着研究,传达,半月多没能下地劳动。我爹是公社的炊事员,见他食量比从前大大减少,就以为他有病了,做了一碗面条送了去，老项哈哈笑了两声，把碗一推说：'吃的是不多，病也确实有，只是面条治不好！''什么能治好？'老项从屋角上把锄拿在手：'还是俺这个老伙计知道，我这病你交给它好了！'说罢，他大锄一扛，走了。他下地回来以后，果然饭量增加了！"

就人们谈论的机会，我问老项："我干什么活儿呀？"

"这个权力属于队长！"老项指着队长笑哈哈地说，"喏！问他去吧。"

没等我开口，队长主动答话了："老崔，你第一次出勤，派你个轻松活儿吧！"他指着那辆推车子说："你把它送到何庄去吧。"

"这不是上午我们推化肥的车子吗？"我问，"送到何庄干什么去？"

"是这么回事，"队长解释说，"我们队让何庄的大车从城里给捎来化肥。今上午，何庄队长正推着给送来，在半路碰上老项了，老项说：'我正到方庄去，给你捎个脚用不用？''这车子呐？''晚上我要到你村去，就手再捎回去。'可是老项来到以后，发现俺的劳动管理有些问题，我们要求他晚上住下，帮我们仔细地研究研究。为了不耽误兄弟队用车子，你辛苦一趟吧！"

"好呵，老崔就当当这个交通员吧，这是你做宣传工作的'基本功'哩！"老项笑哈哈地说罢，又一挥手向大家说，"干呵，日头催咱们呐！"

这时，队长在旁边说："老项活像个长工头！"

老项说："本来就是个长工头嘛！不过，眼下的东家和过去的东家不一样，不打咱，不骂咱，也不算计咱，咱们可得自觉呵！"

我架起车子，就要上路了，项书记又喊住我，嘱咐说："你到了那里，要利用今天晚上的时间，帮助队干部们，讨论讨论抓好生产和群众生活问题……"

我推着车子，走在路上，耳边还在响着老项那朗朗的笑声，眼前晃动着他那粗大的身影，不由得想起了前天报上登的一篇通讯来，题目是：《永不褪色的项书记》。这时我在想："项书记为什么能够一直保持着劳动人民的本色呢？"

一九六三年十一月

桥

/// 刘澍德

你看,我把这个围腰头画成什么样子:几朵梅花差不多叫我画成红五星,落在梅枝上的喜鹊,像叫大风吹得站不稳脚,身子侧歪得那样厉害,叫人担心它就要从树上掉落下来。另一只飞在天空中扇着两翅,正要往梅枝上落,冷眼一看,它的尾巴也变成了第三只翅膀……坏透啦,这哪里像我画的?你想想,结婚的围腰,是特别惹人眼睛的。人们看新媳妇,第一眼,首先看她的脸相生得俊不俊,再一眼就要看她围腰上画的是什么花,样式新鲜不新鲜,绣得漂亮不漂亮。画围腰的人,往往跟新娘的生相、嫁妆,一同受到夸奖或嗤笑。小云结婚时节,如果扎起这个围腰,人家一定要问:"哪个把围腰画成这种丑样子!二珠吗?她还算描花好手呐?呸……"

午间,小云来到家里,带着一脸高兴,把一个印着贸易公司红字的灰色小纸包扔在桌上，很神气地说："二珠，给我画一个'喜鹊登梅'，好点画，可听见！我两个嘛，今日你帮我，明日我再帮你。"我说："你好不识羞！只有我帮你，你能帮我哪样？"小云把眼珠斜到眼角上："别装样！老多年前怕就说成啦，哪个人不晓得！"我说："他们说他们的，反正得我同意。"小云吃惊一般笑起来："呵嘛呀，你还没同意？啧，啧，啧，你跟小海，每日做活儿在一起，玩乐在一起，就差没住在一起啦。"我瞪着眼睛说："在一起又咋个！反正不到那时候，我就是不结婚。"小云知道我是指着入团说的，立刻用眼睛从上到下把我打量了一番，然后说："你是个好孩子，很有希望。"小云比我只大两岁。要是和我年纪相仿的另外一个人，拿这种口气和我说话，我就要说："到别处去摆你的老资格！"小云可就不同，哪管她说的是句笑话，我都觉得重要和有用的。

小云走后，我拿出笔、墨、砚台，先研好墨，然后打开纸包——呵哈，白龙头细布，虽然没漂过，布丝可是又白又细密。样式已经剪好，很像村子南面那座小团山。望着，望着，小团山上真就生出一棵梅树，枝上开满红色的梅花，一只喜鹊落在高枝上，仰着头，张着嘴，招唤它的同伴。另一只喜鹊，从天空飞下来，抖着翅膀，翘起尾巴，就要落到同伴的身旁。不知为什么，我拿起围腰头，贴到胸脯上面，不由得走到墙边，站在土改时分得的那块一尺长的大镜子跟前，看了一眼，我立刻呆住了。我想起那年冬天，忽然落了大雪（从我生下来，第一次见到的雪），地上的雪虽然化了,小团山还是白白的。当时全村子人都跑出来看山,看雪。山景确是很好,只是一片乌云,在山背后的天空上翻腾。大家说:"可惜是个阴天,要是晴天,团山更好看啦。"我的旧衣服补着各色各样的补丁,就像那片乌云一样,衬得小团山都丑陋啦。心里一不痛快,不单梅花画得走了样,就连喜鹊也生出三只翅膀来啦。

我并非因为穿不上好衣服就生闷气。你想想,再过两日就要交"冬至"了,身上连多一件遮寒的衣服都没有,仅只这件旧衣服,已经破得七零八落,补丁快要补不住啦。昨日到小海家去玩,小香(小海妹妹)那小鬼,挨我身边站着,两手一齐搭在我的右肩头上。忽然间,她鬼笑鬼笑的,不住对她哥哥使眼色,引小海向我身上注意。小海一面拿眼睛向我身上瞟,一面向他妹妹摇头,像是禁止她的样子。我立刻晓得:他们对我一定又搞什么怪名堂,赶忙把眼光收到自己的身上——呵呀,原来小香扯起我衣服上的补丁,胸前露出一块白白的三角——我回手打了小香胳臂一巴掌,赶忙跑回家里来。

要是还在解放前的苦日子里熬,要是今年的年景不好,还有什么话好说?全村子的人,哪个不知道我家今年增了产,哪个不说我爹高正国的增产,得了他女儿的力。可是谷子掼完了,家中一颗谷子没存,在场上就你三斗、他二斗地借出去了。最怪不过的是:这些日子,爹每日都是出去赶牛车。(据说赶一天牛车,抵得三个割谷子的工。)他清早出去时,总是拿菜叶包上两个饭团（他不肯在外面下馆子），爱咂几口烟，烤烟又是家出的。花销一丁点全没有，拉车钱却一文也不带回家里来。上前天，妈问了他一句，他沉下脸来说："你可是查账？"妈见爹不高兴，就不再往下问啦。妈既然不追究，做女儿的就不便多事，因为我们一家是全村公认的和睦家庭哟。

一阵争吵夹着笑声，从小海家楼上西窗口里传过来。小香叫得最凶，笑得最响，喊叫的声气里，好像还夹带上了我。你知道，我向来不爱在背地里偷听别人说话的，可是小海家的话，有时候我总要听他一听，何况话里面还有我一份呢？

我们两家虽然分住在两院，房子却是很挨近。我家的东山墙，紧靠他家西山墙，两房中间隔着一个六尺宽的土台，台上面生着一棵石榴树。小海家的山墙上，开着一道窗子，话声就是从那里传出来的。

我走到石榴树下，听见小香正说："……爹也向着她，妈也向着她，给我买一样，就给她买两样，我说吧，要不是爹妈偏心，也是哥哥出的主意，哼！""哪个出主意？哪个出主意？你昏说些什么！"小海声气里，带着半真半假的气愤。

"你就是爱眼热。"说话的是二婶（小海的妈），"告诉你，我的主意。昨日你不是把二珠的胸口都给扯通啦？二珠早晚总归是我家的人。你还看不出来，要是等她爹给她缝衣服，恐怕要把二珠冻病呐。"

"那老倌快要变成财迷啦！真是……"

小海的话头，立刻被他妈截住："声气放小些，小心他们听见呐。"

只听楼板咚的一响，我赶忙躲在树荫底下。从树枝缝缝向上一看，一个团下巴，两个圆鼻孔，长长眉毛上盖着一绺黑头发，两只大眼睛，从院心转到房门口，然后轻轻咳嗽一下，小声地："二珠，二珠！"喊了两声。要在平日，就是不搭腔，总要走出树影，望着他笑笑，或者打个手势。今日，我紧紧贴着树身，教他连影子也瞄不着。

随着，地板又是咚的一声响："还好，他们全不在家。"跟着就听他妈说："说实在话，我可没见过这份人，对他的老牛比姑娘还上心。你看你大爹（指我爹）每日清早，提着手篮蹲在牛身边，一把一把给牛抓痒，一个一个代老牛找虱子，姑娘冻得什么样，他全管不着！"

小海说："听说老倌把拉车钱在外村放了账。他自己不肯对人说，瓶口罐口扎得住，人口可是扎不住。"

我实在听不下去了，立刻跳下土台，退回院子来。我很想动点真气——气他们一家不应该那样看待我爹！但是，我又气不起来。我们两家好了几十年，我和小海又是从小就在一起长大的。小海和我好，他们全是笑着，盼望我们走到那一天。尤其那个二婶，她对我真是知寒知暖的。拿今日事情来说，她对我的关心，已经胜过我的爹妈。再说小海吧，爹这几个月整日赶牛车，田里的活计，全丢给我一个人，一到忙不过来，就起早贪黑地帮助我。大家常常取笑说："小海已经是高正国上门的儿子啦……"有了这些关系,我的气咋会"真"得起来呢。

　　妈从地里抱回几大颗青菜,到厨房去烧晚饭,把米洗好,缸里水已经空了。我拿起钩担,挂上水桶,到龙潭去挑水。龙潭在村西,有半里远近,去时下坡路,回来就很吃力。我走出村子,刚要走下坡脚,就见小海挑着两桶水,从仙人掌的夹道里,迈着快步走上来。走到跟前,他歇下水桶,笑一笑,努努嘴,意思是:要我把水桶和他对换。我说:"不要你的。"我并没有望他,我望着水桶里的一片菜叶（叶旁边映出他的面影）。小海说:"你好像生了气?是不是小香昨日惹了你?"他左手抬着扁担,伸出右手向我肩上抓。我退了一步:"人就是怪,当面做人情,背地里……"我赶忙把话咽住。我觉得,假如我真个说出来,以后说的人自然不肯再说,听的人也就无法再听了。幸好他没听清我的话,只说:"赶快,我不能给你送到家里去,因为有你在家,当着你妈的面不大好意思。"

　　等我挑起他的水桶,刚才走了三步,小海在背后就说:"哼,明明想要,还要拿一手,我这才叫冤枉呐。"晓得他是故意逗我,我也就不理他。当我把水挑到家里,妈笑着说:"我的女儿,可真有本事,出去就回来,像井在门口一样。"我脸上当时发了烧,却回答不出一句话来。我的心里说:"妈,别装昏,爹跟我不在家时,你用的水打哪里来的呀?"

　　我把菜洗完,切好,妈向锅里舀了两瓢水,把青菜放到锅里。

她回转身从墙洞上拿下两个罐罐，两个全是空的。她皱了一下眉："少油无盐，日子过得真焦心。"我顺口抵上一句："你就会对我诉苦，爹一回来，啥话都没有啦。"妈说："我不对你爹说，难道我怕他吗？我不愿为了吃吃穿穿跟男人吵嘴。老古话说：'酒肉宾朋，柴米夫妻。'我扎实恨这句话，那是笑女人吃不得苦。我跟你爹苦了一辈子，为了吃吃喝喝，向来没有争吵过，你从小到大，亲眼看见的。再说你爹，又不是那份胡吃乱用的人……"

　　妈正在教训我，厨房忽然一黑，二婶就像一堵墙那样站在门口："你们真早班呐，我们还没烧火，你家饭都好啦。"二婶的胖身子，把屋门遮住了一多半。她胳肢窝里夹着一卷布，面上带起亲切的笑容，看看妈又看看我。我已经晓得她是干什么来的，借故说厨房小，自己退到门外，让二婶进来。

　　妈说："饭烧好还早啦，还得给油罐烤烤火，盐罐洗洗澡呐。"二婶说："你家是省吃俭用，并不是没钱买。"妈说："有钱还说啥！就是她爹不得闲，二珠还可以买啦。"二婶尖起声气说："别哭穷好不好？你家有几斤几两，瞒得别人可瞒得过我！"妈说："就算瞒不得你，那你就估估到底是几斤几两！"两个人各占灶台一面，半真半假地吵着。妈像生了气。二婶把烂眼边挤成两条红肉。她说："我并非来跟你吵嘴。说正经的吧，我是给小二珠送点东西。"说着，把布卷放在盐罐口上，"几尺布，给姑娘缝件衣服。"妈说："你这是干哪样？别看少油无盐，缝件衣服钱还有呐。别羞人吧！"二婶说："告诉你，这一年来，家里外头，二珠没少帮助我们，一年到头啦，就是这点小意思。"二婶编出来的理由，根本是不能成立的。你听妈咋个说："呵嘛呀！你是和我清工结账来啦！提到干活儿，小海帮助我们的不是更多嘛，你说我该咋个还法吧。"二婶知道非说实话不可啦，就凑前一步，说："说老实话，再三日就是冬至节，二珠身上衣服还很单薄，我跟他爹说我们买冬衣给二珠也带一份吧，早晚还不是自家人。你老两口可千万多不得心，我们两家，你是谁，我是谁，用不着分斤劈两。我两个长话短说着，如果明年给二珠送东西，我们少送来个件把两样，你们也是不会挑剔咿——我得赶快回去煮饭，他爹晚上还要出去开会呐。"

送二婶出门，带回一捆松毛，抽出一条，挽了一个结，丢进灶膛里面，甑子底下立刻冒起泡沫，发出哗哗的响声。妈正翻弄着二婶送来的布：六尺红标准布，六尺阴丹士林布。妈说："上衣有啦，裤子也有啦，还是我二珠好，有人惦记着。"我心里正在不是滋味——从画围腰时想到的，石榴树下听到的，送布来时看到的，对于我不是快乐，却是闷躁。我十八九岁的人，分得了田，自己又能劳动，我就该有独立的生活，用不着这个抚养，那个照顾！但是，目前，连穿一件衣服，还得指着这个，望着那个！同时从送布上面，我好像看出我们两家人已经起了什么变化，两家的生活也有些不大同道，要我清楚说吗，我又说不出来。我的心正在别扭着，妈的风凉话，吹得我发起火来："是我要他们送来的吗？我有田，我能劳动，用得着哪个送！两块布稀奇不得，你根本就不该留下……"我还想说下去,却被一串咚咚脚步声给打断了。

小香端着两个土瓷碗,甩着两条小辫子,一直跑入厨房。哒哒两响,碗落在灶台上面:半碗白白的猪油,一碗舂成细粉的盐巴。她气喘喘地说:"快腾,快腾,我锅里的饭快烂啦。"我说:"图快,你就原样端回去。"妈生怕我把气发到小香身上,赶忙说:"小香,要忙,你先走,我马上腾完就给你们送去——你二珠姐又犯老毛病啦。"小香说:"我知道她的病根在哪。"说着,我觉得胳肢窝一痒。当我转过身来,小香已经跳出门槛,在窗口外面用手指着我:"哈,哈,昨日打我一巴掌,今天算是捞回本来啦。"说完,撒开脚奔向大门飞跑。到门口刚要转弯,只见小辫子绕了个花,身子向右一侧歪,立刻被门外面一只大手抓住。——要不是爹的眼快手疾,小香会跟我家老水牛抵起架来。

爹卸了车,把老牛拴在车辕上。从车上蓑衣底下拉出一把稻草,丢在牛嘴下面。然后按照老习惯,到厨房来洗脸洗脚。

我虽对爸不满,但他走路的样子却使我吃了一惊。往时,爹穿起土改时节分来的大皮鞋,挺起高高的身骨,每跨一大步,地心震得咚咚响。现在他肩头有些侧到左边,二十多步路,走了两个小弯,粉红色的尘土,遮盖着满脸上的皱纹,低垂着头,好像脖大筋快要支持不起啦。

妈打来一盆水。爹先洗完脸,然后洗脚。草鞋底已经磨得快要通了洞,上面的绑脚断了,用麻绳子拴着。我以为他会把它丢掉的，可是脚洗完了，脚掌搭在盆边上，拿起麻绳抖抖索索地补缀起草鞋来。

我把饭桌放在他的身边，摆起三个人的碗筷。妈端出甑子，盛上饭菜，又从屋里端出一碗卤腐。他的草鞋还没有补完。

妈催了两三次，爹才把没补完的草鞋，摆在桌子下面，他左手撑着桌面，在草墩上扭转身子的时候，他紧紧地皱起眉毛，好像搬运沉重东西那样吃力。"唉，可真累够啦。"妈说，"整日骑在牛身上，咋个还喊累呐？"爹拿起筷子说："别人赶车骑牛，我可从来没骑过，为了教老牛省点力气可以多拉一些子。今日给粮食局拉石灰，大家的车全装好了，剩下几块就是没人肯拉。掂掂分量，也不过两百来往斤，我就把它装上啦。回头是上坡路，再加上额外的分量，没拉上五里路，老牛喘得生像拉风箱。我又贪多拉又心疼牛，心里老是着急。后来我还是用出老办法，把皮条拴在牛车上，我跟老牛说：'走吧，我帮你个忙。'我们两个一同拽，一同喘，一同流汗，我心疼老牛，老牛也像心疼我。拉上坡来，一身大汗把眼睛流得都发黑啦。"说着，他端起汤盆，吱吱呷了起来。"啊，好甜的青菜汤！"舌头连连舐扫上唇的胡子尖，把笑容显得很奇怪。爹夸奖妈的饭菜，是我家的老规矩，从我记事以来，就是这个样子。在旧社会，爹长年在外帮工，只有逢年过节才有机会回家看望我们一眼。妈知道爹要回来，无论想尽什么办法，总给爹做点可口的东西吃吃。爹坐上桌子，吃到在地主家里一点也沾不到嘴皮的东西，总要夸奖一番。"这菜味真甜。"直到妈笑着说:"吃吧,别废话啦。"爹的嘴才光为吃饭活动啦。

今日,妈并没有笑(当然更提不到满意)。妈把筷子搭在碗边上,望着爹说:"你单知道甜,一点油盐都不向家买,今日不是她二婶送来点油盐,想甜也甜不起来。你赶快留下几文钱吧。"爹说:"呵呀,一回家来总是这一套,不是油,就是盐,一点也不可怜人。解放前,荞面拌辣子,日子也混过啦。现在日日吃大米饭,一时缺点油盐,这就吵个不得,人就是不知足!不知足,没办法!"妈说:"解放前是解放前,现在翻了身,手里又不是没有,大家一年苦到头,还是少吃无穿,你说说,翻身为的是哪样?"爹说:"我也没比你们两娘母吃得好,穿得好呀!"我刚想插嘴,妈一把扯住我的衣服:"你看看,姑娘的衣服破成啥样子!你不可怜,别人都可怜啦,别人把布都送来啦!"爹的平静的脸上,一点也没露出什么表情,就像早知道是怎么一台事和应该有这么一台事一样,立刻就说:"有人送来不更好吗?我就省得再买啦。"他拉拉自己被汗水浸得半蓝半白的上衣:"你看,我的衣服不也是破吗?你摸摸,汗气还没干啦!"我立刻插了嘴:"爹,你的钱放什么地方啦?大家整天这样苦,不是为了把生活过好点吗?"爹连连摇头:"莫急,好生活,还早些。耐着点吧……现在就是苦一些,总算有个奔头!"说到这里,爹显然高兴起来,最后一口饭,筷子扒得又响又快,他的精神像又壮旺起来。

爹放下筷子,打开皮烟盒,裹起草烟。妈提泔水去喂两个大胖猪,我向厨房里收拾碗筷。两只鸽子,一群小鸡,吃饭时围着桌子绕,人一离开立刻跳上桌子啄饭粒。那个大胆的小红公鸡,竟跳上甑子边,翘着尾巴,一口一口啄里面的白饭。忽然,咄的一声,五六只小鸡,像受了爆炸一般,忽地飞到半空。方桌面上,马上出现一个很深的圆坑坑。爹手里擎着烟管,眼睛瞪得烟锅那样圆。甑子里的饭,已经被小公鸡啄出一些黑点点。我爽性抓起被鸡啄过的饭,给小鸡撒在地下。这一来,爹更气啦:"你这是干什么?田里、场上,满地全是谷子,你竟拿饭来喂鸡!你抛撒,浪费,你应该还是吃菜叶、树根,你糟蹋人!"这几个"你",可把我骂恣啦。我说:"不用吵,快要不糟蹋你家啦。"爹像着针刺了一下,猛然一怔,使力望着我往回端甑子的后影:"很好,我晓得……"

待我回来抹桌子,二叔(小海爹)走进院子来。爹说:"来得正好,我正想找你啦。"二叔说:"用不到你找,我先来找你吧。"我丢过一个草墩,二叔坐在桌子对面,爹把烟盒向他那边一推:"咂烟吧,自家卷。"我觉得有些稀奇。这两个人你说"我找你",他也说"我找你",找到一起却没话可说了。爹呢,烟杆挂在两腿中间,两眼定定地瞪着地皮。小海爹咂起烟,皱着两条黑眉毛,好像心事重重的样子。

坐了一会儿,咂了两口烟,小海爹望着爹说:"今日你像打不起精神,咋个?有哪样心事吗?"爹说:"累啦。""大概又帮老牛的忙啦？""可不是，整整拉一个金山坡。""力气别使过余啦，留着老命还要过社会主义呐。"爹笑了："就是为了社会主义！——从前我才肯这样干！现在虽然苦,苦得有奔头。""像你这份苦法，我倒不干。"他向地上磕了磕烟锅接着说，"我主张该干时干，该吃时吃，该穿时穿，穿上、吃上，干起来才有劲头。""你说得也有理，不过，猪向前拱，鸡往后扒，各有各的活路。穿呐，吃呐，我也很喜欢，不过我觉得还不到时候。——听说你卖粮了吗？"

"卖了四百斤。——你笑？卖多了吗？你是不同意的，我晓得。昨日到区合作社，遇见了李区长也在那里。合作社孙主任说：'老陈，政府现在要收购余粮啦，你们互助组生产整得不错，回去做个思想准备吧。'响鼓不用重捶，我知道自己是组长，又是增产户，当时在合作社就卖了四百斤。李区长望着我笑：'嘀!老陈带了头，一卖就是四百斤？……'不说啦，多呐？少呐？反正是话里有话。我回到家来，开了个家庭会，商量卖粮钱咋个用法，全家人一口同音：'买冬衣！'好，买就买吧。今日小海跟他妈到贸易公司，把四百斤粮一炮就干光了。好大夫，包干治。"

爹说："你真是又有主张又会讲民主，凡事都比我先走一步。哼，这一些让你先走好啦，至于向社会主义奔，说句不客气的话，你一步也落不下。"他像很有把握地笑着。

"咋个？比你先走一步！你这是指什么说的？"

"样事都指，连你对二珠都在内。"爹盯望着二叔笑。

"呵哈！对二珠？我可没想到。这全是小海他妈的主意。"

我坐在桌后面，翻着连环画，想要找一幅"喜鹊登梅"。想不到谈话扯到我的身上来。我赶忙躲到屋里边，连环画虽然看不清，说话声，却听得清。

爹说："不论是你的也罢，他二婶的也罢，主意也并不怪。我没顾到的，你们顾到了，也说不上不应该。我家二珠，搭过年十九，小海搭过年二十，全达到了结婚年龄。今年秋天，我本想叫他俩订个婚，他俩反对，说：'我们的事情，不消你操心，等入了团再说。'入团是好事，求进步嘛。不过，子女们大啦，日日搅在一起，我有些不大放心。我跟你说：我希望他两个明年春天结婚，你如同意，我打算招小海来家上门……"

"什么？！你说什么？！"小海爹的响亮嗓子，拉得更高了，"上门！你是什么想法全想到，铁算盘打到我的头上来啦！好主意！好主意！"

爹仍旧笑着："你就是好急。我咋个算是打你的主意！你家三个大人，全是精强力壮，再过二年，小香也成了人，加上二珠，就是五个主要劳动力。我家三口人，她妈又苦不得，只能算个半劳动，如果除掉二珠，只剩我一个老孤人，别说搞副业，田都会盘不成啦。我有一个计划，因为没到时候，还不能彻底对你说，就是不说，你想想，对你一家只会有好处，不会有坏处的。"

"我早替你想好啦：小海来你家上门，盘田的有啦，搞副业的也有啦，养胖猪的、照顾家务的人全有啦，看得出来，你又是耍起那套养鸽子的老把戏。告诉你，行不通！"

一股热气忽地冲到我的脸上——小海爹的话实在太辣啦。今年正月，我到舅爹家要来一只小白鸽，到会飞以后，才知是个母的。一天，它忽然飞了出去，大半日也没回家。我和妈说："小白鸽没有伴，不会回来啦。"不上一会儿，两只鸽子落在屋檐上：一只是小白鸽，另一只是浅灰色的，比白鸽高着一个头，黑嘴、黑尾巴，配着两个黑翅膀。它把头抬得很高，脖子上的毛闪着绿光，又精神，又好看。一落到房上，它就绕着小白鸽打转，咕、咕、咕地叫个不住。后来，披开翅膀，在小白鸽身上跳上跳下。妈说："小白鸽带回男人来啦。"我向地上撒了一些米，小白鸽立刻飞了下来。新来的鸽子，尽在檐上望。它伸长脖颈，闪着绿光的头，左歪一下，右歪一下，眼睛射出琉璃珠样的红光，就是不肯下来。我从箱子里抓出一把豌豆，沙地撒在院心，随即退到窗口。公鸽在檐头来回走了两转，就大着胆子飞下来，先啄豌豆，后又啄了一气米，吃饱以后，跟着白鸽一起飞进窝里，再也不走了。不上三个月，孵出一对小鸽子，小海、小香不管人家舍不得，硬着就给抢走。夏天又孵出一对，刚刚养大，爹嫌费米，偷着拿到州街，换了二斤香油和二斤盐巴。村子人说："高家真要发家，无论什么东西，都来帮助生产。"——今日二叔这样说话，把我们看成怎样一个人家？把我看成怎样一个人？把我和小海看成怎样一种关系？……我起了很大的反感——他们一家人，无论当面背地，对我们为什么全是这种态度呢？

爹的鼻子、眉毛紧向一起扯，满脸皱纹向中间聚拢，像一条细麻线绕在两眼和鼻子的周围。爹一向在忍气时节总是这个样子。脸上的笑容虽然没有消失，中间却夹着一些气愤。他仍旧平静地说："老二，要说养鸽子的话，你给二珠送布，还不是一样道理？这值不得你这样发急。再说，我们说了，不见得就能作数，还要看他们同不同意。"

小海爹叹口气说："我很稀奇，这半年以来，我们两个只要见面一扯谈，不论公事也好，私事也好，总免不了要抵气，有时候不该说的话，也会冒了出来。"他眼睛向窗户里望，他是想叫我听见的，"今日下午，村上开骨干会，我着人家大批评了一台。"他把话顿住。看样子，他想把话岔开，却又打算说下去，一时又思索不出应该怎样说好。隔了一下，他说："今晚上开动员大会，我是来喊你一道去参加，你就不是乡委员，也该到会去听听，老实说，这一年来，你开会实在太少，许多问题你全接不上火啦。"

"哪样动员大会呀？"爹专问二叔不肯说的那几个字。

"我不是说过收购余粮吗？"

"你并没有说。呵——哈！"爹长长打起一个呵欠，"今晚上，我可是太累啦，还是二珠去听听吧。"下面两句话，说得半清不楚的。

"不说出来，就是怕你不去；说了出来，哪知你更不去，真是叫人没办法。"二叔站起来，脸上透出烦躁而又无可奈何的神情，"老高，你回想一下，从前我们是咋个来着：土改那阵，你人熬病了,还是抵着干,当时,哪个不说你高正国大公无私,积极热心。现在可好,你光是为着自家忙,乡上,组上,就是天塌下来,你也完全管不着……想不到人会变得这样快法!"他走出几步,扭过头来说:"我看我们两个,越来越走不到一起了。"声气很大,就像爹是一个聋子。

"早迟总要走在一起的,你就是急。"爹冲着二叔的背影说。

爹和二叔是几十年的老伙伴。从我记事起,两个人总是搅在一起,先前在一起打短工,后来一起到个旧去背矿。解放前一起给地主黄远做长工。解放以后,减租退押,土地改革,两个人又一起闹翻身。爹和二叔全是村里的积极分子,一同选上了乡委员。展开互助生产以后,二叔虽然当了互助组长,大家却说:"组长是陈为邦当,主意多半是高正国拿。"爹不单榜田是好手,搞副业——烧窑、磨粉、赶车、吆马,也完全内行。比如今春天旱,秧放不下,政府号召抗旱生产,全村人等待、观望,不肯动手。一天,爹向二叔说:"响应政府号召吧,今年确是要旱。你看这个花,都跟往年不同。"他从口袋里取出两朵喊不出名的野花苞苞,"你看,花心发紫,花瓣包得也紧,闻一闻,香味有多浓,它也准备抗旱啦。你担心大家不动,那不生关系。我们先把组上动员起来,带动全村,组上如不同意,我们两家首先车水栽秧,只要我们一栽,组上就会动起来,我们小组一动,说不定全村就会慌了神,这样一下子就抗起旱来啦。"小海爹听了爹的话,我们两家首先车水栽秧,果然不错,我们一动,先是组上跟着动,后来全村都动起来。到秋来,我们先栽的增了产,后栽的保了产,最后栽的"头上顶着三两颗",减产啦。大家都说:"要不是陈为邦组首先响应政府的号召,大家今年硬是要背时。"

秧栽完的第二天,爹从外面买回一辆牛车,眉开眼笑,高兴得不得了。在出门拉货的头天晚上,爹把我喊到他的屋里,像谈什么秘密事情那样:"二珠,我跟你商量一件事:政府为了搞社会主义,定了五年计划,我想,我们农民生产,也该有个五年计划。现在我定出来一个,想要照着它做,不晓得你可同意?"当时我觉得很新鲜。土改以后,大家一次又一次地,定出什么爱国公约呐,增产计划呐,还没听见有人定出过"五年计划"。爹是有心计的人,他搞出来的事一定不会错。我说向国家看齐,总是好的。爹说:"我出去赶车,也是定在计划以内的。你既同意,田里活计就要多下一把力。忙不开,不要紧,找小海来帮忙。"我这憨包子,也没问问计划里面定些什么名堂,就一口答应下来。

互助组成立时,选举正副组长。大家提出爹和二叔。爹的头摇得像只铃铛鼓。大家嘴皮磨得快起老茧,他仍旧不肯干。

爹既不肯,正组长就要选到二叔头上。爹一打退堂鼓,二叔也就不肯出头。后来爹对二叔说:"你干,我来打帮锤。"二叔才算应许下来。抗旱时节,爹倒是出了主意,到赶上了牛车,他早出晚回,一天也不着家,一遇组上有事,二叔先在窗口喊,然后又来家找,急得直转磨磨,也找不到商量的人。一下子等回来了,见面就不免要吵一台,说是吵架,也只是二叔对爹发脾气,要态度,爹一直笑着,听上十句答一句。

今晚,二叔白白来邀爹,白白和他吵了一阵,结果还是我一个人去开会。

走出门来,将圆未圆的月亮,高高地照在东方,时间已经不早了。因为要爹出来开会,跟他拗了一阵,竟把时间耽搁,想找一个伴吧,开会的人全已走光啦。

我们龙竹乡,是龙竹箐、百泉、桑村三个村子合成的。因为百泉村在龙竹箐和桑村的中间,就把乡政府设在那里。我们两村,隔着一条龙河,从村北面下坡脚,走过板桥,还有一段石头路。

我越走越快。我倒不是害怕,却是因为今晚上的大会非常重要,生怕到晚了,听不完全干部们讲的话。如果记得不清楚,回来咋个跟爹交代——说不定还得打通思想呐?

走出村外,月色显得更明朗。绕过小坡,刚要走上通到板桥的小道,小海从树影里走出来:"等你好一阵啦。我就知道你爹不会来。"我们两个一同走上小板桥,桥有两丈高,河水映着月亮,闪出一片金光,在脚下哗哗地吵叫。过了桥,小海说:"你爹倒是应该来听听,你听了也怕不抵事。"我心里本来不痛快,小海说话的口气,又是他爹那一套。我立刻说:"你们一家就会小看人……"小海踢了一下脚下的土块:"小看人?你听着:今日下午开骨干分子会,讨论村上收购余粮问题,各组组长在摸各家的底时,我们组上的李方升,硬说你家生产冒了尖,还有什么变相剥削,我爹不同意,刚一开口,马上大家就你一句、我一句的，批评我爹包庇自发势力。当时把我爹气得要死。所以今晚上我爹希望他去听听总路线，免得现在卖粮思想搞不通，也省得将来生产走歪路。"听了小海的话，我才明白，二叔今日为什么那样不痛快，对爹那样发火和说话那样不留情。我说："他快累死啦。我死缠活缠他都不肯来。"我又急又气，心里又糊涂。我家有了剥削？多急人！自发势力又是个什么名堂呐？我们是雇农，在减租退押那阵分得几文钱，爹买了两口小猪。小猪养胖时，土改来了，把分得的果实和两个小胖猪凑在一起，买了一条老牛。去年年成很好，爹卖了粮，又买了四口小猪，今春卖了两口小猪，才拴上牛车。爹总是劳动着，咋个会有剥削呢？我左想右想着实想不通，我的心也同身左面的龙河，遮起一层昏蒙蒙的夜雾。希望小海给我解释一下，他也说不出个水落石出。看样子，他倒很想讲个明白，却一时不摸头脑，只是左一句"冒了尖"，右一句"冒了尖"。我截断他的话头："算了吧，你别冒啦。"也许我说话的态度不对头，今晚上小海的神情咋个这样不自然？我们走过板桥，上了石头路，他就像个走入荒山的孤人，这面望望，那面听听，这种前怕狼后怕虎的样子，把我搞得更加糊涂起来。当我们走到石路中间的岔道上，他听见前面有人说话，喊我放慢脚步，故意落到后面，不料后面又来了人，听到了说话，他喊我快走，等到前头和后头的人，快把我们夹在一处的时候，小海像匹受惊的马，转过头，直瞪一下眼睛，放小声说："我要先走一步。"撒开两腿，把我抛在后面。

小海闪开我，把心闪透亮了："自发势力"一定是种坏东西，向前再走一步，就会搞出怪名堂。小海闪开我，大约是跟我在一起，怕受到带累，李方升、李登云批评他爹，把他吓破了胆。你小海，一向对我甜言蜜语，不论讲起哪样，都能说得天花乱坠，可是到了紧要关节，就往旁边一躲，光说白话的胆小鬼！

刚进乡政府，大殿上像是扯起一下闪，明晃晃的煤石灯，照得会场通亮。王嘉——乡长兼村支书——坐在大殿上人堆里面的条桌旁边，跟王近仁、小云，还有另外几个人谈话，短烟管支在桌面上，一长一短的两条烟雾，交换着向上飞腾。他长着高瘦的身骨，酱色方额上，横起两道长眉。一片络腮胡，从耳朵连到下巴，把鼻子嘴巴围了个风雨不透。他一年四季，总是兴高采烈地从乡上跑到田里，很少见过他愁眉苦脸，或者像二叔那样大发脾气。有时候，他把我们小辈子批评得快要哭起来，笑容还在他胡子根上打转转。土改时节，他当选农协主任，直到现在，村里的人还喊他王主任，我们年轻的就喊他"老农会"，实在他并不老，四十刚刚挂个零。因为他胡子多，对年轻人特别疼爱，大家很自然地就把"老"给他加上了。

"李同志咋个没跟你一同回来？"小云问老农会。

"到省城学习合作去了。他会给我们带回很多新东西来。"李先之是县的驻乡干部，从土改一直待到现在，他的特点是，说话少，办事多，一得工夫，就教大家认字。他说："两年以内，教你们龙竹箐人，没有不识字的。"他说了，就认真干起来。别人不说，仅只上过一年冬学的老农会，现在也会念《农民报》了。因为他和群众关系打得好，大家就很关切他。三天前，他和老农会到县上开会没见回来，我们认为把他调走了。

三村人全到齐，老农会站起来，用烟锅敲了几下桌子，潮水般的人声，马上安静下来。老农会说话声气并不大，每个人都能听得清。他向大家讲说政府的收购余粮政策。从生活改善，说到生产提高。他代大家一笔一笔算细账，引起大家想起过去许多伤心事。在讲话里面，有的像是谈家常，有的又像讲故事。话里有酸有甜，说得又有声有色，每个字，随着他沉重的声音，进入大家的心里。他说："大家过好生活，走入社会主义，第一步先要出卖余粮，支持国家工业化……"

"不卖成不成？"老农会身背后，冒出了一大句来，"如果粮卖出去，将来吃啥呀？"问话的是百泉的赵升荣老倌。他一面说，一面向前挤上一步。

老农会折回头望了一眼老倌："赵二叔，你家大约年纪高了，耳朵不大听用。——政府向我们买的是余粮，不是口粮。粮全买光，完了再卖给大家，贱价买进，高价卖出，那是奸商干的事，共产党绝对不干那样事，政府买粮，正为了反对那样事。"

赵升荣老倌"唔"了一声，侧愣一下耳朵，不再出声了。

"有粮不卖可成？不是有买卖自由吗？"李登云说。

"政府不强买，我们可是应该卖。我问你有余粮不卖给政府，你是打算卖给投机倒把的商人？！请大家回想一下，今年按豆,大家买豆种是个啥样情况!当时政府牌价四千五,你们先花七千,后来八千、八千五向商人手里去买。人人喊贵,不买又不得,结果吃了天亏①。大家只是抱怨政府脱销,可是不抱怨我们农民在春天那阵,为什么不把豆子卖给国家?!疮疤好了别忘疼,这些罪难道我们还没受够吗?李登云,我再问你:你大哥在个旧当工人,侄儿子在学校上学,你不卖粮给政府,他们难道吃大锡,啃书本本,喝西北风活着?"老农会把烟锅向桌上一敲。

"工人是老大哥,领导我们,可是还得靠我们活着。"说话的,是桑村看坝口的王小天。

"王小天老先生,冲你说话,好像工人阶级只靠农民活一样。不过,我要问你:你穿的衣服,可是你老婆织的?吃的盐巴,可是你自己煮的?你身上没生白毛,没有赤身露体,你得亏谁?盐呐,布呐,政府整汽车给我们运到山卡卡里来,汽车是谁造的?开车的又是什么人?你张口闭口社会主义,集体农庄,不靠工人造机器,你可会造拖拉机?!……"

王小天一把抓下瓜皮帽,使力抓搔着癞光头,不好意思地笑着说:"王主任,我说错啦!错啦!……"

接着,老农会就说:"大家天天喊叫社会主义,等到社会主义来到了面前,偏生又要讲价钱。政府指出光明大路不肯走,单要走自己想出来的那条小路。有的人不参加互助组,认为单干自

---

① 天亏:天大的亏。

由。像李存家，现在后悔全来不及。有的人，生活好过一些，就打起巧主意。他们嫌榜田太苦，又不能立刻就露大肥，生方设法想窍门，恨不得早上出趟门，晚上就变成万贯家财的富翁。他们日日夜夜，盘算着：咋个存粮，咋个放账，买多少田，雇几个长工……全是打从前苦在一起那些穷哥们的主意。乡亲父老们，照这样搞下去，不上几年，'土基落水，返本还原'，富了一户，苦了千家，这是资本主义的老路子，不是社会主义的光明大道，千万走不得！"他把手向大门外一指："就拿门前两条路打比：出门走上大路，通县，通省，一直通到北京，越走越和毛主席挨近，那是活路，是共同富裕的光明大道。出门向西，走上那条小路，走过心惊胆怕的独木桥，路就变得曲里拐弯的，到处都是刺棵棵，再往前就是山坳里那块坟地，这是自发势力的死路。乡亲们，这条路千万走不得！已经走上的人，大家也要帮助他，把他从死路拖出来，出卖余粮就是走光明大路的表现。同志们，明日在家里好好开个家庭会，向家人摆明两条路，动员大家把余粮卖给国家。"

我侧着耳朵，一字一句都不肯放过。恨不得像描花那样，把老农会的话全部描在心上。尤其对两条道路，我记得非常实在。呵，好啦！我明白什么是自发势力啦。

煤石灯尖只射出豆大的火星。临时拢起的火堆，木柴头冒出细细的白烟，照不清四周围烤火人的面孔。小组讨论完了，人们呼喊着向外涌出。我站在大殿台阶旁边，等到人全走散，才慢慢往家里走。

月亮斜在西天,寒冷的光,笼罩着苍白的冬夜。石头路上结起一层薄霜,远望去像一条白亮亮的小河。我一面走一面想着老农会讲的两条路。爹这半年心里想的,手里做的,已经像是走上另外一条路——不是通北京,是通到坟山的那一条……想起会上李登云、王小天那些人的态度,爹一定也要反对出卖余粮……本来想等小云一同回走,跟她在路上商量一个办法,不料人走光了,也没见到她的影子。

我吃了一惊:身后响起一串咯咯的响声。一个人像追来一样,鞋钉打在石头上,一步快似一步。我想也许是小海?到跟前却是老农会。

"二珠,咋个'落后'啦!等人吗?"他咯咯地笑。

"你家[①]老不正经,我是等小云。没等到她,把你等到更好。"

"干什么等小云?"他像有些不信。

"我很担心我爹不肯卖余粮,想跟她商量一个办法。"

"看你爹近来的样子,他也许不肯卖。不过,也说不定。我看这个问题,你回到家就可以见出分晓。"

"就在今晚上?他已经睡下啦。"

"那可不见得。我跟你说,问题就在这里。如果你回到家,他睡得呼呼打鼾,没问题,他就肯卖。如果他没有睡,一进门就

[①] 你家:"您"的意思。

问你开会情况,他就是不想卖,就是卖,也不会多。"

"他如果问,我该咋个答他?"

"你就说:卖出一千斤,看他发不发火。"

"他真的发火呐?我咋个整?"

"咋个整?说服他吧!你爹从前是积极分子呐。"

树林像隔起一层纱布,只看出一些影子。白蒙蒙的雾,野烟一样,从河上腾起。霜气扑到身上,刺得人不住打抖。

老农会看我一眼,马上撤后一步,来个老鹰展翅,一件布褂搭上我的肩。

"不,不,我不冷,小心冻着你。"我要把衣服还给他。

"不要逞英雄。我看得出。老骨头比你们娃娃抵事些,走吧。"他把右手压在我的肩上,"看,你还在打冷噤。"

"旁人还都这样心疼我,可是……"这样一想,我心里也冷起来。

他把我一直送到门口,站住脚,向院里听听,然后接过衣服,拍一下我的肩膀:"进去就明白啦。"披上衣服回去了。

进到屋来,灯还没有点上,爹推门就走进来,劈头一句:"你可卖了粮?"

"自报一千斤。"为了要叫他相信,我说得很痛快。

爹像着火烧了一下:"哪个叫你卖的!哪个叫你卖这么多!"声气全差了。

"这可怪不得我。开会你家不去,卖少了大家又不答应。"

他的手指，几乎戳到我的鼻子："把你妈也卖出去吧！……你这……"他气喘的粗法，差不多把油灯吹熄。

妈被喊叫惊醒，翻身跳下床来，一下扑到我的身上。像母鸡披开翅膀，抵抗从天上就要飞下的老鹰，保护住小鸡那样，扭转头向爹望着，眼里放射出惊慌、恼怒的光。

我不知笑好还是气好。活了十八岁，爹这样发火，还是第一次。一千斤粮，咋个会把爹对女儿的温和、慈爱一下子变成暴跳如雷呢？——了不起！老农会真是把爹看透啦。

妈唏唏一哭，哭出我的真话。妈一面抹眼泪，一面用埋怨的声气说："姑娘，你咋个哄起人来？你看看半夜三更的，把人快要吓死啦。"

爹叹了口气，一声没响，转身走了出去。

也许怕我真卖一千斤粮，第二日，爹停了牛车。

我去小云家，给她送画好的围腰头。走在路上，心里面胆胆怯怯的。一则是围腰没画好——有两处是抹上白粉重描的。二则是自发势力连小海全怕受到带累，小云是党员、团支书，觉悟很高，谁晓得她对我是个什么态度呐？……

到了小云家，刚巧老农会也在。他正跟小云在讲话。小云见我进去，就说："来得刚好，我正想去找你。"

"不消去找，我给你送来。"我把围腰头丢给她。小云因为有老农会在场，也就没好意思打开看，这算是救了我一驾。

"二珠，咋样呐？"老农会翻着大眼珠，盯着我问。

我知道他问的是什么，就说："别提啦，你家真算是拿实在啦。"我把昨晚上发生的事情，向他们学说了一遍。

"真是那样吗？……别泄气，好好说服他。二珠，可要加把力，多少人全在议论他呐！你很积极，相信会有办法的。"

他和小云教我一些办法，给我许多鼓励。我们正在说着，村子里的青年全来了：先进来的有说有笑的姑娘，是李方升的女儿小凤仙。随后是踏着方步、慢悠悠的王百福。赵双顺——小云的对象——走进门来，看见老农会，有些不好意思，因为赵双顺年岁大了，老农会有一次喊了他个"老团员"。小海来得最后，一跨进门槛，见我坐在小云身旁，脸上马上有些变颜变色的，就仿佛做错一件哪样事的那种烦恼神情。这个神情，除我以外，别人可并没有觉察出来。

老农会起身想走，小云说："你既然来了，就跟我们说说话吧。"老农会说："好，我可以听听。"

每当一样事情在村上刚一开头，我们年轻人，不论是团员和积极分子，总要聚到小云家来。土改那阵，经常是小云招呼大家，后来搞惯了，在动员大会第二天，就自动向小云家里聚。今天，就是这样凑在一起的。

小云让老农会说话，老农会总是摇头发笑。小云说："你不说，我可要说啦。"她就慢头小尾地讲起来，"……卖余粮，支援国家工业化的道理，昨晚上老农会已经讲得很清楚，我就不再细讲啦。我要讲的是这个：我们怎样做助手，帮着把卖粮运动顺顺利利地推向前进。我们要做的事，也很简单，爹的思想不通帮助爹，妈的思想不通帮助妈，哥嫂的不通，打通哥嫂。要站在党的这一边，别站在小农经济那一边！"她把话停住，睁大明亮亮的眼睛，"你们谁有什么困难，就摆出来扯谈扯谈，大家都出主意，办法就会出来的。"

小云拿眼睛一个个地把我们看一遍，后来碰到老农会的眼光，两个人相对一笑，马上又把笑容抹去。我们这伙人呐，双顺看着小凤仙，小凤仙看着王百福，王百福看着小海，小海看着赵双顺，眼光定着，嘴巴闭起，谁都晓得自己家里的内情，就跟"自己肚子疼自己知道"一样地清楚，可是谁也不肯张口。不说，并不就是想要退缩，不是的，我们全是能够站得稳的人。"说出来干什么，反正做到就是。"我是这个想法，我想大家也会是这样。

"没有问题吗？"小云的声气尖了一些，她直直看着双顺，"你们自己如果不肯提，我要代你们提出来。比如拿双顺说，你妈就许不肯把余粮卖出来的。今年小春收购时，双顺的思想就是不对头。当时和你妈一口同音说没有豆啦，事后却把豆子偷偷卖给了私商。今日又要收购啦，心疼豆子的人，同样会心疼谷子的。别认为老人家不会了，我提醒你。"

"你就是爱翻陈账，"双顺声气虽然不高，脸却涨得通红，"陈账有啥翻头！"

"我说还是翻翻好，摸摸缺牙齿，就再不想爬树啦。"

"你真是，"赵双顺口钝，心直，憋住一个弯，很不容易直过来。

他很生气地哼了口气,"照你这么说,我再也不会进步啦!"

"亏你说出这样话,"这位胖姑娘也有些不耐烦了,"那你就长一口气推翻我的话吧。这次收购,对我们都是一个考验,我们大家试试看。"

"我本来不打算说话了,"老农会插了嘴,"可是一到筋节处,我就忍不住。双顺,你既然关心收购,证明你是有进步的。小云提醒你,是为你好。如果小云不说,没有人肯对你说的。莫上火,多多想想问题。"

双顺很受委屈地说:"就是从前错啦,也不能拿一回当百回啊!如果你家骂我,我无法不接受,小云,她看不起我妈,我就抵气。"

"小云不单是你的未婚妻,也是团支书,"老农会把团支书念得很响,"她现在是拿团支书的身份和团员说话的。"

"那,那还有啥好说的!"双顺怔了一下,像醒过来似的,"我保证,不管是考也好,验也好,我受得住。"

老农会点点头:"好,双顺说得好,应该这样!我们党团员积极分子,就是要把国家推向社会主义。"他笑着用眼睛向大家一扫,"你们呐?"

"我们向双顺看齐,保证开好家庭会。"王百福说得很有把握。我们觉得他说得很好,大家一致拥护他的话。

大家走出小云家,我走在最后。小云晓得我的心思,她送我出门口边,站在冬青树下,说:"如果大叔思想搞不通,不消急,你先把大婶争取过来,两个对一个,慢慢会把他心上的盖盖掀开的。"

我心里多喜欢。今日我更觉得小云是个了不起的人。我向她保证,一定开好家庭会。

早饭吃到半拉腰,我对爹妈说:"我们开个出卖余粮的会吧。"爹说:"有啥开头,陈家卖四百,我们也卖四百。"

"如果陈家卖上一千斤呐?"这一下有些叫我问住啦。爹停下筷子,两眼盯着我,半晌才说:"他卖出一万斤也好,只要他有。""我们就没有吗?我家收的粮,难道比他们少吗?"我把二叔咋个为他挨批评,大家对我家抱着什么态度都说了。(当然我不肯说:连小海全闪开我不在一起走啦。)爹把筷子往桌上咔地一摔:"咋个!我是自发势力?!呵!难道说我这样干法不对啦?!生产致富,保护私有,干部从前不是对我们说过吗?想不到我这样苦扒苦拽,忍饥受寒,道路走错啦!……我苦了一辈子,给地主富农们打了几十年长短工,看见多少成家立业的人,还不是这样苦出来的!他们不肯苦,别人弄好一点点,他们就在背后盯着;他们说我是自发势力,我说他们是'一家饱暖千家怨',眼气我,恨我!"他啪啪啪地连拍几下桌子,"这条路果真错啦,指出个新的来我看看吧!"

我说:"你家一直翻看老历书,生产致富,保护私有,是很早以前提出的。在这一年来往,不单乡上事情你家很少管,连重要的会都懒得去开。新的事情听不到,就一直抱着老一套。你家说的新路子，政府已经给我们指出来，就是共同生产，大家一齐奔社会主义。要奔社会主义，第一步就要卖余粮，支持国家工业化……"我把老农会在会上说的两条道路，给爹重说一遍，因为怕他听不明白，又在桌上摆起两支筷子，"你家走的不是通北京的这条路，是通坟山的这一条，眼看就要无路可走啦。"我觉得说得很好，不料爹冷冷一笑，说道："看我女儿多有学问，就像学堂里老师一样，连讲带比，哪个教你的，小海吗？……"

我的脸如同巴掌打过那样发烧，气阻在喉咙里，心急得乱跳。

妈实在听不下去了。把饭碗往桌上一砸，饭粒蹦了一地，用筷子指着爹："住你的嘴！你还算是个爹！你这老铁头，亏你说得出口！……要卖就卖，说了就算数。你不肯，我们分家，我算跟你混到头哪！"

爹的眼睛鼻子又向一起扯，嘴唇抖着，像有一根线通着左眼角里，一上一下地抽动："好！分吧，卖吧……上面泼水，下面扯脚，你们安心破坏我的计划！"他举起烟锅来，"你妈的！"

小鸡们不但没被吵喊吓跑，反而趁着空子飞到桌上来。大烟锅准确地敲在小公鸡的脊背上。它啾的一声翻到地上，一面啾啾叫，一面挣扎着扑拉翅膀，扇起一屋子烟一般的灰尘。

妈脸色泛白，跳起来向爹扑去："老不死的，你把我也打死吧！……"我赶忙拉住她。她仍旧呼着叫着，从屋里赶到门外。

我向小云、老农会保证：一定开好家庭会。现在闹成这个样子，我没法不流眼泪。

我们一家，是全村公认的和睦家庭。这样大吵大闹，简直丢尽了"模范家庭"的底。妈大约忘掉这一点，气势像涨得翻滚的锅——谁来给她撒把火呢？我虽然怕有人来，却盼望陈家二婶来。

正在这时，赵升发贼目鼠眼地悄悄溜进院来。这个小老倌，生着尖尖脸，细眼睛，嘴巴上长着几根猫胡子。解放以前，哪家典屋卖田总是少不了他。这些日子他每天晚上都来我家，细声细气的，和爹嘁嘁好一阵还不肯走。现在他凑在爹身边，不知说了几句什么，爹连连摆手，像轰蝇子一般，把他赶走了。

白白盼了一阵，陈家一个人也没过来。我们这样大吵大闹，他们不会听不见的，这倒是为什么呢？……同时，我又想起在小云家那阵，小海那样地冷淡，他连一眼也没好好向我望，这是什么缘故呢？……

晚上，到陈家开小组会，商量出卖余粮。因为和爹吵了嘴，他去我就不打算去。后来觉得，在决定卖粮时，爹的思想如果一时转不过弯，我可以从旁帮助他的。

走进陈家，感到空气有些不对头。二婶脊背对着人，坐在角落里，气吭吭眨着红眼睛。小香站在一边，嘴巴噘得可以挂起小提篮。小海皱着眉头坐在草墩上，好像憋着气准备发作。

周围的人，也不像往日那样大说大讲的，都安安静静地坐着哑烟，各人想着各人的心事。"家庭会大约开得全和我们差不多？"我这样想着，坐在灶台夹道的草墩上。

二叔虎着脸，不时皱皱眉，可以瞄出刚生过气的影子。他拿黑道道的眼神，望一下小海，又望一下老伴，然后把眼光盯在我身上。我心里抖了一下：他们家一定出了什么事？

小组会开始，组长向大家提议：再往深里认识一下收购政策。大家发言很热烈，只有李方升、李登云和爹，闭着眼睛咂烟，一声不响。后来讨论到卖粮办法，副组长王近仁说："政府要我们出卖余粮，是为我们农民着想，现在大家觉悟都有了提高，不要像卖小春那样乱吵。我们要用'自报公议'的办法一手摸自己的良心，一手摸自己的口袋。"大家立刻同意了。

小海爹看大家不出气，就说："大家既然不肯先开口，我就先自报，多呐，少呐，请大家提意见。我前日已经卖出四百斤，现在再卖四百，一共八百斤。"他把大拇指和食指一叉，"大家看，怎样？"没等大家出声，小海说："我再添二百斤，凑整数——一千斤。"他抬头望他爹。二叔点一下头，转身向二婶："吹，一千！你可还有添头？我们劳动是民主，卖粮也是民主。"爹不但没和大家一齐笑，反倒皱起眉头。李登云抢先说："带头也别过火，家有黄金，外有戥秤，我认为到份啦。"因为头开得好，跟着，一个三百、一个五百很快地报了下去。临到李方升和李登云，他们两户，每人只报四百斤，——全场一时断了声气。谁都晓得他们两个好吵架，大家生怕提出意见，把开得很顺利的会给搞乱了。王近仁靠近二叔耳朵说了两句什么，二叔就望着爹说："大哥，你家既来开会，也该出出声气。"爹说："我嘛，报四百。"李登云马上就说："老高，你家今年比哪家增的产全多，还有老陈在那比着。"爹说："收购是卖，不是捐献，比不比有哪样关系！？"李方升说："得钱还不肯卖，捐献更要辣疼啦。""你说我应该卖多少？"爹的声气已经有些发颤。小海爹说："大哥，要在思想上认识购粮政策，不然你卖五千斤也不解决问题。"爹说："五千斤也不算多，只要家里有，现在没地方再搞'窗户飞雀'啦。"爹的话刚落音，二叔像掼在地下的皮球，一下子跳起来："好！够朋友！你来翻我的底牌！我偷过地主，不假，我可没攥算农民弟兄，也没打别人儿子的主意……"大家好容易把他劝住，他气得呼呼直喘。

"窗户飞雀"这一句暗语，是爹跟二叔两人自造的。从前给地主黄远家帮工时节，小海家时常断炊，小海爹没办法，从地主楼上偷米藏起来，晚上爹从楼窗丢出去，小海爹在下面接着，两个人就把这事喊作"窗户飞雀"，提起这种痛苦的旧事，哪个会不伤心？

李方升大声大气地说："我看这么着，高正国既然这样，我们也可以翻翻他的底牌：他自己拉上牛车，全家人的田，只叫二珠一个人抵着。收割时忙得支不住，他一个工也没出。不错，他开了工钱，可是别人割地开七千，他给大家开五千，鼻子长，碍了嘴，大家谁也不好意思争。这算不算是变相剥削？他攒下来谷子，立刻借给大家，我们认为是个好心。不料听说政府要收粮，他就黑夜里到各家去：'谷子等到小春再还吧，没有就放到秋天，给几文利算几文。'请问，这是不是打主意不卖粮？你家是乡委员，为什么对政府这样抵触！这明明是：自发势力使你六亲不认啦！"

李登云接着喊："说得对！他这一套，还不是不杀穷人不富的老办法！"他拱起拳头，脸上露出从前斗地主时那样怒气。

爹抖抖地站起来，从人脊背上两步跨到房门口。他脸色灰白，头摇个不住。他伸手指着全场的人，喊道："这个阵势我见过，吓不垮哪个！你们只想装老太爷，别人苦好些，你们就气得要死！告诉你们：政府既然许可生产致富，教农民过好日子，你几个就把老高治不到哪里，……"他把手一挥，"粮借错了，给我还回来！"他一面拉开房门，一面说："就是六亲不认啦，看你李方升能把老子怎么样！……"

大家怔了一下，立刻就听见李登云说："他这是骂哪个？核桃栗子一齐数！"李方升大呼大叫："他破坏购粮，把他追回来！"王近仁站起来："大家别乱吵！老高的思想不对头，我们应该好好帮助他，不该把什么'六亲不认''不杀穷人不富'那些对待地主的话，全冲到老高头上。积极倒是好事，内外不分也就要不得！"

眼看又要争论起来，我立刻插入说："我爹走了尽管走，粮还是要卖。我自报一千斤，保证一颗不会少，请大家提提意见。"王百福说："你家卖一千，依我看，不多也不少。二珠，我说，你能做得主吗？""能，不过大家要帮助我。"王近仁说："大家会帮助你的。可是你也要好好帮助你爹。他今晚上真丢底，粮不肯卖,还把大家骂一台,他是越来越不像话啦。"小海头也不抬地说:"她,只会帮她爹增加收入。要不着她……"他抬起头,用着很厉害的眼光望着我:"二珠,就是因为你,你爹才这样啥事不管。你们想过好日子,就应该走正路……现在当着全组人的面前我们拉开说,我可是从来也没答应过你什么条件,我不是……"他说不下去了。

我的全身立刻像绳子扎起来似的,血一阵一阵向头上涌,气阻在喉头,泪水在眼中打转……我攥紧拳头,牙齿狠命地咬着下唇,好容易才算忍住。

散会后,大家一齐向外走,到大门口,迎头遇见老农会。只见手电一闪,他大声喊问:"散了吗?看样子,你们会开得一定很不错!——王近仁!回来一下。"

到家灯也没点,囫囵身地倒在床上。我并没有流泪,只有摇头,咬牙,又恨又悔。我苦了一年到头,一个人干两人活儿,起早,贪黑,挨冷受寒,在别人是劳动光荣,在我身上可就犯了错!你小海翻脸无情,当全组人面前出我的丑。我真后悔,从小到大,一直没认出你竟是这么一种人……

爹一清早到山上放牛。我帮妈一面煮饭,一面述说昨晚开会的情况。希望妈帮助我打通爹的思想。办法还没商量好,李方升背着一口袋粮食进来:"还谷子来啦。"说着,咚地把口袋撂在门口,直声直气地说:"这是二斗'老来黄',打净称好,一颗不少,你们要记好!"说完,冷冷翻了翻肿眼皮,他一面向外走,转回头来，咕噜一些很难听的话。

妈从楼上搬下来一个草卷，在堂屋地上圈起一个小囤子。囤子刚围好，还粮的人就一个跟着一个背着口袋进来：有的三斗，有的二斗，有的是斗半。李登云的三斗谷子，他一连还了三趟。他把背来的谷子，使气往草卷里一倒，溅洒满地谷粒，喷了一屋子灰尘。他把瘦脸一皱，小胡子一翘："要利钱吗？完了再算账！"

我吃了一惊，二叔背着一个很重的口袋，哼哧哼哧地走进来。他背来的是二斗米，那是减租退押前后，今日二升、明日一升零借的，我们本来不想要他们还了。他走进堂屋，把口袋放在木箱上，拿衣袖向脸上抹了把汗水，眼睛打量一下堆在地下的粮食，就对妈说："大嫂，我看你家应该修个仓库啦。"

妈说："你老陈不要拿狠棒打人，不看今日还要看昨日，用不着一扫把扫个精光！"妈的眼睛一眨不眨地盯着二叔。

"打人？说不定谁拿狠棒打谁！"二叔脸涨得像块紫砖头，他眉毛一耸，"说得不对，以后少来往些好啦。"拿起口袋怒冲冲地走了。

屋地上抛撒着黄黄的谷粒。老母鸡咯咯唤小鸡，大公鸡抖起翅膀打鸣，欢天喜地地在屋里啄食，吵叫。

妈坐在地下一把把地抹眼泪，陈家还米，说怪话，她实在受不了。

王百福慢腾腾地走进来，看见我们两娘母面对面坐着难过，就说："他们还粮是赌气。李登云、李方升两个，我说，是打击人。陈为邦可不为这个……我说,也不应该。这事教老农会晓得,不批他们一'评'才叫怪。"

爹放牛回来,听见陈家还了米,两只脚好像钉在地下。他对着囤子呆望好半天,后来一跺脚:"还来好,省得我跟他们讨!"说完,找出扫把,把院心扫个干干净净。

"二珠,我问你:昨晚我走后,你可自报啦?"他把扫把向墙根一丢,向我走拢过来。

我心里一跳。想起前晚上的暴跳,昨晚上的争吵,再加上眼前这个情形,一说出口,说不定要闯出多大祸事。但是,暂时不说,将来还是要说。——忽然,老农会的话,又在耳中响起,我立时有了力量。我说:"自报一千斤。"

爹不但没发火,大气也没哼一声。跟着,我吃一惊:爹的脸色,一下子灰得像尘土,嘴皮打抖,两眼直直望着我,神色里怨恨、恼怒混着无可奈何的烦躁。

妈一面抹眼泪,一面唠叨个不住。她忽而怨天,忽而恨地,忽而又骂家里人:"一辈子交下的,叫你一下子扫个精光,连个老朋友全没剩下,你看陈二说的话有多难听!"

任凭妈数黄瓜、倒茄子地抱怨不休,爹闷下头一声不吭。心里涌起一大团事——昨晚吵闹,今朝上还粮——家里也像遮起一片阴云。我要解决它,我又应付不了——我得去找小云。

一走进门,就见一张黑木方桌放在堂屋地当心。上面堆起各色各样的花布,有的裁成衣料,有的画起白线,满满一桌子嫁衣,衬得小屋里满是喜气。——小云却不在家。

"二珠,不用尽着望,明年春天说不定也有这一台。你会比小云东西多,你们两家都是好日子呐。"小云妈望我笑着。

大妈说的是真情话,我竟觉得她是拿着我开心。这两日村子风传着:两个老朋友吵绝了交,小海亲口说他"永世千年不登高家的门"。我虽然不肯轻易相信这些话,可是小海这两日真就连影子全不见了。

往家里走,一肚子不是滋味。爹的思想固然不对头,细想起来,我也有些错误。昨日小云对双顺那样态度,实在给我们很大的教育。如果我们真卖不好余粮,就是我对爹帮助不够,应该受到大家的批评。但是痛痛快快骂我的,不该是小海,倒应该是小云。

小云家住村东首,和我们相隔四五家。当我从小海门口走过时,听见里面有人在吵架:"……造谣?大家都在这么说……看得出来,你是不打算要这个家啦!"声气又高又尖,从楼下传出来。二婶又发起脾气了,她像吵男人,又像吵儿子,好几日火还没撤呐。

爹在院心晒谷子。太阳在"老来黄"颗粒上,射出金子般的黄光。爹手里举着长竹竿,和赵升发背朝外坐在牛车旁边,一面咂烟,一面谈着话。

我走拢他们身后,就听猫胡子说:"……那何消说,哪年到栽秧时米不涨?一斤少卖五百元,一大泡钱就轻轻抛掉啦,你到贸易公司买货,缺少一文,他就不卖给你。"他左右抿一下根根见肉的胡子,"一千斤,冒失话,算到一起就是五十万,一个工的田,白白地无影无踪啦……嗯,我看,李存家的事,我们今日就作数吧。"

"什么时候,你还扯这套!田,我是一定买。但是得到一定的时候,不到时候,凭你说出天官赐福也是白说。——以后最好少提这台事,到时候,我自己会找你。"

我在牛车后面,有意无意地咳嗽了一声。

赵升发扭一下头。贼人胆虚,立刻站起身,就往外走。我跟在他后面,他自觉不错地认为我是送他。到大门外,我说:"大爹,你家可卖粮啦?"

"我,自报二百斤,嗯,吭,搞'社会',是台好事,本该多卖几颗,心有余,力不足,吭。"

"你家可憨啦,明年栽秧,粮米准要涨,你家一斤粮也不该卖!"

像小偷叫人抓住了手,他老脸红得像干辣子,"嗯,吭"两声走掉了。

爹坐在草墩上,活像个算命先生头扬着,两眼曲眯在一起。左手搭在膝头上,右手伸在身前,像掐算年命那样手指头一个一个曲回来,掐了两下,又一个个地伸开去,嘴唇随着指头动,头也跟着点点摇摇的……听我走到身边,他睁开眼睛,沉起脸来,说:"二珠,我跟你说,你可是真报一千斤?"我说:"那还有假!"他横瞪一下眼:"你是个脓包!人家一哈,你就是一千!

我不能卖那多！我只卖四百斤！他们骂我六亲不认，还粮尽管他还。我说'一家饱暖千家怨'，你们还不信！……治不到哪里，把老子赶出互助组也不当个球疼！"

"当然不能卖，一千斤粮要少买一个工的田。……我看你家早就起了那份心。"

"哪份心呐？你说！人家十个手指头全是往里弯，只有你特别！？冲你说这些话，你完全跟着别人一条藤好……"他把竹竿一丢，站起来，牵老牛出去放草。

我看着谷子，心里越想越闷躁，就拿出几本连环图画翻看。书上画着一个白发老奶，那种笑眯乐和的样子，使我想起外婆来。现在我会描花，能认识几个字，都是亏得外婆的疼爱。九岁那年，家里苦得没法，外婆把我接到她家去，供吃供穿，还叫我上了小学。外婆描花很出名，虽然年老眼花，还是描啥像个啥。从那时起，我就喜欢描花，外婆夸奖我，老师也说我的图画是全班第一。不料读了三年，外婆死了，舅爹日子也难淘，只有含着泪水回到家里来。解放后，上了两年冬学，我又认了许多字，念书有王老师帮助，描花就没有人再教我了……

我正在翻着，不料小云轻悄地走近身边，我来不及把书收起，就叫她一把扯去："啊哈，'结婚'？"我把书一把夺过来："你们不是快结婚了？"随着我把昨晚今早发生的事告诉她，她说："你做得对，百福说的也是实话，要坚持，我们支持你！"忽然她胖脸上眯笑眯笑的，"你听没听见，这一早晚，小海家吵得也跟你家一样呐。"我问:"是不是也为了卖粮?"小云拿手指向我脑门上一点:"不是为了粮,是为了人,听说你们要让小海来上门,是真的吗?"

我觉得,我的脸唰地一下就红了。我当时很生气。经小云这样一说,昨晚上陈家的态度,小海的话,我一下全明白了。我说:"那是我爹惹的,我可一点也没想到那些事,他们吵不吵,跟我一丝不相干。"

"不相干?你可不能这样说。你应该去找你二婶表示一下态度。——你不晓得,老妈妈差一滴滴气疯啦。"

我可怜二婶,同时也很生气。事情还没搞清楚,单旁人讲出一句话,就来一个野火烧山,我很想说声"活该!"

我们正说着,爹牵牛回来了。照时间说,他连小团山还没走到。小云迎上去,跟爹说了一阵话就走了。

爹仍旧回到看谷子的老地方,坐下来,两眼直直地望着"老来黄"。望着望着,忽然自言自语起来,说些什么,听也听不清。后来,连连摇了一阵头,把脸埋在两只手掌里。

乘着妈到菜园去,我进屋去裁新衣服。

谁在院心"呼——哈——"喊出一大长声?

小鸡咯咯叫着惊散开:有的跑入牛栏,有的跳上墙头;鸽子啪啪拍着翅,在天空飞得不见影子。

"哈哈,看场人打瞌睡,谷子糟蹋了一大堆!"老农会伸平两臂,在院心站成一个"大"字。

爹抬起头，苦笑一下，用手指指身前面的草墩。老农会一脚把草墩踢到爹身边，坐下去，一把拉过长烟管就咂上了烟。

我走到他们近旁，拿起竹竿代爹轰牲口。

"老高，为了晒出卖的谷子，牛车全不赶啦，这样才对！"

"主任，跟你说老实话，我只打算卖出四百斤。"

"四百斤？二珠自报一千呐？"他紧叮一句，"这是卖余粮，你们如果没有，二珠不会自报那么多。"

"她当不得我的家。说实在的，有人卖，我还想买上它几颗。"爹伸出三个指头，"全县三万多户，多卖几颗不见多，少卖几颗也不见少，还在乎我这一滴滴子？"

"老高，我问你：政府买粮为了计划供应，加强工业化，你买粮为了什么？"

"谷子是宝中之宝，哪家不愿意多存它几颗？"

"谷子是宝，我不反对，可是还有比谷子更精贵的东西。要是一个人，只要谷子，其他什么全不要，谷子堆成山，也怕没啥意思。"

"因为什么全要，我才这么做。"爹没听明老农会的话，他回答得像是满有把握。

"我可以断定说，照你这个办法，你一样也要不着。"

"为什么？"

"你口念不干地奔社会主义，政府要我们出卖余粮，就是为了教我们奔社会主义。你不但不卖，还要往里买，你这就是不要社会主义。没有了这一条,你就要没有群众,没有光荣,没有朋友……你说什么都要,那是老牛钻窗眼,骗人!"

"主任,你不要吓我。李方升直骂我老高六亲不认,现在你弯着说,是六亲不认我老高,不过你说得比他好听些。解放以前,老高几十年举目无亲,可也熬过来了,现在我怕什么?!"

"老高,你很能干,大家都承认。可是你要想一下,你从老封建大牢里得到翻身,可不是你老高自己打出来的,是共产党打碎牢门,我们才冲出来的!"

"我晓得这个道理。但是,我总算自己熬过来了。"

"你明白这个道理,可就是不听共产党的话。"

"我不听话?"爹不高兴了,"就为了不卖这点粮,就算我不听话!政府教我们斗地主,我就斗地主,教我们斗老天,我就斗老天,政府号召奔'社会',我就奔'社会',政府定了五年计划,我也定了五年计划,你说我不听话,我就是没听你一个人的话!"

"哈——哈——哈——你老高真算了不起,大约坏就坏在你的五年计划啦……"像眼前出现什么怪东西,逗得他大笑不止。

"笑?这有什么可笑的?!"爹生气了,脸色很难看。

老农会和二叔就是不同。二叔是硬来,老农会是软磨。要是二叔,怕早就发起脾气。现在爹已经恣了火,老农会反倒笑个不住,这叫我想起从前一台事:

今年秋天,收割结合着评模。有人主张选爹做抗旱模范。

老农会说:"高正国虽然这阵不下田,抗旱时节确是起了带头作用。"这话不知咋个传到爹的耳朵里。有一天,村干们来我家里,爹对老农会表示说:"千万不要选我当什么抗旱模范,不然的话,选出了我也不去开会。"老农会说:"你这乡委员可好,旁人争模范还选不上,你却拼死命怕当模范,这叫落后呵!"爹说:"落就落吧,请你取消我这乡委员好啦。"二叔和王近仁百般劝说,爹只是一个不干。二叔说:"你不要个人光荣,也该给组上争个光荣。"你猜爹咋个说:"我要光荣能当啥?一去开会就是十把日,我赶牛车可挣十几二十万,当模范嘛,至多不过捞到一把锄头。"当时气得二叔破口大骂,两个人差一滴滴抓打起来。老农会没动声色,把爹和二叔批评了一台。爹的模范也就没选成。

现在,老农会还是平平和和的:"老高,你的病可是不轻啦,再不治,就很危险。我说你有病,我觉得你的眼睛不大好使,你看不清总路线!"他正经起来,"我这不是说笑话,是老老实实向你说真话。你的听话,我看是这样:你觉得对你有好处,你就听,对你没好处,你就不听;好处在眼前,你听,在远一些地方你看不见,你就不听。不但不听,你还要硬说它对你有害处。减租退押能分到果实,你听啦;土改能分到田地,你听啦;抗旱能多打粮食,你听啦;到出卖余粮,你觉得卖给私商价钱高,你就不听啦。你自己想一下,我的话,说没说到你的心里?老高,话不能叫人强听的,只要有道理,不但我的话你要听,就是小二珠的,你也非听不可。瞎子不相信引路的,他就要跌跤……我还要到县上开会,时间不待啦……"他站起身,"老高,你要走错路,你要拿着泥潭当平道!真的,老陈说得不假,你打算跟我们闹分伙!你下细想想,我走啦。"

"二珠,瞎啦,你看!"爹大声吆喝我。

一扭脸,可不是小鸡又围起谷子堆,脖子噎得一歪一歪的,——我只顾听说话了。

送走老农会,只听爹说一句话:"我想想看。"

从掼谷子以来,因为既无工夫又无钱,一直没赶过州街。今日又是街子天。吃过早饭,门口就没断过人:背箩的、提篮的、骑马的,陆陆续续向县城里去。

爹提起烟管,准备去赶街子。刚要跨出屋门,妈冲着脊背把他喊住:"带二珠一起去。带些油盐回来。""自己还不会买?""不行,二珠不去买不来。"爹顿了一下,就回到他个人住的屋里。大约爹拿钱去了,我把头伸到他的窗口,爹向我横瞪一眼,赶忙背过身子,一个手掌大的纸片,一晃间插进他的口袋。随着,铜锁噔地一响,吧嗒贴在柜板上。"走吧!"他没好气地迈着大步,把我丢落几十步,直到靠近街子才算把他赶上。

街口上开起一家大茶铺,屋里、窗外到处摆着桌凳。座位上早已坐满了人,倒茶的,卖香烟瓜子的,在人缝里来回挤。吃茶的,多数是龙竹乡的农民,大家多半扯谈着卖粮的事。爹一走进门,就有人喊:"泡茶来!快……你咋个有眼不识泰山……龙竹箐的高委员……"说话的人是五丰乡的李长阳，老农会的舅爷。

许多双眼睛盯在爹身上，爹有些不好意思："你吐什么屎！废话！——我不吃茶，我想找个人。"等走出茶铺，屋里有人说："住黄远的屋，走黄远的路，正合……唏唏……"

"放屁，你不要乱骂人！"李长阳骂那个说怪话的。

赶街子人，比卖粮前多一倍。布卷、菜篮、盐巴、背箩、长嘴瓶、细脖子小罐、米口袋、大酒瓶……在人缝里翻花。到贸易公司门口，人就结了个大疙瘩，看不见里面卖货人，只从人头上，看见湘绣人像、雨伞、花布、暖水壶……

爹摇着肩膀，挤到人丛里去。我力气小，没有跟得上。"你还有时间来赶街，难得！"人堆里面，有人和爹打招呼。"他是谁？""我们村里的积极分子……他怎肯多卖……积极分子，向例全是向里面积极……这家伙，雁过都要掠下一把毛，连陈老二全逃不脱他的手。……他想招人家独儿子上门……这一下，恐怕小辈子的对象也搞不成啦。……"挤到近前，认出来说话的是桑村的王近春。

好容易挤进人民银行，屋里的人也不比外面少，柜台正面，簇起的人头像香蕈，问存期的，问利息的，问存款办法的……全是卖粮的农民。

取款这面，只站着爹一个人。

爹把纸片片交给柜台里一个姑娘。

纸片上画着满篇字码，小圈圈葡萄一般，一串挨着一串。"你家要取几文钱?"姑娘大眼睛圆溜溜地望着爹。

"不多,只要两斤香油、两斤板油、四斤盐巴钱,不能多。"

"我们是管钱的,不是管油盐的,你家还是说出个数目吧。"姑娘望爹嘻嘻一笑,马上绷起脸,装出一本正经的样子。

"五万,你看可够?要不,六万吧,不能多。"

"就取六万吧。明天是冬至节,接个姑爷呐,还不得多备点酒菜。"姑娘又笑起来(看来她和爹很熟),在纸片上又画起一小串葡萄。画完,一手把纸片丢给身边的胖子,一手向柜台一扬,丢上一个小铜牌。

正在等着拿钱,听见两个人在柜台背后说话:

"说到卖粮,哪个乡全差不多。刚才在茶铺喝茶,听说龙竹箐一个姓高的,还是乡委员,无论说啥也不肯卖粮。大家帮助他,他吵大家,乡支书动员他,全是一扯白,还不跟你们村子赵正才一样。"

"庄稼佬,生得怪,越有越不卖。一点也不假。"

"他们说:粮食是他们的护心油!哈哈……"

我急得直搓脚,爹像是没有听见。铜牌换了钱,爹退后一步,身子靠在墙壁上,十二张纸票,一连数了三遍。

"高老倌可走啦?"柜台里的胖子问姑娘,"大家这阵,全往里存款,他却向外取钱。这老倌一定不肯卖粮的,不信你瞧着……"

姑娘站在那里一瞪眼,胖子马上吐出个大舌头。

走出银行，爹气冲冲的，把纸票一把塞给我："你买吧，我回家。"

提篮里一点油盐，像有几百斤重。赶一趟街，听见一些怪东西，全是丢底见不得人的，十来里路，我像走了几百里。

我把听来的话，正向妈述说。爹走进来："二珠，钱可够啦？报报账我听听。"

妈说："二珠正在报账，报她在街子上听来的账！"

爹脸红了一下，马上变成怒气，指着我喊道：

"这也值得回来学舌！这阵尽管他们说怪话，到我整好那一天，你看看他们又咋个说！"

"你家总是那个老想法，认准一条路，就一直跑到黑。"

"照你这么说，爹错啦！他们应该嘲骂我，咯是？"

妈说："你爹，我们今日要把话说个清楚，你想要这样发财，我们可不能跟你一起背过。你口口声声说是为孩子苦，可是你看看，孩子还穿着这样烂衣服，吃不上，穿不上不说，还要跟你一道受大家包摊①，你再苦再累有什么屁用！"

"我不要你家为我这样苦！我不要……"我气得说不出话。

爹低下头，好一会儿才说："我错啦？好吧，将来你们可别后悔！"

从龙潭挑水回来，村子西南角，坡头大榕树上，响起小海的

---

① 包摊：指责。

喊声:"卖粮户们听着!今日区上传下来,要我们向县仓库送卖出的粮食,三日送齐——三日送齐!已经晒干的,明日就送,没干的,后天外后天送齐!大爹大妈们,无论搞什么事,我们村子总是走在前面,送粮也不能落后!……"

喊得有力,声气也大,整个龙竹箐,每户人都听得清。他喊一声,河对岸的柏树林那面,哇啦啦地回答他一声。

小海在大树顶上,一定能够看见我。这么说吧,传言如果是真,他就不下来,要是假的,他就一定会来。

装作休息的样子,我把水桶放在坡脚下面,向树上左看一眼,右看一眼,注意树枝是不是抖动。……声音停了好一会儿,人还不见影子。

不能再等啦。传言证实啦。我眼里快要冒出泪水,但是我忍得住。

挑水上坡,走到榕树对过,小海站在刺藤丛里。我仍旧往上走,像没见他一样。

"二珠,站下,二珠!"小海尾在身后,喊着。我还是向上走,但是走不动了。

"你是不服气,我晓得。"小海扯住扁担梢,脸色和前晚好不了许多,"犯了错,就该接受批评!"

单是他说话的口气,就足够叫我发火了,何况还有旧事?"你摆什么架子!看你多神气!我犯了什么错误,你从家里骂到家外?!"我一面放下水桶,一面拿话抵他。

"大家全知道,就是你自己不知道!你看人家赵双顺。"

小海自从当了宣传员后,不知为什么变得硬邦邦的。不管对谁,动不动张口就是一台教训。别人觉得怪好笑,他自己却认为进步。现在,他把我比作赵双顺,把自己比作小云。"你也要看看人家小云。"我指着他说,"你看小云对双顺,可像你这样?!小云今日又去找双顺,帮助他,你呐,连面都不敢露,躲在背后骂人,像个夜鸽子。你和小云比?好,来吧!你跟在我后面走,我两个到家里说个明白!敢吗?"

小海眼眨眨的,站在那里不动了。

我挑起水桶时节,心里满想再喷他几句。可是,我并没那样做——传言既然不是真的,何必呢……

挑水进门,妈跟爹面对面地站在房门口。爹的眼睛如同斗鸡一般望着妈。妈正和他争吵着:"……孩子大啦,在田地上比你出力还多,你也该叫她做做主。你要晓得:儿大不由爷,你不同意,她也硬要卖!你跟她硬起来,你的生产马上就难整!你自己想想吧!"

爹大约听到妈的话里有文章,又见妈也跟我一条藤,他把我喊到他面前,未曾开言,先叹了一口气,说:"二珠,我跟你说,这次我听你一回!仅只这一回!你记好!"他骂了一阵,咒了一阵,算是同意了。

话说通了,思想并没通。爹眼中生了火,望我们两娘母总是不顺眼。早上装粮这样忙,爹和我们也没说过一句话。

不能走那条路
—— "十七年"乡土小说（1949—1966）

爹套上牛车，赶到口袋堆边。口袋大，车又高，爹抬一头，我和妈各抓一个角，好容易挣起来，刚搭到车上一半，噗地从车上滚落下来，爹一壁哼气，一壁喝骂："搞破坏，可有本事，一干活，屁事也不抵！"

正在吵着，赵升发走进来。他卖了两百斤粮，想来搭我们牛车。猫胡子一插手，我马上退回门口来。

车装好了，爹用麻绳揽口袋。猫胡子站在车旁，和妈不知喊喊一阵什么话。顿时，妈头仰得高高的，眼睛睁得大大的，像想起一件许多年忘记了的大事。

平日，爹对老牛比我们两娘母还亲。今天，车装完粮，车轮压入泥土里。老牛扬起脖子，懒洋洋地不肯往前挣。爹抓起鞭杆，照着屁股，啪啪就是好几下。"老鸹啄的，老子今日敲死你！"老牛翻了翻大白眼，摇几摇大犄角，身子一弓，狠命地把车拖走。

妈跟在牛车后面，一直送出大门口，然后站在石阶上，恋恋不舍的，像送一位离别后不易会面的亲人，直到牛车隐在仙人掌后面，才懒懒地走回院来。

她像想起什么心事，在院心站了一会儿，叹了一口气，然后，开始整理口袋，打扫院心。她扫得那么轻，就像谷粒是空心的玻璃珠，碰到一起就会碎了一样。她扫得实在干净，院心里没漏下一颗谷粒。扫到一堆以后，右手抖抖扫把，左手又在扫把上敲了几下。她抓起一把黄谷粒，对着太阳目不转睛地看了好一阵。她喊我取簸箕，我猜想妈从来没有的举动，没有立刻听到。想不到，妈立时沉下脸来："你是咋个，魂跟哪个人走啦？"她一面簸谷，一面骂起我来，骂出的话又新鲜，又辣火，你自己想吧，我不说啦。

我再也忍不住了，就跟她吵了起来，一直吵到妈坐在房门槛上，像我死了一样：一面诉说，一面啼哭。她哭诉着他们一辈子遭受的苦难：几十年来，爹怎么着，妈怎么着，咋个受冻，咋个挨饿："……养儿呐，防老……存谷呐，防荒……看看别人，哪个不是儿一发、女一发……丢下四十奔五十……一个独女儿……还和自己……不是……一条心……"

实在说，妈早就跟我生下气。小海爹还米来，两个人争吵以后，妈就说："这还算老朋友吗？他把我们看成哪样人！你赶快把布给我送回，不然的话，过几日会来跟我们算剥削呐！布啦？"这下子可把我问住了（因为要帮小云的忙，叫我把布裁掉啦）。当时，妈一直瞪我老半天，后来赌着气说："卖粮，一千斤不够再多卖，还他们的！"气是那时就种下的，今日眼望着把粮拉走，再加上猫胡子几句怪话，就借故发作了。

妈在这边哭个不住，陈家那面却有说有笑。不少个年轻人的快活叫喊，像县城十字街上广播喇叭一样，从窗口一阵接着一阵传过院心来。特别是李方升的女儿小凤仙，喊得高，笑得也响，像有什么天大喜事，就要临到她的头上。接着，叮叮铮铮，响起月琴声。弦子高，弹得也响，这是小海弹的，听得出来。李学光也会弹，他弹出的声音，又细碎，又低沉，和妈的哭音差不多。小海就不同，他总是喜欢把弦上得紧绷绷的。一开头弹得慢，一声一响，忽高忽低，又清脆又有力量。等到弹过一节，他忽然站起身来，头向前伸，脚往前踏，左手指头在琴柱上跳跃，右手不像在弹，像在琴面上抓。这时候，不管是在哪里，大家就跟着琴声跳起来，一直跳到桌翻凳倒才算罢休。

今日小海的琴声，不是"三步弦"，也不是"十大姐"，是个新调子。弹得又慢又涩，像老牛车走在石头路上一样。没等曲子弹完，就听小凤仙喊："别弹你那洋腔啦，跟着我吧！"立刻拉开嗓子："旧社会一好比似——黑古……"开头音发得太高，唱到高处，拔不上去还要拔，结果，像"老陷鸡"[①]啼鸣：破声拉气。——哗哗哗又接起一阵得意的笑声。

笑声还没落音，一个人粗声粗气地："别太高兴，小心挣断脖子。"说话的是李学光。

"看你那死样子！妈的……"

"就因为死样子，所以才：'小奴家——到如今——独守空房'，唉……"他把话唱出来，可以想得出：他这时一定是扭着腰，摆着手，装作大姐出场时节那个样子。

笑声像河坝上发水，哗啦啦灌到我家院心来。——妈不哭啦。

笑声刚停，就听小海说："真怪！你总是好拿人开心。说你好多次，总是不进步！听你说话，真叫人不高兴。"

"要高兴？容易得很，扒窗口一喊，立刻解决问题。如嫌不

---

① 老陷鸡：阉公鸡。

够气势，我可以到家去请。"

像蜂箱掉在板棚上：嗡——咚——一声，月琴掼在桌上："你算谁！你代我请！你这夹尾巴狗！你这二流鬼，不论哪个你都想拿来开心，你再开腔，老子今日就好好打整你一台！"

"小李，你总是调皮，不刻薄人，就像活不得。我说，这可是大错误！我们还是书归正传，商量正事吧。"王百福只不过十九岁，说话一字一板，像个老人一样。经他一说，停了一阵，说话的声气就听不见了。

他们开什么会？为什么不来喊我？他们如果因为我爹，把我也当自发势力看待，我就要质问他们，我要当小云面跟他们斗一斗。假如要是小海出的主意，你瞧着……忽然间，我感到一阵难过，现在要心硬一些，眼泪就是不听话。……

我把脸扭到一边，生怕给妈看见。不料妈站起来，慢悠悠走出院子，大约是去找李大妈诉苦去了。

我一直坐在院心生闷气，忽然听见"二珠，二珠，二珠！"窗口上的喊叫，一声比一声高。

我明知是小海，我仍低着头，像没听见一样。

"像你这种人，我说吧。……如果在我跟前，你瞧着……"他很气很急，却又把口气改软，"他们都不在，我告诉你。"他把头伸出窗口。

"我这种人咋个？在你跟前又咋个？你还把人一口吃下去？你们开什么会？为什么不喊我？"

"李登云不肯送粮,他们把李学光整来,大家帮助他,教他说服他爹。喊你怕你不肯来。"

"你咋个知道我不肯去?"

"别抵气好不好?肯来,下次就喊你。二珠,粮送走了吗?"他很关心地问。

"放心吧,卖粮既然不比你们少,送粮也不会落在你们后面。"我改换口气说,"看你多有本事,把人家找来,还没等谈正事,你就先把人家大骂一台,……"

小海的影子,在窗口不见了。随着板凳倒在楼板上的一声响,就听见:"好,你们又搞鬼!妈!妈!"小香放开嗓子,贼啦啦地叫。

过不一会儿,妈骂儿子的声音,从楼下响到楼上。

"有了小二珠,你真的妈都不想要啦?你当面一套,背地又是一套……"

我,不知为什么,忽然可怜起小海来了。

大门口传来一片吆骂声,压盖了东屋的吵闹。只见爹倒在牛车上,举起鞭杆,向牛摇晃着,轴头挂在门柱上,牛挣得大门呼扇呼扇直动,爹仍旧大声吆喝,骂出很难听的话。

"你想把大门拖垮啊!"妈在车后面叫。

爹跳下车,猛力把老牛向旁边一推,把牛赶进院心,卸下老牛,草都没丢一把,走回屋来,一头倒在床上。

我和妈吃惊不小,认为送粮出了什么事。我跟妈走进屋,爹仰脸望着天棚板。

"你是咋个，病了？"妈问，"出了什么事吗？"

"你不消问，啥事也没有。"爹仍旧没好气地说。

"谷子已经卖了，用不到后悔。"妈又想到另一件事。

"既要卖，头朝外，我悔个哪样！"

"是不是陈老二跟你吵了架？"

"什么老二老三的！……我他妈的阉猪割耳朵——两头受疼！……我真恨你们！"

陈家吵闹声，像故意要我们听见一样，越吵越响。爹唉了一声，用手向东院一指："你听听这些人！"

"还不是你家的好主意，才叫人家……"

我刚说到这，爹一挥手："滚开！给我滚开！我说一句话，走一步路，全都是错的！从家到外都把我看成粪桶！滚开！全给我滚开！"

一家人生起闷气：爹恨老婆跟女儿，妈怨女儿却心疼老倌，我呐，既不满意爹，也不满意妈。

晚饭煮好了，谁也没有吃，天刚黑就睡下，各想各的心事。

从前，天刚蒙蒙亮，爹套车、吆牛的声气，就把我们吵醒。今日，麻雀在檐头吵了好一阵，院子里一丝响动也没有，爹为什么不出去赶车呐？

早饭做好，爹仍旧倒在床上不起来，我跟妈吃一顿饭，喊他一顿饭，他闭起眼睛，一直哑早烟。说他没消气也罢，说他心疼粮食也罢,反正他心里有什么东西在翻闹着。

好几日没到田里去,麦苗出得不知什么样子。吃完饭,告诉妈一声,我就向小山口去看麦苗。

一阵带着暖气的西南风,吹散小团山的雾气。梨树上没有落尽的红叶,闪动出粉盈盈的光亮。山坡上下,晒起大一摊、小一摊的萝卜块,像一片片没化尽的白雪。豆苗已经盖住了地面,绿叶上结着苦露水的珠珠。

转过山角,一排高大的扁柏,列在山道的上边。一位大妈,靠在树上,向百泉村里呆呆望着。没有走上几步,我认出是单干户李存女人。

一阵响亮的唢呐,吹着很好听的调子,从百泉村飘到山上来。大妈像寻找唢呐声音飞到什么地方去了一样,静静向远方听着。我走到跟前,她还没看见。

"二珠,是你?⋯⋯"我一声招呼,把她从失神中唤醒。她眼睛有些红,像才哭过不久。论说干活儿,大妈是手一份、脚一份,和李存大爹是天配的两口。今年单干吃了亏,一年工夫,脸上刻满皱纹,实际上,她年纪比妈还小两岁,却比妈还显见老。

"大爹病好了,你家得了工夫。"

"好哪还说啥!姑娘,你听听唢呐⋯⋯唉,我多后悔⋯⋯我家李成林,三四年前就订了孙家小玉花,早就想娶过来,可是直到如今也娶不起。"

"赵双顺家,论到哪样也不如你家,可是⋯⋯"

"姑娘，赶快别提啦！后悔药已经吃得够够的啦。今早上我叫成林到百泉去帮忙，他横瞪一下眼睛说：'我看，我只好一辈子给别人帮忙了。'姑娘，这话多噎人……"

"李成林也该怨怨他自己。"

"不能怨他，他应该怨我跟你大爹。春天那阵，王主任劝我们加入互助组，成林愿意，他爹摆头不干。我如果站在成林一边，硬一下子，也就扭着加入啦。偏生我也反对，组就没有入成。料不到今年又碰上个旱年，人手单薄，交夏至才栽上秧，谷子没收成，他爹又生了病……唉，说不完啦。"

"大妈，上发不收种下发，明年入组好啦。"

"姑娘，现在咋个整呐？病人要吃药，儿子要娶媳妇，取借无门，卖田又没人要……要在解放前，大家一样苦，一家笑不得一家，现在翻了身，还落到这步田地，看看人家，比比自个，恨不得一死了事！"

大妈后悔伤了，像失掉全身力气，软瘫地坐在地下，头靠在柏根上，无神的眼光，呆呆望着前面，像寻找她生活下去的路。

过了一会儿，她说："姑娘，你咋个冬天还穿得这样单薄？"

"还不是顾不上。"我顿了一下，随便这样答她。

"你是'高官骑瘦马，有了不显富'。你爹快要发大财啦。"大妈眼里，闪出不和善的光来，"我两个虽说都穿破衣烂衫，人可是大不相同啊！"她生气地站起来，像拍落尘土，又像是叫我注意，拍拍补满补丁的衣裤，就离开了我。

我心里着实难过。要是我爹，他一定认为大妈这种态度是"一家饱暖千家怨"。我就不能这么想。——前年土改完了，爹病在床上，大妈自动地来帮我们按豆，大爹帮着我们收了谷。虽然我掼谷子还了工，当时真是借力不少。眼下李存生病，爹一点也不关心，将心比心，大妈有资格对我说挖苦话的。……

爬到西山顶，坐在一棵松根上，望着远天、白云、苍青的山、绿色田野里曲曲弯弯的龙河。……一条大路，绕过山脚，通到平坝中间，被龙河隔断了，可是一座大桥又把路连接起来。(桥这面，山上、田里，交错许多路，想赶州街，势必要打桥上经过。)现在，大妈正在桥上站着，我担心她，生怕她一时想不开生出短见。还好，站一会儿，她走过去了。

我想起老农会那天晚上讲的两条道路。我爹走的是哪一条，李存走的又是哪一条呢？我们两家，正像爹所说的"猪向前拱，鸡往后扒，各有各的路"。可是全没走对。李存没入组，今年吃了大亏；爹呢，生产搞得还不错，忽然间却想单独来一套。老农会说爹眼睛不好使，大约是说他看不清搞生产的路。照爹那样苦干来说，他也许觉得互助组在生产上施展不开？……能不能有比互助组更好一些的东西，出现在他面前，打开他的眼孔，叫他相信比他想出的那一套又好又可靠，就像这座桥一样，使他非在上面走过不可？

白云飘出天外，青山现出紫色，绿绿的田野变成了一片褐灰，我的心仍旧空空的。

心里忽然感到一阵轻松。我虽然没想出要想的东西，却生出一个可靠的希望。从解放到现在，村子里发生的一些新事情，都不是我能想出来的，可是样事都出现了。根据这些目睹眼见和我自己经受到的一些变化，我得出了这么一条：纵然我们想不出办法，毛主席一定会想出办法的。他老人家领导人民把天地都闹翻了个，搭座桥还难吗？只要他老人家在北京开个会，对党员们说："来，给农民搭座桥，教他们走向幸福的生活吧。"桥，立刻就可以搭成的。

下山转个弯，走到小山口，看见山下那一湾田里，我们的麦子长得最好。因为爹出去赶车，本来想撒下籽种算了。小海不同意，他主张"打塘点"。他帮着我好几日，才把麦子种下去。不是小海，麦苗哪会这样好……望着这片绿绿的麦田，对于小海一切的不满意，立刻给冲淡了不少。

村头上遮起晚烟，西山顶上的云丝丝，给天边擦起淡红的胭脂。

到小河去饮牛，遇见刚从县上开会回来的小云。她叫我跟她到乡上开骨干积极分子会。

又是过桥，又是石头路，可是头上的月亮更圆了。

我问她："今晚上开什么会？"她说："好事情，一下说不完，到会上你就知道啦。"我没有再问，我听着前面开会人的歌声。

骨干分子差不多全到齐了，大家围拢在灯光下面，听王百福给他们读报。

"……这一首歌子，我念出来大家听一听：'松柏长青是朋友,贫农中农是一家,组织起来搞合作,社会主义快来啦。'……咋个样,好吧?"

"这首歌子硬是好!"王近仁大叫,"硬是好!唱起来一定好听。王百福,看一下:是男人唱的,还是女人唱的?"

王百福向灯光凑了一下:"女人唱的。"

"好!"王近仁眼睛一扫,碰到了小云,"小云,请你唱给大家听听吧。你就要结婚了,快乐人唱快乐歌,再合适也没有啦,——唱起来!"

小云笑着说:"唱?好容易!我还要念念词啦。"

王百福正在一句句和小云念叨歌词,老农会和二叔走了进来。一看见他脸色,知道又有什么好事情要到来了。他向到会的男女笑望着,把高兴传给了每一个人。

"人到齐了你才来,快对大家检讨吧!"小云笑望着老农会。

"别胡说,赶快给我们唱这个歌!"王近仁说。

"是个哪样歌子,拿来我看。"老农会凑到灯前,一把抓过小报,看一句,点一下头,忽然身子向后一仰,没等人家央他,就放开了喉咙,"好啊!——松柏呐,长青呐……好啊,社会主义快来啦!大家组织起来吧!"他就这样把会开了头。

他向大家传达县上开会内容:总结卖粮,开展互助合作。他的声气,越说越响亮,越说越动人,讲着讲着,大家眼睛里闪出亮光来……

"毛主席告诉我们:三几个五年计划以后,我们就进入社会主义……"一阵欢呼,截断了讲话人的声音。

"同志们,这个消息,真是应该高兴——灯亮在我们前面啦!不过,单只高兴可进不了社会主义。要像歌子上说的:'组织起来搞合作。'这句话,就是毛主席指给我们走上社会主义的光明大道。告诉大家,现在我们一个乡,就要成立三个农业生产合作社。合作社是个新东西,我们全省,今年才只搞了九个,我们专区一个也没有。平日我们也曾提到过,那只是随便提一下,并没有跟大家下细地讲。这一点,我和李同志做得很不够,是的,很不够!"他顿了一下,"有人或许这样想,我不走互助合作的路,同样也可以进入社会主义。同志们,不行,办不到!"他把双手往桌两边一放,"我打个比大家看:这一边是我们眼下的村子,用锄头耪田,费力很多,生产却很少,这一边是集体农庄,用拖拉机种地,费力不多,生产可很多。"他把手向桌上一扫,"咋个才能从这边到那边呢?就是要走党给我们指出来互助合作的大路,它就像我们的龙河大桥,我们河这边的人,不论哪个,想要去到县城,就非打上面走过不可(小云拍我一下,因为我'啊呀'叫了一声)。我们要办的农业生产合作社,是半社会主义的东西,打比说,我们已经走上了那座大桥,向社会主义又迈了一大步!同志们,高兴起来,好日子就要来到啦。"

"农业社咋个搞法呐?"有人心急地问。

老农会把烟锅举到灯前:"别忙,你等我咂口烟。"一股烟,像云彩飘过月亮,从灯光上面飞起。然后,他把农业社的内容和组织的办法,和大家谈了一阵,"这个,以后还要详细讨论,眼前我们要把收购余粮来总结一下,给办社做个准备。粮卖得好,给大家心里先打开一个路,建社就容易,如果搞出岔子,办社就要费力气。按照全乡卖粮情况看来,各组搞得都不算差,唯独陈为邦组,在高正国身上出了一小点问题。听说高正国不愿多卖余粮,李登云、李方升两个就拿大帽子哈,连什么'六亲不认''不杀穷人不富'全都干出来。幸好王近仁立刻堵住他们的嘴,可是到底把老高给整跑啦。李方升两个真正积极吗?不见得。——逮住老高,自己就可以少卖一些粮,这就是他们的打算。这就因为老陈没主意,李登云两个才乱干一铺。以后在这些地方,就得特别注意。还有小海——这小子来了吗?"他拿眼睛在人堆里找到了他,"听说因为二珠在家努力干活儿,你在组上把她大骂一台,说她出死命帮助他爹搞发家!这些全都有名堂,这叫'小娃娃下洋操——向左看齐!'……"

小海马上喊起:"大叔,这事你家不消再提啦,我已经检讨过啦。"

"你向谁做的检讨?对二珠吗?"

大家早就咧开嘴巴,听见王百福这么一问,就哇啦一下笑起来。笑还不算,他们还拿眼睛盯着我们两个。"听着就得啦,何必出气呢。"我暗下埋怨小海。

老农会接着说:"老高有余粮不肯卖,打算放账吃息,自然应该批评他。他吵骂着要粮,那也是在气头上。你们跟他一般见识，当时就赌气还粮，已经就不对头。可是，李方升、李登云送粮到家，还说一些怪话，这又是什么意思呐？"老农会停住话，眼睛对着二叔，"你们这样搞法，无形之间，就对人下了压力，再加上乱哈人，乱扣帽子，更要整得别人思想抵触。这样一来，不单帮助不了老高，还要引得打马骡子惊。别人会说：'算球吧，别下力干啦！高正国两父女那样苦法，结果落了个满身罪名……'谁还肯积极生产呐！现在我们建社，再不能像从前这样搞！我们要好好动员，耐耐心心地帮助大家，把卖粮时节的好办法吸进来，不好的，丢出去。同志们，总路线的大明灯已经闪亮在我们眼前，赶快组织起来，奔向社会主义吧。"

老农会说一句，我重念一句，今晚开了多大的心窍啊！

散会了，我跟小云走在路上，她问我："老农会讲话，你咋个听着听着就大声大气地喊起来？"

她哪晓得我为什么失声呼叫起来？——原来农业生产合作社就是通向社会主义的一座桥，毛主席、共产党早就给我们搭好啦。我们边远地方的农民，不过刚开始要走上去……这个想法，小云恐怕早就明白个一清二楚的。我既然嗤笑自己的无知，说出来，也许更要招小云的笑。

"小云姐，以后你还要下力帮助我。"我只能这么说。

"在哪些地方呐？"小云又是在逗我。

我不能和她生气，只说："在学习上面，还有要我爹加入农业社上。"

"你怕大叔不加入吗?"

"卖粮他都那样辣疼,土地入股说不定他更要反对。"

"粮,起先他不肯卖,后来还是卖了。要想办法说服他。大叔跟大家同是受苦弟兄,从前也是积极分子呐!今晚回去,你探探他的口气。"

走进院来,爹屋里灯还在亮着,好,就试试看,我在窗外喊声"爹",推门就走进去。

自从拴起牛车,爹为了招呼老牛,丢开了妈,自己搬到牛栏隔屋的小耳房里来。一盏竹架灯,放在床头小柜上,灯芯上结起两颗灯花,小屋显得很暗。爹囫囵身倒在床上,望着灯光出神。我走进来,坐在他的脚边。

"这几日村子里可有啥事情?"他用探询的口气,"他们是不是还生我的气?"

"你家不消担心那件事。告诉你吧,因为我们卖了粮,大家不但没生气,反倒说你家好话呐。"

"今晚上又开什么会?"

"今晚上可是一台大事情,我们村子要办农业社啦。"我特别加重说,"就在我们这组办起。"

"嗯,新名堂又来啦!农业社是咋个一台事?"

我把农业社情形大关节目地向他学说一遍。

"什么!什么!土地入股?好稀奇,土地还兴入股?!"

他打断我的话,焦急的样子,就像二叔听见小海要来上门那阵一模一样,"好啦,你不消往下说啦!"爹挣起身子,把油灯一口吹熄。

我就知道会有这台事的。当时,我很想问他:"你是不想加入的,如果这样,我自己加入。"但是,我觉得,不能立刻就这样表示态度。火急了会把东西烧焦的。

我摸黑站着,像在梦里一样,不知说什么、做什么好。

"嗯,新名堂!左一下,右一下,总是跟老农民过不去。"临出门时,听见他这样自言自语。

进房点上灯,妈醒来了。我还想使用老办法,先把妈争取过来,然后再说服爹,可是,妈自从听了猫胡子的话,对我的态度也变了。听我说了一阵,你知道她咋个说:

"我不懂那一套,还是跟你爹吵去吧!……"

这时,我才看清,妈坐起身子,准备要下床的样子。大约她听见爹大一声、小一声地喊叫,又认为我和爹争吵起来了。

睡在床上,妈又埋怨起来。她说我不应该对爹那个样子:"你离得他,我可离不得。"我仍旧忍着,希望赶快睡着。妈的唠叨刚停,床下的蛐蛐又唧唧叫起来。先是一递一声叫,后来两个一齐叫,像娃娃磨碗碴似的,整得耳朵都快要发火。好容易睡着了,忽然吓了一惊。——妈在床前喊:"二珠,你爹病啦,你听听,直说胡话。"我起了床,悄悄走到他的小窗跟前,却没听到什么。隔了一会儿,爹翻了个身,叹了口长气:"唉——你叫我咋个整!左一下,右一下,前不是,后也不是……咋个整!"

跟着，嘭地捶了一下床，然后又翻了个身，草席边上嗦嗦沙沙地起了轻响，随即小窗上闪出亮光，跳动几下，很快又熄了。

给老牛添把草，村子里鸡叫了。

回屋告诉妈："爹没有病，他还咂烟。"

"没有病咋个长声短叹地直说胡话？"

"我敢说他没有，要有，也是心病。"

"啊嘛呀，看你多心狠！"妈长长叹了口气。

醒来之后，窗上照着红彤彤的阳光。日头早已经爬上东房顶，不但爹没起来，妈也倒在床上。我问她："哪里不好？"

她说："我也是心病。"

太不像过日子的派头了：牛在厩里叫，猪在栏里叫，小鸡在窝里咯咯，鸽子在房头上咕咕，全是打肚皮官司，这哪像个庄稼人家呐！现在全村子，家家户户全在晒萝卜，准备一年的酸菜。我们可好，老两口一齐睡在床上，真病也罢，假病也罢，不过是跟我怄气。你们不过就不过，我还是要好好过。我热了热饭，准备吃上几口，到山地去挖萝卜。

组上的人又来串门子：赵双顺妈，老农会女人，王近仁老婆，还有王百福。进门一看，只见我一个人吃饭，大家愣着眼，感到莫名其妙。

"全都病啦，烧热病。"我告诉大家。

只有王近仁跟老农会女人望着我笑，别的人却信以为真了。"你这做女儿的可好，咋个不赶紧去请个大夫？"赵双顺妈很关心地埋怨着。

萝卜地在半山腰,四周长着高大的枫树。许多小斑鸠在高枝上咕咕咕地叫。百灵子、黑画眉,在山下接腔。这些鸟声,使我想起结婚的唢呐……想着想着,"呸"地啐了自己一口:你想这个干啥?

萝卜绿的好看,大的爱人,一个个胖得像个小瓦罐。倒在浅红色的泥土上,神仿闻得到一种香味。萝卜长得好,挖得却不起劲。没挖上二几十个,锄头像有几十斤重。种萝卜时有小海帮着,壅土时有小海帮着,到挖时,却只自己一个人了。……

蹲在地下,正往箩里装萝卜,忽然一个人像从地下冒出一样出现在面前。下细一看,身上抖了一下,心也好像有些跳。

小海穿着大道生①的蓝布制服,脚上是一双青胶鞋,蓝工作帽舌头,压起那绺黑头发。也许因为穿了新衣服,这个团脸、大眼睛、宽肩膀的人,比以前显得更是漂亮。

我们这多天不在一起,从记事起,除了有事出门,是从来没有过的。我不到他家去,我有理由,他不到我家,是为了害怕,因此,我气小海的软弱。加上我想起他在路上抛掉我,在小组会上骂我,我就记了他一点小仇。虽然说,我的气已经出了(老农会当面骂了他),他又到山上来了,我还是要气气他。

"你来山上干什么?"我仍旧装箩,头也没有抬。

---

① 大道生:以前云南织好布的一家工厂。

"来看你。真像好多年没见……"他咂着嘴皮。

"你还敢来？叫他们看见你吃得消吗？"

"我晓得你生气啦。"小海苦笑一下，"你不知道这几日我多背时，从那晚上你爹说招我上门，我们家里一直没晴天，爹骂、妈骂，连小香死丫头也说怪话，我实在没办法……我想：'这几日少找她两次，免得他们和我扯筋。'哪知又不对了，我不能再受这个气，难道说我是只小鸡吗？"

"你不敢找我，除了怕你家吵恐怕还有别的缘故？你想一想，那晚间去开会的路上，你为什么把我抛开？"我拿眼睛望着他，装作生气的样子，"你再想想，你在会上骂我的那些话。如果帮我爹生产算得上过错，我们两个也就全有错。可是到头来，你一把连①都推到我一个人头上，当人面前洗清卖白，讨好，你这样干，不是糊涂，也是一摊软泥巴！"

"你还说这些干啥！我不是说，已经检讨吗？小云那日遇到我，把我喊住：'小海，你干啥乱骂二珠啊！一听见什么自发势力，就不分青红皂白还行吗？这几天来，有不少人差不多把高家看成地主，这股风，是哪里来的！旁人不说，你对二珠也来那一套，是什么理由呐？'我向她检讨了一大阵，她才算把我放松啦。"

"哼，要不是小云、老农会骂你，你还是不敢挨近我。"

"你要再骂，我马上就走开！"他脸色忽然由红转白了，"我

---

① 一把连：全部。

当选民模范,在去县上开会前,抽空来看你,哪知讨你一顿骂……"说着转身就想走开。

去年,挖萝卜,我两个也吵了嘴。也是在这个山上,情况也像现在一个样:他挖萝卜我装箩,最后一次包干,箩装得上了尖。我试着要挑。他说太重,不要我挑,我偏逞强,非挑不可,两个人争着争着就吵起来。我说:"萝卜是我家的,用不着你来挑。"他把扁担一丢,气冲冲地就往山下走。我喊他,他不理,我跑着去追他,追上了,他望着我不动。我向四周围望望,看见山左近没有人,就轻轻地喊出从小叫惯的那声"小哥",他才带着胜利的笑容走回来。

"你走!你走了我还要你检讨。"说着,我憋不住笑了。

"我不是专来听你骂的,我是来问你:你们真是不入社吗?"

"爹不入,那有啥办法!"我半真半假地说。

"那可不行,那可不行!"小海的旧面孔又露出来,"你要求进步是假的!见到社会主义往后缩,才真是一摊泥巴!那不行!"

"不行又怎样,你帮助我一下吧。"

"我能吗?"小海的样子很认真。

"先不管能不能,你如果有真心,不论哪一天,我喊你做什么,你就做什么。能吗?"

"能,听你的。不过,你也要帮助我一下。"

"咋个帮助法?"

"很简单：你见到我爹时节，说一句话就行。一句话。"

"说什么呐？"

"你自己明白。"

想不到小海粗中有细，他希望我对他爹表示一下态度，坚决入社，不跟我爹走一条路，二叔的心中就有底了。我望他笑："可还有第二句话？"

"不要想得太多！"他头一扬，"现在我们正办社，应该叫爹心里宽敞些。这几日来，他一面跑社，一面生闷气：他气你爹，又舍不开他，老人家，怪可怜。因为这样，任他骂天骂地，我一声也不吭。"

小海帮助我挑萝卜，挑上坡来，他把扁担交还我，笑着摇头，表示不向村里挑了。

"怕啦？"我笑问他，却不再为难他。回到家，屋门锁起，老两口全不在家。

我去到老农会家，打算向他请教，商量说服爹的办法。一进门，屋里坐满了乡上的领导和骨干。我要走出来，老农会比比手，叫我坐在他老伴的身边。

"……实在没办法，金丹是仙药，他们就是不张嘴，"说话的高个子，是乡委员、百泉村的互助组长赵英才，"据说，我大哥粮没有卖好，藏在楼上面想要放账。对入社，他摇头，老婆也跟着骂大街。凭你说得天花乱坠，他就是听不入。对这些人，只好给他们吃点辣的。"

"老赵！什么叫辣的，压迫人吗？"老农会反问，"政策要我们根据大家自愿，那就得照着指示去办。只有大家自愿，社才能有根。你可好，来不来就想拿出这一套。同志，这不是闹土改，这是办合作社。"

"那么咋整呐？"赵英才红着脸。

"县委不是说得很清楚？耐心说服，打通思想！"

"老王，你讲讲，咋个耐心法？"桑村的李河清，四方脸扬得老高，"就拿周正发说，我白天晚上足足说了两日，他的小农的老根根纹丝不动。他的心，像是铁打的，不相信，你去试试。站着说话自然不腰疼，好容易！我算是没办法啦！"

老农会的络腮胡子，像刷子一样地扎起来。他抿着嘴角忍住气，说道："原来你们不是来商量办法，是来找我诉苦啊！嗯，要得！平日嘴巴讲硬气话，事到临头就来个老牛缩坡，同志，这就是向农民思想投降！……煮好的饭，哪个人都会吃！如果政府样事都整好，又何消叫你我来办！自己明明懒得动脑子，却说事情不好办，这不行！同志们，共产党就是不投降，越困难就越有精神，……这么着，我提出个办法：龙竹乡三个社，我们三个人包干，我们再加一把力，先把思想问题小的引到社里来，然后对顾虑大的再想办法。……"

"大叔，老农会！"小海站在外面喊，样子很急，"你家出来，我告诉你。"

老农会走出了片刻，回来就说：

"人怕困难,困难可不怕人。听听吧,小海方才告诉我,赵正才、周正发、李登云几个,在猫胡子家开小会,听说老高(我一惊)也去啦。秃头上的虱子明摆着,他们是反对入社。……不消担心,这个斗争是免不了的。这是资本主义跟我们抢夺农民来啦!来吧,看看谁干过谁!……"

我不能再往下听了,站起来就跑出去。

看到猫胡子歪斜的灰板门,我迟疑了一下。他家,我从来就少到;从他对妈说了坏话以后,我更是恨他。现在,我顾不得这么多,我一直地跑进去。

一群老倌,围在火塘边上。我在门口一出现,他们神仿从前赌钱,叫警察碰上一样,立刻哑口无声了。惊定以后,他们望我一眼,随即低下头烤火,咂烟。

这时,爹把讲到半中间叫我打断的话又接下去:

"……你们说了一大铺,我一点也没听清楚:现在,大家全在组上,另搞组,就要把原来的拆散。如果自己搞社,那就加入乡上的好啦,何消自己搞呐?要是单干的话,那就各人的梦各人圆,用不着聚在一起扯……你们这是乱来,我不能……"

我站在门口,一声接着一声,硬把爹喊了出来。"回家,有人找你!"我说。我和爹,一路走,一路吵。赵正才、周正发他们几个,咋个会凑得这样巧?这明明是老猫胡子搞的鬼。可是,我问爹底细,他不但不说,反倒大发脾气。我可气极啦,对爹说了好多生分话。

"我家的底,叫你一个人丢够啦,你真是好爹!"

爹已经知道是个错误,他却抵死不承认。

"你胡说什么!大家碰到一起说说闲话,就能算开会吗?"他已经由反骂变成解释。

我们爷儿两个,争吵刚停嘴,妈从外头回来,手里拿着一卷布,走近跟前,冲着我丢在桌上。她沉着脸说:"送还陈家去!"

我刚想说:"要还,你自己去还。"爹立刻说:"你这干什么?女人家天生就是小气鬼,只要有一滴滴不对,马上就要连根拔!放起来,到非还不可那天,我自己去还。"

爹呆呆地望着那卷布,然后又望着我。他那烦恼无神的眼光,从桌上转到院心,又从院心转到陈家。望了一阵,随即叹了口气:"唉——我咋个落到这一步!我咋个把你们得罪得这样苦!……"

这个"你们",在我以外,还包含着小海、二叔一家人,因为从前不离门的,现在连影子全不见了。

"二珠,我问你,爹这样干,真就连一点对的地方也没有吗?"爹苦苦思想以后,这样问我。

"对你自己好,对别人可就不好,你心里只有自己,没有大家!"我直直道道地说,再也不怕他生气啦,"骨干会你不去开,你却去开……"我不知说个什么好,顿了一下,"开单干会。你想想,你心里可有大家!"

"我心里连你也没有啦?照你这样说。"

"也可说没有我,我们两父女想的不一样!"

爹立刻闭起眼睛,连连摇头,他的神色,又现出从前弟弟死后那个悲痛的样子。

"小二珠,你可是想要气死他!"妈在一旁插了嘴,"你打着什么主意?你说!"

跟妈,是不能再顶嘴了。她骂我,给爹出出气,她骂也对,我不出气也对。

妈把爹送回小耳房,回来对我说:"你不该那样,他总是你爹。他思想转不过弯,你就不能跟他扳牛角。入社是好事,要把你爹气死,看你咋个整。"

从妈的话里面,好像她并不反对加入农业社。妈咋个会这样?卖余粮她已经后悔啦?这些变化,把我简直弄糊涂了。

挑萝卜到河里去洗。走到河边,看见王百福站在水里。他挺直身子,右腿伸进箩筐,一脚一脚,踏得萝卜直泛白。没膝踝的清水,流出哗哗的声响,波浪上映出来的影子怪可笑的。

"二珠,挑得动吗?你看,为什么你不少挑些。"

他把洗好的萝卜抬上岸来,一刻没停,把我解落下的萝卜抬下河去,伸出酱色的脚杆,一下下踏洗起来。

我两个正在说话,王近仁从河东岸蹚水过来:"二珠,你爹可好啦?"走到河边,鞋子丢到岸上,站在一块石头上洗脚,"二珠,快给你爹请医生,你爹反对也不消管,治病要紧。他口里说不信医生,实际上他是心疼钱。"我们把箩筐抬到岸上,王近仁穿上鞋子,一把抓起扁担,挽起箩绳就代我挑走。这个人,无论帮谁,实心实意到固执的程度,和他争让,只会惹他生气。

"大叔,你家不要对我爹生气。"我跟在后面说。

"咋个不生气?"他扭转一下头,"二珠,我和王主任、你爹我们一伙子,土改那阵,一齐整地主。互助来啦,又一齐搞生产。搞着搞着,他老人家忽而想要散伙吃独食,咋个叫人不气!二珠,你爹是百里挑一的好汉子,站在人前像杆旗,料不到当着群众面前挨李登云那些人的批!不气?那才怪!昨日我和你二叔很想去看看他,生怕见面一吵,把病给吵重啦,想了几想,唉,算了吧!"他换了一下肩,"陈为邦更生他的气,一想起来鬼火起,吵老婆,骂儿子,自己恨不得嚓起来,二珠,你可知道全是为的啥?"

他如果明骂我,也许比这还好受。他一句也没说到我,我可就受不了!什么东西能比真情实意更能扯人心肠?我十八九岁的人,这点事还不明白?

走进村头,他把担子停在岔路口上:"二珠,你是好姑娘,别松气,一定要把你爹扯回这边来!"

我一句话也没答出来。挑起箩筐刚走十几步,有人从后面把我喊住。回过头,是二叔。

他望着沉重的担子,狠狠皱起眉头。要是从前,他一定说:"咋个不喊小海?"现在,他只拿脚踢了一下箩,右手放在怀里,摸了几摸,取出几张纸票,"拿去!到街子天,给你爹买点香甜的东西。他自己舍不得,我也不想亲自送,你代我办一下。我可告诉你:不要说钱是我给的!"

望着粗大带点颤动的手——接，还是不接？我不知如何是好，怔了一下，说："不要，我们有……"

"快给我拿去！"票子一抖，"我们间的事不消你管！"老辈子的哈唬，又夹杂些家长的派头，再加上朋友的真心诚意，叫我不敢再说一声"不"。接过纸票，想起今下午遇见的一些事情，心里面不知如何是好。在挑起担子时，我向他说："二叔，你家不要信我爹的话。"我说出小海叫我说的那句话。

回到家来，听见小耳房有人谈话，进去一看，老农会坐在爹旁边，爹正大声喊着：

"老王，我向你发誓，就是为了社会主义啊！如果哪日看我不要社会主义，你可以宰掉老高的脑壳！路子不同，有哪样关系！？打比说，我们到县城，打百泉可以到，打孙庄也可以到，不是一样吗？"

"你总得打大桥过去吧？"老农会说。

"蹚水也可以呀！"

"如果到雨季，涨了大水呐？"

"还可以坐船呐。"

"你呀，老高，我说吧，你正是放着现成桥不走，自己单要造只船！"老农会右手放在爹的手臂上，"老高，还是一齐来吧。"

"唉！我呀！我就是……"爹苦恼地寻找他不肯明说出来的话。

"就是舍不得自己这点小家当。我代你说。"老农会放大声音，"归公的话是造谣。你听见没有，今年我们全省九个社都搞得很好。

你相信我们吧,不要相信反动派的话。"因为到吃饭时节,老农会走了。

"你看老农会,人家是一乡的领导,对人总是和和气气的,你爹那样大喊小叫的,他一点也不发火,唉,难学啊!"妈在厨房又对我开起教训,"他来了,只说来看病,人家也不提办社,也不问开小会,三句五句,就把你爹的话引出来,任管你爹吵,人家每句话全拿住他的七寸。唉,我说吧,难学啊!"

我摆桌子,妈抬菜。妈赶趟街,菜味就变了!绿绿的大块苦菜汤,金红色的卤腐,包着菜叶,黄爽爽煎鸡蛋吐着油沫。

爹呐,喝口汤,说汤苦,吃口鸡蛋,说鸡蛋苦,又勉强吃了半碗饭,就放下筷子。

"明日如果好些,你还是出去赶赶牛车,省得在家里憋闷。"妈望着爹,"走动走动,可以多吃几颗饭。"

"我还赶牛车!现在我前走不是,后退也不是,我还赶车搓个球唉!大丈夫不怕他千军万马,就怕妻不贤、子不孝,你在前面气都快要挣脱了,他在后面还扯你的脚!——你也是那道货,还来劝我赶牛车!"

妈受又受不得,气又气不得,望望男人,望望女儿,显出很可怜的样子。活了一辈子,她哪见过这么一大摊子事:家里、外面、老朋友、爹爹、女儿,乌七八糟扯在一起搞不清!

她活像一架秋千,一会儿荡到这一边,一会儿荡到那一边,不卖粮又要面子,粮卖了又心疼!老倌是贴心人,女儿又是自己身上出的，两边全不满意，哪一边也丢不掉。她站在地当心，望望气出病来的男人，再望一眼累得满头流汗的女儿，真不知如何是好了。

虽然酝酿了两三日，因为贫农劲头大，建社工作进行得顺利。只有百泉的赵正才，桑村的周正发，龙竹箐的我爹，对于农业社各有各的态度。赵正才、周正发两个，思想最是想不通。我爹呐，不说入，也不说不入，哪个一问到他，他就苦笑苦笑地不表示意见。他一这样，无形中就影响到其他抱着观望态度的人。如像我们这个组，刚一开始酝酿，李登云首先表示要退组。李登云往后一缩，李方升和王百顺也跟着动摇起来。

老农会找来骨干积极分子开会。陈为邦、赵英才、李河清三个人汇报各村的建社情况。我们龙竹箐，是一个重点组，大家认为骨干不会有什么问题，不料问题又出在爹的身上。二叔又急又气，在汇报当中，又是埋怨，又是烦恼，又骂自己没办法。李河清还是从前那一套，只是说话变些样式，不再提"你去试试"了。赵英才说得很准确，很实在，办法不多，却不强调困难。

老农会听完了汇报，右手搔了一阵络腮胡，就一个个地分析他们的情况，先说明问题，后又指示出具体的办法：

"赵正才是老中农，思想很铁。周正发主事不硬，家在老婆手里掌着，事情就更难办。他们这两户中农，如果实在不想入，就别勉强他们，让他们在外面看个一年半载的，再把他们吸引进来。至于老高，从前是积极分子，现在还在盼望社会主义，因为着了一点迷,像只跑惯了的小牙猪,想离开群吃点野食……我们不能放手,一定要把他圈回来。我们不放手,并不是办社非依靠老高不可,不是的,我们是不肯让他掉到泥坑里去。"

李河清说:"要说赵正才的思想铁,高正国的思想也不弱,他不是在猫胡子家暗地里开过小会吗?想办法?可是不大容易。"

我立刻说:"开会咋个?我爹可反对他们乱干!这个,是我亲自听见的。"

王近仁接着说:"老高这个人,也真算怪,他舍不得老陈,又不肯和我们在一起搞,真叫人摸不透。"

老农会说:"他既然想着社会主义,又舍不开老陈,老高到几时都可以说还是我们一窝子的。大家要向他的自发思想开火,人多热力大,说不定谁人的一句话打在他的心上,就可以把他从他那块小天地里拖出来的。"

临散会时,老农会对我说:"二珠,你要加把力,我们一定要把他拉到正路上来。"同时转向小海,"小海,你要帮助二珠,听见没有?"他笑着说。

"咋个帮助法,你家指示吧。"小海说得很认真。

"办法嘛,跟二珠商量,你们比我更摸底。"老农会没有笑,"反正要打通思想,远的你们说不过他,那就说近的,说你们身边上的,明白吧?"

老农会虽然没有明说,我们已经懂了。

我和小海商量了好一阵,决定当晚就着手。我们的办法是我自己先来，不行，小海再和我一同来，我们如果垮了，再请老农会他们来。

爹在小耳房里倒着，床头上的豆油灯芯，结出了一对灯花。他眼睛闭着，可并没有睡。他明知是我走进屋去，却故意不理睬我。

"爹，你可好些？"

他耸耸眉，扯扯嘴角，仍旧不出声气。

"爹，我们农业社办得好红火，大家劲头很大，现在已经搞得差不多了，我们加入吧。"说着，我定定地望着他。

爹好一阵没开腔。后来一下子坐起身来，大声喊着："二珠，今日我要你说一句话。你回答我：你是不是我的女儿？！"

这句话不但立刻问住了我，一时也把心弄得冷冰冰的。

"就是你再恨我，我还是爹的女儿。"

我这个回答，爹大约还是爱听的。他的面孔立刻缓和下来，恼怒消失了，烦躁还留在上面。

"二珠，我已经快到五十的人啦，无论哪个人，活着总要有个奔头，不然，活下去有个啥意思呐！爹，几十年在苦海里熬，穷怕啦，也苦怕啦。在给地主帮长工那阵，心里时常想如果将来有一天能够苦到两丘田，一定要好好整它一下。爹，人穷心不穷，只是没法施展。解放了，翻身闹土改，这下子可好啦，因为这样，我费了多少工夫，好容易挖尽心思定出一个生产致富的五年计划。我曾经发过誓：无论咋个苦，咋个挣，我非把它做到不可。想不到刚开一个头，大家全反对我——不卖粮咋个？买卖不是有自由吗？可是，我错啦，明面拿冷脸哈，背地里指脊骨，……简直把我整得走投无路。……别人对我咋个样，还有的可说，你是我的女儿，也站在别人那一边，生方设法来破坏我的计划！我活着还有什么意思啊？"

"爹，把你的五年计划给我讲一讲，我明白了，就会拥护你。"

"也好，我就说给你听听！"爹马上有了精神。他向床里挪一下身子，喊我坐近他的身边，像把埋藏起的什么财宝告诉自己亲人那样，轻声细气地说："我的五年计划，从五三年一直到五七年，现在，我挨年数给你听：今年，五三年是第一年。我计划存粮两千斤，拴起一辆牛车，养两口胖猪。到年底连赶车带卖猪，加上粮钱，要存款六百万。明年，第二年，春天小海来家上门，再拴起一辆牛车，养八口胖猪。栽秧后，卖出存粮，收买老蚕豆，冬天和陈家伙开一个粉房。到第三年——五五年，春天，放出人民币四百万，秋天至少要买上十亩田，请上两个帮工……我不挨年数了，反正至迟不过第十年，我们两家就要合在一起，把你或者小海送到省城去上学。这时节，小香也招来一个女婿，我们劳动力还是不弱。等你们学好回来，我们就下手开办农庄。现在嘲骂？尽管他骂！到那时，看是哪个狠些！"他换了一口气，"女儿，爹不是胡吹牛，我的计划是十拿九稳的。你们想想吧，今年，我牛车拴起啦，胖猪养起来啦，就是那个旱法，我还给他妈增产一成，碰到好年成，我就叫田里产珠子！女儿，我的计划，还愁将来不能实现？可是，我错啦，赶牛车，来顶帽子，不卖粮,来顶帽子,卖出粮食又要搞什么土地入股,左一下,右一下,总是跟我们老农民过不去!"爹叹了口气,"你想破坏我的计划,就是自己个破坏你们自己。"

不枉大家说,爹是有心计的人,搞什么全是一套一套的。

就拿他这个计划说,打肿我们的脑壳,也不会想得出来。叫我打个比,我可以说,爹的这个阵势,真是千军万马,我们这些小年轻的,无论如何也是攻打不垮的。

但是,我又有些不服气,我要先和爹比试一下。我说:"老猫胡子不是教你买李存家的田吗?"

"不是跟你说过?计划上定着:买田要到五五年。一亩半亩,买起来有啥意思?"

"为什么不把钱借给他?他又出利息。"

"钱少时候,不能往外放。养猪、做生意,哪样不比吃息的收入多!计划定得很清楚:五五年放出整数账,春天钱出去,冬天田进来,你可晓得?"

"爹,我告诉你小海不会来我家上门。"外婆讲故事说,从前老古时人打仗,眼看快打不过,就祭起法宝来。我们已经快吃败仗了,我也只好使出法宝来。——我想起老农会说:说道理我们讲不过他,只有说身边上的。因此,有关小海的事我也不管了。

爹吃了一惊,他的样子,跟前几天,他骂我往地下给鸡撒饭,我抵他那阵一样:"啊!不来?你说的?他对你说的?"

"我是这样想。"说出来,我后悔了。为什么这样回答呢……

"去吧,我要睡了,我说话太累了。"爹闭上眼睛,连连摇头。后来把眼睛睁开,望了我好一阵,倒在床上再不出气了。

我并不走出去,只离开床,站在屋地上。

对着灯光,我向爹说出三件事:第一件,我告诉爹,李大妈在山上对我的态度。第二件,我告诉他,村里老老少少对他生病的关心。第三件,我详细地说出王近仁对爹咋个气,老农会对爹咋个爱护,二叔咋个暗地代他焦心,给钱买香甜的东西……"你为女儿好,女儿在人面前抬不起头,你不要朋友,朋友却离不开你……"我说不下去。我很不满意自己——现在正该硬气一些。

"是这样吗?二珠!"爹的声音已经软了下来,"唉——等我好好想想。女儿,你别哭,睡去吧……"

节令虽已交了三九,天气温暖得就是春天。报上登着,我国的北方,早就落了大雪,冷得叫人耐不住。现在我们云南,还是红红绿绿的季节。你看,蚕豆开起满身花,报春花在田埂上镶起粉蓝色的花边。酸木瓜的刺枝上,缀着长朵长朵的紫花,小团山上的茶花苞苞也快要绽开了。村头上的枫树林,映出一片鲜红。晚结的柿花,金桔一般坠在光光的树枝上,红脸上搽起一层白粉。西南风轻轻吹着,多么好的天气啊!老辈人常说:"我们云南,是劳苦人的好地方,一件夹衣,就可以混得过一年四季。"虽然这样说,在这冬腊月,风急霜重的时节,清早下田,还是感到有些冷。但是看见田里的麦苗和豆花,披着一身白霜,软绵绵的,好像冻得耐不住了,可是,一见到太阳光,马上绿滋滋地精神起来,肥壮起来……麦苗禁得起霜雪的,豆花禁得起霜雪的,人呐,人应该比豆麦更禁得起霜雪!

夜里落了浓霜,早上感到冷,使我想起没有缝好的衣服。

我站在院当心,傍晌午的太阳光,烘干了地面上的苦露,也晒痛了脊背。身子一暖,觉得衣服早缝晚缝是不关紧要的。再一想到家里情况这样糟,还有什么心肠做衣服?

妈抬出晒萝卜的筐,噗地放在地下,把我惊转过来。可是,我仍然站在那里,向明蓝的天空呆望着。

鸽子在房头咕咕一阵,飞走了。老牛几日没拉车,像是有些闲不住,身子靠在车上,左磨过来,右擦过去,挣了几下头绳,哞哞叫个不住。

爹拄着手棍,慢慢走到牛跟前,牛摇摇头,鼓了鼓眼睛,马上安静下来。爹靠在车上,用手棍给牛搔痒。

就这几天工夫,爹像老了不少。人瘦下去,动作也显得没有力量。最显眼的是:他的眼角和眼眉,更加扯动得厉害。

我切萝卜块,妈拿在院里晒。爹走回来,坐在旁边晒太阳,妈望爹一眼就说:"下力又淘神,人咋个受得住!"

也许因为昨晚我和爹又吵了嘴,爹的神情,今日更加显得不安。他站不得,又坐不下,妈对他的可怜,女儿对他的冷淡,在他,都像不是什么重要的。我昨晚上告诉他的几件事,也许刺痛他的心?他的心事,恐怕不像卖粮前那样简单,可能像在龙山顶上看山,一层叠起一层。

王百福走进院来，离老远就喊："大叔，病好啦？"走到跟前，很亲热地说："你家可真瘦啦，大约病得不轻。现在好了，是我们的大喜事。大叔，我来跟你借牛车，到地里拉一趟芋头，借吧？"

　　"借给你，我有些不大放心。你不会赶车，山上坡陡，翻车掼了牛，可不是小事。……好，借给你，可是，我要说给你，你可不许骑，要牵着慢慢走。"

　　"一定照办！请放心，一定照办。"王百福一面套车，一面对爹说，"大叔，我们组要改社啦，你家加入吧。我说，那是半'社会'的东西呐。"

　　"要就要全'社会'，半'社会'有什么意思！……想想看吧。"

　　王百福赶走牛车，串门子的，一个跟着一个走进来："大叔！""大哥！""你家病好啦？""人全瘦了，病可真不轻。"一声接着一声，院子立刻热闹起来，方桌四团转，坐满了许多人。

　　许多天没看见的和善表情，又从爹脸上显露出来。他对大家笑望着，高兴里面又夹着些不好意思。

　　"大叔，我们要办农业社啦，你家可加入？"王百顺的媳妇说。

　　"小土改的妈，你咋个尽说废话？自从解放以来，村子里无论哪样大事，他家都不是走在前面？"王近仁女人说。

　　"可是有人说（我可不说出姓名），他家绝不能加入。"

　　"放屁话！我猜得出，不是李登云，就是猫胡子吐的这份屎！"

　　"不消吵，现在我们当面见个实——大叔，你家可加入？"

　　爹望着大家苦笑，不表示态度。

正在争论得很热闹，王近仁和二叔一同进来。走到跟前，二叔喊一声："大哥，大嫂。"两个人直枪枪地站在桌前。二叔板起面孔，王近仁闷着不开腔。

妈说："看样子，老陈的火还像没有消，我们咋个把你得罪这么苦？"

"那事先不消提。今日我来，是说别样事。"

外面无处坐，谈话又不方便，爹把他两个让进屋里去。

谈话的声气，起初不大听得见，后来二叔的声气越来越大，吵着吵着，两个人就从屋里走出来："我们算是向火坑里拖你……我算白白给你争气！……"二叔回头指着爹，"老高，今日我陈为邦才算认清你啦！……"他急得直跺脚，不是爹病，他会要大骂出来。

王近仁说："老高，你自己可要想想，我们这一伙人，到何时都不能分伙啊。现在小辈人说，有你带着，生产更有把握。我和老陈，左思右想，都觉得少不了你。我们把你看成自己的哥哥。小辈人把你看作老家长，可是你可好，一心想要吃独食！老高，问问你的良心何在？！"

这些人对爹的真心、热情，简直像是一团火，即使爹的心是铁打的，也该叫它烧化了，可是，爹还是那句："我想想看。"

送二叔和王近仁回来，爹坐院心，闷头想了好一阵。后来，忽然站起身，歪歪斜斜地走出大门。我赶快放下菜刀，追出去，尾在后面。

爹一出门就拐入西面小巷子，经过李存房后，一直走上后山。山这面是漫坡，遍处生着凤尾草，爹走在里面只露出肩头。山半坡，有个不长草的小土包，像从地下冒出来个光头顶。爹慢慢走到上面，一屁股坐下去，望山东面的田野，像寻找什么东西。

"二珠，你可认得，哪两丘是我家的田？"

咋会认不出来？龙河正在那里拐弯，河堤上生着一棵柳树。就是没有这些记号，单凭豆苗也会认得清楚。我们谷子先熟，豆按得早，四周围的豆苗，刚才长到"灯盏开"，我们豆苗已经有半尺来往了。直到现在，我们那两丘豆子，还是绿油油地突出在河湾上，比别人的高起一截——我明白爹来山上的意思了。

"如果一归大堆，怕就长不出这样好庄稼，你可晓得？"

"今年搞互助，我们多打了粮，合作更比单干强，只会搞得更好。"我说。

"你也是在那里做梦！十八杂姓裹搅在一起，好事情轮得到你的头上？"

"互助组还不是大家合在一处搞的？"

"互助组是工换工，手换手，土地还是个人的，自己要咋个整就咋个整。土地一入股，就像你嫁出去一样，什么也不由我管啦。听说一入了社只许陷进去，不准往外退，把人绑在板凳上……"

"老农会说，农业社和互助组一样，加入，退出，全是根据自愿的。"

"如果搞不好，那不是白白吃了一年亏？！耪庄稼的全知道后插一日秧，就要晚收十天谷——你想吧：我们的计划，说不定会要拖迟他妈的三五年。"

"今年如果不是加入组，我们想增产也万不能。"

"对啦，那就搞组好啦，何必总要入社呐？"

"爹，我们这么说吧！你家如果实在不想加入，我自个加入一年试试。我拿自己那份田，就是吃亏，也带累不了你。"

爹一扭脸，两只眼睛黑煞煞地射着我："世上最憨的人，要数我们做爹的，全是些牛，全是些背时鬼！"他挣着站起来，气哼哼的，一溜歪斜地往山下走。

没下坡脚，就听见一阵吵闹声。再走几步，才辨出来是李存家的两母子。儿子吵得越凶，妈骂得越狠。李成林对妈这样吵闹，还是向来少见的。

大门口石阶上，站着不少人。院心里，二婶跟王百福分头劝说两母子。

好容易劝得儿子住了口，妈却瘫在地下，望着天上大哭："真是不饶人呐……老天爷呀，真是不饶人呐！……"李大妈双手撕扯前胸，好像要一把抓出悲痛的心。

李存拄着一根粗棍子，从屋里歪歪斜斜蹭到老伴身后，用棍子撞着大妈的脊背骨："行行好，等我死了……你……再哭……"声音断断颤颤，和哭出来的差不多。

大妈吃了一惊，马上想忍住哭，但是，不能够。她摇摇头，像强勉着吞咽什么东西，用手按住自己的嘴巴，肩头一抖一抖地抽泣着。

　　李存走到门口来，石阶上的人，立刻闪在两旁。他头发乱得像一团秋草，脸色黑瘦，两眼深陷。他翻着怕人的眼睛，卤瞪瞪地对人看来，眼光碰上站在墙角的爹，如同饿老鹰瞄到要捕捉的东西，恶冷地向他一射，马上扯转身，一个字一个字地骂出来："豺狗！吃红肉屙白屎的……"一挪一蹭地往屋里走。

　　爹立刻扯我一把，扶着我转身回走。我的肩膀，很清楚感到他手臂上的颤抖。

　　李成林到河里洗萝卜，碰见未婚妻——小玉花。他向她打招呼，小玉花给他碰了一个钉子。李成林闷着一肚子气，回到家来就和他妈吵起。他把不参加互助组的过失，完全扣到妈的头上："将来断子绝孙，全是你一个人整的！"当时，气得他妈几乎快要发疯。除了"真是不饶人呐！"老妈妈说不出第二句话。

　　"当初不入组，错打了主意！""儿女的气难受啊！"大家纷纷议论着。

　　爹像失魂一样，坐在家里一句话也不说，两眼直直向前望着，嘴角、眉梢，扯动个不停。——是不是李存那一眼，惊动了他的心？还是又想起以外什么心事？我是思摸不透的。

　　天黑下来，院子里一片寂静。我提着油瓶想给爹的灯里去添油，没出房门，一晃之间，一个人影像老鼠进洞那样，从夜阴里溜进爹的耳房。我想，这一定是猫胡子，旁人是不会这么鬼祟的。我走近耳房窗口，就听爹说："……我正在思摸加不加入呐。"我马上站住脚步。

猫胡子扯起尖细的声气:"吭,有人说,你要入,有的人又说,你一定不肯入。因为土地入股是台要命的事呐。晚饭前,我和吴林贵(一听这个富农的名字,我心里一抖,猫胡子要搞什么鬼啊!)谈起这事,他说:'高正国如果坚决不入社,别的组也不跟他互助,那不生关系。你告诉他:我跟他一齐搞。他有牛,我也有牛,论起人力也还不算差,怕他们干啥!高正国也快要像我一样,身上稍许有点肉,大家就要围起啃,啃不到,眼都红啦……'吴林贵很关心你,因为从前你帮过他,给他出过不少力,现在你碰到难处,他很想帮你一把……"

忽然,爹像吆牛那样大喊一声:"咋!——赵老猫!胡说!他吴林贵,乱吐什么屎!他吴林贵是谁,我是谁!我高正国哪一点会和他一样:解放前,他是东家,我是帮工,土改以后,他是富农,我是贫农,我们两个,没有一滴滴子可以合在一起的地方。我高正国到死那天,也用不到他来帮助!你告诉他,他不要错翻眼皮!……你赵老猫,如果把我看成一个混蛋,你自己才真是一个大混蛋!请你走,我要睡下。"

"你病啦!嗯,吭,病人总是好发脾气。"猫胡子一面说,一面往外走。我把油瓶放到窗台,一直追到大门口。我说:

"以后请你家少到我们家里来!"

"嗯,姑娘,吭,吭,我是好心……"

"你这份好心,还是自己留着,带到棺材里去吧!"

他"嗯吭"两声,像只老鼠一样,钻到黑夜里去了。

我说不出有多么恨他!你猫胡子吃了一辈子狗腿饭还没有吃够,现在还到处勾勾串串的!你瞧着……我冲着他的脊背"呸,呸",吐了好几口。

我站在门口方石上面,想到爹的事情:他不愿卖粮和入社,但他却大骂吴林贵和猫胡子,这是咋个一台事呢?对于老辈人,实在知道得太少啦……

东山顶上,渐渐透出亮光。天空里的星星,慢慢减了颜色。过了一会儿,一轮缺边的月亮,从山顶上升起来。水一般的清光,照亮了村落,洗去了树林的阴影。一只夜鸟藏在高大的油加力树的尖梢,隔一会儿叫一声"知更好!"星星如同洒在天空的金盏花,随着夜风向上飘,有的飞得太高了,又很快地向下落。银河横在天边,像一座透明放亮的长桥,越往远处越低,好像一抬脚就能迈上去在天上散一下步。……

冬夜的风,带着霜气,吹起一阵,就把我赶回屋里来。一种很轻很细的哭泣,从后窗口透过来,很快就听不见了。这是李大妈躲在我们园角里偷偷哭了一阵的尾声。

从昨日晚上听过李存家吵架和猫胡子的屁话以后,生病的爹,起了一种很不同的变化。前几日早上,饭煮好了,喊他几次还不肯起床。今天,麻雀在檐头一吵,他就离开小耳房,手里拄着手棍,在院心来来回回绕圈子。慢慢走几步,站下望望天,然后又慢慢走。走着走着,自言自语地说出话来:"……六亲不认,吃独食,老豺狗……我的计划,错吗?……背时鬼,一家饱暖……吴林贵……我的计划,错了!吴林贵……陈为邦……我的计划呵!……"

爹望着石榴树尖,想得入神了。老农会走近身边,他都没有理会。

太阳光从东房顶上射下来,照亮了两个人的上半身。老农会满面红光,爹面如土色,老农会兴高采烈,爹呐,愁眉苦脸,没一点生气。

老农会问完爹的病情,说:"我这两日简直忙昏头啦。前天晚上刚从县上回来,昨日一清早又跑到区上去开会,……啊呀!二珠,你看我忘性多重!你托我给你爹买的东西,忘记给你带来啦,真是个好女儿,想着给你爹买点香甜的吃吃。"他转过脸,"老高,告诉你,我们乡上收购余粮,还受到上级的表扬:粮卖得多,偏差还不大。这全是你们这些积极分子的功劳。二珠,你可晓得一台事,李方升、李登云两个假积极,送出四百斤粮,当天买回二百斤米,吃五个老蚕豆放五个屁,他妈的来五去五。你看,你爹和老陈、王近仁,干干脆脆,卖一千就是一千,终归就是不同。"

爹紧张的脸色,慢慢平静下来。听到最后,他显出些高兴的样子。

"二珠,你是咋个?罚我们站吗?"老农会哈哈笑起来。我只专心听话了——赶忙跑回屋,搬出两个草墩。

"老高,我看你今天精神还可以,我来麻烦你,也就是向你讨个教吧。我们全乡要办三个农业生产合作社,我们龙竹箐要办一个,我来请你帮个忙,照着我们村子上的生产情况,请你定一个五年计划。"

"老王,你别来拿我开心,要是这样,你还不如像陈二那样,骂上我几句好。"爹沉下脸来。

"老高,这是你自己多心。你想吧,农业社是个新东西,田在一起耪,劳动力也在一起使用,没有计划咋个成?我们除农业以外,还要搞副业生产,老陈我们几个,全部没有经验,不得不找个高人指教。你,大家全承认:耪田是好手,搞副业也是老行家,现在就希望你出个主意。不过,我先要向你说清:我们农业社,是大家合作搞生产,至于雇工、买田、放账、做生意……我们计划上一滴滴子都不许有。"

"这一点我不同意!"爹摇了一下头,"买田、请工,可不单是我们龙竹箐有,……"

"哈哈,二珠说你专门爱翻老历书,实在一点也不错。跟你说,买田、雇工、放账、做生意,实际上是剥削行为啊!(这半年来,我们大家没少讨论这问题。)我们农业社是半社会主义的东西,不靠剥削发家,大家凭着自己劳动,把生产搞好,叫每一家人都有好日子过。"

"那就稀奇啦,没穷没富还成什么世道?再说,没有人穷下去,咋会有人富起来?因为耪田人,不比做生意,做生意赚的是纸票,老农民想过好日子,就得多有一些田地,农民如果不置几丘田，咋个叫生产致富哪？"

"哈，哈，你这一套，还是老历书上的鬼名堂。我记得老历书上好像有这样鬼话：'用五张黄钱纸，向正东送出一百步，完事大吉。'老高，你应该赶快把你脑壳里这些老一套东西送出去吧！哈哈……"他忽然正经起来，"老高，你这半年多很少参加乡上的活动，开会时，不是不到就是不在家，你就吃了这个亏。我呐，虽然没少单独跟你扯谈，想不到你的思想竟会是这样！等到一宣传总路线，才开始露了马脚……"他连连摇头，"这不行，这不行，这算什么？……"

老农会有些地方实在叫人摸不透。他和爹说了一大铺，我盼望他说的，一字也没提。爹谈话不对头，连我听起来全不顺耳。他不但不吵，不哈，不吹胡子瞪眼睛，反倒批评起自己来，就像爹的思想不对头，是他的过错一样，真叫人认不清是咋个一台事。

爹说："你笑我落后，尽管你笑，可是，我请问你：农民不买田，只靠榜自己那两小丘，忙了一年到头，不过是'水鸟打前失，将将供上两片嘴'，你说吧，富裕生活可是打天上掉下来？"

"我正要告诉你！我们就有这个狠劲！我们共产党就要叫农民在那两丘田上富裕起来！老高，五年前，如果有人对你说：高正国，明年你就可以白住黄远的房屋，分到他河湾上那两丘好田，……你一定要说他开你的玩笑。现在，你样事都有了。农业社不买田，凭着提高土地的产量，像挤老乳牛的奶，要它一年要比一年出得多，……看来你还是不信！远说不如样子比，今年我们每亩增产一成,自己就心满意足了,可是我省九个农业社,有的增产二成,有的增产到三成二!没有什么稀奇,土地加了工。今年,我们每亩产量三百斤,外后年就要它产出五百斤,第一个五年计划完了,就要提高到一千斤。这不是冲壳子①,在共产党毛主席领导下,我们将来一定会修水库,使用拖拉机。到那阵,不单好田可以年年增产,旱地也可以变成水田。那时候,你的五亩田,就抵得现在的三十亩。"他从口袋里拉出一张报纸,"二珠,我走以后,给你爹念一念,九个农业社生产情况全登在上面。"

爹说:"你说的我都信得实,……我是这样想:如果田多些,增产不是更多些?"

"老高,我说,你这就是人心不足蛇吞象!老农民不在土地上扎下根,不靠互助合作搞生产,遇到一场天灾病孽,又要落到苦海里去!我问你:你买了田,别人可是在屋地里种庄稼?现在一提当雇工,你老高马上就要心酸。我们都是老苦人出身,将心比心,咋个忍得下去!打比说,现在你坐在家里,一会儿听见李存家里妈和儿子吵嘴,隔一会儿,听见陈为邦两口闹架,你就金银挂北斗,日子过得也怕不坦然,因为你并不是地主,大家都是从苦海里逃出来的哟!李存一家,吃了单干亏,现在两口子,简直要悔个半死——不着这样,李存的病早会好啦。你呢,如果不是大家搞互助,单凭你那点心计,不客气说,屁事也不抵!"

---

① 冲壳子:聊天,说大话。

"这些，我都晓得。"爹有气无力地说。

"既然晓得，为什么还要'想想看'？刚一提到办社，大家首先就想到你：年纪大的，巴望你出主意，年轻的，也盼你教他们生产经验。我们一伙人也说：'当初受罪在一处，向好日子奔也不能散伙。'你一'想想看'，急得大家直搓脚！老高，陈为邦吵你，那是金子买不来的真心。你也真奇怪，你日日夜夜想着奔社会主义，等到社会主义来到面前，你又要躲开。你口口声声说离不开大家，至少离不开陈为邦，可是你发家致富的算盘里，不单没有这些人的份，倒反叫小海来你家上门，叫李存给你当长工，……老高，你最恨别人喊你自发势力，你想想你那一套计划倒是什么东西呢？如果你把心计用在农业社，给全村生产想出一套办法——咋个叫老一辈像你这样苦干，教小辈子也像二珠那样积极，农业咋个经管，副业咋个调盘，你的收入不但不会少，大家也全都会好起来，你想，你会有什么损失？——老高，大约你是没有想到这一点？"

"想是想到了，不过，我就是……"

"老高，我问你：你可相信共产党？！"老农会这下子板起了面孔，眼睛直盯着爹的眼睛，"看样子，你是有些信不实。现在，我们从头想一想吧……减租退押，大家分得了果实，土地改革，大家分得了土地，搞互助组，你增加了产量，共产党领导我们搞哪台事不是和农民有利，为什么搞农业社就要叫大家吃亏？！你再想想，减租退押前后，黄远勾结土匪暴动，征粮员小李被杀，哪个冒着险给你送信？是陈为邦。前年秋天你生病，豆按不下，谷子没法收割，哪个代你割地种小春？是李存、王近仁。你的三岁独儿子生了病，你们一家人，差不多把眼珠子哭掉，也找不到钱请医生。你和大嫂，抱着娃娃，在老祖宗牌前，叩头、祷告，足足跪了一天一夜，娃娃到底没有救过来。你两口当时气得要发疯，老木头来家丢娃娃，大嫂扯着儿子不放手……难道这些事你都忘啦？这些罪还叫我们穷哥们再受下去！……"爹听着，先是皱眉、扯嘴，后来低下头不住摇晃，最后抽泣几下，呜的一声哭起来……

妈跑出来，听见爹在喊"儿！"马上坐在地上，对着爹放声哭起来，……我哭了几声，想起解放前，妈想起弟弟，一哭就要背气，赶忙贴近妈，生怕她又发作。

二叔跑过来，不知出了什么事，惊慌得直是喘气。跟着二婶和小香也跑过来。二婶知道妈的老毛病，架起胳膊，把她扶到屋里。

爹闷头睡了一天。

掌灯时分，爹才起来吃晚饭。小海来了，拿着一张旧报纸，拢在灯下细看。爹忽然想起老农会白日留下的那张报，叫我找出来念给他听。我把云南全省九个农业社的生产情况、增产多少、怎样分红、政府如何支持，……慢慢念给他听。

爹听完后，放下旱烟锅："嗯，有本事，有本事！"他连连点头，"人家走在前面的就是有办法。"

"我们就没本事吗？"我说。

"本事倒有，就是自私心重些……"小海说。

爹微笑着，说："你两个不消演双簧。对我开教训，还临不到你们头上。"他用手拍拍膝头，"在卖粮以后，我还认为自己对，后来你们和老农会跟我争论，我就知道不对啦。可是我就是放不下自己想的那一套。……舍不得，就是舍不得！一听见要办合作社，我心里说：'完啦，样事都完蛋啦！'别人的田，产谷子二百斤，我的田能产三百斤，多好！可是要不属高正国了！我在梦中，不断看见我的田，我的牛，我的农庄……这些东西，连着我的心，动一下，心就要疼。我觉得，只要叫这些东西多起来，大起来，我就达到了社会主义，哪知道，只是我一家的社会主义，再多一点，是高正国和陈为邦的社会主义！我的眼睛只看到鼻子尖上。今日，我才算明白我走错路啦。这半年多我像是害了一场烧热病，昏天黑地地乱搞一铺，心里面一有邪念头，连鬼都来门口刮旋风！吴林贵都来关心我，还会有好事情？！……幸亏王主任和你二叔他们，生拉活扯地把我拖出烂泥潭，危险！唉，还是有老朋友好，有亲人好，没有这些，我要成个什么样子呐！从前，我真不该那样吵你们，恨你们……"

爹的病，当天就好得差不多了。

大门口有人来回打转转，过一会儿，李登云、李方升两个走进来。

"听说你生病，我们前来看看。"他们搭讪着说。

爹说："病，也并不大，现在快好妥啦。我的女儿说我是心病，就算是心病吧,可是比身上有病还不好过。"

"提到这里,我们很对不起。"李登云带出不好意思的笑,"我们对你太过火啦,实在不应该。"

"说到还粮,嗯,嗯……"李方升像不知咋个说好,"还不是组长主张的,我们在当时,很不同意,可是……"

爹说:"粮还得也对,在各方面都帮助了我,还省得我向你们讨。"

"你这个人呐,我是晓得的。咬人的狗,总是不露齿。你已经很中组上的气,不过,你不说就是啦。"李登云笑着说。

他两个说这些话干什么?卖粮,他们打击爹,到办社了,他们又来凑合爹,真叫人不懂。

"你这个说法可不对。"爹很正经地说,"像我这个人,思想本来不对头,粮不肯卖,还得罪了大家。如果不因为我犯错误,把我清出组来,也就是好的啦。"

"你可真估计错啦。不但不清你出组,现在成立农业合作社还要请你加入呐。"李方升说着,眼睛不住地在爹的脸上扫来扫去,像数着纹路一样。

"你打算加入吗?"李登云直截了当地问出口来。

"你两个呐?"爹反问出来。

这两个人立刻回答不出来了。

"我们打算看看,因为心里不托底。……所以前来问问你。"李方升说。

"土地入股，可不是小事情。"李登云拍了一下磕膝头，"土地是命根子呐！"

"看样子，你们打算不入，是不是？"爹望望李登云，又望望李方升，"我呢，也许大家不同意我入，就是同意，我仍旧要思摸思摸。"爹用假话向外套他两个的真话。

李登云说："我要是你，拿八人轿来抬，我都不加入。这次卖粮，他们——尤其是那两个组长——对你真太辣火啦。你如果不加入，我们几家自己搞互助……"看见李方升拿眼睛连连瞪他，李登云就不往下说了。

"你们两个眉来眼去耍什么把戏呀？"爹质问他两个，"出卖余粮时候，你们表现得那样攒劲，现在办社还不是积极分子，如果想来戏耍我这老落后，我看可是用不着！告诉你们：人错一次，不能错百次，对我来搞怪名堂，有个球意思啊！"爹生气地把烟杆向桌边一放，"你两个说说吧！"

两个人马上瞪起眼睛，张着嘴回答不出。如果证明说的是真情话，就得在自己骂过的落后分子面前，承认自己同样落了后，要说是假的，就更要惹对方发火。脸窘得茄皮一样，一时感到无法落台，自己不知道坐好还是走好。

"要是来找我单干，那就不必啦，要是来探探口风，我可以告诉你们：我参加农业社。我跟你们一样，也是想了又想，看了又看，不行，除了农业社，没有别的道路好走。如果大家都能有好日子过，何必总要自己单干呐？我还要告诉你们：千万不要听猫胡子的话,这个老家伙,跟富农穿着一条连裆裤。你妈的,吴林贵在背后耍他的木头人!"他把猫胡子找他来的那套话重说一遍,"别再打别的主意啦,如果肯信我的话,那就加入吧。"爹说得很诚恳。

李方升两个走后,爹提起烟管往外走。妈向我努努嘴。我问爹到哪里去,他说去看李存。

"妈,爹说加入合作社啦,你家可同意?"我怕妈事后翻悔,又要拿我当作出气筒。

"我咋个不同意?你想一想,从土改以来,我反对过哪样事!就拿入社说,这两日我背前背后没少劝说你爹。"妈停了一下,"有件事我还没有告诉你:前日上县城买布,到贸易公司一看,货架上匹条摆得满满的,各色各样的货色全有,问问价钱,比去年便宜得多,在扯布时节,那个卖货的姑娘说:'这就是我们农民支持工人老大哥的好处。农民卖余粮支持国家工业化,政府就给农民运来便宜的东西使用——老大妈,你家今年出卖多少余粮呐?'我告诉她一千斤。她笑嘻嘻地说:'你家硬是要得,真是听了毛主席的话啦。'那个胖姑娘可真有本事,她把我说得简直不想离开贸易公司啦。当时我想,幸好卖了一千斤,不然的话,叫她那样一问,心里该多难过,就是买到便宜东西,心里面也不坦然。你想,我能反对参加农业社吗?"

晚上,二叔来喊爹,到乡上去开会。爹不单没打顿,连一声全都没有问,马上随二叔一同出了门。

今晚上是开展农业生产合作社的动员大会，就是小云不来喊，我也非去不可。

会上，老农会说了一阵话，爹首先发了言。

他第一句话，就叫大家很吃惊。——谁会料到反对出卖余粮最攒劲的高正国，会第一个表示加入农业社？

爹首先检讨了自己不但不想卖粮，还得罪了大家，接着又批评了自己的损人利己的"五年计划"……话说得很好，很多，我没法从头到脚说出来，我只记住这么几句：

"……想起这些错误，我心里着实难受。地主老财们，剥削去我一辈子的血汗还不算，还在我脑壳里留下许多坏东西……"

爹这头开得很不错。他说完后，有不少人跟着也表示了态度，批评自己的怪想头。最后，连李方升都作了检讨。

或许是心里明亮起来，我觉得今日天气特别地明亮，太阳光照在身上，也特别温暖。院子里的空气，也像站在快熟的春麦地里，有一种很爱人的气味。

爹高兴起来，要和妈去赶州街。我不打算去。我要做一件事——缝我裁好了还没做成的衣服。

爹提着篮子，妈背起背箩，有说有讲地走出大门。还没等我取出针线，李存大妈来了。

"二珠，单你在家吗？"她含笑站在窗外。

"进来坐吧，大妈。"我招呼她，"下午我还要到你家去呐。"

大妈坐下后，说："二珠，你没生我的气吧？"她不好意思地笑望着我,"人到些岁数,日子过得再焦心,就像疯子一样见到哪个,恨不咬上他一口……"她想到山上那台事,脸都红了。

"大妈,那是你家自己多心。"

大妈忽然挨近我,放小声气:"二珠,听说你们要办一个什么社,是真的吗?"

"真的,可是有人去找你们加入?"

"你爹跟陈为邦昨日到我家,和你大爹说了好一阵,听来听去,也不清楚是咋个一台事。"

我把农业社向她说了一遍,大妈高兴地说:"这回再也不能错过啦,还是有老朋友好。要不是老农会和陈家,我们早就断炊啦。"

我说:"我爹叫我问问你家:李成林结婚得多少钱?"

"咋个!你爹问?"大妈很惊奇。

"对啦,我爹昨晚对我说,要是用钱不多,就叫李成林马上结婚。他借给你家钱。"

"真的?!二珠,你别哄大妈!你……"

"真的,我爹现在想通啦。"

一直到走,笑容在大妈脸上也没消失。她仰头望下太阳:"今日的天气真好呐!"很明白,大妈心里面也亮起来啦。

坐在石榴树下,打开报纸包包,抖开绛紫色的标准布,一面缝着衣服,不由得想起一个人来——何消说,当然是陈小海。小海这些日,不断来我家,他对爹帮助很大,爹越喜欢他,就越喜欢他能来上门。虽然晓得那样做法不对头,但仍旧没有死心。两个人在谈话时节，爹不知不觉地，就在言头话尾里流露出来。小海慢慢了解了其中意，先前他不肯明说——他又不知道如何说好。后来，我们两个暗下一商量，得出一个办法："大爹，你家的心意我全晓得。"小海对爹说，"我们的问题很好解决。你家既然离不开我爹，我爹也离不开你家，事情就好办。社建好之后（他不说结婚），在明年春耕以前，我们在界壁上打开一道门，你家老两位来往也方便，两家也就是一家人了。……"

不知什么时候，我把针线停下了。正在想得入神，一个人影出现在地上。我吃了一惊，扭过头来，原来是小海悄悄地溜进来。

"刚才在路上，遇见你家的老两口，嗬，那个亲近法，就像新近才结婚。"他一面说，一面笑。

"他们高兴他们的，我可是不高兴。"我故意逗他。

"你不高兴？我就非叫你高兴不可。"他得意洋洋，说得满有把握。

"看你还了得，你有什么本事！"

"我就有这个本事，我就能叫你高兴。"他说得很调皮。

我拿眼睛瞪着他，半假半气说："拿出你的本事来！"

他的态度马上变得一本正经："你的入团批准啦。"

"真的吗？"我软了，"你可不要骗人。"

"拿这事开玩笑？！你敢这样想？"

看他样子那么认真，我相信了。

"你哪？"

"我也批准啦！——刚才在街上遇见小云。"

丢下手里的针线，红标准布落在地下。我站起来，一把拉住小海，望着他说："我们的希望，总算实现了！……"我流下了快乐的眼泪。

爹和妈赶街回来，带回了油、盐和小菜，另外，还买回一包衣料，有爹的，有妈的，就是没有我的。妈说："别眼气，你已经得了双份啦。"说着，从布夹襞里拉出一块白布，"别嫌少，绣个围腰头吧。"

到小学校向王老师借来一摞连环图画，从晚饭后一直翻到上灯，也没翻到我想找的东西。

要说连环图不好，上面画出很多的故事，要说它好，每幅我觉得全不合心。我想找的那东西，只是这篇上有一段，那篇上有一块，没有画得现现成成的一幅。

睡在床上，我还是想，想我要画的东西，想来想去，也不知道画什么好，……忽然间，心里一亮，眼前现出一座高大的城门，随着就睡熟了。

方桌放在院心，当着明亮温暖的大太阳。当我把布、纸、笔、砚刚刚摆在桌上，小云高高兴兴地走进大门。

我赶忙把布压在棉纸下面，生怕小云望见，又要逗我说闲话。

"二珠，你这是想干啥？"小云望望我，望望桌子，嘴上浮着笑，眼睛在棉纸上打转。

"多日也没描花,我想练着玩玩。"我假正经地说。

"练着玩玩,就在这个纸上?"像知道我的诡计似的,她伸手拉开棉纸,把布摊在桌上,用手拨拉我的脸蛋:

"哼!小鬼,你可逃得过我!"她半真半假地绷起脸盘,大眼睛瞪得溜圆。

我一把扯过布来,脸伏在桌子上,羞得想哭。

"好好描吧!好好准备吧!"她正经起来,"今晚上在我家里开团会。新年眼看就到啦,我们要商量一下怎样宣传总路线。明年正月,又是过新年,又是正式建社,又是你们结婚,我们有多少喜事啊!你描吧,我要到小学去找王老师,请她给我们编一个花灯。你瞧着,我们把总路线一定宣传个热火朝天!"临走,她翻了一下眼睛,"你给我画的'喜鹊登梅',有两处还抹了粉,要不是绣时看见,小鬼,我硬是不答应你!"她走了。

妈买来绣围腰头的布,还是龙头细布。这一回,我可不画什么"喜鹊登梅"、什么"四时富贵"那些老古板啦。我要画新的,画从前没有人画过的样式,我要画"总路线"。这可是非常难,难就难在它是个新东西。翻了一阵书,也没找到现成的,找不到现成的,难道就不画吗?不,我仍旧要画,非把它画出来不可。

想着想着,心里忽然豁亮起来,——我想起老农会说的那段话。

这回,可不能像先前那样下笔就来啦。我要先描出一个底样。我在桌上铺起一张白棉纸,向砚台里滴点水,一面研墨,一面翻书,——天老爷,这回可算有救啦!凡是老农会说的,我全找到啦。我把书上画的天安门(昨晚为了它,费了多少脑筋)描在紧上面——围腰嘴那个地方,然后把另一本书上的村子画在右边,又把从第三本上找到的新农村描在左边。村子是眼下的样子:农民用锄头在田里挖地。新农村,有着一排排新房子,大门上三个大字:"东方红"。收割机在村前大片田里收割庄稼。描到这里,我就丢开书本。我挖尽心思,画出中间那道水,又独出心裁画出架在水上的那座桥。桥很像我们的龙河大桥,我在上面给它添上十多道石栏。桥那头,已经走过几个人,前面那个,手里高举红旗,走上通向新农村的大道。桥中间,人多一些,有两个人靠在石栏上面两边观望。刚刚走上桥的,是一对青年农民,女的抱着麦穗,男的手举镰刀,向后面来的许多人招引。如果你问这对青年是谁,告诉你:我和小海。

把底样描在布上,我出了一身汗。描完了看一看,自己还算满意。我要把天安门绣成黄色,村庄绣成绿色,那座桥,我想把它绣成金红,绣得金光闪闪。结婚的围腰,从来没人绣过这个名堂,老辈子人也许要看不惯,不管他!你担心小海吗?不要紧,他是我们小辈人,一定会同意的。……

正在望着描好的"总路线"出神,一个人头忽然从肩膀上伸过来,络腮胡茬,差不多刺到我的脸上。

"啊呀!二珠,你把我说的那一套,完全描出来啦!"老农会高兴得瞪起眼睛,"你这小鬼,可真了不起!你想得好!正该是这样：生活的样式新了，围腰的样式也该随着新，你开了个很好的头！你给结婚的围腰，造出个新的样式。"

写于昆明青云路小雅巷

一九五四年四月十六日初稿

一九五五年七月七日五稿

新事新办

/// 谷峪

王贵德调到区里工作的前两天,两边的老人看透了闺女、儿子的心思,就愿意把喜事办了。

提起王贵德,真是生龙活虎的小伙子。女方呢,叫凤兰,那谁也知道,是个吃苦能干的生产模范。这两个人结亲,乡亲们没有不夸好的,人们在言谈话语之间,断不了提念他们。再一说他俩虽是两个村的人,可就隔着条小水沟,没有水的工夫,就跟一个村一样。王贵德也常有事找凤兰来,老大娘们看见,背地里竟叨念着说:"没过门的小两口常在一块做活儿,真是个新事儿!"

凤兰的爹光盘算着粜多少粮食,给闺女买什么嫁妆了。

这一天,他起了个大早儿,弄了几布袋粮食捆在小车子上,打算吃了早晨饭,赶个城里集上把东西买下。

爹刚要走,闺女就拦住了:"爹,你这是干什么?咱们今年好容易积攒下这么点粮食，村里开会，不是说让人们在麦收以前每个人还要余下三斗到五斗粮食吗？"

爹撂下车把，一边装烟一边说：

"凤兰，你自打会做活儿以后，这几年子没少替咱家出力气，爹不能亏待你……"爹说不下去了，抽了口烟才又接着说，"我打算给你买四身衣裳，两身线哔叽的，两身花洋布的……半套木器家伙，再买上点壶碗、镜子、粉装、胰子盒什么的，你看怎么样？随心不随心？"

凤兰听了半截就笑起来了，一边笑着一边从车上往下搬口袋，爹不知怎么回事，凤兰说：

"爹，贵德不是来告诉过吗？不让咱们多花一个子儿。这年头翻身的人家儿，谁没个柜子橱的，那东西要多了有啥用？不能耕地，不能拉犁。再说花衣裳上哪穿？现在可不像从前，做媳妇三年不下地，咱到人家门就得下地生产，谁还有工夫擦粉抹胭脂的？贵德是个区干部，他更不让这么办，爹！你别忙盘算这啦！"

凤兰收拾了车子，爹坐在当院台阶上，皱着眉头低着脑袋还是在一个劲地盘算。

凤兰从草厦子里走出来，爹说：

"不崇粮食也行，咱就把小牛卖了吧，咱家也养不住两个牲口……"

"小牛更不能卖！从生下它来，我就伺候它，一年多了，也快顶用了，怎么能卖？他那边没牲口，我到了那儿种地作难，跟谁借去呀？"

爹说不过闺女，虽说心眼里觉着这么做怕让讲老礼儿的人笑话，可也没什么更好办法了。

十二月初九，是他们办喜事的日子，鸡刚叫了一遍，贵德他娘就爬了起来，一边结纽扣，一边生着气，摸到新屋里，向儿子没头没脑地嚷着："起来！这屋子跟起了灵似的有什么睡头！"贵德睡得迷迷糊糊的，还不知是哪的事呢，娘一屁股坐在炕沿上，呼呼地喘大气。

贵德揉着眼睛坐起来："娘，天还不明，起这么早做么？"

"起这么早？俺可睡得着哇？你看咱家像个过喜事的样子吗？"

贵德给娘解释道："娘，你嫌没花轿呀？唉，这年头谁还坐花轿，再说，乡亲们都忙里忙外地闹副业，谁有闲工夫老来忙活咱来！再说，老百姓还不坐轿，咱当着个干部，还弄那套老封建玩意？"

娘拍打着炕席，震得炕席底下的土都飞了起来：

"你说哪儿的话！你娘不是那榆木脑袋，娶亲不坐轿，这年头净这么办的，俺也赞成。俺是说她娘家过得那么富裕，就一点陪送也没有哇？俺那工夫，你姥姥砸锅卖铁地还给俺买了一个躺柜……"

娘气得喘不上气来，儿子看见娘这样，也不知说什么好，只得好言好语地解劝她：

"娘,今年闹灾的地方这么多,咱这地方虽没有闹什么灾害,可咱也得节约呀!要为办这个事,把粮食祟了,春季天可怎么办?"

娘好像没听见,还不管不顾的,自己叨唠着,唾沫星子喷了儿子一脸:

"……这个可好,手指头肚大的一点东西也舍不得给,夜个晌午,大闺女小媳妇的都来看新屋了,臊得你娘的脸真跟块红布呀似的……别看咱是小家子生长的,也看不惯这个!"

儿子还是不着急:"你别光按着那一套老礼办新事,就说咱家吧,连条牛腿也没有,就算摆上两套大红漆嫁妆,它还能去拉犁种地喽?"

娘还不服气,仍旧高喉咙大嗓子地向儿子叫喊:"你们就光说生产,莫非俺活了多半辈子还不懂个生产?生产是要生产,那就不顾点脸面啦?人过一辈子就这么一件大事呵!"

贵德穿了衣裳,洗着脸,天早大亮了。

"娘,这年头生产发家脸上才光彩呢,跟以前不一样了!将来咱们小日子过得火爆喽,再买那些也不晚啊!"

娘一听更急了:"傻瓜!以后媳妇娶过来,人家还给咱买?"

儿子看娘还是这么高声喊叫的,有点急了,也大声地嚷着:"咱是寻的人,不是寻人家的东西呀!"

这么一说,正说到娘的心病上去,急了,跟贵德说:"你们在家吧,俺陪不起这个绑,俺上你姥姥家松两天心去!"

说着就往外走，正跟刚从外面进来的村长撞了个满怀。村长拿着对联是布置会场的，一听他们这儿吵嘴，就捎带脚进来看看，见老太太脸上气得呼呼的，问清了怎么回事，这才连解释带劝说的算是完了事儿。

村长笑眯眯地说："婶子，你思摸错了！比方说吧，有这么两个媳妇，一个是娘家陪送她四橱八箱，三铺六盖，可是她本人不会生产；一个呢，没有东西，光带了两只能做活儿的手，你挑哪一个？"

贵德看娘的气消了点，也问着："你要哪个当儿媳妇？"

娘笑了："庄稼人还是待见做活儿的哦！那还用说！"

早饭后，结婚典礼的会场布置得挺好看，周围贴着许多新鲜的贺联，中间挂着毛主席的相片，还有区里给送来的礼物。乡亲们围了个滴水不透，争着看这看那，两只眼睛使不过来，大男小女的不知道在叽咕些什么。

有一个老大娘在人群里撞来撞去打听着："哟！人们都说常见这个凤兰闺女，俺怎么没有见过人家呀？要说这可就是好，俺那工夫一坐上轿，上去就头眩，花钱找罪受，这可不错，又省钱，又体面！"不知道谁这么多嘴，冲着贵德他娘就问："咦？新媳妇那陪送怎么没摆上啊？"

娘脸红了，张口结舌地说不上个什么来，硬着耳根子臊着躲开了。

村里吹歌会的人，也来凑热闹，带着家什就吹打起来，举行结婚典礼了。村长说了个"开会",人们就像一窝蜂似的挤上来,好容易才让妇会主任把凤兰从人群里领进来。凤兰穿着蓝士林的套褂,老绿色的棉裤,脑袋上箍着块花羊肚手巾,细眉大眼地坐在贵德的旁边。年轻的人们力气壮,拼着命地往前挤着看,伸着脖子往前挤,孩子吱吱呀呀地吵叫着。村长大声喊道:

"乡亲们,肃静点,咱们就算开会了!我先给咱大伙说说:贵德跟凤兰人家是自由找的对象,人家在一块做活儿,谁看谁都挺能干,这才定了亲。就说凤兰吧,咱们大家也短不了听人念叨过,是个生产的好手,为了响应节约的号召,为了搞生产,人家不花冤枉钱买陪送……"

刚说到这,底下的人们又乱腾起来了,小伙子就说:"让新媳妇先说说他们怎么搞的对象,要按当时的原样学!"

正吵嚷着,就听见外边嚷了一声:"洛凯叔来啦!"人们往外一看,见一个五十来岁的小老头,留着两撇小黑胡,人们一看见他,全认得这是凤兰村的村长。就见他一手牵着头小牛,一手拿着个小鞭子。贵德忙站起来,一边让着座,一边说着:"怎么还牵着牲口干么?"

洛凯笑着说:"这是人家凤兰的陪送啊!"村长高兴地忙往屋里喊着,"婶子,忙出来看看吧,新媳妇家送了好陪送来啦!"娘三步两步就跑出来,看见一个生人牵着一头滚瓜流油的小肥牲口,倒闹不清是怎么回事了。洛凯说:

"这是你们亲家的一头小牛。凤兰和这里贵德眼下算结婚了,要上这边来过日子,亲家听说这边没牲口,做活儿遭难,给你们这条小牛,就算是陪送……"娘多半辈子没有养过牲口,乐得不知道说什么好,伸出手来想摸摸小牛的脑袋。小牛呢,摇着尾巴,伸出舌头,舐舐这舐舐那,蹬蹬蹄子又刨刨地,黄黄的小绒毛,白头心,一看就是有力气能干活的样儿,真是爱煞个人!娘张着没牙的嘴,光是笑,憋了半天才说了这么句话:

"儿不在家,俺没喂过牲口,这可倒遭了难啦!"

人们全哗哗地大笑了,村长说:"婶子,你真是欢喜糊涂了,你就忘了你新娶的媳妇是个生产模范啦?"

洛凯给娘解释着:"这小牲口,还是凤兰喂养大的哪!"

老大伯们有的挤过来,端详着牲口,看看牙口,又看看四蹄,抚摸抚摸毛皮,又拍拍大胯。老大娘们也想挤着往前看,这工夫,下边又乱起来了:

"看这多好,实打实地真顶用!"

"你看人家模范人,净做模范事!"

这村的妇会主任对几个跟她站在一块儿的妇女说:

"咱这村可算有福啦,过两天咱们热热闹闹地搞生产吧!"

媳妇们也乱叽叽着:"俺那工夫怎么想不起这个法儿来,摆着套死嫁妆,吃不得嚼不得,哪如这能生产的活物好?"

人们一边乐着,一边说道着,大伙非让贵德娘讲讲话不行:

"添人进口的,这是大喜事,非说道说道不可!"娘让人们架把着,挤到了儿子媳妇前头,她看看儿子看看媳妇,又看看老乡亲们，心眼乐得光想笑，可也说不出一句话来，呆了半天，才说："俺是个老脑筋，这工夫俺琢磨过来啦！这年头新事就得新办……"

人们哗啦一下子全笑了。有好些日子人们还传说着这件新式结婚的事。

山那面人家

/// 周立波

踏着山边月映出来的树影,我们去参加山那面人家的婚礼。

我们为什么要去参加婚礼呢?如果有人这样问,下边是我们的回答:有的时候,人是高兴参加婚礼的,为的是看着别人的幸福,增加自己的欢喜。

有一群姑娘在我们的前头走着。姑娘成了堆,总是爱笑。她们嘻嘻哈哈地笑个不断纤。有一位索性蹲在路边上,一面含笑骂人家,一面用手揉着自己笑痛了的小肚子。她们为什么笑呢?我不晓得。对于姑娘们,我了解不多。问过一位了解姑娘的专家,承他相告:"她们笑,就是因为想笑。"我觉得这句话很有学问。但又有人告诉我:"姑娘们笑,虽说不明白具体的原因,总之,青春、康健、无挂无碍的农村社里的生活,她们劳动过的肥美的翠青的田野,和男子同工同酬的满意工分,以及这迷离的月色,清淡的花香,朦胧的或是确实的爱情的感觉,无一不是她们快活的源泉。"

我想这话也似乎有理。

翻过山顶,望见新郎的家了。那是一个大瓦屋的两间小横屋。大门上挂着一个小小的古旧的红灯。姑娘们蜂拥进去了。按照传统,到了办喜事的人家,她们有种流传悠久的特权。从前,我们这带的红花姑娘们,在同伴新婚的初夜,总要偷偷跑到新房的窗子外面、板壁下面去听壁脚,要是听到类似这样的私房话:"喂,困着了吗?"她们就会跑开去,哈哈大笑;第二天,还要笑几回。但也有可能,她们什么也听不到手。有经验的也曾听过人家壁脚的新人,在这幸福的头一天夜里,可能半句话也不说,使窗外的人们失望地走开。

走在我们前头的那一群姑娘,急急忙忙跑进门去了,她们也是来听壁脚的吗?

我在山里摘了几枝茶子花,准备送给新贵人和新娘子。到了门口,我们才看见,木门框子的两边,贴着一副大红纸对联,红灯影里,显出八个端正的字样:"歌声载道,喜气盈门。"

我们走进门,一个青皮后生子满脸堆笑,赶出来欢迎。他是新郎邹麦秋,农村社的保管员。他生得矮矮墩墩,眉清目秀,好多的人都说他老实,但也有少数的人说他不老实,那理由是新娘很漂亮,而漂亮的姑娘,据说是不爱老实的男人的。谁知道呢,看看新娘子再说。

把茶子花献给了新郎,我们往新房走去。那里的木格窗上糊上了皮纸,当中贴着一个红纸剪的大喜字,四角是玲珑精巧的窗花,有鲤鱼、兰草,还有两只美丽的花瓶,花瓶旁边是两只壮猪。

我们攀开门帘子,进了新娘房。姑娘们都在,还是在轻声地笑,在讲悄悄话。我们才落座,她们一哄出去了,门外是一路的笑声。

等清静一点,我们才过细地端详房间。四围坐着好多人,新娘和送亲娘子坐在床边上。送亲娘子就是新娘的嫂嫂。她把一个三岁伢子带来了,正在教他唱:

三岁伢子穿红鞋,
摇摇摆摆上学来,
先生莫打我,
回去吃口汁子又来。

我们偷眼看了看新娘卜翠莲。她不蛮漂亮,但也不丑,脸模子,衣架子,都还过得去,由此可见,新郎是个又老实又不老实的角色。房间里的人都在看新娘。她很大方,一点也没有害羞的样子。她从嫂嫂怀里接过侄儿来,搔他胳肢,逗起他笑,随即抱出房间去,撒了一泡尿,又抱了回来,从我身边擦过去,留下一阵淡淡的香气。

人们把一盏玻璃罩子煤油灯点起,昏黄的灯光照亮了房间里的陈设。床是旧床,帐子也不新;一个绣花的红缎子帐荫子也半新不旧。全部铺盖,只有两只枕头是新的。

窗前一张旧的红漆书桌上,摆了一堆插蜡烛的锡烛台,还有两面长方小镜子，此外是贴了红纸剪的喜字的瓷壶和瓷碗。在这一切摆设里头最出色的是一堆细瓷半裸的罗汉。他们提着胖大的肚子，在哈哈大笑。他们为什么笑呢？即使和尚，应该早已看破红尘，相信色即是空了，为什么要来参加人家的婚礼，并且这样地欢喜呢？

新房里，坐在板凳上谈笑的人们中有乡长、社长、社里的兽医和他的堂客。乡长是个一本正经的男子，听见人家讲笑话，他不笑，自己的话引得人笑了，他也不笑。他非常忙，对于婚礼，本不想参加，但是邹麦秋是社里的干部，又是邻居，他不好不来。一跨进门，邹家翁妈迎上来说道：

"乡长来得好，我们正缺一个为首主事的。"意思是要他主婚。

当了主婚人，他只得不走，坐在新娘房里抽烟，谈讲，等待仪式的开始。

社长也是个忙人，每天至少要开两个会，谈三次话，又要劳动；到夜里，回去迟了，还要挨堂客的骂。任劳任怨，他是够辛苦的了。但这一对新人的结合，他不得不来。邹麦秋是他得力的助手，他来道贺，也来帮忙，还有一个并不宣布的目的，就是要来监督他们的开销。他支给邹家五块钱现款，叫他们连茶带饭，带红纸红烛，带一切花销，就用这一些，免得变成超支户。

来客当中，只有兽医的话最多。他天南地北，扯了一阵，话题转到婚姻制度上。

"包办也好，免得自己去操心。"兽医说，他的漂亮堂客是包办来的，他很满意。他的脸是酒糟脸，红通通的，还有个疤子，要不靠包办，很难讨到这样的堂客。

"当然是自由的好嘛。"社长的堂客也是包办来的，时常骂他，引起他对包办婚姻的不满。

"社长是对的，包办不如自由的好。"乡长站在社长这一边，"有首民歌，单道旧式婚姻的痛苦。"

"你念一念。"社长催他。

"旧式婚姻不自由，女的哭来男的怨，哭得长江涨了水，愁得青山白了头。"

"那也没有这样的厉害。"社长笑笑。

"我们不哭也不愁。"兽医得意地看看他堂客。

"你是瞎子狗吃屎，瞎碰上的。"乡长说，"提起哭，我倒想起津市那边的风俗。"乡长低头吧口烟，没马上说下去。

"什么风俗？"社长催问。

"那边兴哭嫁，嫁女的人家，临时要请好多人来哭，阔的请好几十个。"

"请来的人不会哭，怎么办？"兽医发问。

"就是要请会哭的人嘛。在津市，有种专门替人哭嫁的男女，他们是干这行业的专家，哭起来，一数一落，有板有眼，好像唱歌，好听极了。"

窗外爆发一阵姑娘们的笑声，好久不见的她们，原来已经在练习听壁脚了。新房里的人，连新娘在内，都笑了，乡长照例没有笑。没有笑的，还有兽医的堂客。她皱起了眉毛。

"你怎么样了？"兽医连忙低头小声问。

"脑袋有点昏，心里像要呕。"漂亮堂客说。

"有喜了吧？"乡长说。

"找郎中了没有？"送亲娘子问。

"她还要找？夜夜跟郎中睡一张床。"社长笑笑说。

"看你这个老不正经的，还当社长呢。"兽医堂客说。

外边有人说："都布置好了，请到堂屋去。"大家涌到了堂屋，送亲娘子抱着孩子，跟在新人的背后，姑娘们也都进来了。她们倚在板壁上，肩挨着肩，手拉着手，看着新娘子，咬一会儿耳朵，又低低地笑一阵。

堂屋上首放着扳桶、箩筐和晒草，这些都是农业社里的东西。正当中的长方桌上，摆起两支点亮的红烛。烛光里，还可以清楚地看见两只插了茶子花枝的瓷瓶。靠里边墙上挂一面五星红旗，贴一张毛主席肖像。

仪式开始了，主婚人就位，带领大家，向国旗和毛主席像行了一个礼，又念了县长的证书，略讲了几句，退到一边，和社长坐在一条高凳上。

司仪姑娘宣布下面一项是来宾演说。不知道是哪个排定的程序，把大家最感兴味的一宗新娘子讲话放在末尾，人们只好怀着焦急的心情来听来宾的演说。

被邀上去演讲的本来是社长，但是他说：

"还是叫新娘子讲吧，我们结婚快二十年了，新婚是什么味儿，都忘记了，有什么说的？"

大家都笑了，接着是一阵鼓掌。掌声里，人们一看，走到桌边准备说话的，不是新娘，而是酒糟脸上有个疤子的兽医。他咬字道白，先从解放前后国内形势谈起，慢慢吞吞地，带着不少术语，把词锋转到了国内形势。听到这里，乡长小声地跟社长说道：

"我约了一个人谈话，要先走一步，你在这里主持一下子。"

"我也有事，要走。"

"你不能走。都走了不好。"乡长说罢，向邹家翁妈抱歉似的点点头，起身走了。社长只得留下来，听了一会儿，实在忍不住，就跟旁边一个办社干部说：

"人家结个婚，扯什么国际国内形势啰？"

"你不晓得呀，这叫八股；才讲两股，下边还长呢。"办社干部说。

"将来，应该发明一种机器，安在讲台上，爱讲空话的人一踏上去，就遍身发痒，只顾用手去搔痒，口里就讲不下去了。"社长说。

隔了半点钟，掌声又起。新娘子已经上去，兽医不见了。发辫扎着红绒绳子的新人，虽说大方，脸也通红了。她说：

"各位同志，各位父老，今天晚上，我快活极了，高兴极了。"

姑娘们吃吃地笑着，口说"快活极了，高兴极了"的新娘，却没有笑容，紧张极了。她接着讲道：

"我们是一年以前结婚的。"

大家起初愣住了，以后笑起来，但过了一阵，平静地一想，

知道她由于兴奋,把订婚说作了结婚。新娘子又说:

"今天我们结婚了,我高兴极了。"她从新蓝制服口袋里掏出一本红封面的小册子,摊给大家看一看,"我把劳动手册带来了。今年我有两千工分了。"

"真不儿戏。"一个青皮后生子失声叫好。

"真是乖孩子。"一个十几岁的后生子这样地说。他忘了自己真是个孩子。

"这才是真正的嫁妆。"老社长也不禁叹服。

"我不是来吃闲饭的,依靠人的。我是过来劳动的。我在社里一定要好好生产,和他比赛。"

"好呀,把邹家里比下去吧。"一个青皮后生子笑着拍手。

"我的话完了。"新娘子满脸通红,跑了下来。

"没有了吗?"有人还想听。

"说得太少了。"有人还嫌不过瘾。

"送亲娘子,请。"司仪姑娘说。

送亲娘子搂着三岁的孩子,站起来说:

"我没学习,不会讲话。"说完就坐下去了,脸模子也涨得通红。

"要新郎公讲讲,敢不敢比?"有人提议。

"新郎公呢?"

"没有影子了。"有人发现。

"跑了。"有人断定。

"跑了?为什么?"

"跑到哪里去了?"

"太不像话,这叫什么新郎公?"

"他一定是怕比赛。"

"快去找去,太不像话了,人家那边的送亲娘子还在这里。"社长说。

好几十个人点着火把,拧亮手电,分几路往山里,塅里,小溪边,水塘边,到处去寻找。社长领头,寻到山里的一路,看见储藏红薯的地窖露出了灯光。

"你在这里呀,你这个家伙,你……"一个后生子差点要骂他。

"你为什么开溜?怕比赛吗?"老社长问他。

邹麦秋提着一盏小方灯,从地窖里爬了出来,拍拍身上的泥土,抬抬眉毛,平静地,用低沉的声音说道:

"我与其坐冷板凳,听那牛郎中空口说白话,不如趁空来看看我们社里的红薯种,看烂了没有。"

"你呀,算是一个好的保管员,可不是一个好的新郎公,不怕爱人多心吗?"社长的话,一半是夸奖,一半是责备。

把新郎送回去以后,我们先后告辞了。踏着山边斜月映出的树影,我们各自回家去。同路来的姑娘们还没有动身。

飘满茶子花香的一阵阵初冬月夜的微风,送来姑娘们一阵阵欢快的、放纵的笑闹。她们一定开始在听壁脚了或者已经有了收获了吧?

一九五七年十一月

前途似锦

/// 欧阳山

一

在朝阳村的东头,离那个浅浅的水湾不远,那儿住着两个庄稼汉。他们是两兄弟,大的叫梁松,小的叫梁槐。这两个人虽是同一个爹娘所生,可是脾气大不相同。梁松刚强正直,看见没道理的事情,就豁出性命也要去拼,因此村里的人都管他叫"武松"。梁槐胆小怕事,凡事总是逆来顺受,拿两个胳膊抱着脑袋过日子,好像他整天准备挨打似的。这样,他弟兄俩就不大合得来。家是早就分了的。他们老爹在世的时候赚下来的两亩七分田,因为地形的缘故,梁松自己只拿了一亩二分的两块,倒把一亩五分的两块,又是较好的,给了梁槐。可是好田可以让,好话他是连一句也说不出来。他一看见他兄弟,就指着鼻子骂:"看你这个样子,连响屁都放不出一个来,真不知道你哪一天才能够出人头地!"梁槐只是用手摸一摸脸,说了半句话:"出人头地?……"往后就又不声不响了。这样子,他兄弟之间虽然没有其他的恶感,总觉得貌合神离。

老爹过世之后,他们当真各人按照自己的脾气,过自己的日子。十多年以后,那景况就渐渐看出来了。穷兄弟们都说梁松好。有粥有饭,都想着叫梁松来吃一口;蒸糕包粽子,都要拿一点给他;有那委屈难过的事儿,都要跑去和他讲一讲。地主老爷们可不一样。他们说梁槐好。他们讨厌梁松,就说他脾气古怪,没上没下,任性逞能,不通人情。穷兄弟们说:"梁松要是能当上个东家,那咱们就安乐了。"地主老爷们听了这样的话,脸上是笑一笑,心里面可是跳一跳。他们当然不发愁说有一天梁松真会当上东家,他们只是心里不舒服。往后梁松来借钱,他们就要看贵点利;梁松来讨零活儿,他们总给他一些难做的活儿,还要加上七除八扣。这样子,到了一千九百三十七年,抗日战争爆发之前,梁松的一亩二分地是连一厘都不剩了,住的房子也变成歪歪扭扭的了,衣服越穿越难看,也越穿越厚了,吃饭也是有一顿没一顿的了。老婆病了没钱治,也死了。只剩下个男孩子,叫做梁树坚,那时候才十一岁。身子是瘦瘦的,可是顶有气力,能干活。老二梁槐就不一样了。他也娶了妻,但是没生子女。他的田地从一亩五分变成两亩了,他的房子、衣服也都光鲜起来了。梁松还能从老二的眼睛里看出一股骄人的气势来。有一天,他想到应该给

梁树坚说点什么才好,他就把孩子叫到跟前,阴沉着脸孔道:

"阿坚,你的年纪也一天比一天长大了,也应该懂得一点做人处世的道理了。一个人做人,得像一个人的样子。要光明正大。你想着什么事情对,就应该去做。不要管那些糊涂虫怎么说。不要怕事情大,做不来。不要怕旁人嘴巴尖,就昧着自己的良心。不要怕别人势力大,就顺着嘴去溜沟子。不要怕自己吃点眼前亏,就颠倒是非。这样,你一辈子都说得响亮。大伙儿也不会在你后面指指戳戳,你就算有眉有目地活着。我跟你二叔就是这样子,不相同的。尽管有人眼红他,我是不眼红的。富贵的事嘛,老天爷会来管。"

他把十来岁的儿子当作一个大人一般在说话。可惜不单他自己说不清楚,就是树坚这时候,也听不明白。树坚这时候坐在地上,拿手指茫茫然地在画着他面前的黑泥土,不懂得前途有什么东西在等着他,要他怎么对付。不过有一点,他是知道的。这就是他爷儿俩过得很穷。怎么说,他心里头也十分爱着他爹。他爹是一个有本事,有见识,说干就干,大家都敬爱的人。

就在那回谈话后不久,村子里出了一件事儿。有一天,地主梁八的儿子在田基路上追赶一个放牛的年轻姑娘。这位少爷平常是住在省城,不大回家的。也没有人确实知道他干什么事。只见他穿着军服,披着手枪,就觉得他大概是一位军官。他到底为什么追赶那年轻姑娘呢,也没人知道。他到底是闹着玩儿还是认真在搞什么名堂呢,更加没有知道的人了。那天气候清朗,天空蓝得发亮，连一片小白云也没有。那看牛姑娘在田基路上跑，就像受惊的鸟儿在天空中赶快飞一样。她一边跑，一边嘴里叫喊，头发都散乱了，拖在脑袋后面，像彗星的尾巴一样。梁松正在田里做活儿，连忙放下家什，跑上去看是什么事。那军官正追得高兴，忽然看见梁松从下面冲上来，他怕挡住自己的路，就一手把梁松推开，嘴里嚷着："滚开！滚！"梁松是他的叔祖辈，他看不得他的侄孙辈这样胡闹，就挡开了他的手，回骂道："滚什么？你叫谁滚？畜生！"这一下子，那军官少爷站住了。他一看清楚那是梁松，就觉得自己骂得不对；可是他又一想起自己是梁八的儿子，就又觉得自己是完全对的了。他从小就吃过梁松的苦头的，他恨梁松。这样，他们开头吵，后来动了手。那军官差一点叫梁松给摔到田里去，他急了，就掏出手枪，对准梁松放了一枪。……

梁松那年才三十七岁。他快要咽气的时候，叫树坚去把梁槐叫了来。他把十一岁的儿子付托给弟弟照管。梁槐耷拉着头，远远地坐在门槛边的一张矮凳子上，一言不发。他显然是很不赞成在他面前所发生的任何一件事情。梁松简单说了几句嘱咐的话，就觉得没有什么要说的了。后来他看见梁槐那垂头丧气的样子，他又想教训弟弟一顿，再提醒儿子一番。可是一想到在这时候引起争执，也不是法子，就拐弯抹角地说：

"我们弟兄俩走的道儿是不一样的。不是么？还是让咱们各人走各人的吧。反正这也不碍着谁的事儿。对不对？"梁槐点头说："是，是不相同。"梁松就转过去对儿子说："记住我，阿坚。只要记住我,你就知道什么地方有人,什么地方有蛇。不要因为地主老爷给你一点甜头,就高兴起来。蛇多会儿还是蛇。"梁槐觉得哥哥这些话里有刺儿,就皱起眉头来。他心里在想:"你说这些道理倒都是对的。就是一个人不能按着这些道理过活。那有什么法子呢?"梁松停了一停,又往下说:"阿坚,你的脾性,我是知道的。你是一个好孩子。以后你跟二叔一块过活,得像孝敬你爹一样地孝敬他。凡有不如意的事儿,也得将就着点。……"说到这里,梁树坚大哭起来。就在这号啕大哭的声音当中,梁松闭上了眼睛。

这以后的几年中间,梁树坚就跟着他二叔过活。他二叔、二婶待他是好的。他也孝顺叔婶,卖劲干活儿,又不嫌冷热,不爱吃穿。人们都称赞这孩子没有说的。可是不多久,他二婶黄顺就看出来这好孩子有一个怪脾气。他不单是给自己干活儿卖劲儿,就是给别的人干活儿,也一样卖劲儿。她把梁树坚这怪脾气告诉了梁槐,梁槐暗中查看一下,果然不假。凡是那些老弱孤寡,缺人缺牛的人家,有什么零碎活儿,是一个十来岁大的孩子做得了的,他都给人家做了。他送饭常常送两三份,看牛常常看三四头,有时在看牛的时候,帮着人家拔草。人家也没有什么给他,多半只是说一两句好话:"阿坚,你真好。你真像你爹阿松。"他就十分满意了。

梁槐虽然知道这种情形,可是觉得孩子给自己家里也没有少干活儿,也就算了。黄顺可不那样想,她说:"阿坚要是不那么三心两意，他给自己家里干活儿就会多得多。"梁槐一想也是，就把梁树坚找来，着着实实地把他训了一顿：

"阿坚，你真傻，你真像你爹阿松。人生在世，哪有吃着自己家里的饭去给别人家里干活儿的道理？你没有衣服，人家给不给你缝？你没有媳妇，人家给不给你娶？"

梁树坚年纪还小，不知道人生在世，到底都有些什么道理。可是人家说他像他爹是真好，二叔说他像他爹是真傻，这谁是谁非，他算一眼就给看出来了。这以后，他的心就更加不向着他二叔，倒更加向着外面。久而久之，树坚给自己家里做活儿竟是有气无力，懒懒散散；又久而久之，他竟然不回家吃饭，后来竟然不回家睡觉了。梁槐唉声叹气地说："没法子，没法子。又是一个野的，养不熟的。眼睁睁地望着他又奔上他爹的那条老路。"

几年之后，梁树坚慢慢长大了。虽然很瘦，气力是有的。到了有人肯雇他那样的年纪，他就到地主的"围馆"里去住了长工。见面是少了，感情还是好的。叔婶老惦着侄儿，侄儿老惦着叔婶。就是不能说正经事，一到了正经事就谈不到一搭里。经过抗战之后到了解放，经过解放之后到了土地改革，经过土地改革之后到了互助合作，天下的事儿越来越新样，梁槐觉得自己越来越不济事，不懂了。世界也是走得太快了一点儿，他撵不上。在土改的时候，他觉得侄儿忽然行了时，也不明白大家为什么那样抬举他。看见梁树坚斗地主斗得那么坚决，他就自己想："地主倒是该斗，可是阿坚太狠了一点儿。这也没有法子。阿坚是老虎眼睛，只会直望。"到了分果实,人家那没房没地的,分了很多东西。他自己原有两亩田地,只给他补了几分就算了。他心里倒是挺高兴的,可是还有点埋怨侄儿不照顾他,就叽叽咕咕道:"阿坚这孩子真是个幡杆灯笼,照远不照近!"照他自己想,他侄儿是说得事的,只要侄儿一开腔,大家就会多给自己一亩几分地。到了土改结束以后,梁树坚虽说跟一个叫作陈钻好的女孩子自由恋爱结了婚,可是土地上头,也不过跟大家一样分到了那么一份。梁槐就和黄顺说:"你瞧,除了一个便宜媳妇之外,他可不是什么也没有捞着!像这样一份田,不要那么死拼活拼地搞,你给我手板叠手背,款款儿盛着也是能够分得到的!"后来村子里搞起农业生产合作社来,梁树坚来问他道:"二叔,咱们要办合作社了。你入不入?去开开会吧,去听听吧!"梁槐微笑着说:"我怎么不入?你别光看我落后,大伙儿的事,我从来没有拗着不干的。"他入了社,大家选梁树坚当社长的时候,他一面心里不赞成,一面也随着大家投了一票。投了票以后,又后悔得不得了,怕害了侄儿。

二

一千九百五十四年的年头,梁树坚当了朝阳村光荣农业生产合作社的社长。一当了社长,他就觉得有三桩事情,很不遂意。第一桩是看出来社员里面,不是个个都那么爱护社的。他原来以为个个人都像他自己一样,把社当作家。后来他明白了,还不是这个样子。有些人是一心一意搞好社里面的生产的,也有一些人老是三心两意,常爱闹别扭。第二桩是他的老婆陈钻好时常有些闲言冷语,听来怪不好受。他原来以为陈钻好对他所干的工作会自然而然地了解的,后来他也明白了,陈钻好对合作社的工作是既不了解,也不参加,倒是有点半信半疑的样子。梁树坚心里想:"看她那样子,她和二婶倒是一路的。"第三桩是春荒的威胁。这倒不是事前想不到的事儿。往常碰到"三穷四绝五翻苏"的时候,可以做个小买卖,干点儿别的营生,糊弄过去。今年只怕不成。

春分过后不久,眼看清明就要到了。有一天早上,梁树坚从区里开完会回来。他到了家,只和陈钻好说了几句话,把他们的小女儿,年方三岁的阿玉,抱起来摇了两下,就放下她,走出去了。家里面柴、米、油、盐的事情,他一句也没有问。陈钻好在他背后望了他一眼,低下头来咕噜了几句含糊不清的什么话,他也没有在意。他跑到合作社那五大块准备种水稻的田里去看了一遍。犁是犁好了。大部分都耙过五六遍了。今年春雨也好,乌黑的土地全浸在清油一般的田水里。他很高兴。他和几个还在耙田的社员打过招呼,说了几句笑话,就跑到秧田那边,蹲在秧苗旁边,看得出神。秧苗都长得又粗壮、又鲜明,整整齐齐的,三四寸高的一大片。这些秧苗在春风里面娇滴滴地摆动着,又绿、又嫩,爱得人心里发痒。他看了一会儿,觉得更加高兴,就去找了第一生产队队长梁满,问问插秧工作的准备情况。梁满是一个矮矮的、结实的、全身晒成古铜色的青年团员。他正在水窦旁边看水,一直起腰,将铁锹竖在身边,像挂着一根拐杖似的,急急忙忙地说:

"我看不容易。有许多人听说社里要插百分之五十的小科密植，就捂着嘴笑。社员们当面也许不开腔，背后是有意见的。"梁树坚说："社员们大部分都不赞成么？"梁满很快地摇着头回答："那倒不。大部分倒都是赞成的。不赞成的是小部分。可是难就难在这个小部分。"梁树坚听了，只是笑着点头，再没说什么。后来他又在田基路上碰见了副社长兼第二生产队队长潘有，他就问问第二队的情形。潘有是一个三十多岁年纪，还没娶妻，高大身材，秤钩鼻子的男人。他是一个生产能手，因此他十分自信，以为全体队员都听他的话，服从他的领导。这时候，他正挑着一担石灰，往自己的田里走。听见梁树坚问他，也没有停下脚步，嘴里说着："没问题。咱们第二队是团结得很好的。"就头也不回地走过去了。梁树坚很不满意这种答复，举起右手，使劲揉着自己的脸。他想说些什么，也没有来得及说，只是自己嘀咕着："没问题。团结得很好。哼，我看你牛什么！"以后就在路旁呆呆地站着，很吃力地望着潘有的背影。太阳照亮了浸在水里的土地，也照亮了那年轻的、今年才二十八岁的梁树坚。这时候，他看来是很细很长的一个人，手脚也很长，背有点拱。他的尖削的脸孔红通通的，那大大的嘴巴，因为生气，扭歪着。高颧骨，大眼窝，证明他是真正的珠江三角洲的人。那大眼窝里面藏着一双深黑的眼睛，因为望着远处，就轻轻地眯着，越显得这满身精力的男子是十分勇敢、顽强、可爱。

梁树坚走出去的时候，并没有告诉陈钻好，他是去了解合作社莳田工作的准备情况。陈钻好望着他的强壮的背影一摇一晃地走远了,心里实在爱他,也为他整天奔波劳碌,觉得心疼。她端庄平静地坐在一张矮凳上,眼睛睒着趴在地上玩耍的阿玉,其实是什么也没有看见。她想不明白梁树坚为什么会这样忙。跟着,慢慢地,她就想起村子里这几个月隐隐约约流行着的一些闲言闲语来。那些闲言闲语说到一个年轻女孩子,叫作黎珍,她是一个青年团员,又是合作社第二生产队的副队长,已经到了出嫁的年纪,还没有出嫁。村子里流行着的舆论,就是说她爱打扮,爱吃,爱和男人们说笑,有点"妖妖冶冶",还说她发过誓,要挑选村子里一个最好的男人。甚至还有人说她和梁树坚很要好,时常两个人打打闹闹。想了一会儿,她就自己对自己说:"不会的。他不是那样的人。"说完就走进房间里,打算舀两碗米出来做早饭。打开米缸一看,糟了,米不够了。她想起去年冬天阿玉害了一场病,她去卖谷子给小女孩治病的情形,又轻轻叹了一口气,她明知家里什么也没有,还是把坛坛罐罐翻腾拾迭地找。天气很凉,可是她那鹅蛋形的脸上直淌汗。没有吃的给自己的男人弄出来,那她是于心不忍的。后来,到底找到了一些已经忘记了的芋头干片。她才透了一口气,急急忙忙地动手煮起粥来。一生火,就一堂屋里都是烟,那烧焦稻草的气味把人呛得淌眼泪。等粥煮好了,火烟也慢慢散出去了,阿玉肚子也饿了,就闹着要吃。年轻的妈妈给她舀了一点点,她舌头一舔就吃完了,又要。钻好又给了一勺子,阿玉嫌少,不答应,嘴里一个劲儿嚷着:"不,妈妈,我要多多！不，妈妈，我要多多！"阿玉这嗓子叫唤得跟小鸟儿歌唱一样，本来是很好听，很天真可爱的，可惜陈钻好这会儿想着的是别的事情。她打开粥锅一看，估量着那里面的分量，实在不够三个人吃，就不但不喜欢阿玉那婉转清脆的嗓子，反而倒生起气来。她给孩子又添了一点点，装出严厉的样子说："好了，好了。再不给了，再没有了。"看见阿玉的舌头一舔，碗里的粥又没有了，还举起空碗要芋头干。她急得没有办法。她自己也饿得很。锅里的粥是再不能动了。她抢过阿玉的碗说："找爸爸去。把他找回来，咱们一道吃。也没见过这样的人，到这个时辰，肚子还不饿！"阿玉也不由自主，叫妈妈牵着手，很不高兴地，一脚高一脚低地，踢踢踏踏地走出去了。

　　这时候，梁树坚慢腾腾地走着，回到家里。他和第二生产队队长潘有碰面之后，就带着满肚子的不高兴走到副业组组长黎添那里，心不在焉地问着养猪的情况。谈了一会儿，觉得肚子有点饿了，就往家里走。他一面走，一面把今天从各方面听来的情况，再加上自己亲眼看见的一切，对合作社的工作做了一个估量。自从合作社管理委员会给全社提出了今年早造莳田要插小科密植百分之五十的任务之后，他的心里就非常焦躁，社外的人对什么"小科密植"是抱着冷嘲热讽，等着瞧热闹的态度的，这他很清楚，也不害怕。第一生产队有一两个人有点叽咕，他也很清楚。队长梁满正在战战兢兢地进行说服的工作，他也能够信任这个队长。只有第二队的情况，实在令人担心。按照队长潘有的看法，是"没问题。团结得很好"。梁树坚觉得他的话没有分量,信不得。他自己就清清楚楚地知道有一两人,其中像他的叔叔梁槐,就不是没问题,而是有问题。也许正像第一队队长梁满所说的,那些人现下只是不愿开腔。他自己想道:"现在咱们摸不准情况,多危险哪!到了拔秧的时候,事情一闹出来,那就迟了,迟了!"初春的凉风吹着他,他只觉着喉咙干渴,燥热非常。他好像看见有一层浓厚的云雾,把第二生产队整个儿地,紧紧地裹住,任凭他怎么拨也拨不开,想往里看,也看不清白。他一路走,一路咳嗽着,一只手不知不觉地把上衣的纽扣全部都打开了。

　　进了门,他还在接着往下想。他坐在堂屋的铺板上,竖起一只脚,扳着手指头来数一数第二队队员的名字。他数道:"潘锡,这是比较好些的。其他呢,黎煜、梁栋、潘香,都成问题……"这时一阵芋头香味儿冲进他的鼻孔,他嗅了一下,就站起来,走到粥锅旁边。他一面想:"说到煜嫂和栋嫂,那是更加难相与的。"一面就拿起碗勺,掀开锅盖,舀起一碗芋头粥,唏里呼噜地喝了下去。锅盖敞开着,香气热腾腾地冒起来,他不知不觉又喝了一碗,再接着考虑第二队的问题:"是的,应该这样。"他给自己做了一个决定。"我应该自己去了解第二队的情况。不用等谁。也不指望谁替我办!"他也实在饿得慌,就这么站在锅台旁边,一面想心事,一面喝粥,一阵烟工夫就把整锅粥给喝完了。喝完了粥,肚子即使还觉着不大够,倒也算饱了。他拿起上衣的前襟擦掉那尖削的红脸上的汗珠,就瞪着两只大眼睛到处找起钻好和阿玉来。

陈钻好也是第二队的队员，他决定从她了解起。找不着钻好，他就挑起水桶，到村前的小河去担水。这种小河，在美丽的珠江三角洲通常不叫河，叫作"涌"，说起来和"冲"字的声音一样。他挑到第三担水，钻好和阿玉就回来了。

等到问明情由，梁树坚才知道她两母女还饿着肚子。开头，他十分后悔。看见阿玉倒没有大哭大闹，只是站在一边，静悄悄地淌眼泪，舌头还贪馋地舔着嘴唇，他无论怎么都不忍。农闲的时候，或者不开工的时候，农民们只吃两顿饭。要饿着肚子等到吃晚饭，还得好长一段时间。何况按照钻好所说，他们晚饭的米还不曾有呢！他把阿玉抱在膝盖上，偎着她那像自己一样尖长的脸，说了许多好话哄她。后来，他完全肯定这都是陈钻好一个人的过。他从口袋里掏出一张两百块钱和一张一百块钱的票子，塞在阿玉的手里，叫阿玉自己到卖零吃的、大家都称呼她"五婶"的家里去买个"西樵"大饼吃。阿玉自个儿满心欢喜地、踢踢踏踏地走了之后，梁树坚就骂起陈钻好来：

"你看你把个家搞成个什么样子！没米你也不说。做好了饭你又不吃。孩子又不让她吃饱。整天到处晃来晃去。合作社的事情可又没见你管一管！你到底干些什么来着？"

陈钻好照样端庄地坐着，脸上的神气好像没有什么感触的样子，也没有回答什么话。梁树坚在上衣口袋里到处寻找起来，打算掏出一些钞票，还是别的什么东西。可是到底连什么也没有掏出来。他只得拿一副十分抱歉的脸相，静悄悄地对着他老婆。这会子，陈钻好开腔了。她说："依我看，贩点大头菜去卖一卖，不就贩点霉干菜去卖一卖，先顾住两餐，才是正经事。"梁树坚哀求她道："那使不得。那万万使不得。没见过合作社的社长倒带头做起小贩来——带多么光彩的头呀！"说完就怒气冲冲地走掉了。

三

当天下午，青年团在驻社干部余飘向群众借住的那个朝南的阁楼上开了一个会。团支部书记梁树坚很早就到了。他浑身紧张地坐在桌子前面，一只手在玩弄着桌上一把没有钥匙的洋锁。余飘伸直他那两只竹篙一般的长腿，躺在铺板上和梁树坚商量怎样贯彻区委会的决定。区委会的要求就是从思想上保证顺利地插下百分之五十的小科密植。这是增加生产的第一个关键。没多久，第一生产队队长梁满，女队员梁梅，副业组组长黎添先到了。梁树坚看见这些人，登时有说有笑，好像他浑身都活泼起来，自在起来。又过一会儿，第二生产队的女副队长黎珍，队员潘锡也到了。黎珍是一个人未到、笑先到的大姑娘，她一来到，谈话声音就高起来。还有一个团员，那就是一个模范互助组的组长，叫作潘炳，因为到乡政府有事，得迟点才到。他们就先开会。梁树坚先传达了区委会的决议，其次就是讨论怎么执行。这样，他们很自然地就联系到小科密植的工作布置。大家都没有例外地认为可以完成任务。余飘插进了一句笑话，说："没有问题。没有问题。到时候完不成任务,可是要打屁股的呵!"大家又快乐无忧地大笑起来。

　　对于这些快乐无忧的年轻伙伴,梁树坚是十分心爱的。这批人个个都年轻力壮,个个都像小牛犊一样。他们都是合作社的生产骨干。只要他们坚决要走什么路,别的人是阻挡不住的。他看见他们,就心花怒放,就觉得有了依靠。他自己本身也有一种天然的要求,要求永远和他们搅混在一起,永远和他们一道快乐无忧地大讲大笑。但是今天开会之前,他串了几家社员的门子,觉得有些社员不太可靠。他一点不怀疑这批青年团员能够完成本身的任务。可是其他的社员是不是一起跟得上来,他觉得没有保证。因此他的笑脸慢慢绷紧起来,他压制着自己个人对他们的赞美的情绪,沉着地、低声地说道:

　　"光靠我们几个人,我看完成不了整个社的生产任务。我们自己做得好,还要带动全体社员都做得好才行。我们到底只是少数呵!完成本身的任务,是容易的。可是要带动别人都完成任务,那就困难得多。我们还都没有学会。比方说,社员现在不反对小科密植,到底是抱着应付差事的态度呢,还是抱着喜欢乐意的态度呢?我们应该像了解自己一样地了解他们。"他说得很慢,他的锐利的、和善的眼光轮流地望着每个人。他这几句话起了相当的作用。每一个人都觉得是一个心地明朗的、可以信任的兄长在讲话。每一张脸都慢慢变得严肃起来。第二队的黎珍和潘锡在座位上不安地移动着。第一队队长梁满挺着那又宽又厚的胸膛,稳重地说:"是的呀,真是的呀!阿坚说得一点不差。我们第一队,连我和阿梅，一共有九户是真心赞成小科密植的。就是社里不规定，我们自己也得试试看。在去年互助组的时候，我们就试种过。使得！可是潘贵成那一户，你就摸不透他的心事。这个老中农嘴里总是说：'凡是政府号召的事儿，总没错的吧？大家不妨试一年看。多试不成，少试一点也好。'可是我们黎彩那位老姑奶奶后来就悄悄告诉我，说潘大叔其实心里面很反对。"第一队女队员梁梅，看来有点胆怯似的接着说："怎么不是！连黎彩她本人也是反对小科密植的。亏她还是一个贫农，她总是跟着潘大叔跑。左一句潘大叔，右一句潘大叔，叫到别人肉都麻。"第二队女副队长黎珍仰起她那又圆又大的脸，用手把短头发捋到耳朵后面。在朝阳村，剪辫子的大姑娘算来不多，她就是其中的一个。她还天真烂漫地笑了两声，才开口说："唉哟，我怎么晓得这些事情呢？你叫我落田，我倒还有一把力。你叫我做别的，我就不在行了。我赞成小科密植。也没听别人说过反对的话。我们队长潘有也没有说过什么人反对。其他的我就不晓得了！"副业组组长黎添是一个爱说俏皮话的人，他心里在说："其他的你就不晓得，哼。给你四两'片糖'煮糖水，看你晓得不晓得！"可是不知道什么缘故，嘴里没有说出来。第二队队员潘锡是个老实人，他踌躇了一下，就对大家说："开头我也是想不通。人家老一辈子的人说小科密植恐怕割不到谷子，我也就跟着人家嚷。我还想过，要不就由大家随自己的便吧，愿意插什么就插什么。现在我想通了一点儿了。不能那样子。要坚决。一亩地少打谷子就是大家少打谷子，

是大家的损失。"梁树坚听到这里,一下子激动起来了。他站起来,高声大叫地说:

"对。是大家的损失。还是国家的损失呢!工厂和部队都等着咱们运粮食去呢!"后来他索性离开桌子,站了出来。躺在铺板上的驻社干部余飘也吃了一惊,连忙坐了起来。只见梁树坚红着两眼,挥动着右手,接着往下说:"阿锡说的是真话。值得咱们大家向他学习。说了真话,咱们就能够进步。无论如何,咱们农民不是坐着在等工人大哥们把机器给咱们送来的。咱们应该证明给大伙儿看,说到建设国家,咱们农民是怎样的人!谁说农民眼睛只看到门前三尺远的,要打他一个响亮的大嘴巴!"他的话有一种刺激的力量,使得大家都仰起头来,出神地在想。对于第一队队长梁满,他的话更富于吸引力。梁满幻想出一种紧张的情景,好像他正和梁树坚在一道跑步。梁树坚在前面,像一块磁石一样吸着他在后面跑。梁树坚拧回头对他说了这几句话,他的脚步就更加有力,更加轻快。他看见梁树坚坐下去了,就用手指轻轻敲着桌子说道:"大家都知道那个富农黎妹曾经说过,合作社要增加生产,除非等到十年以后。黎妹的老婆也曾经对咱们的社员潘香说过,叫她多吃点社会主义,少吃点生油。可是大家晓不晓得,这两天潘香、黎煜、梁栋这几户老中农社员跟黎妹他们来往得很密呢。这里面一定没有什么好事情,倒值得咱们留神。"黎珍听着听着,脸孔就红起来了。梁满讲的这几户老中农社员都是第二队的队员,她可一点儿也没听说过出了什么事。她重重叠叠地说："怎么呢？怎么样了呢？你叫我们留神什么呀？我们第二队只是有人说，今年的谷种太杂了，恐怕将来的禾要长得高高低低。可是没有人说过反对小科密植。就是潘香、黎煜、梁栋这些人也没有说过。他们说过么？我是没有听见过的！生油的事情，我也是有意见的。不过那到底是另外一回事。那跟咱们的生产计划有什么关系呢？"梁梅有点吞吞吐吐地反对她道："怎么还说没有关系？说那样的话是挑拨政府跟农民的关系。关系大得很！"黎珍不相信地摇着头说："没关系。没关系。我看没关系。"

这时候，有事去了乡政府，现在才到会的团员潘炳，从下跑到阁上面来了。他打着赤脚，走起路来没有一点声音。他的光脑袋从梯口一下子冒出来的时候，大家都觉得很突然。他上得楼来，一句话不说，只顾找适合的座位。找到了座位，刚坐下去，又站了起来，说：

"合作社出了新闻了。"他这几个字是对着梁树坚说的，其实他倒是对着全体到会的人说。后来他又补上一句："你们合作社出了新闻了。"往后他又重新坐下。可是刚一坐下，又像刚才一样站了起来，不用别人追问，就接着往下说："全村子的人都谈论开了。那个梁槐在村口的小铺子前面，对着大庭广众说：'你们叫我不种禾也行，叫我种小什么科的可是办不到。插得那么密，割什么呀！咱们的领导别的都行，就是不会种庄稼！'这一点不假，我是亲耳听见的。这样的人，还是个社员呢，还指望他来带动咱们互助组呢！"

这个新闻搞乱了整个会场。梁梅和黎珍自动地争论起来。余飘抓住潘炳追问梁槐说那番话的时候,有些什么人在场,别人发表过一些什么意见。黎添和潘锡在研究一个过去了的问题,就是当初办社的时候是不是应该吸收梁槐这样的人入社。梁满闷坐着抽烟。梁树坚在这种无法控制的吵嚷声中,痛苦地扭歪着嘴唇,一声不吭。他心里面在鼓励自己:"镇静一点,勇敢一点……"果然不久就平静下去。他重新满怀信心地、恳切地对大家说:

"不要害怕。不要慌张。现在大家都看得见了,再明白也没有了。反对小科密植的人不是没有,倒是不少。只怕不光我二叔一个人。按这么说,合作社能不能够增加生产,那责任就在咱们身上。咱们要说服,要带动。咱们负着完全的责任。来吧,让咱们马上就行动起来。"

余飘马上应声说:"对。咱们马上行动起来。这是一场严重的斗争。这是一场严重的阶级斗争。"梁满搔搔脑袋说:"咱们应该怎样行动呢?咱们应该怎样斗争呢?"梁树坚想了一想,就提出自己的意见道:

"依我看,咱们合作社社员有思想问题。有些人不能全心全意为社着想,为大家着想,为集体着想。"

余飘摇摇头,不同意地说:"思想问题,在建社的时候已经解决了。现在一定是一个政治问题。有坏人捣乱无疑。咱们应该追谣言,追破坏行动。"

梁树坚仍然坚持自己的意见道:"我把话说完,大家再来从长计议。我看咱们合作社里有三个妖怪。第一个妖怪藏在我二叔家里。它挑唆人家不相信小科密植。第二个妖怪藏在黎妹家里。它挑拨咱农民跟工人的团结。第三个妖怪是一个老妖怪。它会分身。它藏在好些社员的心里。它整天念咒：'为你自己，不要为集体。为你自己，不要为集体。'你们看对不对？"

大家纷纷响应道："对，对。"大家都赞成梁树坚的主张，根据这三点进行说服教育，不赞成余飘那追谣言和追破坏行动的主意。余飘虽然嘴里吭吭叽叽，到底没说出什么话来。事情就这样决定了。

分完工以后就散会，大家分头去找自己的对象谈话去。梁树坚走到一个大池塘旁边，在一棵荔枝树下面坐着。他望着池塘里面的鱼上上下下，浮浮沉沉地游着，好不自在，就朝那里面抛了一块小石头，自己慨叹起来道：

"弟兄们，咱们什么时候才能够变成社会主义的人呵！"

黎珍去找到了第二生产队队长潘有，约他一道去找梁槐谈话。潘有一听见梁槐在大庭广众之中说了那样的话，就先冒起火来。他说："他不服从社的领导，叫他滚出去。看咱们合作社没有他是办得起来，还是办不起来。"后来他们一道走了出来。走到半路上，潘有站住了。他忽然想起一件事，就问黎珍道："是呀。那梁槐是他的亲叔父，怎么他自己不去，倒把这件好差事套在我们脖子上呢？"黎珍不用想就明白潘有说的那个他是谁，便回答道："本来大家也有那个意思，要阿坚先去说说看。后来阿坚对他们解释,说他自己去反而会把事弄僵,大家这才改变了主意,要本队的队长先去试试看。"潘有说:"哼!说得倒好听。他这个人就是鬼灵精。不光鲜的事儿总往别人身上推。你呢,你怎么说呢?"黎珍有点娇气地笑了一笑,清楚嘹亮地回答道:"我认为阿坚是对的。"这一下,潘有更加冒火了。他爱着黎珍,想娶她做妻子。这一点,他认为全村人都知道,就是黎珍本人也应该是知道的。但是村子里近来流行着她和梁树坚很要好的闲话,这使他很不好受。不想起这桩事,还犹自可;一想起这桩事,他就浑身不自在,觉得梁树坚这个人很讨厌,这个人说的话都不可靠。他紧闭嘴唇,站了一会儿,就向涌边系着一只小艇的地方走去,黎珍懒洋洋地跟在后面。在涌边,他用质问的口气对黎珍说:"阿珍,你怎么能够这个样子呢?梁树坚说东,你也说东;梁树坚说西,你也说西。梁树坚说大科疏植好,你也说大科疏植好;梁树坚说小科密植好,你又说小科密植好了。你自己不应该有点儿头脑么?"黎珍一看见他那副眼神,就知道他在转着什么念头。别人说她和梁树坚要好,她虽然觉着冤枉,可是并不生气。别人说潘有就要娶她做妻子,她是生气不过的。这时候,她立定了主意。就不慌不忙地回答道:"正因为我有了点儿头脑,所以我总觉着他是对的。你要是也有点儿头脑,你自己也会学我一样的。"潘有实在忍耐不住了,就对她提出了忠告,说:"你老是这样跟着他,可不会有什么好结果。"黎珍不接受他的忠告,反而拗性地说:"你顶好不要担心。我知道我这样跟着他跑,准能有好结果。"潘有脸色发青，嘴唇发抖地说："你爱跟他跑，你就跟得去。我可是不能陪你疯癫！"说完拔腿就走。黎珍开头还决定单独去找梁槐谈话，可惜没走上几步就软了下来，回家去了。

四

到了插秧的前一天，除了黎珍以外，全体团员都展开了紧张的活动。他们的人数不多。但是他们有着共同的目标、不凡的抱负，因此那力量也就很有分量。他们了解自己是年轻的、进步的，代表着社会主义去向落后的、保守的、代表着资本主义的势力进攻。他们个个都朝气蓬勃，又刚强又勇猛。朝阳村里那些互助组、单干户和一些闲杂人等也许还不觉得怎样，可是那些富农和地主，都隐隐约约感觉到这种社会主义的力量开始进攻的压力。富农黎妹偷偷摸摸地在全村子里溜了一遍，他看见第一队队长梁满在寡妇潘香家里坐着，看见第一队女队员梁梅把另外一个女队员黎彩邀到潘贵成家里谈论不休，又看见第二队队员潘锡在黎煜那个烧饭的"下间"磨磨转转，又看见副业组组长黎添抄起手站在梁栋的大门口，和梁栋有说有笑地闲聊着，他就赶紧叫自己的老婆到地主梁八家里去报个信。这地主梁八是一个大恶霸，在土地改革运动当中已经被处死刑，只有梁八的老婆，那"地主婆"还活着，那地主少爷也早就逃到香港去了。黎妹对他老婆说："你悄悄去告诉八婶，叫她醒定一点，人家青年团员全体出动了，说不定那些小王八羔子又搞什么名堂！"

那天太阳偏西的时候，梁梅、潘锡、黎添都到余飘住的那个阁楼来汇报工作。互助组长潘炳也到那儿来汇报互助组的插秧准备工作。只有梁满和黎珍没有到。那几户有问题的人家都没有正面反对全社的插秧计划，只是说："我们有什么意见呀？大伙儿说怎么办就怎么办吧！"或者说："小科密植是好东西。不过我们没有见过，不大放心是了。"要不就说："好吧，你既是好心来相劝，我们明天就照着社的计划插吧。"社长梁树坚曲着两腿，坐在铺板上，把笔记本放在膝盖上，在那上面用自来水笔歪歪扭扭地记录社员们的思想情况。他每天听汇报，每天都在认真仔细地做笔记。大家汇报完了之后，他不大满意地摇着头说："咱们青年团的力量还没有使出来。咱们的工作还很不深入。他们的思想还没有暴露。现在，我越想越觉着集体观念这东西最要紧。一个人没有集体观念，他心里的话也不跟你谈。再来一下——今天晚上再努一把力！明天，说不定能插下去。可也说不定临时会出乱子。这全得看咱们的努力！"大家提起怎么没见梁满回来，潘炳给大家说了一个笑话。他说："也不知道梁满给他那守寡的婶婶潘香谈小科密植谈到哪里去了。我打她住的那条巷子的巷口经过，看见梁满。你们猜他怎样？他不是站在那里，也不是坐在那里，却是趴在地上。潘香的小儿子骑在他的背上，手里拿着一根禾秆在赶着他，吆喝着他。小满一面装着牛叫的声音，慢慢在地堂上转着圈子走，一面抬起头和蹲在他旁边劈柴的潘香拉话。累得他满头都是汗。"大家听了，大笑了一阵子，才慢慢散去。这一天汇报，余飘只是紧绷着脸孔听，一言不发。后来梁树坚叫余飘去和黎珍好好谈一谈，要她在这插秧的紧急关头，不要闹别扭。余飘也是无可无不可地表示了同意。商量好之后，梁树坚就到区上去交涉春荒贷款去了。余飘到了黎珍那里，还没说上三句话，她妈妈陈有娣就插进来说："我说，同志，你们别再来动员她去工作了。二十几岁的大姑娘，一天到晚不归家。又要听人家的闲话，又要受人家的闲气。同志，我不让她出去了。反正她在第二队，我在第一队，我们都插密科小植，——不，小科密植！"余飘觉得自己没有话说了，就望着那寡妇的精明能干的脸孔，嘻嘻地笑了一阵。再看看黎珍，只见她呆呆地坐在一旁，脸上纹丝不动，摸不清她的心事，就扯淡说道："我这个月没买糖，把我那四两'片糖'让给你吧。"说完再也寻不上别的事儿，只好又勉强装着笑脸走出去了。在小街外面，他自思自想道："就是跟工人在一起痛快。这些农民兄弟，多么难伺候呵！"

第二天，开始插秧了。一早，天才蒙蒙亮，女人们就夹着秧板，背后捆着一束禾秆，男人们挑着秧络，相跟着到秧田里面去了。河涌里面，准备搬运秧把的小艇游来游去。除了合作社的社员以外，互助组的组员，还有一些单干户，也都陆续出动了。太阳慢慢撒开了金色的网，凉风把人们头上顶着的竹笠掀到脑后。在那金光闪闪的水田上，到处都是壮健的人，到处都说着笑话，唱着滚花和二黄。在拔秧的时候，大家都是兴高采烈的。到了插秧的时候，大家就严肃起来，一声不吭了。第一队插的是大涌尾那块禾田，大的约有三十亩。第二队插的是良滘那一块禾田，紧贴着大涌尾，大的有二十五亩。梁满一面担着秧，一面分着秧，同时也就精神紧张地四处打量着。他看见黎彩和潘贵成的老婆夹在众人当中，也按照规定的六寸长、六寸宽的距离把秧苗插在田里，心里觉得舒坦，轻轻叹了一口气。又看见全队插秧的妇女们弯腰在田里走着，两手轻快地、匀称地、一分一合地挥动着。他注意到梁梅平时那怯生生的神气现在没有了，她正红着脸，专心地、固执地工作着，她的手指灵巧地分出秧苗，抓住秧苗，准确地、迅速地插下田里，脚步同时轻轻地、有节拍地移动着。那科禾秧一站稳脚跟，就在水面上柔软地颠荡着。宽阔的田亩一时充满了无限的生机。梁满望着梁梅这样想："这样的人要是坚决要走到社会主义，谁能够挡得住呵！"在第二队插的良滘那一边，潘有也是一样地担秧、分秧，在田基两旁上上下下地跳着。开头的时候，情形还差不离儿。慢慢地，他就看出问题来了。第二队这八九个妇女，其中有四五个起初还是循规蹈矩地干活儿，只是少不免有些喊喊喳喳，另外有四五个只是敷衍了一阵，就放开手乱插起来。从六寸插到七寸，从七寸插到八寸，从八寸插到九寸、一尺。竟然还有插到一尺二寸的。条数从五六条插到十几条不等。又竟然还有一棵插下一大把的。为首的就是梁树坚的二婶黄顺，梁满的守寡婶婶潘香，还有黎煜的老婆，梁栋的老婆这些人。潘有站在田当中，两腿人字样岔开，对大家吆喝着："好婶子们，大家要注意规格呵！大家要注意规格呵！"那几个妇女果然听从他的话，把秧苗插密了一点。可是他一拧转身,她们又插得很稀了。原先那四五个循规蹈矩干活儿的,看见她们插得稀,插得快,一下子就插完一亩,不觉眼红起来。为了不叫自己吃亏,她们也跟着放手稀稀拉拉地乱插起来了。黎珍也在这一堆妇女当中,她看见自己这一队的田插得个乱七八糟,忽然疏、忽然密、忽然粗、忽然细,急得直想哭。她不肯跟着大家乱插,可也阻挡不住大家乱插。正在没法的时候,潘有去第一队那边看了一下,又慢慢走回来。他一看见自己这一队的田,吃惊得愣住了。那些秧苗哪里还像些秧苗,竟是歪歪扭扭的、弯弯曲曲的、粗粗细细的、高高低低的一大片,倒像是随便扔在地上,散乱不用的,一条一条、纵横交错的麻绳。他十分生气了。等不及走近前来,还在老远的田基上,他就张开两臂,大声叫嚷道:

"你们还乱插个什么呀?你们自己看看吧,简直是糟蹋秧苗!"等到走近了,他又加上说,"这是违反纪律!这是跟咱们全社的收成开玩笑!"

田里的妇女们停了手。等那队长走到跟前,黄顺挺起胸膛教训他道:"歇着去吧。别来瞎嚷嚷了。说到插秧,我们自己是懂得的。我们开手插秧的时候,你还没有出世呢!我们就只能插成这个样子,不能再密了,再密就连禾秆也要失收了。"

潘有满脸通红,手脚乱动地说:"这还成什么话?社里的规格是六寸,你们插的是一尺二!这是故意捣乱,破坏生产!"队长说出了这样的话,社员们骚动起来了。大家又乱哄哄瞎嚷了一阵,黄顺低声说:"好。我破坏生产。我不插了。"其他几个人像回声似的跟着低声说:"我也不插了。""我也不插了。""我也不插了。"黄顺在田水里洗了洗手,抽出几根禾秆在手里搓着,就爬上田基,朝村子里走去。后面跟着潘香、煜嫂和栋嫂。潘有看见她们真走了,就在后面跳起来骂道:"你们这些落后分子!咱们社员大会上见吧!得好好地斗你们一顿!呸!……"其余的队员问潘有今天还插不插,他也是粗声粗气地丧谤人家道:"你们自己拿点主意吧。愿意插就插,不愿插就拉倒。"他坐在田基的斜坡上,两手抱着脑袋,再不作声了。其余的队员也三三两两地坐在田基的草皮上,呆呆地望着良滘那二十多亩连成一大片的、乌油油的水田,没有了主意,陈钻好悄悄爬到黎珍身边,低声问她道:"阿珍,你瞧今天早上还插得成插不成?"黎珍附着她耳朵边回答:"谁知道呢。我想光怕难了吧!"钻好说:"要是这样,我要先走一步了。我们一个钱也没有了,我还得去张罗张罗,借钱籴米呢!"说完她就走了。她前脚从东边走去,梁树坚后脚从西边就到。这里的事情,他已经听说了一点,现在他望望那些人,再望望那片被人们抛弃了的田,他就完全明白了。他的心一急,登时觉得两眼昏花,浑身的血液热辣辣地往脑袋直窜上来,有点站都站不稳的样子。他再定一定神,暗自用力拴住那野马一般、扑棱扑棱乱跳的心,就望见大家都用求救的眼光盯住他。这时候,他觉得自己忽然聪明起来,不慌不忙地对大家说:

"你们等什么呢?插下去吧!她们会回来的。我去说说。"

这几句话说得很平淡，很简单，但是很有力量。本来插下去是正理，可是大家仿佛恰好不懂得这一点。听见他一说，大家都不觉得就笑起来，又有了一点信心。他等到大家又动手插起秧来，就走到大涌尾第一队那边，把情形一五一十告诉了梁满，又加上说："敌人已经反攻了。第一个回合，咱们吃了一点小亏。打下去，咱们一定要胜的。你们这边插完了，不要再拔秧，抽几个人过去帮一帮他们。"

正在这个时候，陈钻好脱下那套破了的黑布衣服，换上一套比较整齐干净一点的香云纱衣裤，准备到她堂哥哥陈廷荫那里去借钱。二婶黄顺就住在她旁边，听说她去，也想跟着去找陈廷荫。她们坐渡船过了一条涌，走了四五里路，就走到一个岔路口。从左边去，路是近一点，可是要穿着田走；从右边去，要远一点，不过是大路，好走。她们商量了一下，就顺着大路走了三四里路，到第二个渡口，过了渡就到了。这陈廷荫是一个不务正业的人，年纪不大，但是全身都露出灰灰暗暗、潮潮湿湿的霉样子。这一两个月他给一个"神医"当经纪人，不大出门，今天也恰好在家。他招呼她二人坐下。陈钻好说明来意，他就拿出五万块钱，递给他堂妹，还欺负两个妇道人家，以为她们不懂国家大事，得意扬扬地说："阿坚在那边是土改模范，我在这墟场上被人怀疑是狗腿子，可是今天土改模范真是'没饭'了，找狗腿子借钱了。叫你们永远跟着共产党走吧！说老实话，长穷难顾，我能借一回，可不能借两回。这五万块钱，你拿去吧。可要告诉他，打醒精神想一想。还是不要搞什么合作社了,一心一意务育自己的庄稼要紧。自己的庄稼种不好,别人可不能养活你。"停了一停,他又挤眉弄眼地往下说,"那小科密植是万万种不得的。只长草,不长谷。去年种过的人都知道。刚才听二婶讲,她们干得正对。你们合作社不是讲民主的么?讲民主就不能强迫人。没有饭吃谁担保?"陈钻好听见他这样说,心里吓得突突直跳。不知他说的是真是假,也不知借了他的钱是祸是福。她的手伸出去又缩回来,到底还是哆哆嗦嗦地接过了那五万块钱。

　　黄顺接着开口问:"荫哥,说是你那个神医能治百病,当中人的,每一个病人能赚五千块钱,是真的么?"陈廷荫说:"怎么不是?咱们神医的本领可大着哪,不管是头晕身热,也不管是五劳七伤,一两包神茶就好。不过他可有三不医:干部不医,合作社的社员不医,给西医看过的不医。"黄顺一时想不通,就拿手背擦着她那满脸的皱纹说:"这神医的脾气也真怪。好吧,我来当个中人成不成?"陈廷荫把她仔细打量了一番,不住点头回答道:"行是行。就看你能不能真心退出合作社。二婶,这里也没有外人,莫怪我直说。你们光反对小科密植,那是不行的。他们人多,又不讲民主,迟早会压迫你,斗你。你们要是退了社,那才是干净。再说,二叔早几年当过兵,打死过红军。有一天叫他们查出来了,不在社的还好,在社的就要当作有血债的来斗。那时后悔也就晚了!"往后,陈廷荫看见他的话发生了效力,就又拿出十万块钱,交给黄顺道:"钱你先拿着。当中人的事,退了社再斟酌吧。"黄顺拿过了钱,不敢完全收下。她手里拿着五万块钱,把另外的五万块钱退给陈廷荫,说:"退社容易。钱我是不敢多收。收一半,将来在中人钱里面扣吧。"两人你推我让,挨磨了好一阵子。陈廷荫十分阴险地眨了眨眼睛,说:"二婶,今天既然说开了,我再说一句吧。你要退社,可也没那么容易。你们一人一户,势力孤单。他们不怕你们,还得欺负你们。你跟二叔要是多得几户知心的人一起退社,他们就害怕了,不敢不依了!"黄顺不断点头说对,钱还是只肯收一半。陈廷荫也不再勉强。她们再闲谈一会儿,就走了。

到了吃午饭的时候,梁树坚觉得累了,肚子也有点饿了,就踢踏着两只光脚板朝家里走。还离老远,他就望见阿玉坐在门口玩耍,把一些小瓦片颠来倒去地玩着,玩得津津有味儿。他想:"钻好一定已经做好饭了,在等我吃饭呢。"想着想着,那唾沫就从舌根底下直往上冒。回到家一看,却没有那回事。灶头是冷冷的,一点烟也不冒。他还不相信自己的判断力,再掀开锅盖一看,空空如也:除了一点凉水之外,啥也没有。他问阿玉:"妈呢?"阿玉天真地回答:"谁知道呀!"他没精打采地走出门口。这时候,梁槐在隔壁门口出现了。他看见梁槐在向他招手,说:"来吧。把阿玉也带来吧。在我这边吃一顿吧。她们不知道跑到什么鬼地方去了,到现在还不回来。我们两叔侄先吃,不等她们了。我今天还烧了白菜肉汤呢,来吧!"梁树坚很爽快地接受了他的邀请。自从那回黎珍和潘有打算去说服梁槐,没有去成功之后,梁树坚自己就暗地里打算去试一试，可是一直没有找到机会。他知道如果自己贸贸然去找上门，那准会碰钉子。如果单刀直入地正面提出大道理，那更加会碰钉子。他太了解他的二叔了。最好有机会和他多接近，看准他高兴的时候，慢慢来谈。这时候，他拖了阿玉过去，张罗着摆好碗筷，盛了汤、饭，就香喷喷地吃起来。梁槐一面吃，一面拿眼睛瞟着侄儿，轻轻地叹着气。好像想说什么话，可是又始终说不出来。他自己活了半辈子人，没有一个子女。他出心爱他侄儿。见他眉精眼竖，精力饱满，堂堂正正，一表人才，心里着实喜欢，嘴里却不肯说。又想到他丢荒庄稼，乱搞胡为，将来一点根基都没有，着实替他可惜。说到那小什么密植，他认为将来一定不收，会弄得大家饿肚子，又十分生气。想劝他几句，可不知打哪儿说起。梁树坚看透了他的心思，可也不开腔，只是等着，耐心地等着。这会子看起来，他是十分温驯的，温驯得像十几年以前，一个小侄子和一个大叔叔同台吃饭的时候一样。那温驯之中，还带着奉承、买好、孝顺和一些难得在光荣农业生产合作社社长的脸上看见的情意。梁槐有一回说："唉，今年的春荒可是不好对付呵……"梁树坚等着，可是他没往下说。第二回，他又说了："我看合作社人多口杂，又不齐心，这将来也是个……"再往下等，他又不说了。第三回，他说得更加到项儿上了。他又照样叹了一口气，说："上面要的事儿，下面办不到；下面要的事儿，上面办不到。唉，我看你夹在当中，不错，是真难！……"可是就是这一回，也照样没有下文。梁树坚不管怎样，依旧吃着，笑着,等着;等着,笑着,吃着……

梁槐这里三公孙正在吃饭,黄顺和陈钻好两个人也回到了村子。潘有从田里急急忙忙赶回来,要找社长报告一个重要的、但是很倒霉的消息。正赶上在村口的地方,他碰见那两个女的。他恨恨地望了她们一眼,打招呼不好,不打招呼也不好,十分尴尬。他们三个人,各有各的心思,一言不发地走到梁槐门口,看见里面三个人正吃得香,一时都愣住了。里面三个看见外面三个一齐站定在门口,直着眼睛发愣,都放下了碗筷,阿玉嘴里一口饭也没有嚼烂,就跟着大人的样儿张大了她的小口。六个人十二只眼睛对望着,十分有趣。

五

潘有一把将梁树坚拉出门外,躲在一边,气喘喘地告诉他道:"不得了了,快想办法!听到确确凿凿的消息,我们这一队今天下午,有一半队员不肯开工!还听到一些不三不四的话儿,说有人要退社,也不知道是谁家,也不知道是真是假。"梁树坚平静地说:"你慌什么呢?你是副社长,难道光会发牛性子骂人,就不会想想办法么?社员们闹事情,是因为他们不相信集体的力量。你应该好好给他们谈,做出来给他们看。"潘有急得直跺脚说:"还提副社长,快给撤了吧!连队长也不当了,我也不想当了。"他最后这一句是有点威胁的味道的,不过听的人并没有在意。后来他两个又商量了一会儿,决定开一个紧急的社务委员会,研究办法。两个人分头通知，半点钟工夫，社务委员陆陆续续地来到了余飘住的那个阁楼。社务委员有七位，除了梁树坚、潘有、梁满这些社长、队长和副业组组长黎添这四个年轻人之外，还有三位年纪都比较大的。那就是本乡的妇女代表李金桃，也是一个寡妇；有生产经验的老农黎全就；做人很正派的老中农潘启正。会议开了两三个钟头，想不出什么好办法。余飘又提出他在团支部会上提过的主张，认为应该开个大会，把黎妹抓来斗一斗，然后在社员当中追谣言，追破坏。大家都不赞成。潘有提出一个硬主张，由社委会做出决议，坚持按照原定计划插小科密植百分之五十，谁不愿意插的就不要开工，等将来插普通秧苗的时候再说。梁满、黎添赞成这个主张。潘启正提出另外一个软主张，由社委会重新研究原来的插秧计划，不一定坚持原来的数字，由各队根据自愿去插，插多少算多少，等到下造，再来推广小科密植。李金桃、黎全就觉得这个办法好。余飘见开头自己提的主张不得人心，就发表了一个调和性的意见，认为能做到百分之五十的话，最好还是做到。按照他本人的考虑，他觉得两个办法都好，都可以试一试。他的话里面，夹杂着许多听来不很恰当的笑声。潘有听了，觉得余飘是支持自己的意见的。潘启正听了，觉得这位驻社同志的确赞成了自己的主张。往后大家就七嘴八舌地争论起来。

　　梁树坚坐在铺板的一头，别人一走开，他就把那铺板压得像跷跷板一样翻起来。他鼓起眼睛，张着大嘴，瞪着每一个人，听着每一个人说话。不知从什么时候起，受了什么人的影响，他在会场上养成了一种习惯，就是大家说话的时候，他总不大开腔，也从来不插嘴。起先，他听见潘有的意见，觉得也是一个办法；听见潘启正的意见，觉得也有点道理；余飘后来提出的解决办法，他也觉得不错。可是再细想一想，再听一听大家的辩驳，他的脸就涨红了，他的头筋就露出来了。他知道自己不能够赞成他们，就说："余飘第一个主张会把咱们搞成一团稀糟，我不同意。潘有的主张是强迫命令，也不好。潘启正的主张是放任自流，也不行。咱们还是应该说服大家，教育大家。这几天，青年团员做了一些说服教育工作，成绩可不小。要不然，闹别扭的人还要多呢！你们再想一想你们的主张吧。叫社员少开工，行么？一个社员少开几天工就要少许多工分。插秧一天，是可以做到两个劳动日的。这不是开玩笑的事儿。就算他不在乎这些工分，可是在合作社的土地上插上了小科密植，咱们的有些社员还是反对着的，这行么？……说到随便大家爱怎么插就怎么插，那是更加不行。咱们是一个合作社，咱们应该有集体的行动。如果各自管各自，那有什么社会主义的味道呢？如果说两个法子都行，那我就更加不明白。怎么同时实行两种办法呢？一点也不懂！"他这番话在各人的心里起了不同的回声。潘有觉得他太过固执。潘启正觉得他不懂世故。余飘泰然无事，觉得他所讲的，正是自己所想的。梁满、黎添这两个人，甚至还加上李金桃和黎全就这两个，都觉得梁树坚这回才给大家说出了问题在哪里。他的话把大家的思想引到一个要认真考虑问题的地方去了。黎全就凭着他种庄稼的经验对大家说:"这个秧呀,迟插几天倒无所谓。可是你少插一亩小科密植,全社就要减少一百斤到一百五十斤的收成。对公对私,事儿有点不小哪!"梁满这两天有了一种新习惯,一讲话就想站起来。这时候,他想站不站的,最后还是站了起来说:"我提议咱们停插三两天,先在各队开会把社的插秧计划研究清楚。现在,十个人有八个人是坚决执行计划的。剩下两个人,没有说不通的道理。咱们八成人的力量,还拖不动那两成人?只要耐心一点,再没有不成的。那时大家欢欢喜喜地干起来,多好!"他的提议很快就被大家通过。梁树坚心里有一种说不出来的欢喜。他十分赞赏地从背后把梁满看了许久。

黄顺见梁树坚和潘有走了,陈钻好也带阿玉回家去了,就有心唆摆梁槐赶快退社,故意和梁槐谈起合作社的事情来。黄顺先问他道:"阿槐,你为什么叫阿坚到家里来吃饭,他还高兴吃我们的饭菜么?"梁槐摸了一下自己的嘴巴,笑着说:"我看他蛮高兴,蛮乖。我真想劝他一劝,叫他别死口叼住那小科密植不放。那会害死大家的。可惜我到底没有说出来。"黄顺歪了一歪嘴,说:"趁早别傻想。人家说咱们故意捣乱,破坏生产,早就想把咱们撵出社外了。说不定哪天还要开大会斗争咱们呢!你还要劝他一劝,没得给他多拿你一些把柄,多斗你两天!我看等着叫人撵走,还不如自己先走,退了社拉倒。"梁槐不以为然地瞅了她一眼,说:"这你又在瞎嚷嚷什么了?咱们穷了一辈子,斗咱们?"黄顺冷笑了一声道:"你不信就别信。只管坐在板凳上等着瞧。"

她一面说，一面端出菜饭来吃。梁槐坐在一旁看她吃，看了一会儿，就说："说到退社的事儿，我看也免不了了。我倒是一番好心，他们不听我的。这有什么法子？只好自己种着再说吧。我这会子也有心跟他们那小什么植的比一比，看到底谁收！"黄顺放下饭碗，用筷子敲着碗边，好像她是在擂战鼓似的说："退得好，退得好！只怕咱一人一户，力量孤单，惹不起人家。"梁槐又一次不以为然地说："那你就算白操心。只要我一开口退，至少也有个五户、六户跟着来。可是说到个退字，入得好好地又拆掉，心里总不是味道。"黄顺像流水似的说："有五六户？我不信。我不信。人家跟着你跑？没有的事。没有的事。你先说说有哪些户，你说我听。你说我听。"梁槐向她翻了两翻眼睛，又低头自语道："谁高兴跟你扯。你不信就别信。我这大年纪才哄着你玩儿？"黄顺听着，眼睛都发亮了。她一步跳开来，得意忘形地追逼道："别尽空口说白话，咱们到底什么时候退？"梁槐越发不高兴了，他带着训斥的口气说："咱们有民主，有自由，你又忙个什么来！这又不是大姑娘上轿，急个啥！"黄顺斜起眼睛，歪着嘴唇，瞄了瞄他道："真想不到你越来越变成个窝囊废！什么事情都是阴里阴气的。亏你还是个当过差的大兵呢！真不像个人样儿。"梁槐到底让她把火给撩起来了。他瞪大眼睛叫嚷道："这是哪路煞神遇见你这老虔婆了？你今天怎么这样多话？你不做声谁说你是哑巴？我什么时候当过兵来？就是当了兵，跟这退社又有什么关系？"黄顺一点也不示弱，抢前一步，说："你还没睡醒！二十年前，咱们老大还在的时候，你当过什么来？"梁槐说："那算得当过什么！那是叫国民党拉去当壮丁，当了半年。这有什么稀奇？咱们朝阳村当过壮丁的，十个还不占了八个！"黄顺一点不放松地接着说："是呀。这就是，你跟人家打过仗，打死过人家的人，你是人家的敌人……"梁槐听她这样说，不由得低下头来，暗自思量："这几年来，咱们穷苦出身的人总是说'咱们'党、'咱们'解放军……怎么她忽然说起'人家''人家'来了呢？这里面莫非出了什么鬼么？"他只顾自己想，一点也不理会他老婆了。

傍晚，快吃晚饭的时候，富农黎妹大摇大摆地走过梁槐的门口。这黎妹是一个胖男子，只因他爹娘迷信，怕他养不大，才给他起了一个女人名字。他平素讲话是鬼鬼祟祟的，今天却放出那响亮圆润的胖嗓子，对准堂屋大声叫嚷道：

"二婶在家么？"

黄顺像一个影子似的，静悄悄地在门口出现。只见她连忙摆手，又拿大拇指朝肩膀后面点了一点，好像通知他不要大声惊动里面的人。看来黎妹一点也没有明白。他使唤比刚才更高的嗓子说："我那二小子有点不自在，你给咱介绍个医生好不好？"他的嗓子那样高，简直惊动了左邻右里，把涌里面的流水都震动得打起了圈圈。正赶上这时候梁树坚开完会，从大街的那一头往家里走。他听见了黎妹的声音，可没听清楚他讲什么。到他走近前来，只见黎妹和黄顺匆匆忙忙丢了一个眼色，就往前面溜走，弄得他满肚子狐疑。

晚饭倒弄得挺不错。有一碟子蒸鱼，有一碟子咸萝卜干，还烧了大豆芽汤。阿玉吃得那么香，简直就把那嫩红的脸儿都扣到饭碗里面去了。梁树坚一面吃，一面淡淡地问陈钻好道："刚才黎妹那家伙在二婶门口鬼抓狼嚎做什么？"她本来听得很清楚，可是诈作不知，回答道："没在意，不知他在搞什么。"后来她一想，又后悔自己不该对他不说实话，就十分体贴地劝他道："小坚，你也该好好歇几天。一早上地，一早睡觉。看你这会儿操心操得眼睛都凹下去了。"这几句话本来是好意，并且也说得对，他只好不做声。论他自己，他还嫌白天太短，晚上太长，有许多事情做不完呢。往后他吃着、吃着，忽然想起一件事，就连忙问她道："前两天你不是说没有钱，怎么现在又有起钱来了？"陈钻好叫他问得有点愕然。她想这回再不应该瞒他，就说："是借来的。"也不知怎么的，梁树坚一想就想到黎妹那边去。他猜测道："谁借给的？可是黎妹？多少利息？"陈钻好很逗人欢喜地轻轻一笑，说："你猜错了，不是他。是我家荫哥借给的。"梁树坚的脸色马上像六月的雨天一般，一眨眼就阴沉下来。他放下那半碗饭，说："陈廷荫是什么人？土地改革的时候，有狗腿子的嫌疑。如今是一个十十足足的二流子。他哪里来的肮脏钱？咱们怎么挨得着跟他讲交情！"他的声音纵然不高，可是很紧，钻好知道他是生了很大的气，正想解释两句，不料他一站起来，迈着大步，朝门口冲了出去。阿玉不知道出了什么事，连声喊着："爸爸，爸爸！"他也像铁石心肠，毫不理睬。

梁树坚一直走进隔壁他二叔家里。堂屋里已经掌了灯。他叔侄俩彼此都看得出来,大家都是有了准备的,一个准备说服叔叔,回过头来拥护社的决定,坚决走社会主义的道路;一个准备说服侄儿,不要坚持小科密植,如果一定要坚持,自己就退社。因此,两家都是开门见山地说:"二叔,我想来真心真意地劝你一劝。""阿坚,我想老老实实给你说一说。"梁树坚谦逊道:"二叔你先说。"梁槐就不客气地谈出他的心里话来了。他十分自信地说:"阿坚,你再不要强迫人家插小科密植。古语说过,'疏秧大肉,疏禾大谷。'你们为什么拿头往墙上撞!"梁树坚也不客气,接着就理直气壮地回答道:"我说你想错了,果然你是错了。二叔,你养大了我,你自然摸得准我的脾性。我做事就算有点不对眼,可是从来没有当面冲撞过你。我是孝顺你的。说到对人,我乐意帮人做事是真的,有时爱说人家两句也是真的。那总是为了人家好。可从来没有强迫过谁。在社里,自然更加不能强迫人。不过小科密植这件事,的确是好事情,是农业专家帮咱们提的好建议。道理也正是'疏秧大肉,疏禾大谷'的道理。按一科来说,过去插十几条正是太密,现在的五六条正是疏禾。按几科来说,过去离一尺、尺二正是浪费土地,也浪费肥料,现在的五六寸才是合理。"梁槐用手背碰了一下嘴唇,说:"好哇,好哇。你说得再有道理,也得看人家信不信。共产党领导咱们翻了身,这是谁都感谢的。可是说到生产,那是咱们自己的事情了。做人不得有个民主?不信的事也得做,这主什么?"侄儿很自信地、不慌不忙地回答道:"不信是因为不明白,一明白了就会信的。就说共产党领导咱们翻身,也不是一开手个个都信。说到民主的话,一个人按照自己的意见办事,那不过是一半。另外的一半也得按照多数人的意见办事。不然的话,多数人的意见反而行不通,那也就没有民主的事儿了。"叔叔不知怎么地,忽然哈哈大笑起来,说:"多数人的意见么?那好得很。咱们多吃点生油,多吃点白糖吧!让咱们的猪多拌上点儿糠吧!"侄儿可一点也不笑,还是一本正经地说:"二叔,我在这家里也过了好几年,我就没见咱们吃过多少生油、白糖。现在要吃,那自然好。可是二叔你想一想:从前生油、白糖随便买,是因为没人要呵。要是咱们社员每人都用起檀香皂来,每人都穿起白绸子来,那檀香皂和白绸子也会不够的。再说,光想多吃生油、白糖,是不是多数人的意见呢?我看不准是。想办大工厂的人比想多吃生油、白糖的人恐怕要多得多。我就是一个。"梁槐把小洋油灯扭亮一点,摇了一摇头,说:"我有我做人处世的道理。你有你另外一套鬼道理。你把道理说得很圆,我是驳不倒你的。这也许就是你们共产党员的本领。可是我,没有法子,到底还是相信我自己的道理长。我那些道理是传祖传孙传下来的,现在也不输给你们。咱们农民是靠天吃饭的。我是为着我自己打算的,也没有人能够替我谋虑。我对别人是讲和气的。我也少管别人的闲事。别人的事自有别人去管。官场衙门的话,我是不大相信的。自然,共产党、人民政府跟旧官场、旧衙门不一样,这个用不着你絮嘴，我自己看得见。总之，我也没有哪样输亏给你们。"梁树坚把两腿移动一下。他的高高的颧骨，在灯光下面看来好像两个闪亮的、黄色的绒球一样。他一点不灰心地继续劝他二叔道："不对。你输了。你一定要输的。你把别的道理都弄反了，因此你讲和气也讲得不是地方。好比你裁衣服，把底面都弄反了，花纹也不好看。一句话：咱们不相信什么天意。人力是能够扭转天意的。咱们讲集体。大家的事儿就要大家来管。谁也反对不了大家管自己，除非你那件事跟大家没有关系。咱们对做对了的人讲和气，对做错了的人不讲。咱们对大家、对别人的好事和坏事都看成是自己的好事和坏事，都要管。咱们绝对相信党和政府的领导。这党和政府不是那个人自己的，正是咱们大伙儿自己的。照我想，咱们这样做，就是为了实现社会主义。有人说，咱们农民用手走路走得太久了。按道理，咱们是该用脚走路的。"梁槐没有料到侄儿这样跟自己针锋相对，一点也不让步。他的脸色忽然严厉起来，说："好极了。好极了。这是说得再明白也没有了。从古到今，也怕没有侄儿跟叔叔这样说过话。你们只管走你们的社会主义，别管我。我要请出我的自由来，我要退出合作社了。我的自由要是还管用，我就在一旁看看再说。"黄顺坐在一旁，从头到尾听着，一声不吭，这时忽然站了起来干涉道："算了吧，算了吧。这还谈什么呢？明天再谈吧。白白糟蹋灯油！"梁树坚像一匹牛一样轻轻磨着自己的牙齿，使唤了惊人的力量叫自己保持镇静，说："这也没有什么。二叔你一时想不开，大家也不会留难你。这本来是自由的。可是大家一定会想尽法子让你慢慢明白,让你很快回到社里来。咱们要做到整个朝阳村都合作化起来,决不能把你一个人撂在后面不管。"这样,梁树坚又冲破了一切障碍,把刚才已经谈过的道理,从头仔细地再谈了一遍。这一天晚上,他们叔侄俩一面谈到夜深。鸡叫头遍了。煤油快点干了。嗓子也发燥了。梁树坚拿起椰子壳喝了两口凉水,身上觉得有点冷,就把梁槐一件用麻包改做的上衣披在身上,说:"二叔,千言万语,总归只有一句。光靠自己靠不住,得靠大家,得靠集体。不怕得罪你说,你一辈子学乖做人,到头来捞到了什么?还不是忍气吞声,低眉顺眼,要碗没碗,要碟没碟?土改是集体搞成的。将来的好日子也得要集体来搞才成。你想一想吧。"这几句话把梁槐说得六神无主,哑口无言。……

陈钻好在家里,这整整一夜都十分难过。她带阿玉上床睡了之后,又下了床,坐在灯下想心事。她想他们结婚这几年,她从来没有对梁树坚扯过谎。可是今天,她说她没有听见黎妹的话。这是为什么呢?这件事叫她非常烦恼,叫她觉着自己犯了罪,对不起他。她想了很久,等了很久。她听见他在隔壁讲话的声音,可又听不清楚。左等他不回来,右等他不回来,她也困了,就虚掩着门,吹了灯,自己上床睡去。可是她翻来覆去也睡不着。脑子里面朦朦胧胧地老在想,越想就越觉着合作社可恶:"这合作社叫咱们误工,得罪人,这且不说,顶糟糕的是叫小坚的脾气也变坏了。自己没有钱,要向人借。这借钱还有什么挑选的呢?就啪的一声摔下筷子碗，连饭都不吃了！孩子饿着，你又不来管一管！"后来她数了合作社许多可恶之处，最后就数到黎珍。她很妒忌黎珍。这大姑娘不知凭什么当起副队长来！照理，她自己也该归黎珍管。小坚碰见她总是有说有笑，也没听见小坚骂过她一句。……想到委屈的地方，陈钻好忍不住流下泪来。

六

第二天天刚亮，梁树坚就跑到大水闸那里放水。玫瑰色的太阳暖暖地斜晒着田水。互助组开始插秧了。有个别的单干户也开始插秧了。他望着忙忙碌碌的禾田里面，轻轻地叹了一口气。黎珍刚从社员私人的留用菜地里锹了地坑，扛着铁锹，从他背后走过来。她低声叫了他一声："小坚！"梁树坚望着她笑了一笑，漫不经心地回答道："你早。"黎珍随口问道："一大早就出来放水呀？"梁树坚说："说起来也算是放水。实地里是心里太烦了，想出来吹一口凉风。"黎珍很调皮地说："怎么共产党也有心烦的时候？是不是跟钻好吵了嘴？"梁树坚点点头说："也没有认真吵起来。只不过她去找她荫哥借了钱，我觉着不受用。"黎珍很殷勤地说："其实我家里还有几担谷子，跟妈说一声，挑它一百几十斤去卖了，也就行了。"梁树坚说："那倒不用。我心烦也不是烦在这上头。我心烦是因为合作社事儿多，做事的人少。太阳落了，月亮上来；月亮落了，太阳上来。我心里面的事儿是挤做一堆，不上也不落。你有心帮我，怎么不替我帮轻一点合作社这副担子呢？"黎珍歪着头，诉起苦道："我还帮你办合作社的事儿？慢说我不会，就是会也分不出心。我自己的事儿办不通呢！我惹得满身是非都洗不清呢！我整天想避开潘有都避不开呢！"梁树坚瞪起两个黑眼珠，像吃了一惊似的说："你为什么要避开潘有？难道他是一个坏人么？不，他是一个很好的人。斗争积极。生产上很能干。"黎珍眼圈儿都红了，好像就要哭的样子说："也不知怎地，我看见他就心惊肉跳。他不知道把他自己当作是我的什么人，整天撵着我，叫人腻歪。你看，这不是他来了！"梁树坚一看，果然是潘有来了。

潘有一早就撵着黎珍，到了留用菜地。一会儿，黎珍就不见了，他又跟着撵到大水闸。他一面走过来，一面半真半假地说："真灵！有小坚在的地方，准能找到小珍！"梁树坚觉得不对头，就拿话岔开他道："人家都烦死了。你还在寻开心呢！"潘有把手一扬道："你烦什么？你怕天掉了下来！"梁树坚鼻子哼了一声，说："天掉不掉，现在还没准儿。刚才我碰见黎全就，他告诉我，有几户人家要退社了。你听，我数你听：潘贵成，一户。黎煜，两户。梁栋，三户。潘香，四户。加上黎彩，五户。再加上我二叔，六户。他们全要退社了。合起来，这就是四户老中农，两户新中农了。你不发愁！"潘有说："那愁什么？他们退就退得了呗！咱们倒落得干净。他们本来就不是坚决要走社会主义道路的。开头参加，是随大流。一有事情，总是要出漏子的。这样的人不退，咱们总不得安生；退了，咱们也不稀罕。

到年底结账的时候,他们总免不了要后悔!"梁树坚说:"这也是。退了落得干净,免得咱们操心。……"他的话还没说完,黎珍就插进去说:"怎么不是呢?退了好。退了利洒。他们早上退了,咱们晚上就能插秧。再迟就赶不上了。"梁树坚顿了一顿脚,说:"可惜,咱们不能让他们退。咱们不能落下一些人不管。咱们不能叫哪怕只有一个人后悔。咱们不贪图那个干净。这样的思想首先就跟社会主义反着咧!"黎珍不假思索,跟着附和道:"这又是道理。这又是道理。怎么刚才咱们没有想着!"潘有又有点生气了。他拍着巴掌说:"小珍,你这个人真不赖。他说让他们退,你说对;他说不让他们退,你又说对。总之,小坚讲的都是对的!我可不能这样。我看还是干脆他们退掉拉倒。"梁树坚调解着说:"走吧。咱们不要在这里争执了。去跟大家多研究研究吧。余飘那里,如今恐怕都挤满了人了。"

果然不错,他们走上余飘那阁楼的时候,那里已经挤满了人。也没有通知开会,可是社务委员和青年团员、正副队长,差不多都到齐了。有坐在长凳上的,有坐在铺板边的,也有躺在铺板上的。男、女、老、少的声音,嘈闹成一大堆。黎珍按照她自己的习惯,一下子就钻到妇女堆里,跟梁梅、李金桃她们一面说话,一面打闹。潘有参加了楼上谈话的中心那一堆,那就是余飘、梁满、黎添、潘启正那几个人。梁树坚独自坐着,留心听所有的人讲话。他的外貌是很镇静,也很平淡的,他的心里可十分熬煎。他的脸虽然好像瘦削了一些,因此嘴巴显得更大了一些,但依然是红润发亮。要仔细看，才看得出他眼睛下面有两个淡淡的黑影。他的嘴唇因为心中焦躁，老是轻轻张开。越是想不出办法，他越觉得自己的担子重，两颗深黑色、亮晶晶的眼珠子这时候也逐渐灰暗下来了。潘有一开口就大声说："算了，算了！我这一队是倒霉队，要是不出事情，一天的日子也过不了。一个人不走运，那你什么事也不要去挨他！大家看吧！一个人身上长了毒瘤，只怕不割掉也不行。"余飘仰天长叹道："这怎么得了？全社有三分之一的人闹着要退社了，我拿什么去向上面汇报？一过了清明，咱们只好就算完蛋！我没到这里来之前，我就对领导上老老实实交代过，关于农业什么的，我一满不摸。要他们调我去搞重工业，他们又不答应。我说'去就去吧，思想还是不通的'。这会儿你们看！唉，要是磕头管用，我宁愿每户给他们磕上三个头！这结果也不用说了，准备打屁股就是了。"梁树坚听了这些，觉得乏味，就转向另外的人。妇女们声音虽大，要听清也不容易。他就转向潘锡和黎全就两个人。这两人料想不会有别人要听他们的话，因此只是低声交谈。潘锡说："全就叔，你是有种禾经验的，你看这件事到底应该怎么办？小科密植到底使得使不得？"那老汉不停地用手搔着自己那灰白的脑袋，眯起眼睛把潘锡仔细看了一遍。他要弄清楚潘锡是否到现在还怀疑小科密植。等到他明白潘锡不是怀疑，只是希望他多说几句话来支持那种改良农作法的时候，他回答了："怎么使不得？是使得的。凭我的经验，是使得的。他们反对小科密植的人，也说不出很多使不得的理由。不过奇怪的事儿就在这里。他们不去研究小科密植的好处，只是闭着眼睛摇头，好像什么鬼用障眼法障住了他们的眼睛。也许，上技术指导站请一个同志来给他们讲一讲，会好些。"潘锡鼓掌赞成，还加上说："请个专家来做个报告，这是个好主意。刚才我在集市上碰见陈有娣，就是黎珍她妈妈，她因为要替小珍买半斤猪肉没有买着，很不高兴。可是她倒提出了一个意见。她说最好大家到咱们县的示范农场去参观一次，看看人家种的小科密植到底怎么样。这意见也许不赖。可是全就叔，你想有谁会老老实实去听陈有娣说话呢？"梁树坚在一旁插嘴进去说："小锡你这话就没说对。你瞧，我不是老老实实在听着么？"说得他两人都笑起来了。在阁楼当中，潘有和梁满正在为应不应该让那些人干脆退社的问题争吵不休。余飘对黎添和潘启正两人惊惶失措地说："这是他们对合作社的进攻，也是对整个合作事业的进攻，同时就是对社会主义的进攻。他们不是不晓得咱们全区才只有这一个合作社的！这是严重的情况。我想县委书记最好亲自来一趟。咱们社委会决定重新讨论全社的生产计划，他们知道了，就先来这一手。严重的就在这儿。他们知道自己是少数。要是全社讨论起来，他们就得服从多数。这样，他们就公开宣战了！唉，这对咱们是一个很大的攻势，是一个很大的打击！"三个妇女都朝着余飘发愣，听不清他到底同不同意让那些人退社。梁树坚有点生气，冲口而出地说："正是因为这样，我们才……"他本来想说两句辛辣的话，刺激余飘一下，后来想到他二叔说的做人要讲"和气",又怕跟驻社干部搞坏了关系,将来工作更不好做,就改变了口气,专门针对潘有的意见说:"我们才需要做更艰苦更耐心的工作呀!路是一定往前走的。不能退后。如果多数人还拖不动少数人,天下也没有这种道理。要丢下几户人不管,那还不容易么?不能!不能那样干。咱们的社会主义社会不是新开张茶馆的卖大包子:先到先得,迟来自误。谁不去买,算自己倒霉。——不是这个样子的。咱们要坚持大伙儿一起走。也只有大伙儿一起走才能够成功。刚才黎全就老叔父说要请个技术指导站的人来做报告,那是个法子。阿锡听小珍的妈有娣说,最好到示范农场去参观一趟,我想这提议真不坏。咱们别坐在这儿唉声叹气了。咱们还是立刻分头出去听听群众的意见,带几个好办法回来吧!"

不一会儿,大家就纷纷下楼。黎珍听见梁树坚头一次这样隆重地称赞自己的妈妈,直羞得耳根都红了,也不知怎么说好。下楼的时候,她连楼梯都没有看清楚,就两级当作一级地踩下去了,差点儿没把她摔倒。余飘到县里去汇报情况。梁树坚紧紧地拉着他的手说:"你对县上讲一讲,咱们这里闹出事儿了。不过不要紧的。咱们还有足够的力量克服这个困难。要县上信任咱们。有什么好办法,就给咱们指示下来。"余飘结里结巴地说:"你真有那样的信心么?"他回答道:"我真有的。"他们就分了手。梁树坚朝乡政府走去。他觉着自己说有信心的时候,并没有扯谎。他自己是决心要走社会主义的道路的,合作社里有许多人也是跟他一样有决心的。这是千真万确的事。他自己抛开了一切,要把合作社办好。这又是大家都清楚的。正因为这样,大家才凡事都肯出力帮助他。可是除了这些之外,他还会碰到一些什么困难呢?他还拿得出一些什么办法呢?他就没有把握了。想到这一点,他也觉着心里面空空洞洞,好像他说自己有信心是说了大话似的。他就带着这种不安的心情,恍恍惚惚地走进了乡政府。乡支部书记兼农会主席吴润是一个很稳重的中年人,听了他的汇报之后,意味深长地、和善地笑着,好像他一下子就看透了整个事情。最后他答应当天下午就召集一个支部会议来讨论这件事,并且提醒他即使在支部会上,他也不会是毫无困难的。吴润半认真半开玩笑地拍着他的肩膀说:"换了别人,我倒有点担心。可是小坚你,我不担心了。你的勇气只会叫你嫌困难少,不会嫌多的。"梁树坚离开乡政府之后,无论如何也放心不下,就信步走到区委会,看看区里有什么人在家。恰好区委书记黄挽在家。他是个南下的转业干部,对人很热情。说话很急,可是思想很有条理。三十左右的年纪,外表上看来比梁树坚整整要大十岁。他拿纸烟和一种粗茶叶泡成的浓茶招待了客人。梁树坚一五一十地把光荣农业生产合作社这几天来的情形告诉了他,接着说:"我跟余飘同志合作得不好,主要是由我负责。跟潘有合作得不好,也主要是由我负责。我太坚持了我的意见。我……"他的话还没说完,黄挽就做了一个手势止住他道:"自我批评暂时还不忙做。你先详细谈谈你们那边存在着的困难问题。比方说,你们的说服教育工作还在进行么?"梁树坚说:"还在进行。只是效果还没看见。"黄挽笑了一笑。对朝阳村的事情,他一直是很熟悉的,每一户,甚至每一个人,他都十分了然。他又给梁树坚添了一点茶,然后说:"我完全同意你的做法。这说服教育的工作应该很好地坚持下去,一点都不能放松。不过说服教育,也不是一天两天就能够看出效果的。也得他好好想一想。比方梁槐,我还记得,在土改的时候,他就是贫农当中最难发动的一个。到后来,咱们还是把他发动了。"说完以后,两家就都没有做声。黄挽在平静地、非常耐心地等着他。梁树坚觉着这位区委书记很亲切,就提出了问题道:"对于余飘和潘有的主张,你的意见怎么样?"黄挽说:"这件事由我来办。我准备找他们谈一谈。要注意敌人的破坏,那是对的。你应在青年团里布置一下,要大家提高警惕。同时,和公安部门联系一下,要他们注意。但是在群众当中追谣言,追破坏,那是错误的。至于潘有的主张,那更加是错误的。用粗暴的办法对待农民,那什么也搞不成功,只是等于破坏互助合作运动。"梁树坚觉着有人撑腰,高兴起来了,说话也不大拘束了。他说:"还有一个问题,咱们解决不了。小科密植这东西,现在到处都找不到实物给大家看。可是没有实物给大家看,有些人就有怀疑。"黄挽说:"对。这实在有点困难,要是在夏天就好办了。可惜这会儿还是春天。要看实物,没有可能。就照你们的办法,请技术指导站的人做个报告,组织大伙儿去示范农场参观参观,看怎么样。这都是好办法,你一回去,马上就派人去接头。可是光靠这些还不够,还应有些更重要的东西。"梁树坚觉着今天谈话情投意合,就兴致勃勃地马上追问道:"还有些什么更重要的东西呢?"黄挽说:"更重要的东西就是集体主义的思想。大家还相信自己个人能够替自己创造幸福的生活,不相信只有集体才能够替自己创造幸福的生活,那你就再讲小科密植怎么好,也没有用处。应该把树立集体观念当作主要的工作,一点也不动摇。黎全就为什么赞成小科密植?不是因为他的经验里面有这种东西,是因为他相信了集体想出来的主意,是因为他愿意替集体多生产一点粮食。另外有些落后的妇女,她们就是种了一年小科密植,当真多打了粮食,她们也还是会反对的。因为插秧要多费工,除草也不方便,收割起来也比较麻烦。麻烦了个人,便宜了集体,有些人还是不愿意干的。"梁树坚低着头,半闭着那双大眼睛,心事重重地说:"黄书记,那便怎么办?"黄挽笑起来道:"这正是我要问你的问题。你们打算怎么办呢?要跟那种自私自利的资产阶级思想进行斗争,你们有什么本钱呢?你们用什么方法呢?"梁树坚聚精会神地说:"我们有什么办法?我们有大多数的好社员是相信集体主义的。除非靠这批好社员去影响那些落后分子。此外我们那里还有什么办法呢?我们的本钱就是人。"黄挽拍手赞成道:"好极了。好极了。就照这个样子干下去。咱们一定把朝阳村建成一个很大的米仓。只是你的信心还要提得更高一些。应把思想教育看成一个主要的工作。在这上面多想一些办法。你们的本钱可雄厚着哪!你们村子里的青年团员就是你们村子里社会主义的嫩芽。要好好培养他们。得教给他们一些说服教育的方法。开头的时候,用回忆对比的方法很不错。你们广东戏不是也唱着'思前想后'那句话么?得让社员们想清楚,他们是怎么得到解放,后来又怎么翻身。"梁树坚正准备告辞,黄挽留住他道:"别忙。我还对你提个意见。我知道你很不顾家,这是不好的。你应好好儿帮助钻好,别把担子都放在她一个人身上,压得她喘不过气来。"从区委会那里出来的时候,梁树坚的信心果然提高了很多。他满脸笑容地走着,用手摸着自己那向前挺出的,又宽又厚的胸膛,觉着自己浑身都痛快。

在余飘住的那个阁楼上,这时候又坐满了一堆人。银行的春荒贷款已经拨下来了,社务委员、各队队长,大家正在商议怎样分配。他们商量来商量去,款子总是不够。不久,梁树坚就来到了。他弄清楚了这种情形之后,就向大家发问道:"还差多少钱呢?"潘启正用一个管事的身份说:"差也差不太多,只短六七十万。要再有个六七十,分配起来就不费难了。"梁树坚紧接着说:"不十分困难的户,减去一点行不行?"潘启正点头道:"朝那么办就行。"梁树坚顺着他的口气说:"就朝那么办吧。你们给我分了多少?"李金桃打趣地抢着说:"我虽然是个妇女代表,对男人可也不亏负,你分配了二十万,少么?"梁树坚噘起嘴唇,瞪大眼睛,做了一个吃惊的样子说:"不少,不少。可是,说实在的,我还不大等钱用。把我这一份取消了吧。"跟着潘启正又和李金桃、黎全就几个人研究了一下,再取消了其他两三份,事情才算解决。

黎珍在旁边,看见取消了梁树坚的贷款,心中不以为然。梁树坚家里的情景,她从她的队员陈钻好那里,是知道一些的。她想说几句话,又不敢开口,怕人笑话她。

当天下午,梁树坚到乡政府去开支部会议。太阳才偏西,梁满、潘锡、黎添三个人就在村口小铺子门外坐着等他。左等也不见,右等也不见,黎添总忘不了说笑话,就开口道:"这也奇怪。说不定开了会,还请他会餐呢!"梁满驳斥他道:"你别瞎扯。恐怕他的会开得不很顺利。"三个人一直等到太阳落在基围后面,才看见梁树坚自个儿无精打采地走回来。他满脸通红,嘴唇干燥,眼睛里面,怒气还没有熄灭。人家早就瞧见他,他可什么也没有瞧见,一路走,一路想刚才支部会议的情景。刚才在支部会议上,他的意见得到了多数人的支持。在讨论的时候,有人说合作社应该坚持下去,有人说合作社应缩小一点,有人说闹退社是思想问题,有人说恐怕是富农挑拨。他听着,仔细地想着,表现得很冷静。有一个叫作李伟的乡干部,说最近四乡正闹着"神医"治病的事儿,接着又有些谣言在流行,可能是反动分子进行捣乱,跟闹退社也可能有点关系。这种提醒还使他很感激。可是有一个叫作陈奇的乡干部,原来建立合作社的时候,就不主张在朝阳村办社的,忽然很武断地说光荣农业生产合作社应该解散。他认为他过去的主张是对的。朝阳村群众觉悟的程度还没达到办社的高度。他说据他所知,要退社的还不止这几户。将来一户一户地陆续要退,咱们就更加被动。听到这儿,梁树坚实在忍耐不住,就跟他吵了起来。大家都知道陈奇的看法是错误的，但是陈奇的态度很冷静；大家又都知道梁树坚的发脾气是有根据的，但是争吵总是不合常规。这样梁树坚就吃了亏。大家都顾不上批评陈奇的错误，反而来批评梁树坚的激动了。虽然他的看法，他的做法，最后大家都同意了，可是吃了陈奇那样一闷棍，他一直还是很恼火。他越走越近，梁满他们三个人迎上前去，争着问他支部有没有什么决定。他没有回答，反而没头没脑地反问他们道：

"你们自己想一想，你们的觉悟程度够不够得上一个合作社的社员？"

三个人都愣了一愣，答不上话。梁树坚也为自己这没来由的发问失笑了。他一面和他们一道往村里走，一面抛开支部会议的情形不讲，把支部的决定中应该告诉他们的对他们简单说了一说。那决定里面有一点很重要的，就是要他们找出合作社纠纷的关键所在，然后动员全部力量去解决那个关键问题。讲完之后，他添上一句问话：

"照你们看，咱们的关键问题是什么？"梁满搂着梁树坚的肩膀走了一阵子。大家都在想着。他忽然附在梁树坚的耳朵边低声说："我想是想出了一点眉目，可不知道对不对。"其他两个人也听见了，催他快讲，他就说下去道：

"依我看，那关键就在槐叔。就看他决心为大家还是为自己。我问过黎煜、梁栋他们好几个人，他们异口同声地说：'你们讲得很有道理，我没话说了。可是社长已经答应梁槐退社了。为什么梁槐能退，我们不能退？'如果槐叔的问题解决了，其他的问题也就好解决。"梁树坚听了梁满这样说，又望望潘锡、黎添两个，见他们也没有什么反对的表示。他心里面知道梁满说得对，但是他不愿意承认这一点，结果只是轻轻地叹了一口气，说："唉，我哪里答应过谁退社呢？"

七

那一天早上，梁树坚家里的米又不够了。上回借的钱，还了债，也没剩什么。他们决定不做干饭，改做稀饭。大人们一个人喝了两碗，就停下来，让阿玉尽量吃饱。上回他闯过乱子，把一家人的稀饭，差不多一个吃完了，叫阿玉饿着。这个事儿，他如今想起来，还过意不去。这回他有了经验，一开头就谨慎从事，控制着自己的胃口。阿玉一面吧嗒吧嗒地吞下那又稠又软的稀饭，做老子的就放下碗筷，一面兴致勃勃地在旁边看着，还用许多话来鼓动她的食欲。他完全出于真心地说："阿玉，看你吃得多香！我敢打赌，你没有吃过像今天这样好吃的稀饭。看你馋成什么样子！你吃一块萝卜干试试看，那才脆呢！就是油炸蚕豆，也不会有这么松脆的。好，来，再盛一碗。好，来，再盛一碗！"他的眼睛一直避开陈钻好的脸孔，唯恐在那上面会碰到不愉快的东西。这时候，要陈钻好明白为什么他会这般高兴，也不是一件容易的事儿。最近这几天来，自从她感到生活里面有些委屈和苦闷之后，她对梁树坚采取了重新研究的态度。从前在土地改革的时候，她觉得梁树坚是一个显要的、被爱戴的人物。那时候,她自己也参加一些工作。她觉得和梁树坚在一起,是光荣的、愉快的。往后他们结了婚,她自己也不参加什么工作,这种感觉就慢慢褪淡了。这两天,她和梁树坚似乎离得远了一些,可是她看得反而比较清楚一些了。她看出来,梁树坚是他们村子里一个真正的中心人物。大家爱着他,他也爱着大家。大家和他的亲密的程度超过了她自己和他的关系。她发现了这个事实,真是又惊又喜。她自己问自己道:"如果是这样,我应该怎么办呢?"可是一时也得不出答案。她望着阿玉一个劲儿吃,一直盛到第四碗的时候,她就说:"阿玉,算了吧,留下一碗给爸爸吃。"梁树坚到底望了她一眼,说:"让她吃吧,让她吃吧。我不饿。"陈钻好的眼睛望着地下,不过她知道如今梁树坚正在瞅着她,就连忙搭腔道:"你不饿,难道天天有人请你吃八大碗!听说银行有春荒贷款来了,我们也推了出去,让给别人去了。能够让给别人,自然是好。可是我们吃什么呀?孩子吃什么呀?"陈钻好的话是说得对的,况且说的时候也没有用责问的口气,只是用了无可奈何的口气,更使得梁树坚无言可答。正在窘着,不知如何是好,梁梅在门口出现了。她来告诉梁树坚许多事情。首先就是她要到县里去办参观示范农场的手续。其次是她要到县妇联去开会。又其次是供销合作社拨来的预购粮款已经到了,要他去讨论怎么发放。照陈钻好在旁边看起来,她和梁树坚说话的时候,那态度比对爸爸、哥哥还亲,不,甚至比对丈夫还亲。自然,她是知道梁梅还不曾有丈夫的。末了,梁梅还带着女孩子那种娇声娇气问道：

"我走了。我的工作交给谁呀？"

梁树坚认真考虑了一下，又慌里慌张地瞟了陈钻好一眼说：

"是呀，交给谁呢？得要有个女的才好。"

梁梅走掉了。这一问一答的两句话，给了陈钻好很大的刺激。她几乎要自告奋勇地说："什么了不起的工作，只管交我吧。"不过她到底还是没有说出来。她其实也完全不知道别人谈的是什么事儿。梁梅走了好一会儿，那两句话还在她耳朵里，像钟声一般响着。梁树坚说"得要有个女的才好"的时候，梁梅知道是指的另一个女团员黎珍，陈钻好却认为是指自己。她等着梁树坚说下去，还想到如果他要求她做什么工作的时候，她自己应该怎么回答。可惜，梁树坚那边又没有了下文。不久，余飘又打发一个人来催他去了。

从家里往余飘住的那个阁楼走着的时候，梁树坚不能不想到，他这回稳稳地可以借到手一笔款子。一个钱也不给陈钻好，光叫她管家过日子，这是不公平的。他应该交给她足够的钱，让她去买几十斤米，买一点咸菜、咸鱼，让她去还掉一些去年年底为阿玉生病而借下的债。这样，阿玉能够每顿都吃得饱饱的，他们的家庭生活就会美满起来：钻好就会觉得日子容易过一些，她就不会整天愁眉不展，她脸上的皱纹就会少一些，头发也就会光鲜起来。无论如何，她本来应该整天眉开眼笑，脸上没有皱纹，头发也经常光鲜的。她还很年轻呵！……他这样想来想去，想得很高兴，不久就走到了。余飘那里，从年初一到年三十晚都是挤满人的，今天也是一样。不过他才上楼，第一眼就瞅见了一个人，使他觉着很诧异。这个人是个女的，过去是一户贫农，叫作黎彩。她是闹着要退社的六户人家之一，大家认为她和富农黎妹很接近，就对她疏远，她平时也很少到余飘这儿来。这时候，她正在脸红筋涨地和大家在争论什么，看见梁树坚上来，就和大家一道住了口。梁树坚也不谈别事，开口就问那掌管财粮的委员潘启正道："启叔，你替我报了预卖多少粮食？"潘启正说："不用查，我记得是五百斤谷子。"梁树坚说："那很好。什么时候发款？"潘启正说："那就看什么时候统计出来。不过也容易，上午统计好，下午领了回来，马上就能发。"梁树坚像放下了一副担子一样，出了口长气，还说了一句戏班子的隐语："那敢情好。水都完全干了！"说完就朝着黎彩问道："你有什么事，你预卖了多少谷子？老姑奶奶，你好久都没上我家坐了。"他这句话刚一落音，大家就又嗡嗡嗡吵嚷起来。黎彩忙里偷闲地说："你贵人事忙，我哪里——"黎珍在一旁听着，不让她说完，就打断她的话道："别瞎扯了，老姑奶奶，咱们大家来评评理吧。你预卖五百斤谷子，可是你要支一千斤的钱，这怎么办得到呢？没得等人家闲嚼牙巴骨子，说黎家的人没有一个道理！"黎彩一点也不在乎地说："我就卖一千斤也成呀！你们给我报上一千斤，不也就得了么？"黎珍没奈何，挥着手说："给你报一万斤，好不好？你得有那些谷子呀！"黎彩丢开黎珍，转向梁树坚求情道："我的好社长，你做做好心吧。是我不穷的,我也不借。哪个庄户人家,三月清明,不贩卖几天杂货,就能过得日子成?哪一年都是这么办的!可是今年又出了新花样。合作社的社员不许当小贩!好侄儿,你看:借钱你们不让借,退社你们又不依。叫我吃什么呢?你们当我退社是闹着好玩的么?没法子想呵!"她这么半说半嚷着,声音逐渐高了起来,大家全静下来了。梁树坚一看这场面,知道又是一个不了之局,便自思自想道:"除非又把我那一份让出来。此外还能够有什么办法呢?可是事情也真凑巧。可怜的钻好,可怜的小玉!"大家都望着他。他着实踌躇了一阵。他的心觉着有点刺痛。大家都看见他的颚骨动了几下,往后就听见他说:

"老姑奶奶,这样吧。碰巧我有五百斤谷子的预卖款,你先用着再说吧。往后你有什么事情,你只管找我说,不要见外。"

事情就是这样解决了。大家又乱哄哄说起话来。黎珍低头说了一句:"真是岂有此理!"但是因为她的声音太小,谁也没有听见。往后,大家就把这桩事儿传开了。有人说,他把预卖粮款让给一个落后分子的时候,他的样子倒挺高兴,还赔着笑脸儿呢。有些知道梁树坚家里的困难情形的,只不断地摇头叹息。他二叔梁槐听了,就对他二婶黄顺说:"这孩子就有这股傻劲头。爱充大人物!真叫人又好心疼又好气。我说他是幡杆灯笼,照远不照近。再不能有一点儿错。要是我开口问他借,他准不能这么疏爽!"

黎珍从余飘那里散了出来的时候,心里十分不痛快。她老想着这件事儿,又想起梁树坚自从办社以来的各种各样的行动。她不明白为什么天下间会长出各种各样的人来,他们活在一起,而又那样地各不相同。她更不明白为什么有些人操心劳累,苦得要死;又有些人安安逸逸,好像在那里坐享其成。她猜想那些操心劳累,苦得要死的人是不是觉得自己很快活。她回答自己:"那些人一定很快活。要不,谁肯干呢?"可是凭什么会快活,她就摸不透了。回到家,只见大门门闩上挂着两块猪肉,有红有白;副社长潘有很闲暇地坐在堂屋里,妈妈坐在一旁,陪着他拉话。黎珍一见就质问道:"刚才讨论预卖粮款的问题,怎么你一大早就溜掉了?"潘有叫她问得有点不好意思,支吾了一会儿。陈有娣起身往外面厨房去了,他才搭讪着说:"有什么了不起的要紧事儿呢,名单我都看过了。我看照那么办就行。咱们干部并没有占社员的便宜。不是么?"黎珍很不满意地看了他一眼,说:"你倒把事情看得容易。你走了之后,黎彩就提出要求来了。她要双份呢?"潘有翻了一翻眼睛,大声说:"那怎么行?那简直是自私自利!那样自私自利的人就没有资格参加社会主义。应该好好地斗争她一顿,叫她明白过来!"好像他也觉得自己说得太过火了,就用征求意见的腔调低声加上说:"不是么?阿珍你呢?"黎珍轻轻摇着头说:"小坚把自己的一份让了给她。这样解决了问题。"潘有想了一下,觉得梁树坚处理得不错,毕竟他们的社长是一个大公无私的人。但是,他怎么能够在黎珍面前承认这一点呢?那是万万办不到的。因此他说:"这样办很不好。凡是自私自利的人,你越纵容他,他的自私心就越发展。还不如让他们暂时滚到一边儿去，等到他们用磕膝盖擦眼泪的时候，再去问他们社会主义好还是资本主义好。"黎珍尖声反对道："你是不对的。你是错的。咱们不能让他们几户人退社。照你那个办法，那是太惨了。人家说社会主义要大家一道走的，你那个走法一定也走不通。"潘有还是同样镇静地、很有把握地说："可惜咱们社里面，正是有着许多不同的想法。这也真是无可奈何。你要知道，咱们把个社会主义摆在这里，我打个比方给你看，愿意参加的就进来，不愿意就别来，这叫作愿者来，知者来。这就是咱们中国几千年来做人处事的正理。咱们世世代代都是各走各的路，各办各的事。这叫作八仙过海，各显神通。也叫作各行其是。你为什么要勉强别人呢？像梁树坚那样，勉强要人跟着他走，只怕得不到什么好结果。说起来，也不合咱们中国的人情。将来你把他往前拖，他把你往后拽，弄得来两败俱伤！"黎珍不同意他，但是也没有什么办法反驳他，就顿着脚，甩着头发，急急忙忙地说：

"我不同意你。我绝不能同意你！按那么说，咱们还搞什么合作社呢？咱们只要单干就行了！我看你还像是……唉，现在社会主义都快来了，你好像还没解放呢！"

潘有没有想到她忽然搞得那么激烈，就嬉皮笑脸地想法子停止这场争论，说："太过分了。你说得太过分了。好吧，不管别人那些闲事吧。我刚才买了两块猪肉。"他说到这里，走过去门闩前面，把挂着的两块猪肉除了一块下来，举得高高地说："你看，现在买猪肉可不容易呵！你到哪里去买这样好的猪肉？你只要望一望就够了。这样的货色！煎、炒、焖、炖都合适。这一块送给你吧。"陈有娣刚从厨房进来，正想伸手接过来，黎珍把她挡住了，说：

"从今天起，我不吃什么猪肉了！人家为了办好合作社，连饭都可以不吃，咱们吃肉还有什么味道！妈，咱们往后油也该少吃些。糖么可以不用就别用。反正咱们贫农也不是吃那些东西长大的。等到咱们有了社会主义，那阵子咱们什么就都全有了！"

潘有自言自语地解嘲道："算了，算了。今天时辰不对，出门不利。"一面收拾起那两块猪肉，垂头丧气地从黎家走了出来。迎面一阵春风，把他吹得有点心寒。他抬起头望望天，只见满天乌云，快要下雨，就又低下头想："女孩子的心，你怎么摸得着！她说要风，你相信她吧，等你把风给她搞到手，她又要雨了！"这里，黎珍见潘有前脚一走，她后脚也跟了出来。她也没有留心潘有是不是在望着她，也没有留心是不是还有旁的人在注意她的行动，只一个劲儿往梁树坚家里奔。到了梁家，树坚在，钻好也在。黎珍连坐也没有坐下，就站在他们的灶台旁边，生生硬硬地说："那件预卖粮款的事……你还是要，要的好。我可以不要。我们家里，总不多不少还有几颗米。还是叫我来让给咱们的老姑奶奶。不要你让了。我让比你让好，你们这里粮食还缺哪！……不要再推了，就这样办。"把自己的利益让给别人的事，她没有干过。跟一个汉子这么感情激动地说话，还当着他的老婆的面儿，这在她这一辈子里也还是第一回。她的嗓子发抖了，脸上的肌肉也扭歪了。梁树坚仔细地望了望她，知道她是真心诚意的，也就不多推让，点点头,接受了她的好意。黎珍看见这种简单平静的表示,觉得十分满意。她想:"我帮助了他,他也受下了。这就对。难道还要一千个谢、一万个谢么?要是他慌张起来,我该多难为情!他自己也就俗了!"她心里面生出了一种对梁树坚更加尊敬、更加钦佩的感情。她抱起阿玉,亲了亲她的脸,玩了一会儿,就走了。临走的时候,她看见陈钻好默默无言地坐在一旁,脸上露出疑惑不安的神气。刚嫁到朝阳村来的时候,钻好脸上经常放射出灿烂的容光,这会儿都褪淡了,不见了。

八

黎珍离开了梁家,就往自己家里走。她的面前,本来是一段高低不平的、用碎砖和瓦渣子铺成的泥路,泥路的尽头,是几幢排列得很不整齐的单隅砖墙的平房。通路从平房的旁边斜斜地插过去。这时候,不管她怎样定神细看,她都看不见她面前的道路和房屋,只看见陈钻好那张鹅蛋形的大脸。她搓了几回眼睛,还是不行。那张脸越来越大,仿佛挡住了半边天空。脸上照样露出那种容光褪淡、疑惑不安的神态。黎珍一想:"莫非我的行为过于唐突?莫非陈钻好看错了我?她把我当作什么人了?唉,这可真糟!"她想起村子里说到她和梁树坚的那些闲言闲语,心里越发不好过。她后悔自己无意中惹起了别人的怀疑,她怕自己无意中伤了别人的心。

当天下午,她又悄悄地跑去找陈钻好。看见只有钻好和阿玉两母女在家，她就低声对钻好说："钻好，我来和你谈一桩心事。我们两个女人家谈什么都不妨的，又没第三个人听见，你别怪我直肠直肚！"钻好仿佛已经知道她要讲什么，便使唤中国妇女那种临危不苟的镇静功夫点头同意道：

"你谈吧。这阵子你要说乌鸦是白的，秤钩是直的，我也不会听着奇怪。其实你要说的心事，不过是一个贪心。你不说我也知道的。我老实告诉你吧，小坚跟我过不在一搭里了，咱们是没有多久的了。到那个时候，你就可以顺手把他牵得去。不过我也知道，你们也不会过得长久的。你要是想把这样一个人拴住，你也只好白费劲儿！"

黎珍坐在一张板凳上，那凳面因为天长日久，已经变成坑坑洼洼。听见钻好这么一说，她自己鼻子酸酸的，眼泪打那张圆脸上直淌下来。钻好理直气壮地说完了，就丢开客人，去做自己的家头细务，也不管旁人听了她的话会怎么样。整个堂屋静了一阵子，静到正在睡觉的小玉的鼻息声音，都听得清清楚楚。黎珍拿袖子擦了一擦眼泪，还是低声地、体贴地说下去：

"这回你可想错了，钻好，你是错怪了好人了。我要是打过他的主意，叫我不得好死。我是一个没出嫁的姑娘，我还愁找不到丈夫么？我怎么能够离间人家夫妇呢？何况那个男人还是你的丈夫呢？可是我老实跟你讲，你也是错怪了他的。我知道他时常想念着你，提起你，他总觉得对不起你。你到底要他怎样呢？他是大家的社长呀！这些事情，我们旁人是看得明明白白的。只有你不明白。你不明白我,也不明白他。总之,是这个样子。"

陈钻好开始觉着有点愕然了。她正拿着一个椰子壳,从水缸往锅里舀水。舀到半路,她就把椰子壳放在锅台上,端起另外一张板凳,挨着黎珍的身旁坐下。这时候,太阳从门口晒进堂屋里,映得满堂屋都明光闪耀,连墙角里的番薯藤都显得轮廓分明。钻好一面拿起前襟擦着手,一面问:"为什么呢?为什么你说我不明白呢?"黎珍点着头说:

"是呀。你一点也不明白。连我也是一样,一点也不明白。他现在是给国家做大事,要把咱们全村带到社会主义那里去。这是一件什么样的事情?一件很大很大的,要很大的人物才能够担当得起来的事情呀!好比他现在领着咱们全村的人去打一个大仗。你瞧,他领着大队人马在公路当中走着。他昂起头,走在最前面。他后面跟着梁满、黎添、潘有、潘启正、黎全就、李金桃这一大群人。他们都很信任他、依靠他。可是我们两个怎样呢?你们的二叔、二婶又怎样呢?说起来惭愧,我们没有好好地跟着一道走。我们躲到一旁去。我们躲在路旁的桥洞里,我们躲在路旁的茅草堆里睡大觉。有些人还拿起砖头瓦片,向那个开到前方打仗的队伍砸过去。你说多么可耻!我们两个从前是不管闲事的。我只买生油、白糖吃。你呢,你为什么整天待在他身边,也不帮他一点忙呢?难道你要睁眼望着他活活地累死么?梁满他们不像我们这样的。他们爱他爱得要命,恨不得有机会替他去死。他们离开他,一天也活不下去。没有了他,比瞎子丢了那根竹子还要难过。你明白么？"

陈钴好听着听着，不由得也流下泪来。她不能不承认黎珍所说的都是真话。近天来，她也想过这些事的，不过想得没有她这么周到。一听见黎珍这么说，她就确信不疑了。她觉得事情已经很清楚：不是小坚对不起她，是她对不起小坚。她一只手摸着黎珍的脖子，整个脸靠在黎珍的肩膀上，呜咽不止。末了，黎珍果断地说："钴好，你还哭么？我不哭了。我以后要积极参加工作。"陈钴好也果断地回答道："对。我也要坚决参加工作。一个人做人就得像一个人。"正说着，梁树坚从外面走了进来。他只见她们两个好像年糕似的粘在一起，也不知道她们在干什么，就随便问了一声："你们躲在这里干什么呀？"这句话问得这样巧，好像听见了她们刚才的谈话似的，她们那两张带泪的脸孔，忍不住同时都笑了起来，说："我们两个人的事情，用不着你来管。"可惜外面光太强，堂屋里光又太暗，梁树坚看不清她们的脸孔，也没有心思去研究她们，就十分顺从地说："好了，好了。我不来管你们，我一点也不想来管你们。"说着，顺手拿起一顶竹帽，就又走了出去。

整整的一个后晌，梁树坚都在田里走着。合作社的一百多亩禾田，还都是空荡荡的，像一个大湖一样。田里的泥土都已经耙得又匀称、又平坦，只等着人们把鲜绿的秧苗插下去。水面上收拾得很干净，连一根杂草都没有。他向着西北角走去，那里有一片已经插了秧的田，秧苗仍然是浅绿色，还没有转青，苗尖也离水面不远。粗粗看去,这一大片田的秧全插得歪歪扭扭,实在不好看。仔细一看,梁树坚就能够分得出来。第一队插的那一边,大体上都还是整齐的,是按着小科密植的规格插下去的,只有一小块不大匀称。第二队插的那一边,可就不一样了。那边大部分都是疏密不匀、忽大忽小的,只有少数地方合格。梁树坚看到这样的禾田,禁不住满脸绯红。他自己对自己说:"看吧,这就是你的工作成绩。多好洋相!单看你拿什么脸去见人!"他想起前天早上插秧的情景,那种乱七八糟的样子实在叫他难过。他屈起手指一算:"一天,两天,三天。唉,三天了!"叹息了一番,他就握着拳头,离开了那块丢人的禾田。汗水不停地从他那紧握着的掌心里冒出来。他自己想:"为什么我在开始建社的时候,不能抓紧思想教育的工作呢?临到插秧了,才来搞这个名堂!要不是有区里的领导,有青年团的支持,你怎么得了?"接着又自己把自己骂了一句道:"我看你就是不中用!"走着走着,他又想起六天以前,他刚从区里开会回来的时候,自己是多么兴高采烈,多么充满信心。当时他曾经在会议上保证过,他们朝阳村光荣农业生产合作社一定要插小科密植百分之五十。整个会议还希望通过他们这种示范的行动去影响互助组和单干户。想到这里,他忍不住又自己质问起自己来:"现在你怎样了呢?我的可怜的人,不要说对互助组和单干户起示范作用那句话了,你首先就对整个会议扯了谎。别人都要笑话你。你怎么能对会议不老实,在大庭广众当中随便就扯起谎来呢?"一边想,一边走,他不知不觉就走到单干户黎章那块禾田的田头上。

　　黎章一家的劳动力是很充足的。他的禾田离合作社西北角那块插得乱七八糟的禾田不远。那里已经全部插完了,有些禾苗都已经转青了。梁树坚看了一看黎章的田,见他插的一律是大科疏植,每科总有十五六株秧苗,科跟科的距离大约有一尺二寸。再往北面看,只见那些互助组、单干户的田,纷纷都在插秧。有插稀的,有插密的,好像有意跟合作社竞争似的,并且都赶到合作社的头里去了。他一个人对着这种情景,站在田基路上直搔脑袋,心里十分着急:

　　"是该莳田了。再过四天就是清明了。再不插就来不及了!"黎章正在田里撒石灰。石灰桶子在腰间斜斜地挂着。石灰粉一捧一捧地从他手里撒出来,登时在禾苗顶上散开,好像绿色海水上面,一朵一朵的浪花一样。他的神气正是不慌不忙,怡然自得的样子。后来,他有一次转身往回走,瞥见梁树坚一个人在搔脑袋,就故意打趣他道:"社长怎么这样得闲,出来看风景来啦?"梁树坚觉着不是黎章一个人,而是在田间干活的全体男女老少,都拿讥笑的眼睛望着他,便老老实实回答道:"黎章,不是看风景,是来看看大家的秧苗。"黎章说:"你看怎么样?"梁树坚说:"没说的。秧苗又壮,插得又工整,好手!我看一亩准能打四担。"黎章简直肆无忌惮地说:"别提了。咱们单人独臂,怎比得上合作社人多势大?咱们的脑筋又守旧,再改良,还不是一尺二?跟你们的小科密植比,是差得远了!"换了别个人,在这种情况之下,

简直会弄得无言可答。但是梁树坚却是另外一种人。这种人越碰到困难的局面,他的勇气就越大。当下他回答道:

"黎章,你的禾田好是好,可是不算顶好。咱们合作社是要超过你的!咱们要插小科密植。一亩要打它五担!你等着瞧吧!"

黎章进一步追逼他道:"小科密植那么好,我能插不能插?"梁树坚仍然一本正经地回答:"你自然能插,只是你现在还没有想得通。有一天你想到应该多生产一些粮食,来多办几个工厂,那你就算想通了。今年早造你无疑是要输给咱们合作社的!"他说完就走开。走了老远,还听见黎章在他后面哈哈大笑。他想:"话是说出去了,该怎么办呢?"他决定挨户挨户地把二十一户社员的门子都串上一遍,动员他们明天上午一定要到农会去听县里农业技术指导站派人来给他们做的报告,又挨户动员明天下午一定要和全体社员一道去县的示范农场参观小科密植的禾田。他把很大的希望放在这两桩事情上面。他果然照着自己的决定,挨户挨户地去谈过了,还把黎章的话也都对他们讲了,连他二叔梁槐那里,他也去了一遍。晚上,大家在农会里闲坐聊天的时候,他的活动的成绩就看得很清楚。一到夜间,这农会照例是很热闹的。农会的地方不算很大,它的前身是一间破破烂烂的小祠堂,土地改革以后修理了一下,就成了大家经常聚脚的地方。一盏三号直筒煤油灯放在一张白木书桌上,后面坐着一个农会的办事员,他在这个时候,要忙着给人写介绍信、证明信之类的东西。向他提出要求的人往往是很多的,他们把他围在当中,简直围得水泄不通。在灯光照耀不到的其他的地方,还另外有许多没事闲坐的人。他们有坐在长条凳上的;有把两条长凳拼在一起,躺在上面的;也有躺在那张通常油成绿色的乒乓球台上的。自从前天插秧之后,闹着要退社的几户人家却都不上这儿来了。这天夜里,梁树坚这里蹲一蹲,那里站一站,也没说什么话,只是用耳朵听。在青年团员那一堆子里,他蹲在梁满的身边,听到他们估计明天去参观示范农场的社员要达到百分之百。他心里高兴,嘴里却说:"到不了百分之百又怎么样?"副业组组长黎添说:"那没关系。如果到不了百分之百,准能到百分之一百零五。"旁边另外一个团员早在他的脑门上打了一下。他跳起来,双手抱着脑袋,叫嚷着说:"怎么不是呢?怎么不是呢?我是加上肚子里面的人口计算的呀!"梁树坚在大家欢闹声中,满意地离开这一堆年轻人。往后,他静悄悄地又听了几堆人的谈话。他听到大家的共同意见是应该赶快插秧,因此,也应该好好儿地听一听农业专家的报告,然后去看一看人家示范农场怎么搞。他从这里面摸到了群众的心思,觉着更加高兴。他知道自己所想的,跟群众所想的真正一致了,就觉着浑身有劲。往后,他忽然听见有一个人在大声跟谁说话道:

"怎么你这样还不明白?我敢打赌他们不是反对小科密植的。那不过是借口。其实是反对另外的东西!他们退了社,说不定他们自己也会偷偷地插起小科密植来的,谁知道?"

这个人说得很自信,简直好像不容对方反驳。他的声音有点沙哑,有点苍老。梁树坚一下子听不出这个人是谁。后来才想起来了，是他们全村最有经验的老农黎全就。梁树坚把他的话牢牢地记在心里。他觉着一定可以从那老汉那里，学到点什么新的东西。他暗地盘算什么时候瞅个机会，得跟他仔细谈一谈。就是这个样子，梁树坚在农会里活动着，一直到过了二更天。后来回到家里，一倒下头就呼噜呼噜睡熟了。第二天清早一爬起来，就忙着布置会场，准备茶水，叫人用喇叭筒喊话，专等县术指导站的同志来做报告，把黎全就所说的话，全忘得一干二净。农民们坐在农会门口的晒谷场上，从早上七点钟等到九点钟，那位农业专家才来了。他是一个四十多岁，个子矮小的人。他的名字也很古怪，叫作什么"任理治"。梁树坚给大家介绍的时候，下面马上就发问："什么？任你住？"左问右问，一直搞了十分钟才解释清楚。往后任理治给大家做了三个钟头的大报告。报告看来是很完整的，还夹杂着许多学理上的专门名词。社员们、组员们、单干农民们似乎都没有听得很懂。听完了，又围着他问了半个钟头，一直问得他恼火。梁树坚留他吃饭，他不肯吃；送他走的时候，他头上并没有汗，却用手帕擦了一次又一次。临走时，他只说了一句话："社长，你们这里的农民水平真低呵！"当天下午，他们走了十五里路去参观示范农场，齐黑的时候，又走了十五里路回家。在示范农场里，他们看了选种、秧田，看了十天前才插下去的、小科密植的禾田，又看了去年晚造小科密植的标本、谷子实物，和许多数字、图表、挂图。这回参观使大家很满意。特别满意的是社长梁树坚。那是因为有一回，在示范农场水稻第六区的一块小科密植的禾田旁边,他看见有两个妇女,背向着他,在给闹着要退社的黎彩和潘香这两位老婶子讲解小科密植的好处。看黎彩和潘香不住点头的神气,这两个讲解员一定很善于做宣传鼓动工作。"可是,她们是谁呢?"梁树坚站在背后呆呆地看了一会儿,这样想着。他好像认得她们,又好像不认得。后来她们讲完了,四个人一道向前走,他才立刻认出来了,原来除了黎彩和潘香之外,一个是黎珍,一个就是陈钻好,他不禁惊叫了一声:

"呵,原来是你们呀!"

妇女们都没有睬他,只顾往前走。到了天快黑下来,大家朝回头路走的时候,梁树坚瞅了一个人少的机会,从后面赶上陈钻好,用自己粗壮有力的胳膊碰了她的胳膊一下,跟着对她做了一个鬼脸。她低声骂道:"流氓!鬼鬼祟祟!放着堂堂大路你不走,碰得人生疼!"她的声音低得刚刚让梁树坚听得见。回到家里,吃了晚饭之后,阿玉一早就睡下了。梁树坚出去转了一会儿,也破例地一早就回家。陈钻好看见他回家这么早,觉着很稀奇,可也没有理他,只顾坐在灯下,替阿玉补衣服。梁树坚也没什么话好说,坐在她对面,不住地拿眼睛望她。这样,两家默默无言地对坐了半个钟头。他觉着对她多少还有点陌生,她身上有些新的东西,是他过去从来没有看见过的。他渴望能够把自己这种不平常的感觉对她直白地讲出来。后来他到底开口说了:"钻好,原来你很会做工作,我可一点儿也没有想到。这样看起来,你是赞成小科密植的,你是拥护合作社的。"陈钻好没有望他,一面做针耨一面说:"我是什么样的人,你自己不会看?我记得二叔说你是幡杆灯笼:照远不照近。果然一点也不错。"梁树坚不断地点头承认道:"对。这是我的错误。这是我的错误。以后,你应该多做点工作。……"

九

一千九百五十四年四月二日,是阴历二月二十九,是这个月的最后一天。再过三天,到四月五日,阴历三月初三,就是清明。整个合作社的空气,突然紧张起来了。天一亮,余飘那个阁楼照样挤满了人。副社长潘有在那里大发议论道:"还等什么呢?一分钟都不能再等。咱们总算是等够了!已经等了四天了!几个人不过渡,咱们整只船可不能湾下来。话是说得口苦唇焦,大报告也听了,参观也去了。对娘老子也不过如是!现在的戏,就看他们怎么唱。反正咱们今天就得把秧插下去!"老汉黎全就也说:"真是,迟迟早早,都在这一两天了。"那些青年团员个个你望望我,我望望你,一时都没了主见。梁树坚心里比谁都烦,可是他不能不硬顶着说:"你们忙什么呢?昨天才参观回来,也得让他们好好想一想。"说到这里,他把大家轮流看了一下,觉得大家听不大进去,就改变了口气说:"这样吧,大家再等一天吧。今天晚上,咱们开全体社员大会来决定这个问题。"随后他又专对梁满他们那几个年轻小伙子加上道:"拼出全部力量来,最后坚持一下吧。咱们只有一天的时间了。我看还是行的！话说得有道理，人总不能不听！"梁树坚说完就下了，一个劲儿跑到老寡妇潘香的家里。潘香看见社长到她家里来，一点也不觉得惊奇，好像她和客人是事先约好了似的。她端凳子给梁树坚坐下，自己开口先说道："唉，小科密植真是好。你也真心为大伙儿，给大伙儿操尽了心。"梁树坚乍一听来，觉着事情有望，便很开心地说："按这么说，你是赞成小科密植了？"潘香的眼睛眨了两下，好像使劲在忍住眼泪，说："阿侄哥，我老实告诉你吧。小科密植不小科密植，我本来是不在乎的。政府提倡的事儿，哪有不好的道理？可是，我得想想我的身家性命呵！我俩孤寡人家是有老有小的呵！我何尝不知道田里的事情，自己一定管不好的呢？只是自己管着，总要放心一点。大家来管，就说管得会好一点儿，可到底不放心！"梁树坚听了她这番真心话，低下头，替她仔细想了一想，然后用负责的口吻说："入社的时候，你没有想过这个问题么？咱们大家的身家性命都搀在一起了。咱们往后要过得像一家一样，有福同享，有祸同当的呀！"潘香擦了擦到底还是流了出来的眼泪，说："话自然是这样讲的。你和小满也对我说了很多回了。你们都是好小子，要是大家都跟你们一样心肠，我还发什么愁？难在不是的。有些人还只是自己顾自己，跟你们不一样。这样的人也不在少数。我就想，依靠大家要依靠不上，我自己还得走些门路。这个——你们都知道的了。谁还愿意跟富农来往呀？左不过是为了他有牛，有犁、耙，想沾点光。"梁树坚使劲，但是慢慢地摇着头说："这就是老婶子你的不对了。富农你能靠么？就算能，也不过能靠一年半载，靠大家，是千秋万世的事儿呀！"潘香大声重复问了一句道："靠大家怎么样？"梁树坚更沉着，更自信，更坚定、有力地重复说：

"靠大家，是千秋万世的事儿！"

对着这个沉着、自信、坚定、有力的人，她没有法子再怀疑下去，就低下头说："好吧。要是梁槐退社，我就退；要是梁槐留下来，我也就留下来，我今天晚上给你答复吧。"谈到这里，梁树坚才想起前天晚上黎全就在农会里所说的话。他早就说过那些退社的不是反对什么小科密植，其实是反对另外的东西。他的话果然灵验了。

自从那天早上天一亮，梁树坚爬起来就跑到余飘那里去了之后，陈钻好也有她自己的打算。她起了床，替阿玉洗了脸，就动手煮芋头吃。她俩吃过了芋头，把留给梁树坚的那一份依然蒸在锅里，就动手给阿玉换衣服。她自己也换了一套半新旧的黑布衫裤，梳光了头发，好像她就要去吃喜酒似的。收拾停当，她这才牵着阿玉，往二叔梁槐那边走过去。看见黄顺不在家，她就问："二婶呢？"梁槐没精打采地说："到你们荫哥那里去了。还给那神医带了三十万块香火钱去。我想干那神医的行道倒是挺不错的。"他停了一会儿，见她两母女穿得整齐干净，就顺口问道："要出门么？"钻好说："不是的。是我有一桩事儿，要来跟二叔你讲。"梁槐很信任地笑了一笑道："有事情你尽管说，做二叔的再没有不听之理。"钻好露出年轻女子那种明知故问的俏皮神态问："我要二叔讲一句真心话，你是不是当真反对那小科密植呢？"梁槐平素疼爱侄儿，可不满意他的行为乖张，唯独对这侄儿媳妇，倒是又疼爱又信任的，就笑着说："你又不是合作社干部，我瞒你干什么？我是当真反对小科密植的。他们那些跟着我瞎嚷嚷的角色，倒不一定是认真反对这个。他们只把小科密植当作个借口，他们心里面是反对另外的东西，这个我很清楚。说实在话，他们是想单干。"钻好又问："按那么说，你现在还反对么？"梁槐又不好意思地笑了一笑道："你都看得出来的，为什么还尽管追问呢？听了报告，又参观了示范农场，我也觉着小科密植恐怕是有点儿道理了。不过就算再有道理吧，我也不想在合作社里跟大伙儿一道干下去。就算合作社干得出色，能多打粮食，我也不贪那份心。我自个儿干多痛快，愿意怎样就怎样，撇脱了利，打多打少，谁也不怨谁。"钻好点头说："是呵，是呵。二叔你也是想单干的。你这样想，有些人很高兴。"这句话有点儿刺痛了他的耳朵，他跳起来问："谁？谁高兴？谁这么爱管闲事？"钻好还是安安静静地，替他惋惜地说：

"唉，有谁呢，就是那些地主、富农、反动分子呀！他们说，梁槐真是一个好人，过去抬举他就是没差错儿，现今还能记住古老时候的只有他，宁愿饿死也不肯跟着大伙儿瞎嚷嚷的也只有他！"

梁槐生气了，好像一只猫似的在喉咙里咕噜着，往后忽然大声说:"胡说!谁叫你这样瞎编的?反动分子是反动分子,我是我,咱们打哪阵子起能拉在一块儿?"他虽然是大声,到底还显得很虚弱,好像中气不足的样子。随后,陈钻好把四天以前她跟黄顺一道去陈廷荫那里借钱、揽中人的事情,原原本本地讲了一遍。她讲了她的堂哥哥怎样借钱给她,怎样讥笑共产党,怎样劝她叫梁树坚不要搞合作社,说小科密植万万种不得,说合作社要大家插小科密植,就是不民主。她又讲了陈廷荫对她二婶说过的,神医怎样三不医,要给神医当中人就要退出合作社;他怎样恐吓二婶,说大家伙儿一定要斗他们,说二叔当过兵,和红军打过仗,就是有血债;他后来又怎么教二婶要多联络几户人,一齐退社等等。最后她又加上说,为了这些事情,她也很对不起梁树坚。她从来没有瞒过他什么,可是这桩事儿,她始终不敢对小坚讲;后来富农黎妹来找二婶,挤眉弄眼的不知干什么,她也把梁树坚瞒过了,心里一直打疙瘩。总之,她把所有要讲的话,一股脑儿都讲出来了。梁槐这一惊可吃得不小。他一面听,一面骂着:"混账!畜生!"听完了,他就跳起来,好像和谁在当面辩驳似的叫嚷道:

"谁说我有血债的?这简直是当面造谣!要说当过兵,打过仗,咱们村子里就多啦。那是叫国民党拿绳子捆着去的,又不是自己心甘情愿去的。总之不管怎样,这件事在土地改革的时候也交代过了,大家伙儿也都原谅了的,你二婶难道没有长嘴么?她怎么一声不吭,也不把他驳回去呢?"

这梁槐平时总是阴阴沉沉,不言不语的。陈钻好从来没有听见他那么高声叫唤过。他自己也为自己的声音洪亮而暗自惊奇。钻好听了摇头说:"她没有。她半句话也没有说。她不只不驳他,还十分相信呢!她说她一定要把你弄出合作社外面去,免得惹是生非呢!"梁槐恨恨地顿着脚道:"坏了,坏了,我和你那糊涂二婶都上了你那混账荫哥的大当了。坚嫂,你再讲一遍吧,你给我从头到尾再仔仔细细讲上一遍吧。敢情我是老糊涂了,脑筋一点儿也不管用了。"陈钻好依照他的吩咐,给他从头到尾再仔仔细细讲了一遍。这回他听了之后,整个人发软了,好像一块蜡受了火烘一般,眼看就要化了。他坐在板凳上,背靠着大门,两只手捂着自己的脸,像哭一般地自言自语道:

"我的老爷呀!我的天哪!你们管了我一辈子,到如今还在管着我么?让我自自由由地过几年吧!"

霎时间,这堂屋变成完全静悄悄的,像是一间没有人烟的古庙一样。陈钻好看见阿玉忽然停止了玩耍,很害怕地站着不动,就叫她到街外去玩一会儿,这才进一步对她二叔说:"要是我是你,我可不这么笨。那些反动分子呀,地主呀,还有富农呀,……哼,我才犯不着为了他们的高兴去得罪全村的人!全村的人都羡慕合作社,全村的人都爱护你的侄儿,你却为了谁来拆这个台?"梁槐听罢,十分羞愧地点着头说:"按这么说,你是整个儿投到合作社那边去了?"陈钻好十分勇敢地回答道:

"我是整个儿投到合作社那边去了。我现在才明白,为什么那些男男女女的社员那样爱着小坚!为什么小坚也要在社员当中过日子,才觉得日子过得舒服!"梁槐用很低的、几乎听不见的声音说:"好吧,就是这样吧。你二婶整天骂我是一个窝囊废,看来她也还有点道理!"

正当陈钻好和梁槐在家里谈话的时候,二婶黄顺过了两个渡口,不知不觉走到了陈廷荫的门口。大门虚掩着。她左右张望了一下,见周围没有人,就轻轻推开了门扇。门开了一条缝,她一眼望见屋里没有人,家什翻倒在地上,锅盆碗盏、衣服鞋袜,散乱地随处丢。平时那里面总是静幽幽的,阴沉沉的,什么东西都站在原来的位置上不动,在那里沤烂发霉的,今天都变了样儿,好像有什么人在里面打了一场大架,把里面的东西都撞碰得纷花倒乱。她立刻想到这里大概出了什么不妙的事情,嘴里只是"哎呀"地叫了一声,抽身就想往回走。这时候,陈廷荫出来了。他一面把一卷用草绳捆好的衣物随意放在一张空椅子上,一面赶紧跑出来迎接客人。他故意装成满不在乎的样子,大声说道:"我当是谁,原来是二婶,请进来吧!"黄顺也不答话,只顾拿眼睛朝他身上打量,见他穿得倒很整齐,一身黑色熟绸衣裤,脚上还穿了黑礼服呢反底鞋,可是头发乱糟糟地竖在头上,两只眼睛红通通地露着凶光。她忍不住问他道:"你这是怎么啦?出了什么岔子啦?你正要出远门么?"陈廷荫装出勉强的笑容说:"没有的事,没有的事。你放心吧。请到里面来吧。到里面来坐下细谈吧。"黄顺跟着他走了几步,忽然看见里面神厅,在他的睡房门口的地方,还有两个男人,凶神恶煞地站着,不觉又停了下来。陈廷荫连拉带扯地拖着她走,一面向她解释道:"这是两个兄弟,来帮我打扫房屋的。他们的脾气比二叔还要驯善。"到了神厅,他就让座道:"坐下吧,坐下慢慢谈。"黄顺看见神厅里没有可坐的地方,心里面也着实慌张,就只是站着不动。陈廷荫又迫不及待地追问她道:"你欠下神医的六十万元香火银子,今天带了来没有?"她更加心慌了。她摸摸口袋,是带来了三十万元,可是她又不想说实话,就扯谎道:"今天收不起来,只带来了二十万元。"陈廷荫伸出手来道:"好吧,那就拿来吧。"黄顺的脸变色了,嘴唇发抖了,结结巴巴地说:"那,那,没有。我只带来了十,十,十万元。"陈廷荫发脾气了,大喝一声道:"混账!弟兄们,来,给我搜!"为了免得她做无谓的挣扎,他们把她捆了一个五花大绑,又用棉花布片塞住了她的口。这样,他们不只拿走了那三十万元,连她自己口袋里面两万多块钱零用钱也给带上了。他们临走的时候,把她像个破瓦罐子一样,扔在天井的一个潮湿的角落里。

梁槐一点也不知道他的老婆如今正碰到什么样的灾难。他和陈钻好谈过话之后,觉得浑身松快,后来又接受了他侄儿媳妇的提议,找那些跟着他闹退社的几户人来商量。不多久,潘香、黎彩先到,跟着潘贵成、黎煜、梁栋也就到了。他们坐在梁槐门口对过一棵长在涌边的龙眼树下,听完了梁槐的详细的报告。大家都听得聚精会神,连咳嗽的人也没有。本来地主婆梁八婶、富农黎妹、神医和他的经纪人陈廷荫这些事情,大家都是晓得的。可是梁槐今天用了敌对和轻视的口气讲到这些人，大家就都觉得这里面恐怕有什么变故，听起来分外留心。末了，梁槐这样收场道：

"开头我是一点也不晓得这些事情的。多亏我这侄儿媳妇，她什么都弄得一清二楚。"大家跟着他的手指，望了坐在一旁的陈钻好一眼。她始终坐着，笑吟吟的，一句话没说。梁槐接着往下说道："咱们自己跟合作社闹闹脾气，和他们有什么相干？为什么他们那样高兴？这事儿不妙，凭我一辈子的见识，我知道他们要我走的路，大概总不是什么好路。自从有了土改，我就把什么都想明白了。你们看，我不是从那时起，就把什么都想明白了么？难道我是自吹自擂么？就算我还有点自私，可是自私——谁还能没有一点，那又算得什么呢？我要对大家说句不中听的话，要是咱们自己要走资本主义的道路，想自己多赚几个，过得舒服一点，那倒没什么，就去走走也可以。可是那些地主、富农、神医要咱们走资本主义的道路，事情就不一样了。这时候，咱们就万万走不得。让他们自己去走那资本主义的死路、绝路吧！我说，咱们一定得跟着共产党走社会主义的道路。共产党也说过咱们以后会共同享福的，只怕那才是一句真话。"

他这番话惹得大家议论纷纷。过了一会儿，潘贵成忽然想起一件要紧的事，他急急忙忙地朝着大家问："今天晚上就要开大会了，到时候咱们该怎么办呢？"梁槐冲口而出地说："我坚决参加合作社。"黎煜和梁栋异口同声地说："那你是决心反了？"梁槐点点头，感情平静地回答："我是反了。既然咱们合作社当中裂开一条小缝,坏人就像蛀心虫钻进禾头一般钻进来,我就要反。你们知道,我是不喜欢叫人钻我的缝子的。"黎煜拍了一拍大腿道:"既然如此,我也反了。"梁栋跟着说:"我也算上一个,我也反。"潘贵成十分乖巧地说:"你也反,我也反,倒不差我一个!"潘香站起来,拍去身上的灰土,感情激动地说:"我早就说过了。你们要退社是不对的。眼看插秧再迟就不中,我也赞成小科密植了。我也不退社了!我们守寡人家,见识不广。左邻右里早就埋怨我退社不对,我单朝着你们爷儿们看,谁想你们也不济事!如今说来说去,还是那些年轻人对。那些年轻人一天两三趟,跑上门来给我讲道理。人家是诚心诚意的。在旧社会里,谁管我这个寡母婆呀!他们把我说得心都动了,就是嘴里说不出话来,没有答应他们。这回我再不依靠你们了,我要依靠那些后生仔了。你们原来跟我一样,全是废物!"说着说着,她不住地抓起衣襟来擦眼泪。老姑奶黎彩也站起来,仗义执言道:"一点不错。人家就是照顾咱们,就是为咱们好。不说别的,单看预卖粮那回的事情就晓得!"

他们正在七嘴八舌谈论着,偏巧那富农黎妹不迟不早,正赶上这个时候在涌边出现。那胖子还像这几天来一样,大模大样地沿着浅黄色的河涌向他们走来。走到龙眼树前,他就站定了,狡猾地笑着说:"怎么样了?还有三天就是清明,我看也该插秧了。你们看我那块田,都已经转了青了。横竖你们现在又不在社,愿意什么时候插就什么时候插,愿意插多宽就插多宽,你们还等什么呢?"大家听见他这么说,心里都觉着很不受用,一时又不知怎样回答才好,就都把脸拧歪,望着河涌里的流水。老姑奶奶黎彩是黎妹的堂姑妈,她就使唤这个身份教训他几句道:"我说阿妹,你简直到如今还没睡醒呀!快走吧,别再来胡说八道了。你再来破坏,咱们就要报告农会。你猜想咱们永远跟你一伙儿,你这一下可没猜对。咱们还是跟梁树坚一伙儿的,咱们还是要归到合作社那边去。你还是你的单人独户。走吧!"黎妹简直不能相信自己的耳朵。他对龙眼树下这伙人望了又望,等了又等,想看他们的脸色有没有改变,看他们有没有什么别的表示。但是他失望了。他咬牙切齿地对大家说:"真没想到。真没想到。这真是好心不得好报,好柴烧烂灶!你们使我的牛,使我的犁,使我的耙,使我的水车,我使你们什么?我单人独户就单人独户,难道还把我饿死不成?哼!"说完就像一个黑影似的闪进一条小巷里,不见了。这里黎彩对大家笑着说:"你们看他的门牙够多长!"潘香也调笑着说:"唉,算了。他还没睡醒呢。难道咱们合作社的牛、犁、耙、水车还比他家的少么?"趁大家还在兴高采烈地谈论着黎妹的时候,陈钻好把阿玉交给潘香看着,自己抽身去找梁树坚。在农会附近找着了他,就一五一十地把刚才的事情都对他说了。梁树坚高兴得两脚直跳,立刻和陈钻好一道来找大家。他把两只手都挥动起来,像戏台上面耍大旗的角色一般,精力饱满地对大家说:

"大家这才是呵!这才是咱们叔叔婶婶该说的话呵!今天晚

上大家一讨论，明天咱们就插秧！这回是谁也阻挡不住咱们了。咱们不止走这么一步就算。咱们迟早还要做到全村都合作化！"他稍微停了一下，又继续说，"我来给大家报告一个好消息。那个所谓什么的神医，叫咱们人民政府给逮捕了！是区里面一个同志刚才告诉我的。那是一个蒋介石派来的特务，专门来破坏咱们农民的生产的。大家说，咱们该多么高兴呀！"

他的话还没说完，梁槐就站了起来，摊开两手说："这就糟了。我们那二婶今天早上还给陈廷荫送去三十万元呢！"黎煜接着就说："可不是糟，那里面还有我的五万！"梁树坚听他们这样说，也顾不上多谈，立刻就去找着了梁满，叫他带上四个民兵，把那几根长枪也带上，赶快跑到陈廷荫那里去把黄顺追回来。他还再三叮嘱他们，过了第一个渡口，走上四五里地，到了一个岔路口，他们一定要从左边穿着田走，可以近许多。……但是，可惜得很，来不及了。他们救出了黄顺，把她带回村子，她满身泥巴，像一根刚从荷塘里挖出来的莲藕一样。那些钱已经叫匪徒抢光，而那些匪徒，在民兵到来之前，早已跑掉了。

晚上，合作社开了社员大会。大家的情绪都很高涨：决定明天一早，开始莳田。并且又全体一致，做出新计划：朝阳村光荣农业生产合作社准备插的小科密植不是百分之五十，而是百分之八十。

十

  他们重新开始莳田的时候，正是清明节的前两天。天还黑着，梁树坚和陈钻好就起了床。吃过早饭才天亮。把阿玉送到农忙托儿组去了之后，两个人便卷起裤腿，戴了竹帽去下田。两个人各自回到自己的队里，女人们便动手拔秧，男人们便跟着担秧和分秧。忙了半个前晌，梁树坚的秧都担完了，他就到各个队的耕作区去巡视一遍。

  首先，他朝良滘那块田走去。五天以前，合作社的插秧工作就是在那个地方碰到了障碍，停顿了下来的。在一个准备用来安装新式抽水机的茅棚里，他看到了一块临时挂上去的黑板报，那上面登载了破获特务神医的消息，也登载了昨天晚上社员大会决定插小科密植百分之八十的消息。他很满意地咬着嘴唇看完了黑板报，就穿过茅棚向前走。在良滘那边，有十几个黑点子，在阳光下面移动着。慢慢地，快活的歌声就断断续续地传过来了。他小心翼翼地走着，好像怕自己的脚步声会扰乱那远处的歌声。他很爱听这种歌声，也很熟悉这种歌声。他故意走得很慢，生怕走完这段路，那歌声就会停止。"他们唱起来了！"他好像对别人夸耀自己心爱的珍宝似的，说出声音道，"五天以前，他们本来就该唱的。可是他们那时候不唱，他们咒骂，吵架，你埋怨我，我埋怨你。"他自己想，如果有一件法宝，能够叫大家永远都快活，那么，就是远在天边，他也得把它找回来。他自己问自己：

"你为什么觉得生活会有意思呢？"他又自己回答："那是因为你活着，能够叫别人快乐！"拿这几天的事情来看，只要有一个人不快活，他就觉得自己的生活岩岩巉巉，不好迈步。他越觉得自己的心跟大家的心连在一起，就越感到自己肩膀上的担子沉重，好像真是连呼吸都发起喘来。

看看快到良滘的田头，那歌声越来越近，歌声里面，还听得出夹杂着捉弄人、开玩笑的声音和无忧无虑的、一阵接连一阵的笑声。那些远处望见的黑点子都成了有手有脚的妇女。花红的头绳和雪白的银簪在鲜绿的秧苗中间闪耀着。梁树坚瞪大着眼睛，可是什么也没有看见。他幻想着许多人。那些人的影子一个一个地在他的眼前出现：矮小结实的梁满，细心稳重的梁梅，老实勤谨的潘锡，热心肯干的潘炳，提头醒尾的黎添，天真纯洁的黎珍。他想："世界上怎么会有这许多好的人，这些人又都在合作社里，都和我在一起生活，还都集中在青年团里面呵！"往后他又想起他那温柔敦厚的妻子陈钻好，"说实在话，她这回立的功劳可不小。"他暗自思量道："我开头就没看出她的本事，我还以为她不过只是阿玉的妈妈呢！"最后，他还想起有经验的老农黎全就，妇女代表李金桃，正派的劳动农民潘启正和潘有、潘贵成、潘香、黎彩、黎煜、梁栋这些人来。他想不管怎么说，这些人全都是有本事，能干活儿的。这些人只要伸出手臂，那黄金色的谷粒就会从他们的手指尖上源源不绝地流出来。这回合作社不单是插小科密植从百分之五十增加到百分之八十，还增加了这些新的人才，这些人才藏在合作社里面，要是不经过这番波折，谁也不会知道。往后合作社凭着这许多只手，什么事情都会干成功的。想着，梁树坚又不禁浑身是劲，手轻脚快，暗暗地自豪起来。……

在良滘田头的小涌旁边，梁树坚首先碰见担完秧，准备收工回去的潘贵成、黎煜、梁栋三个人。他们看见这年轻的社长走过来，觉得有点不好意思。他们都做了一个很轻微的，但是使人看得出来的打招呼的表示，大家同时又低声叫了一句："小坚。"梁树坚站定了，讨人喜欢地笑着，等他们说话。他们谁都没好意思开口。后来还是梁栋仗着堂兄弟的身份说了："我们都很过意不去。为了我们的错误，全合作社的秧迟插了五天。嗐……"咱们中国人特有的那种谦逊和礼貌，梁树坚也有的，他就说："说哪里的话。早五天不早，迟五天不迟。凡事都怪我做兄弟的没说得清楚。"他这样说的时候，不是虚伪，不是客套，却有着一种深厚的人情味。

这三个人后面，站着梁槐和黄顺。他们好像在那里互相抱怨。这从他们的眼神就看得出来。看见侄儿向他们走过来了，梁槐就故意提高嗓子责骂黄顺道："一天都是你这个老虔婆兴风作浪！你自己又没有一点政治头脑，险些儿还送了你自己一条小命。往后你叫我拿什么脸去见人哪！呸！"当着侄儿的脸，这样子来管教婶婶，还使唤了高到让侄儿都听得见的声音，这在朝阳村说来，已经是做叔叔的完全认错的表示了。为着不让这两个老人太难过，梁树坚竭力奉承着说："算了吧。二叔，你看你真是——事情总是过去了呀。"

在田里面，在第二生产队的行列里，陈钻好也在向她的副队长黎珍道歉道："你是这么好心肠的人，我差一点错怪了你！多么害臊呀，我发昏到相信你和小坚有什么东西。唉，发昏，发昏。那些胡说乱道的王八蛋，嘴里闲出蛆来，乱嚼牙巴骨子！下回我要是听见谁说你的坏话，我就要掌他的嘴巴！让我们，"她拿拐肘碰了碰黎珍的腰部，接下去道，"让我们俩结拜姊妹吧！"黎珍歪着半身，望着陈钻好说："有个男人像小坚，真是福气。这回，你自己立的功劳也不小啦！来吧，我们俩结拜姊妹吧。下回要是兴选女的副社长，我要选你一票。"她想抱一抱陈钻好，可是手里有秧苗，满身全是泥水，不好抱。她只是伸开两条粗壮的胳膊，做了一个拥抱的姿势。她们跟梁槐、黄顺不同。看见梁树坚走过来了，她们不单是马上压低了声音，半个字也不让他听见，甚至拧歪了脸，连望都不望他。

在三十丈远之外，快到第一生产队插的大涌尾那块田，潘有在向余飘苦苦哀求道："无论如何，好歹给帮个忙。她连说话都不和我说，连我向她打招呼都不睬了。"一向只是笑嘻嘻，从来不出主意，也实在没有主意的余飘这回可是发了火。他老实不客气地说："你的思想又落后，作风又生硬，光凭一把蛮劲劳动。

你的劳动倒是不错,可是叫人把你怎么办呢?莫说黎珍不睬你,就是我也不愿意睬你!"他们离得远,梁树坚只见他们指手画脚,听不清他们说什么。到他走到他们跟前的时候,他们又都不吭声了。

在大涌尾那块田里,第一生产队的劳动妇女中间,有一个十五六岁的小女孩子叫了梁树坚一声,大家就停住手,直起腰杆歇一歇。那是梁满的妹妹。她说她不会插小科密植,要社长插给大家看。大家笑着,高声嚷着。梁树坚把竹帽一扔,跳进田里,带头插起来。大家跟着他插,转眼就插了一大片。大地上好像铺了一层美妙的、巧夺天工的、花花绿绿的织锦,把梁树坚和那些妇女们都织到花纹里面去了。

一九五四年十一月七日初稿,广州

春种秋收

/// 康濯

开 头

前年冬天,我在岭前庄住了些日子。今年,二月早春时节,我又到了岭前庄。相隔一年多,村子里变化真不少。半天的工夫,党支部的宣传委员就告给了我几十件新鲜大事。吃罢黑夜饭,我正说要再去找他谈谈,他可又自己跑来了,并且笑咧着嘴,急急忙忙地对我说道:"嘿,我还忘了个挺大的事儿没跟你说哩!"又好像故弄玄虚地停了下来,看了我半天,才接着说,"你知道,周昌林结了婚……"

我大叫一声,抓住他的胳膊使劲儿摇晃,让他赶快说说这件事。他可要拉着我先去昌林家看看,并要我去叫昌林自己说。我就忙忙乱乱地跟着他上了街。

这个宣传委员名叫周天桂。他说的周昌林，是一个远近四乡都有点儿名气的好青年；担任着村里青年团的副书记和农业生产合作社的技术委员，听说在去年秋天参加了党。据天桂谈，昌林结婚还不到两个月，他那恋爱的故事可真是好得厉害。又说，他住的新房也挺美——单另住着土改时候分给他家的那两间北屋。

我知道那是在一个小独院里。我催着天桂，连跑带窜地跨进那个院子的北屋，只觉着猛然间浑身亮透；就像是刚从陡岩直立在两边的山沟里第一步迈上平原，眼花得看不过来面前的景色和风光。

周昌林大手大脚地跑到我跟前，又笑又嚷，推推抱抱地把我直往炕上送。炕上一个年轻的妇女早给我和天桂扫净了一片地方。我从炕桌上的灯影里看了看这个妇女，不禁大吃一惊，觉着这真是左近的山沟沟里第一个闪光发亮的姑娘。丰润的脸上透着粉红的嫩气，稳重的神色当中不露半点羞腆；利利索索的两只手，扑扑腾腾的满身的劲儿……她好像和我很熟，问着我外边的各种消息。我一边回她的话，一边注意着这个喜气盈盈的屋子——村里党、团、政权、农业社和亲戚朋友们送的彩旗、横幅和各种摆设，都还是一片刷刷新；粉白的墙头，也还是明光闪闪……我转向昌林，开门见山地笑道："好哇，昌林！"又看了看那个仰脸望住我的妇女，"你看，我一不喝你们的喜酒，二不跟你们闹房，就是要听听你们恋爱的故事。你俩一块儿说说吧！啊？"

炕上的妇女摆了摆头发，笑着低下脑袋，把一条手绢绑在手腕子上。昌林可把脑袋扭过一边，光笑——笑得傻里傻气的。

我催着昌林，让他快说。天桂也帮我催促着。昌林却支支吾吾地老说要谈谈别的。我可顽强地坚持着自己的要求，一点都不妥协。我这不是开玩笑，也不只是因为天桂说了他们恋爱的故事好得厉害，这才引起了过分的好奇。而是因为昌林的结婚，的确算得上是村子里的头等大事。要知道，眼前同那么一个漂亮的妇女住在这里的新人，原本是村里青年们婚姻问题上的最大的"问题"呢！

记得前年冬天我在村里的时候，昌林已经满了二十二周岁，正是农村青年早该结婚的年龄。他又是个挺红的干部，长得又英俊，劳动更可以顶住一个半人，没念过多少书，但靠着自修，肚里的墨水也不少。不用说，他找对象的条件自然不会太低。可是，外村的姑娘大多不愿意来这一带山区，本村几个高小毕了业的姑娘，眼皮更高，目标根本就没放在村子里。本村当然还有些没念过多少书的闺女；别看她们过去不怎么起眼，这二年生活好了，打扮一下，上上地，去去民校，一个个也都变成了宝贝一样的明珠。她们虽也愿意找本村的男青年，并且也有几个跟昌林谈过恋爱，但有的是昌林不满意，有的又因为受了高小女生的影响，却都提出来不管是谁，一定得先答应了帮她上学校，她才答应跟谁订婚。这么一来，昌林那伙男青年当然不干，他们说："我帮你学到高小毕业，你怕不又要考中学，不又要跟我退婚，另找外边的干部结婚么？哈，天底下谁干那种傻事儿哩！"于是，没结婚的男女青年形成了对峙的局面。姑娘们倒还可以去外边找对象，男的，可只能在没事的时候，在昌林的带领下，找着上级干部和村里的党支书，一扯一宿，并且非常激动地提出质问，发着牢骚："咱们这都是打从参加儿童团，就干革命的哩！这如今，国家不管要咱们干什么去，咱们没说的——提起腿就走。要咱们安心农业生产，也行——咱们就好好发展互助合作。可是，咱们是不是也应该结婚呀？啊？你们是不是也应该帮咱们解决解决这问题儿呀？啊？"

那时节，我也曾被昌林他们质问过不止一次。现在，看着这充满喜气的新房和这一对漂亮的房主，我在万分欢喜当中好像还带着点儿报复的心理，我接着就大声嚷道："怎么，昌林你还不说呀？不说我可要闹房啦！"

周天桂和小两口儿不觉都哈哈大笑。炕上的妇女一边使绑在手腕子上的手绢擦着脸，大大方方地对我说："你闹吧，康同志！"

突然间院子里一声吆喝："慢着，慢着，闹什么哩？等等我啊！"跟着就有个小青年射箭一样地蹦进了屋子。这是个高小毕业的学生，名叫周天成。身架儿精瘦精瘦的，人们都管他叫"一根筋"；但他却精力旺盛，担任着农业社的文化娱乐委员。他提来一小篮本村出产的梨和花生，跑到我跟前说："我知道你准在这里。嘻嘻，闹了点吃的，咱们聊聊。"把小篮往炕桌上一搁，又说，"呃呃，老康，你是想要闹什么呀？啊？"不等我回答，又接着说，"我看啦，你最好什么也别闹。你不知道，我昌林哥他们两口子是白天黑夜甜不丝的，真好比什么书上说的鸳鸯鸟儿一样，结婚以来就没有离开过一步；今日黑夜恰好农业社和民校里又都没有事，他两个当然更得在家里'亲爱'一番……老康，你看，你要是闹闹这闹闹那的，闹得打扰了人家的爱情，那可是不'道德'哇！"

屋子里哄腾大笑起来。炕上的妇女笑得倒在被子上。昌林可转过身子，嚷道："我撕了你这嘴！"

他真的就在天成的脸上拧了一把，身子也摇摇晃晃地快坐不稳，赤红的脖子一吱一扭，"吃吃吃"笑得脑袋都抬不起来……我实在不知道周昌林还会这么害羞怕臊。真的，他是个又高又壮的漂亮青年，严肃，大方，谁见了谁都会赞美。他往地里担粪的时候，身子不弯不荡，就像随便走道儿那样迈着大步，肩膀上吊着一二百斤重东西的扁担，随着他的步伐，走一步，好像便要跳起来二寸高。推三几百斤的小车，他使一个巴掌抓住一边车把，就能走半里地。可是，现在却像碰见谁在他胳肢窝里扭痒痒那样，变得没有了一点力气。天成这个"一根筋"一胳膊就把他揉倒在炕沿边，不理他，继续对我说着：

"当然啰，老康，你是个稀客；"天成对我眨了眨眼儿，说，"你在这儿坐一坐，说说话儿，那还是可以啰！再有，我昌林哥他们的恋爱故事，你怕也应该了解了解。是吧？啊？你正是想听这个？好！我看，为了节省时间，就先让我给来上一段……"清了清嗓子，屋里的人谁都不顾，跟个什么了不起的主角一样，给我介绍开了昌林他们恋爱的事儿。

昌林的爱人——炕上的这个妇女叫刘玉翠，是个聒聒叫的高小毕业生。娘家住在岭后庄。岭前岭后两个村子只离着十里地，但却隔开一道不小的坡梁。坡梁上的道儿，又是一条盘来绕去的羊肠子，因此两个村子平日的往来并不多，两个村历来也不归一个区管辖。没想到这可正好！就正是在这么两个说近不近说远不远的村子里，哎哟哟，周昌林和刘玉翠……

"就闹出了个又是恼人、可又是新鲜漂亮的怪事儿！"天成刚说到这里，昌林就嚷着要扯断他这个"一根筋"。玉翠却抓了一个梨，朝天成一摔。天成接篮球一样反手接住梨儿，正要打闹，天桂插进来说："好啦，好啦，别光斗嘴啦！"顺手拉了我一把，悄悄地笑道："老康，快叫昌林他们自己说吧！也就是，他们那恋爱过程跟恋爱态度……"

天桂的话好像还没有说完，我却早已经忍耐不住。我简直是在命令昌林，叫他赶快说。昌林可还是腼腆地扭着脑袋，支吾着："真是！这有什么说，说头！"我再一次地命令着他，一边就也让玉翠说。玉翠使两个指头拂了拂头发，淡淡地笑笑，瞟了昌林一眼。昌林可还没答应。天成说："咳，真是！这有什么不好说哩！昌林哥，要不这么吧！——还是让我来说吧！我保证……反正你们那过程我也……"玉翠急忙抢着说："昌林，说说就说说！这反正也没有什么稀罕的。你先说吧，我随后补充。"昌林道："行！说就说！"又推了天成一把，"你呀，你保证？你是个美国电台，光会造谣！一边去！"天成高兴地对我吐了吐舌头。

昌林剥着一颗花生，在考虑着他的恋爱故事。玉翠把油灯挑亮了些。屋子里静下来，嵌着玻璃的木格子窗上，透进来院里一棵梨树的影子。早春时节，梨树的枝丫又秃又光；枝丫的缝隙里还露出几颗天上的星星，在玻璃上轻轻地闪动……

就在这安静下来的喜气飘扬的屋子里，周昌林和刘玉翠开始说着他们的故事。他们免不了要有说得简略的地方，甚至还要有意地丢掉一些情节；这时候，天成就会真像一根筋那样蹦跳起来，补说一番。天成也有补说得夸大和过火的地方，就又有天桂出来公平地校正，并在双方争论的问题上作出结论……不用说，我听到的一切情节都是可靠的，整个故事自然也是完全真实的。下边就是这个真实的故事。

故　事

故事发生在去年春天，春耕刚刚开始的时节。地点是在村北的坡梁上——就是隔开岭前岭后两个庄子的那个大坡梁。

有一回，昌林去那坡顶上的地里做活儿，正碰上玉翠也在那里做活儿。他们两块地挨得挺近，只隔着一道一步就能迈过的垄沟。那工夫，他俩还并不熟，不过到底都是在岭前岭后长大，就总也多少有点认识。正因为这样，他两个便都显得特别地不自在。昌林是光觉着好比钻进了葛针窝，难受得要命；又好像是被困在不远处的一面峭壁顶上，要上要下都没有办法。只在心里头对自己说："咳咳，这才是走遍天下也找不着的别扭事哇！"又问着自己:"嗯？我倒了什么霉啦？怎么就偏偏碰上了她呀？"

这的确也难怪昌林。他们碰在一块儿，原本是一个偶然又偶然的事。坡顶上玉翠养种的倒是她自己家里的地；昌林去的那块地，早先可并不是他家的。去年春天，他们村里农业社扩大了一倍，做生产计划的时候，发现他家有一亩多自留地夹在社地中间，挡住了社地连成一片；这当然应该换。昌林又是个干部，因此就随便拣了坡顶那块又远又不好的地换了。没想到这一换就跟刘玉翠碰到了一块儿……而恰恰在碰见玉翠那以前十多天，玉翠她姨姨刚刚跟昌林和玉翠说了说亲事，昌林也刚刚拒绝了这门亲事……

话说清楚：昌林为什么要拒绝这门亲事？这是因为他瞧不起人家。可为什么要瞧不起？原因据说在刘玉翠的身上。

说是刘玉翠在高小毕业以后，因为没考上中学，回到村里，就整日疯疯癫癫。不做活，也不工作。每天吃了饭，就光打扮起来挑对象。而且，听说还一定得挑个工人出身的共产党员，或者是要挑个大干部。左近邻村的男青年，又更给拌蒜加葱，说她的条件是要"两高两相当"——地位高，文化高；年岁、长相也得相当……

不知道这些说法是不是完全可靠。但是，搁不住各人一张嘴，十张嘴就能说活一个死人。说的人越多，说的话也就味儿越重。这么传风煽火，直煽得玉翠她爹娘都受了传染——天天替女儿着急，时时埋怨女儿眼皮太高。做娘的，又难免要把自己当作处理女儿婚姻问题上的"负责干部"；于是，碰见左近村坊的老姐妹，把嘴一张,就要又伸脖子又眨眼,又跘指头又逗点,数数落落,连埋怨带夸,一齐来。

"那死闺女呀,不是党团员不要,不是文化比她高的不要;年岁不相当不要,脸蛋子不白也不要……咦呀呀,我的老姐妹,可把人难的啊……你说吧,那死闺女也是个团员哩!也拿了高小文凭!看上书是一页一页往下翻,写上字是刷溜溜地——笔尖儿顿都不顿!再说长相嘛……总也算五官端正,不短不丑吧!嘿嘿,你说不是么,老姐妹?"

老娘娘们说说道道,保不住就要顺口托讯问人。正赶到去年头开春的时候,岭前庄玉翠她姨姨去岭后串亲,跟玉翠她娘三言两语就拉呱上了玉翠的事。她姨姨倒不是个媒婆子;不过是兴不由己,有口无心地张嘴搭话,随随便便就跟人家提起了周昌林:"那小伙子呀!身架儿就像画上的狮子,肚里头墨水也蛮多!又领导团,又办农业社,在区、县都是敲响了的人物!找对象找了二年,如今都还没找下——在岭前怕就也没有配得上的姑娘……我说呀,咱玉翠要是跟他,那才是狮子配凤凰哩!嘻嘻……"

不用问,事情一说就成。尽管当姨姨的有点失悔自己的冒失,但搁不住玉翠她爹娘的九催十请。姨姨的热心肠一抖动,回到岭前庄,气都没喘,便上了昌林家。

昌林的家长当然也是欢天喜地。昌林却说:"她呀!趁早……她那脑瓜子里装满了资产阶级享乐的思想……说得好,是我没那福分!说得不好呀,我起根儿就瞧不起她!"把个爹娘气得快换不转气来。但消息传到了村里,昌林的行动却得到了绝大多数青年的拥护。周天成就是拥护派的代表人物。

他领着一伙群众,找见昌林,跳着说:"完全正确!昌林哥,就是刘玉翠非要找你,你也不能理她!你是咱们团的领导人,是有骨头的……""别说啦!"昌林抹了把嘴,打断了"一根筋"的话,"老提那事儿干什么!你对姓刘的妇女有兴趣是怎么着!"

"对!我赞成你这话!"天成说,真像一根筋那样蹦跶了两下,向他周围的群众嚷道,"同志们!这事儿是风吹云散,往后谁也不许提啦。"

昌林和玉翠的亲事,就这么闪了一下,好像星星点点的一场小雨,雨过了,鞋都不湿。

没想到小雨刚过,天空又起了乌云。周昌林正闹罢了个拒绝婚姻的事,这一天,猛又跟他拒绝了的妇女碰在了一道!还不是碰在人多的场合,也不是碰那么一会儿半会儿的工夫,是碰在坡梁上左近没人的地方,并且还得同在一块儿做半天的活儿……这就是多么了不起的人物,怕也要觉着别扭,也会很难对付的吧!

不光是周昌林别扭,刘玉翠当时也是同样的别扭。那一天,刚刚在地里碰见昌林的时候,她"哄"一下就浑身发热,手脚也马上不听使唤,好像都不是长在自己身上的东西。心眼里忙忙乱乱的,对住自己又说又嚷:"咦!这不是他?是,是他……"

这原因同昌林一样。她娘跟她姨姨说合了亲事以后,回头告诉她,她的答复也是一个"不"字,她也同样拒绝了这一件婚姻——

老实说,她还更瞧不起周昌林。

她这个没考上中学的高小毕业生,牛皮还挺大。在学校当过团的干部;论知识,论长相,也自觉是很有些分量。从小又是在贫农的家庭长大,家里地里的营生,不论是针眼里穿线,不论是坡地上扶犁,也都拿得起放得下。只因为世界变动得太快,她没考上中学,却带了个一心想望城市的思想,回到了她从小在这里生长起来的老山沟。

城市的妇女当中,有田桂英,有郝建秀,有抗美援朝的光荣的女护士,有说不尽的远大的前程。而且,城市是电灯电话,高楼大厦;花衬衫,洋袜子,妇女的头发听说都是一鬈一鬈的……再看看自己住的小山沟,农民翻身了,可也翻不出夹着石头的二亩硬土!村里连个农业社都没办,想闹个俱乐部也闹不起来。而且,坡梁上是一丛乌桕,一片臭松;树高林密,草棵连绵;那怪石、岩堂和孤峰、峭壁中间,还有着跑来跑去的野兽……真是个荒山荒野哇!要到什么工夫才有美好的前途……说快点儿,再过二十年吧!——自己就快到四十岁……咳,连山前的平原都赶不上!赶个会,看个戏,出门就得走二十里地……

刘玉翠回到村里,就好比是住进了监牢里。见了人,怕人笑话;整天对着一本书,连书上的字都看不清。上地里劳动吧,人去了心不去;回家里做活儿,人回了心又不回。就这么要死不活地待过了一些时光,忽然间,碰见外边的干部找她来谈恋爱……

这是个机会!找一个好对象,不是可以跟出去追求前途么……刘玉翠跟人家谈说了起来。不过,她跑区去县,连别人介绍带自己认识的,先后碰过四五个县区干部,可一个也没有谈成……

从此以后,刘玉翠更加心烦意乱——前途问题没解决,又有一个婚姻大事混搅了起来……正是冬闲时节,她也去互助组里做点零星活儿,做着做着,说不定都会要一个人烦乱得悄悄走开,闹得大家猜不透她是个什么谜。于是风风雨雨,有人说她是找对象找得迷住了心窍,接着便出来了"两高两相当"一类的各种谣言怪话。这当然只会更增加她的烦乱。恰恰就在这个时候,她娘告她说:要把她许配给周昌林……

当时她听都没有听完,就堵娘的嘴。娘可是滔滔不绝,再三地劝说着她。闹得她气上心来,干脆说了个"不",就一个人跑回自己的小屋,对着一面镜子,埋怨开了自己的老人。

"唏!还想要给我包办哩……可抓住个什么人就跟我说!"好像是在给镜子里头的人诉说,又好像是在听镜子里头的人诉说,"周昌林……一辈子待在个老山沟里,初小怕都还没有毕业,只会个笨劳动!这样的人有什么出息!有什么稀罕!我在外边碰见的那些,哪一个不比他强……"

婚姻她是拒绝了,但事情却没有闹完。她爹她娘虽挡不住她自己找对象,但总不大愿意让她找到老远的地方。因此,老两口儿对周昌林是一百个愿意。她拒绝以后,娘是哭哭闹闹,眼睛和鼻子没断过水滴滴。爹更是整日骂她疯疯癫癫,骂她不好好劳动;

她上地也不给她像样的农具使唤，吃饭的工夫饭都不让她端。她家里参加的互助组，原来就嫌她不好好做活儿；那阵子，刚刚计划春耕上地，就正式提出来不把她算在组员里头……村子里，更是满天的云雾，说得她不像个人；如同一场暴雨打在她的脑袋上头，党团员还把她好批评了一顿。

刘玉翠没有接受批评。只因为被逼得没有办法，这才下了个决心：要好好劳动一下，给人们看看。她就跟她爹要了坡梁上那二亩赖地，使着不像样的农具，埋头干了起来。

可是，谁能想到拐了这么些弯子，还是开春以后第一回上坡里做活儿，就说巧不巧地闹了个"不是冤家不碰头"啊！

说了半天，还没有说到两个人碰上以后的故事。其实，头一回也并没有什么事，只不过双方别扭了一阵子。别扭得还很有好处：因为谁都瞧不起谁，干起活儿来就都挺卖力气。他们都是在使镢头刨地。玉翠刨得汗水直流，一点都不愿意松劲，而且看都不屑往过看一眼，好像自己比不远处的那个人高大得多。昌林更是使出自己的能耐，吸了两口气，憋上一股劲儿，高高地举起镢头，一家伙就刨起来磨盘大小的一块硬土。刨几下，又使镢头重重地把土块打成粉末末。这么又刨又打，不喘气，不出声，很快就做出了老大的一片活儿。后来，到了该收工的时候，就同时收了工。

碰见的第二回，出了点事。

那是一个后晌。两个人还都是使镢头在刨地。昌林当然还是觉着别扭，好在他那后晌也另有个任务——家里的谷草棚子塌了半边，他得在坡里砍几根棍子回去修补一下。他刨了一会儿地，想起了这个任务，就扛上镢头，走到地边，提起带来的斧子，上坡里砍棍儿去；同时也想躲一躲眼前的那个别扭姑娘。

这时候，刘玉翠埋头干着活，心眼里却有个很不正确的想头。自己上这坡梁也不止十回八回，过去可从没有碰见过周昌林，知道他家在那里没有地，他们村办了农业社，这两回他大概是在给社里做活儿吧！但是，为什么要连着去两次呢？为什么每次又都是一个人去呢？

"他不也跟我一样，拒绝了咱们的事么？莫非他还口是心非？他还就是对我有意思，故意要找个机会跟我接近接近……哼，要那么着呀，他才是更没出息哩！"

昌林去砍棍子的工夫，她偶然往过瞥了一眼，发现人家不在了，这才平静了一会儿。站直身子，扭了扭酸痛的腰肢，仰着脸摆了摆头发，又解下绑在手腕上的手绢擦了擦汗，觉着那个人对自己怕也并没有什么……心里咚咚地颤动了一下，镢头上也就更加了劲儿。

再说周昌林。他爬上一面坡梁，只见远近的山头都像是留着长头发的脑袋，松柏榆杨挤得不透缝儿。要砍几根棍子，伸手就是一把，很快便够使了。天气还早，他的自留地也还没刨完，社里的活儿又正当紧，他自然不好就收工回去，便又勉勉强强地回到了地里。

又是两个人刨开了地。不用说，两个人的劲头都绷得像梆子戏上的琴弦。简直是在闹什么竞赛一般,可又都发了誓——绝不注意对方。不过,他们这可不是一会儿半会儿的事,这是老长老长的工夫呢!工夫一大,这眼睛就变成了个怪东西!不定怎么一来,就会要你吵我两下,我吵你两下……

这么吵来吵去,昌林发现了玉翠干得那么欢实——不喘,不哼,镢头不偏歪,不摇晃,稳扎扎地刨一下是一下,还蛮像个干活儿的派头……昌林差点儿要叫出声来,赶紧搓了搓巴掌,给镢头上更加了分量,并且又再一次往过瞟了瞟眼睛。突然间,发现玉翠呆呆地站在地里,眼睛直愣愣地望住他眼前不远的地边!

昌林赶快扭过身来,心慌慌地猜摸着这是怎么回事。紧跟着又瞟了一眼,这才看清是人家的镢头掉了把儿。人家正望住他这地边上的斧子,大概是想要借去楔上镢把儿。

"借不借给呀?"这是个难题。"嗳,看她怎么着吧!"

哦——玉翠捡了块石头,钉开了镢把子!嗨嗨,那能顶事?别看事儿小,可除了使斧子楔,还就是没别的办法哩……昌林的脑瓜子里打了打仗,忽然忘记了眼前这个妇女的"资产阶级思想",感到人家反正不是个反动派,总还是在好好劳动——自己要不帮助人家,怕不好。他还有点犹疑地又抬起头来,往过一望……

人家也正定定地望着他,还半张着嘴,"啊"了一声。他脸上一热,心里一软绵,不知不觉就走到地边,弯下腰去,提起斧子,迈过垄沟,把斧子往松土上一扔,并说:

"使,使这楔吧!"说完就想走。

"光使这也不行！"玉翠说。

玉翠脸上红通通，直往下滴汗……原来她不光是旧镢头掉了把儿，刚才使石头钉了钉，又给镢把儿上嵌着的一小片木头楔子给钉坏了！这坡梁左近，树木是多，但要找一块小木片，却像在人海里找亲人一样，说不上有多么困难……

昌林看清了眼前的情况，也只好干瞪着眼，望住地下。过了一会儿，听得玉翠"哈"了一声，像拾宝贝一样拾起斧子，朝着一个陡岩走了过去……陡岩的半坡上，突出来一疙瘩倒了树身的树墩子，从那树墩子上倒能劈下木片儿来。不过，陡岩除了放羊的，别的人实在怕爬不上去……

"呃呃，我，我去！"昌林说。

昌林小时候放过羊。他抢过斧子，攀住陡岩上的藤藤葛葛，爬上半坡，一只手拽住一个石头角角，一只手举起斧子，往树墩子上只一劈，一片木头就往地下一飞。昌林跟着木片跳下来，又砍又削，把木片削得些微大那么一丝丝，咬住牙，咧着嘴，举起斧子，使劲往镢把上楔。一边沙沙哑哑地吆喝着，楔一下，吆喝一声："狠！狠！狠！"

玉翠站在一边，看着这一切的细微末节，她说不尽地感谢，也止不住地慌乱。突然见到昌林那么个咬牙咧嘴的傻愣样儿，不知怎么心里"扑哧"了一下，差点儿没笑出声来。赶紧转过身去，使袖子捂住了嘴。

昌林可根本没注意玉翠。拾掇好镢头，拿起来试刨了两下，就往地上一搁。提起斧子,捎带注意了一眼这个妇女刨开的地,两步就迈了回来。跟着,两个人就又干开了。

两个人的心思都松散了一些。喘喘气,咳咳嗽,直干到老晚才收工。

他们在坡上做活儿,远远的地里并没有什么人。但是,昌林歇工回来,青年们却像烧起了一堆野火,把他跟个罪人一样地团团围住,提出了一千个问题,要他马上回答出来。

其中又数"一根筋"嚷嚷得最响,"斗争"得最凶。"你可连咱们也都给丢了人哩!你是咱们团的副书记,咱们还推荐你做入党对象了呀!你……"天成说,气派严重得有些可怕,"你为什么要给那资产阶级的妇女投降哇?啊?你说呀!"

原来人们早知道了他在坡里的事。现在就是在坚决抗议他帮玉翠拾掇镢头,说他就根本不该理人家,说他是犯了原则错误!他辩护道,人家总还是在好好劳动,因此他的帮助完全是光明正大的行为!人们可又说他是袒护玉翠,说他是对玉翠有意思,有幻想,说他没骨头……

问题是天桂出面解决的。他组织了一批同意昌林的做法的男女团员,跟天成那一伙开了个讨论会;最后他又做了个结论,肯定昌林做得对,并批评了天成的"报复主义"。但天成并没服气,直把昌林急得嚷嚷着要换了他那块自留地。不过,那是又远又赖的地呢!他怎么能换给人家!那块地他爹原本不乐意要;是他硬扭着要了,自己包了下来,跟爹保证了打的粮食一定不比原来自己地里的少……他想不去那地里做活儿也不行哩！可是，第二天大早，他为了避讳，也因为农业社里有点儿事，就生生给耽误了一下，没上坡梁去把地刨完。

第二天，刘玉翠却老早老早就上了地。

她也跟昌林一样。昨日歇工回家，也被一场野火包围，只不过这野火是在她自己的脑子里烧起来的……想起周昌林帮她拾掇镢头的事，她一方面是非常感谢，另一方面又疑心人家是在故意献殷勤……当时她半句感谢的话都没有说，对人家甚至还有点儿说不出来的讨厌。可是……"他要真是在'追'自己，倒怎么对付啊？"玉翠黑夜里躺在炕上，心神不定地思摸，"那么样一股咬牙咧嘴的傻愣劲儿……得整天待在一道……不去那地里啦？地是自己向爹要下的，不去怕不好。往后上地的工夫带上小兄弟去？不行，人家要念书……"

她烦乱得眼儿都合不上，真叫作胡思乱想。突然间，想起了这半年多里边，她碰到过的那些"对象"——那几个男青年……记得头一个碰见的，是光跟她谈什么个性和脾气，一谈开就饭都不想吃。第二个，刚见面就问她："你对我有什么意见？""你不能坦白地说说么？"互相间一点都不了解，有什么意见哩！这两个都是区干部，她都拒绝了。

第三个……这算不算一个呢？这……这是在前年秋凉的时候，有一天，县青年团的副书记到岭后庄下乡。副书记找玉翠谈了一阵话，问她喜爱什么功课，看过《刘胡兰小传》没有，并且从兜里掏出一本《把一切献给党》借给她看,又问她回村以后有什么计划。接着就说,农村的团员应该热爱农村,安心农业生产;应该用自己的手来建设新的农村……她当时是很不愿意听这些话,只是勉强地回答着:"我是希望继续学习,或是出去工作。可既是不能出去,我当然要参加生产啰!"

过了两天,这个团县委副书记在区里召集一批回乡的高小毕业生开座谈会。刘玉翠去参加了。开会以前,副书记又跟玉翠谈了谈,希望她在会上讲讲话。她没有肯定答复。区妇联会的一个同志把她拉过一边,对她说:"人家很重视你呢!说你文化理论高,在高小生当中也有威信。你就去会上讲讲话呀!"又悄悄地笑着告诉她,"人家修养能力都很强,十八岁就入了党,还没有结婚;跟咱们开玩笑的工夫,还让帮他介绍个对象呢!玉翠,你……"

玉翠伸出巴掌捂住了妇联会同志的嘴,笑着扯开了别的。但她的胸口里头却怦怦地发颤,正跟黑夜做梦梦见考上了中学的情景差不多……

她过去并不认识这个副书记,但当时的印象却不坏。这个人不打扮,不讲究,长着一副结实稳重的身子和一张俊气扑扑的面孔,精力旺盛,亲切喜人。在座谈会上作了一个打动人心的报告,讲到刘胡兰和梁军,也讲到本县的妇女劳模。还讲到志愿军的战士在朝鲜前线为了战争的胜利,可以把自己的身体倒在敌人的铁丝网上当作前进的桥梁,让同志们从他身上踏过去消灭敌人,而他自己在牺牲的最后一刻,脸上始终露着安静的幸福的微笑。

报告感动了刘玉翠。她在会上表示:要好好参加互助组的生产。会后,在妇联会里无意中又碰见团县委副书记。人家热烈地鼓励着她,要她做一个回村里生产和学习的计划。她说:"行!你帮我做做吧!"副书记说:"来不及啦!我这就得走。让区里帮助你吧!"妇联会的同志说:"副书记,你光叫玉翠他们热爱农村,做计划,生产,学习,可你自己倒往城市里跑!"又转告玉翠:"他要去省城受训。马上就得回县里动身。"副书记说:"我那是工作需要,是组织决定的呀!"玉翠不知怎么暗地里是又高兴又心慌,但却笑道:"啊!副书记你……"本来要问"你还回来不",随即又咽住了,说:"省城是个大城市呢!你去了以后,不能写信给咱们说说城市的事情么?"副书记说:"那行啰!你也写信说说你生产学习的情况,好吗?"妇联会的同志忙说:"当然好哇!玉翠你说不是?一来一往,理所应当啊!"

副书记走了以后,却没有来信。只是有一回团区委的一个同志转告玉翠,说是人家在给区里的信上问候她,问她工作得怎么样……她怎么样哩!她参加了生产,但互助组里瞧不起妇女,说她做活儿不行!她有心要学习中国第一个女拖拉机手梁军,但村子里如今连新式步犁都还没有,拖拉机怕要到她成了老太婆的工夫才能出现!而且,后来又有一个干部跟她谈恋爱,加上村里人们风来雨去地造她的谣,纠缠得她正是情绪不高……

她不知道团县委副书记是因为从区干部的信上听说她工作不

好，才没有给她来信，却反而不满意人家，觉着人家是看不起自己。也没有记下区干部告给的副书记在省城的通讯处，并且也不想给人家写信。你瞧不起我，莫非我还硬要找你？你……我看你也光是会说！叫人家热爱农村，自己可抬起腿就去城市！看你去城市里找女学生去吧！哼哼……不想想你自己！连一件像样的衬衫都没穿！头发也不梳一梳，衣裳背上给汗水浸上了一条条的白道道……

没多久——是在前年冬天。她跟外村一个同在高小毕业的妇女去了县里。那个同学闹到一个关系，上省城找工作去了。她没有门路，急得像掉进了黑窟窿。正在这时，忽然认识了一个县干部——是个百货公司的干部，穿戴得整整齐齐，头发梳得透亮。谈过两回话，就领她参观公司的仓库和门市部，拿出许多花哨新奇的布匹和日用品，光问她想要什么，又打开罐头，请她吃饭。

她饭是吃了，却没要什么东西。不过，新奇的百货倒的确把她的眼睛迷糊了一阵。那干部很快就提出来要跟她订婚，并答应想办法帮她上中学……她把话扯过一边，跟人家谈起了学习的事。但那个人虽也是满口名词，却忽然疙疙瘩瘩地口齿不灵，甚至连农业生产合作社是干什么的，都不大清楚。刘玉翠没有同意跟他订婚，只不过疑疑思思地没有马上拒绝；后来就回了家。

再后来，便是这个现在还在闹麻烦的周昌林的事……

刘玉翠躺在炕上，左翻右滚地想着心思。一个一个地想起了上面那些人，越想越没法睡。忽然，她无意中发现了一件深藏在自己心窝里头的怪事……对上面那几个青年，她差不多谁都有些讨厌；唯有那个团县委副书记，却好像并不是讨厌，而是怨恨……他……

"他若是晚一点去省城，"玉翠伤心地想着，"等跟我谈好了，再让我一块儿同去，该多好啊……"接着又闪跳出了自己的前途大事："城市！学习！建设……莫非就注定了要一辈子困死在这个老山沟里么？"

这一夜，刘玉翠根本没睡觉。熬到天刚露明的时候，猛一下蹬开被子，爬了起来，扛上镢头就走。她好像发了个狠——倒要看看周昌林是不是还会在坡上的地里等她。

不用说，周昌林并没有等她。直闹到半前晌，她的地都刨完了，昌林可还没去。玉翠禁不住有点儿难过，觉着人家对自己还怕就是没什么想头；人家对自己的帮助，也可能就是诚恳的帮助。倒是自己的心思不大像话……转念一想："不对！他怎么在这个忙时候，丢下活儿不干呀。"

瞅瞅四外没人，玉翠就溜到了昌林的地里。睁着眼睛一看："啊！"不由得叫出声来。人家这干的活儿——地刨得有尺来深，地底下那常年不动的生土，都刨出了二寸；刨出的土块还打得那么细，就像是使箩罗过的荞麦面。这在她参加过的互助组里，也都是没见过的活儿呢……玉翠再回到自己的地里，看见自己刨的地，脸都有些发红，觉着她这就不能算数……

他两个再一次的碰面，是在播种的工夫。不用说，这一回玉翠干得更专心，眼睛都不肯乱望。昌林也是精神振奋，觉着播种是个技术活儿，妇女们会干这个的不多，可刘玉翠就居然能干……他不免也就咬住牙根，稳扎扎地撒着籽，细致得一抬腿一动手都不冒失；他那一身的力气也扑扑扑往外直冒，好像就要冲破那紧箍在他身上的小布衫……

昌林干了一阵，觉着穿着鞋鞋里光进土，就一踢一踢把鞋踢到地边上，光着脚播种。没想到这对鞋引出了事故——他上地的工夫带了张报，是准备休息的时候学习的；报搁在地边上，使土疙瘩压住了。刚才一踢鞋，鞋正好碰开了报上的土疙瘩；跟着又是一阵风，报可不偏不歪，正好给刮到了玉翠地里，又飘到了玉翠的脚跟前！

玉翠突然看见了报，不觉伸手一抓，随口嚷道："啊！"昌林跟着这声音把腰一直，正和玉翠闹了个面对面。玉翠朝着地下问了一句："你的？"

昌林这才发现自己的报纸飞走了，便也朝着地下答了句："我的。"一边就走过去拿报。玉翠递过报来说："看《青年报》呀？这些天，报上有什么事？"

也不知是信口发问，还是要考考昌林。昌林可是一片诚心，严肃地说了两件国家建设的消息。玉翠猛然间脸上一热，想起自己这些时候就没有好好学习……不知不觉地便又从昌林手里拿过报纸，摊开来，一边看，一边跟昌林说话；说着说着，慢慢地就是天上地下，从各方面谈起了国家刚刚开始的第一个五年建设计划。

就是这场短短的谈话，昌林知道了玉翠不仅劳动上努力，便在其他方面也并不是个很轻浮的姑娘。玉翠更不用说,她万也没想到昌林的政治、文化有那么高……当然,以后他们又见面的工夫,也就再不绷着脸儿;有什么话要谈,张嘴就是。反正是平平常常的关系,也显不出什么事情来。

夏天到了。有一回,玉翠忽然看着昌林那块地里地土的颜色变了——变得黑得冒油。他们两块地的土质原本是一样的呢!可怎么人家的变啦?还有,人家地里的庄稼苗儿出得也稠得多,这又是怎么回事?玉翠就找昌林问。昌林说:

"这是使了点新技术。使'王铜'拌了种,施了肥田粉,也施行了密植。"

"噢!"玉翠在地边上坐下来,又问,"你看我这地也能再往好里侍弄么?"

"别的都来不及啦!"昌林也坐下来,解下包头的毛巾擦着汗,一边说,"只能上上追肥。"

两个人就谈开了化学肥料和新技术的事……

这一回歇工以后,昌林回到村里,忽然发现他那条包头毛巾不见了。哪里也找不着。想起回村的时候碰见过天成,就抓住天成要。天成嚷道:

"我藏你的毛巾干什么!怕不是玉翠拿了洗去啦?哼!"

果不然!没过了几天,两人又在地里碰见的时候,玉翠什么也没说,就把一条洗得干干净净的毛巾还给了昌林,同时还解下自己那洗净了的包头巾抖了抖,好像是对昌林说:"我可不是专为你洗的!我是洗自己的毛巾,只不过给你捎带了一下。"把昌林闹了个大红脸……亏得玉翠说开了话。

玉翠说:"我想去城里买点肥田粉。买回了,你帮我往地里上,行么?"昌林说:"行!"又问:"你什么工夫进城?"玉翠说:"就这几天吧!还没定。"昌林说:"县里最近可能要开个会。我也可能要进城去参加。"玉翠说:"噢!你要是先去的话,就请你帮我买买。"昌林说:"行啰!"

但玉翠没有托昌林去买化学肥料。她自己先进了城。

玉翠原是因为家里要添置些东西,才决定在这挂锄休息的时候上城去的。突然间,县里那个百货公司的干部连来了两次信,让她一定要再去城里谈谈。这么一来,她反倒不大想进城去了。

不知道是从哪一天起,她对自己养种的地开始感觉着亲切,对劳动好的人也开始有些佩服。这时候,又想起百货公司的那个干部,想起人家那么一股花花哨哨的派头,忽然觉着那人简直都还不如岭前的这个姓周的……并且,这又是从哪一天起的哇?她有时候想起自己过去还讨厌过这个姓周的,就觉着难过,觉着对不起人;而在她心窝里的一个什么角角,不知怎么好像还露出了一点点喜爱岭前庄这个人的苗苗——虽然她还不敢承认这个苗苗,甚至也说不出这个人有什么值得喜爱……

她又是一整夜没睡着觉。后来想起了百货公司那个干部的一句话——上中学!当然,上中学的后面就是远大的前途……她就又发了发狠,借着给家里买东西的机会,心眼儿跳跳跶跶地去了县城。

这一回，百货公司的干部待她更热火。穿着新皮鞋和细腿的裤子，制服褂子的胸前还密密地缀了九个扣子——怪模怪样地硬要拉她去街上转悠。又答应慢慢介绍她到公司里工作，说公司里是薪金制，比县区干部的供给制拿的钱还多。第二天黑夜，又请她看电影。县城里电影不常来，看的人免不了惊奇吵闹。那位百货公司的青年可大为不满，把手套成个喇叭筒，站起来就大声吆喝：

"喂！不许喧哗！要肃静！肃静！好好观剧！"

老百姓哪里懂什么"喧哗"和"观剧"！有人问他是怎么回事，他可就三言两语，威风凛凛地跟人家吵了一场。刘玉翠早就窝憋着一股不舒服的劲头呢！这工夫更是气得没地方待。她找了个亲戚家住了一宿，以后就再也不见那个"漂亮"青年了。

但她心里还埋着好些话，便去团县委会跑了一趟，想找个熟人谈谈。

刚走到团县委会的院子里，不想可碰见了那个去省里受训的团委副书记——人家刚受完训回来不久。还是原来的模样，只在胸襟上闪着一颗红星纪念章。玉翠的脸上起了一层粉嫩粉嫩的云彩，胸脯卜卜卜乱动，问他道："副书记回来啦？没在省里分配工作？"

"在省里分配什么工作？"人家反问着，"我是去受的农业技术训——原就是为了更好地回农村来工作呢！"

"唔……"玉翠这才大吃一惊，闹了个满脸通红。副书记把她领进屋，她低着头，勉强笑着，又问："省里热闹吧？建设得挺漂亮吧？副书记，你不是说了要写信告给我的么？可怎么……"

"嗯，你不是也没给我写信？"副书记也笑了起来，接着就说，"省里建设得是不错。工人们紧张得厉害——跟农民不一样，没有挂锄休息的工夫，也没有冬闲。真是跟战场上一模一样的。有的工人每天生产的东西，甚至比咱们一个农民一年的生产价值都还要高。"

"啊啊，副书记，那国家为什么不多办些工厂和学校呀？"

副书记严肃起来。他说，国家哪能猛一下就有那么大的力量！咱们盼着国家建设得更快更好，这当然应该。不过，你好比现在城市就忙得了不得；生活也高，吃的东西比农村贵，住房都挤得要命……可咱们有些农民却把城市看成个捡洋捞的宝地，不知道建设国家也得建设农村，也得靠咱们多办合作社，多打粮食来支援……咱们有些青年甚至还看不起自己生长的农村，看不起自己的邻居兄弟！就在国家建设得热火朝天的紧张时候，他们可还在闹情绪！他们没想到在农村里负起建设的责任，这才正是国家的和自己的远大前途……

副书记眼里闪跳着一道一道的亮光，看见刘玉翠仰着脸望住窗外发愣，不禁又想起一件事，就问玉翠：

"前些时，不是有你的一个同学找关系去了省城么？"

玉翠"啊"了一声，知道这是指上一回和她相跟着来县城的那一个。她都一直等不着人家的信呢！人家……副书记告诉她：她那个女同学在省里找来找去，找了个跟机关干部当保姆的工作。

干了不几天，可又嫌麻烦，嫌小孩脏，不干了。后来觉着没办法，听说是还怕回来丢人，就又去干。干就好好干呀，当保姆不也是革命工作么？可她又瞧不起那工作，情绪低得不行……她也是个团员；去省里是偷偷去的，没带关系，就这么把个团员也给丢了……

刘玉翠的脑门子上好像狠狠地挨了一棒，痛得她直想哭。正在心慌意乱的时候，忽然从开着的窗口，看见打后院里涌出来一群哄哄笑闹着的男女青年，其中有个人在玉翠的眼睛里头亮了一下——是周昌林。原来副书记回县以后，正召集了一批全县的团员积极分子，在开一个农业技术座谈会。这群男女就都是参加会的团员，在休息的工夫出去游散的。昌林比玉翠晚动身一天，是昨天黑夜到的县里。现在他也看见了玉翠，可能是他多少知道一些玉翠进城的目的，就连忙避过脸去，故意不往屋子这边瞅。

副书记却把昌林叫进屋来，并对玉翠说："我给你介绍一下。"玉翠可早跟昌林打上了招呼，一边问着："你什么工夫来的？"副书记忙问："你们认识？啊？"但还是指着昌林，对玉翠说："你看他——他可是认清了农村的前途。他积极办农业社，推广步犁、耘锄、喷雾器和各种新技术，有经验，而且有创造！我这一次召开技术座谈会，就全靠他在会上表演、示范——他甚至比县农场的干部经验还多……"

昌林听不惯别人称赞自己，又不大愿意在刘玉翠的面前多待，但也找不出机会插话。他把一只胳膊撑在桌子角上，脸撇过去望住墙头。只听得副书记又说：

"咱们县里正计划明年就要试用马拉农具——你们那岭下的平地就能使。昌林也就是县里选定要在明年春天送去学习技术的一个对象。不用说,将来使用拖拉机,昌林若不是咱们县里的头一批驾驶员,怕也是领导社会主义农业社的骨干呢!当然,昌林你可决不能骄傲,你的路子还长。可是,玉翠,我直话直说——你认识昌林,你们也住的是前后村,但你怕还没有走到昌林正在走着的路子上来呢!"

玉翠没有觉着自己是在挨批评。她从眼窝的深处望住昌林,问道:

"你办社跟学技术的事,怎么都没跟我好好说过呀,昌林?"

"可你也没正正经经地问过我多少呀!"昌林脸还是对着墙,回答着,"你只零星问过我两句。我要多说些吧,还怕你不乐意听呢!"

"我,我……"玉翠低下脑袋,只觉着自己过去那股个人逞强的心思全给跑没了影。她有点慌乱无主地说道:"我也想学呢!我……昌林,你回去好好教教我吧!"又把手绢拧成绳儿往手腕子上绑,一边仰着脸望住窗外的天空,"副书记,我还没跟你汇报我的情形。你……你问问昌林吧,他知道一些……我回村去啦!"

好像接受了战斗任务一般,说完话,扭转身,挺着胸脯走了……

玉翠回来以后就天天直着脖子等昌林。

好不容易把昌林等回,人家待她却有些冷淡。上追肥,昌林是帮着上了。问什么事,昌林也肯说。玉翠又把她过去学习的政治常识和史地数学课本搬到地里，并买了几本青年修养和农村工作的书，要昌林在一块学；昌林也不说不学，可就是劲头儿不热——简直还远赶不上过去……

玉翠却什么也不说，光是火气腾腾地劳动和学习。她爹有一回去坡梁上看了看她养种的地，另外也有些别的人顺路捎脚去看了看，不论是谁，看了都大吃一惊，都称赞玉翠劳动得好。当然，她也就回到了互助组，还给人们讲点技术什么的。村子里有人说她：

"嗨，玉翠又练出了这么一套好本领，了不得哇！"接着就又感叹起来，"可这么着呀，她怕要眼皮更高，更不好找对象啦！"

其实人家早有了对象这事情瞒得过岭后，可瞒不住岭前的青年。周天桂和别的村干部开始讯问昌林，问他为什么不快些跟玉翠说定了。过去反对过他的天成，这时候也变成了激烈赞成派的代表，也催他们快订婚———一天催上好几回。甚至就在县里开座谈会的工夫，昌林把他跟玉翠的来往告给了团县委副书记，副书记也再三地说过，让他好好帮助玉翠。但他总还有点儿矛盾：他怕人家不坚定……

快到秋收的时候，天凉了。风儿在坡梁上的密林里刮个不停。有一天，农业社收工早。昌林没有回村，从地里一直就上了北坡。天成问他："还干什么去？找玉翠？"昌林说："瞎扯哩！我去看看我那地。"看地？没灾没害的，有什么看头呀？天成就绕到半坡的树林子里，悄悄跟着昌林上了岭。到了岭上，爬在一个陡岩上边，往下一看：呵！一男一女坐得那么近！只听得玉翠说:"你今年多大啦?"昌林说:"你问这干什么?"玉翠说:"就不能问问?唔,我知道,你满了二十五啦!"昌林说:"你知道又还用问?好,我也问问你:你多大啦?"玉翠说:"你问这干什么?"昌林说:"就不能问问?我也知道,你刚满了二十二岁!"

后来昌林又问:"呃,你前些时进城,就是去买肥料的?"玉翠笑道:"不光是那,还是去找对象的哩!""找下了几个?""一个也没找下。""没找下拉倒!"昌林这么说了,就往起一站,好像是生了气,要走,把个躲在陡岩后面的天成急得差点儿没摔下来。亏得是玉翠抓住了……不是抓住了天成,是抓住了昌林。玉翠就起根由头,把她怎么找对象和思想怎么变化的那一码事,细密密地给昌林说了一遍……

昌林一声不吭地听着,慢慢地听得像是缓过了劲儿。听完,就问玉翠为什么不再找团县委副书记谈谈;玉翠说,她哪能配得上人家呀!昌林便告诉玉翠,说是副书记刚刚找好了一个对象,那是跟他一道在县里开座谈会的一个积极的女团员……接着就又问玉翠:"你干部是找过啦!这会儿怕要找个工人了吧?"

"是想那么着。"玉翠说,"唔,莫非找干部找工人就不对?干部和工人不是也要结婚的么?反正,只要你思想正确……"

"正确你就找去呗!"

"找是找啦!可不是个工人,也还不知道我能不能配得上。"

"谁?"

"你!"

藏在陡岩后边的天成差点儿就要往下跳。只听得昌林又说:

"我？唔……我还得考虑考虑哩！"玉翠就说："行，你考虑吧！咱们以后还可以再谈。"昌林就说："好吧！我也可以告给你一件事：你这眼力还就是不赖——你算是真的找着了一个工人。"玉翠叫道："工人？你……"昌林说："是我。我刚刚批准参加了党，参加了工人阶级的先锋队……"

这一回，陡岩上的天成终于跳了下来。他嚷道：

"周昌林！你这算什么工人阶级？你不说你是到坡梁上来看看地么？你撒的一个好大的谎，可像个什么工人阶级的先锋队啊？"把这一对男女闹了个没处躲闪。昌林抓住天成就揍；玉翠在一边问道：

"昌林，这就是你们村那个'一根筋'？"

天成斥打着玉翠："我'一根筋'怎么着？碍着你啦？"使劲把昌林往玉翠身上一推，自己提起腿就跑……

天成跑下坡就广播。广播得昌林和玉翠赶快订了婚。

结　尾

故事讲完以后，大家好像都说不尽地轻快，都吐出一口长气来。屋子里又安静了一会儿。院里大概是起了风，梨树的枝丫不停地晃动。天上的星星透过枝丫，在窗玻璃上闪闪跳跳，好像是浸映在起伏的河水里头。周天桂先说话，他告诉了我几件开头没有说完的事。

"第一，他两个不光是恋爱成功，"天桂说，"还闹了个公私兼顾——他们那两块地都给侍弄得成了丰产地。第二，老康，你知道，前二三年，咱村的青年差不多就没什么结婚的！可眼下这半年天气，在玉翠他们这典型例子的影响下，结婚、订婚的就有八对儿，八对儿哩！"

昌林接着说："还有第三。老康，大概过些时候，我就要去学习使用马拉农具的技术啦！"

"也还有个第四！"玉翠说，一边打扫着炕桌上的梨皮和花生壳，"我看周天桂和周天成都还没有好好负起责任！哼，你两个到处宣传我跟昌林的事，可就没想到要好好跟村里的老人们宣传宣传。你们去听听！老人们一说起咱们的事，就悄悄秘密地议论，说咱们俩在坡梁上闹过什么关系，说得丑得厉害……"

"对！这是咱们的缺点，我负责改正。"天成说，"我看，不光要给老人们讲；天桂哥，咱们怕还得来个第五——把他们的事写下来。他两个的事儿，可帮助咱们青年解决了一个大问题呢！昌林哥，玉翠嫂子，你们同意不？"又转向我说："老康，你就给写写吧！题目我都想好了，叫作'春种秋收'。我是这么想的：'他两个恋爱的过程，恰好是春种秋收；他们又是春天种赖地，秋天得丰收；还有，春天种下了一对儿，秋后收下了整整八对儿！'你看行不？啊？"

我当然不好推说。就这么写下了"春种秋收"。

一九五四年八月二十四日改作于北京

长篇存目

郭澄清《大刀记》

柳　青《创业史》

李　准《黄河东流去》

欧阳山《三家巷》《一代风流》《苦斗》

康　濯《东方红》

秦兆阳《大地》

后　记

《百年乡愁：中国乡土小说经典大系》是张丽军教授作为首席专家的2021年度国家社科基金重大项目"百年中国乡土文学与农村建设运动关系研究"的资料选编成果。项目团队核心成员田振华、李君君等参与了全过程选编工作，张娟、沈萍、彭嘉凝、陈嘉慧、姚若凡、胡跃、林雪柔、徐晓文、宣庭祯等参与了编校工作，在此对他们的辛勤劳动表示感谢！

在具体编撰过程中，本套"大系"还得到了张炜、韩少功、周燕芬、王春林、何平、孔会侠、苏北、育邦、刘玉栋、刘青、乔叶、朱山坡、项静等作家与学者的大力支持与帮助，在此深深致谢！

需要特别说明的是，因为选入本套"大系"的作品跨越百年之久，在文字、标点等方面，我们在充分尊重作家初版本的基础上，依据现代语言文字规范统一做了修订。

编　者

2023年7月4日